蝦夷太平記

EZO TAIHEIKI

TOSA NO UMINARI

十三《とさ》の海鳴り

安部龍太郎

集英社

登場人物紹介

安藤新九郎季兼……安藤本家の三男
安藤又太郎季長……新九郎の父　蝦夷管領家の当主
安藤十郎季広……季長の従弟　新九郎の養父
安藤五郎季久……季長の従弟
北浦孫次郎……新九郎の航海術の師匠
弥七……北浦孫次郎の弟子
照手姫……季久の娘
アトイ……渡党アイヌ　新九郎の弟分
エコヌムケ……渡党アイヌの族長　アトイの父
イタクニップ……エコヌムケの兄
イアンパヌ……アトイの姉
成田右京亮……鹿角の地頭のひとり
尊雲法親王（大塔宮護良）……後醍醐天皇の皇子
楠木兵衛尉正成……河内・和泉を本拠地とする武将
尊円法親王（青蓮院の宮）……後醍醐天皇に敵対する持明院統を率いている宮

蝦夷太平記　十三の海鳴り

「そりゃあ、見えますが」

「ならば分るはずだ」

前方では海鳥の群が縦へ横へと飛び回り、魚を獲ろうと海面すれすれへの急降下をくり返している。

天気が荒れる前にエサにありつこうとしているのだ。あの慌《あわ》てようは、異変を間近に感じている証拠だった。

「しかしこの天気だし、海鳥の奴らだって、たまには無駄に騒ぐこともあるでしょうし」

孫次郎は未練がましく渋《しぶ》っていたが、意を決して艫《とも》に向かって声を張り上げた。

「舵《かじ》を切れ。船を陸《おか》に向けるのだ」

「頭《かしら》、いい風が吹いているし、このまま潮に乗っていれば夜には十三湊に着きますぜ」

舵取りの弥七《やしち》が即座に反対した。

「いいから舵を切れ。帆を下ろし、櫓走《ろそう》に移れ」

孫次郎の号令一下《いっか》、水夫たちがあわただしく作業を始めた。

麻綱をほどいて苫帆《とまほ》を下ろし、左右の船縁《ふなべり》に五人ずつが立って櫓を握りしめている。

そうして船が潮の流れから離れるのを見計らい、全力で漕《こ》ぎ始めた。

風に押され潮に乗って順調に走っていた朝日丸は、人力だけが頼りの櫓走に移って近くの港を目ざしていく。陸地はまだ遠く、労力は並大抵《なみたいてい》ではないので、水夫たちの不満や負担は大きい。

非難の視線にさらされた孫次郎は、

「いいから、黙って漕げ」

そう怒鳴りながら、舳先と艫の間を行ったり来たりしていた。

しばらくは何事もなかった。

西に傾きはじめた太陽に照らされ、水夫たちが声を合わせて櫓を漕いでいく。誰もが不機嫌で、孫次郎の判断に対する腹立ちを隠そうともしなかった。

ところがやがて佐渡ヶ島の方面にぽつりと灰色の雲が浮かび、みるみる大きさを増して南の空をおおい始めた。

雲は灰色から鉛色に変わり、海上低くたれ込めて後方から迫ってくる。

あたりが急に薄暗くなり、時折雲の中に白くほのめく光が走る。

「雷雲《かみなりぐも》だ。雷神《らいじん》さまが追って来るぞ」

早く櫓を漕げと、孫次郎が水夫たちを急《せ》き立てた。

雷雲は獣《けもの》のうなり声のような不気味な音を立て、右に左に稲妻を走らせながら迫ってくる。上空にはよほど強い風が吹いているのか、あっという間に頭上が雲におおいつくされた。

天上から稲妻が何本となく放たれ、光の柱となって中空に突っ立ち、海に届く前に消えていく。まるで標的を求めて荒れ狂う魔物のようで、雷に直撃されたなら朝日丸ほどの大型船でもひとたまりもなかった。

「ひゃあ、クワバラ、クワバラ」

水夫たちは櫓を手放し、頭を抱えてしゃがみ込んだ。

雷は暴風雨よりも恐ろしい。人の力では防ぎようがないので、ただひたすら身を縮めて災難が通り過ぎるのを待つしかなかった。

新九郎は舳先に突っ立ったままだった。人一倍背が高いので一番標的になりやすいだろうに、臆する風《ふう》もなくじっと空をながめていた。

（美しい）

何とこの若者は、次々と中空に立つ稲妻に見惚《みと》れている。空から海に向かって走る光の矢の一瞬のきらめきに、身の危険も忘れて心を奪われていた。

「千寿丸《せんじゆまる》、出番だ」

烏帽子《えぼし》をかぶり水干《すいかん》をまとった少年を、孫次郎が船底から引きずり出してきた。

十三湊に近い日吉《ひえ》神社の稚児《ちご》で、船の厄災《やくさい》を祓《はら》うために乗り込んでいる。まだ九つばかりの子供だが、童《わらわ》だからこそ神聖だと考えられていた。

「さあ、帆柱に登って、雷神様から船を守ってくれ」

「で、できません」

千寿丸は恐怖に目を見開いて訴えた。

「できませんですむか。お前を雇うために、神社に高い銭《ぜに》を払っているんだぞ」

さあ登れと、孫次郎が帆柱の側《そば》まで千寿丸を連れていった。

「お願いです。他のことなら何でもしますから」

「駄目だ駄目だ。登らないなら海に投げ込むぞ」

「こ、腰が抜けて」

足に力が入らないと、千寿丸が震えながら訴えた。

手に持った祓串《はらえぐし》の紙垂《しで》が小刻みに震えていた。

「よせ、俺が」

「お登りになるんですか、若が」

「自分の船だ」

だから自分で守ると、新九郎は千寿丸の手から祓串を抜き取り、襟首のあたりに差した。

「しかし、その体で登ったんじゃ、帆柱がもちますまい」

「行けるところまで」

ひと抱えもある帆柱には、足場にするための切り込みが入れてある。新九郎はそれに足をかけ、三間《げん》（約五・四メートル）ばかり登った。

これだけでも、あたりの見え方がまるでちがう。四方の水平線を見渡せるし、男鹿半島の山並みまでのぞむことができる。その向こうになだらかな稜線《りようせん》を見せているのは白神岳《しらかみだけ》だった。

恐ろしいのは足許である。

帆柱の上から見ると、朝日丸がひどく小さく感じられる。まるで笹舟のような有様で、よくも十五人も乗っていられるものだと不思議なほどだ。

しかも若狭で買い付けてきた鉄鋌《てってい》百貫（約三百七十五キロ）を底荷《そこに》として積み込んでいるので、万一座礁《ざしよう》したならひとたまりもないだろう。

雷雲はなおしばらく稲妻の矢を放って水夫たちをおびやかしたが、船が潮の流れからそれるにつれて遠ざかっていった。


その日は能代湊《のしろみなと》で一泊し、翌日黄金崎《こがねざき》の沖を抜けて十三湊に入った。

美しい砂浜がつづく七里長浜《しちりながはま》にそって北上すると、南北から迫る砂嘴《さし》の向こうに十三湖《じゆうさんこ》が広がっている。

その姿が着物の袖を広げて迎えてくれるように見えるので、アイヌの人々はこの地を袖《トウサ》と名付けた。やがてその発音に十三《とさ》の字を当てるようになり、十三湊の地名になった。

朝日丸は水戸口《みとぐち》から入り、小舟に引かれて前潟《まえがた》にたどりついた。

普通はここで積荷を下ろして次の航海に備えるが、今年はこれで終わりである。湖の中まで船を引き入れて傷《いた》んだ箇所を修理したり、長い航海の間に船底にこびり付いた貝や海草をこそぎ落とさなければならなかった。

後潟《うしろがた》の船着場では、渡島《おしま》から来たアトイが二人の配下を従えて待ち受けていた。眉が濃く目がくぼんで鼻が大きい、アイヌ特有の顔立ちをしている。

歳は新九郎の三つ下で、頰っぺたにはまだ少年の丸みを残していた。

「兄貴、お帰り。今度の商《あきな》いはどうでしたか」

アトイは船から下りた新九郎に小犬のようにまとわりついた。

「鉄鋌百貫、買ってきた」

「そりゃあ凄《すご》い。いったいどこの品です」

「外《と》つ国から買ったそうだが、詳しいことは分らぬ」

輸入した鉄鋌を、博多《はかた》の商人たちが若狭の小浜まで運んで売りさばく。新九郎らは蝦夷地（北海道）でとれた砂金や昆布などの海産物を売り、鉄鋌を大量に買い付けた。

この鉄は岩木山《いわきさん》の北のふもとにある鍛冶場《かじば》に運び、農具や武器に加工する。精錬用のたたらを四十基以上備えた巨大な作業場で作った鉄製品を、安藤氏は蝦夷地や畿内《きない》に売ることで大きな利益を得ていたのだった。

「その品は、我らにも売ってもらえるのでしょうね」

「むろんだ」

「アトイさま。皆様を我らの館《やかた》にご案内下さい。そこで商いの話をさせていただきましょう」

アトイの配下のタタルが揉《も》み手《で》をしながら腰をかがめた。

新九郎らはアトイらが十三湊に運んだ砂金や海産物をいったん預かり、畿内に運んで売りさばいている。

それゆえ航海が終わるたびに、預かった荷がいくらで売れ、どれくらいの利益が出たかを報告する義務があった。

その利益を五分五分で分けあった後に、アトイらは鉄製品の買い付けの交渉をする。アイヌは山や川での狩猟や漁労で生きているので、鋭利な槍や刀、矢尻などを喉《のど》から手が出るほど欲しがっていた。

細かな交渉は孫次郎に任せ、新九郎は安藤十郎季広《じゅうろうすえひろ》の館に帰国の挨拶《あいさつ》に出向いた。

館は南から突き出した砂嘴の北端にあり、前潟に面している、水路と日本海を見渡せる高台で、まわりには濠《ほり》と土塁《どるい》をめぐらしていた。

門前に立ってふり返ると、ゆるやかな弧を描いてつづく七里長浜の向こうに岩木山が見えた。津軽の祖霊が宿る信仰の山で、今は雪もなく岩場の多い山肌をむき出しにしている。

その荒々しい姿にしばらくながめ入り、新九郎は頭《こうべ》を垂れて手を合わせた。

「新九郎、そんな所で何をしておるのじゃ」

背後で甲高《かんだか》い声がして、十郎季広が迎えに出てきた。

父季長の従弟《いとこ》にあたり、十三湊の支配を任されている。新九郎を幼い頃から育ててくれた恩人でもあった。

「さあ、入れ入れ。元気そうで何よりじゃ」

新九郎の肩までしか背丈がない季広は、腰に手を回して奥の部屋まで連れていった。

「長《なが》の働き苦労であった。鉄を百貫も買い付けたそうだな」

「小浜の港で」

ちょうど博多から来た船と行き合った。そこで砂金との交換を申し入れたのである。

「さようか。値はいかほどじゃ」

季広が急に計算高い顔をした。

気のいい養父だが、銭にはやたら細かい。しかもケチで、人付き合いは銭がかかると家族に外出を禁じているほどだった。

「知りません」

「その話は新九郎が決めたそうではないか。知らぬはずがあるまい」

「向こうの船長が、いい奴だったので」

話しているうちに取り引きすることになったが、商いの細々とした話は孫次郎に任せたのだった。

「分った分った。近頃は蝦夷地の砂金も品薄でな。手に入れるのが難しいのじゃ」

「アトイから聞きました」

「品薄にして値を吊り上げているという噂もある。ところで管領さまから知らせがあった。明後日、七月一日までに新九郎を折曾《おりそ》の館に連れて来いとのご命令じゃ」

「何の用でしょうか」

「聞いておらぬ。連れて来いとのことじゃが、一人で行けような」

「孫次郎に」

小型の船を出させようと思った。

「そうしてくれ。本家となると手ぶらで行くわけにもいかぬからな」

季広が嫌がるのは銭を惜しんでのことばかりではない。従兄《いとこ》の季長が苦手で、顔を合わせたくないのだった。

（二）

十三湊を出て七里長浜ぞいに下ると鰺ケ沢《あじがさわ》に着く。

名前の通り七里の距離で、そこから西に四里ほど行った所に折曾の関（深浦町関《ふかうらまちせき》）があった。蝦夷管領である安藤又太郎季長が本拠地としている港で、十三湊、深浦と並ぶ日本海交易の拠点である。

背後に山が迫っているので、陸路を来る者は山を越え、坂を下って海まで出る。それゆえ下《お》り磯《いそ》と呼ばれていた地に、折曾の字を当てたのだった。

新九郎が本家を訪ねるのは初めてだった。

季長の三男として生まれたが、二人の兄とは母親がちがう。しかも側室だった母親は、新九郎が幼い頃に亡くなっている。

そのために季長は十三湊の季広に新九郎の養育を任せたまま、三人目の息子などこの世にいないかのように一切の連絡を取らなかった。

父とは名ばかりで、顔さえ見たことがない。それなのに急に呼び付けるとは、どういう了見《りようけん》なのか。新九郎は少なからず気になっているが、孫次郎らに心中を見透かされるのは嫌なので、船の上にあお向けになったまま寝たふりを決め込んでいた。

「若、着きましたぞ。折曾の関でござる」

孫次郎は新九郎の狸寝入《たぬき》りに気付いていて、わざと小声で呼びかけて面白がっていた。

新九郎は憤然として起き上がり、陸をながめた。

山のふもとのわずかな平坦地に、二十軒ばかりの家が並んでいる。中央の一段高くなった場所に見える大屋根が、本家の館だろう。

すぐ後ろの山に詰めの城を築き、長々と土塁と塀をめぐらしている。港は集落の西のはずれ、海岸の岩場が北に突き出した所にあって、西からの風を防げるようになっていた。

港の側には大きな銀杏《いちょう》がある。遠くからでも一目で分る巨木で、何本か密生しているように幅が広い。

まだ夏の終わりなのにいち早く黄葉して、黄金色の幕を広げたようだった。

「いい目印だ」

新九郎は銀杏の大きさと美しさに目を奪われた。

これなら海上からでも港の位置が良く分った。

「折曾の大銀杏と申しまする。安倍忠良《あべのただよし》さまが港を開かれた時に植えられたもので、樹齢三百年と申します」

「忠良さま?」

「初めて朝廷から陸奥権守《むつごんのかみ》に任じられたお方で、安倍貞任《さだとう》、宗任《むねとう》さまの祖父でございます。若にとっても先祖にあたられるお方です」

あれは唐から買い付けた特別な銀杏で、何本も生えているように見えるが根はひとつである。

忠良は安倍家もそうあるようにという願いを込めて、港の側に目印として植えたという。

「詳しいな」

「いいえ。子供の頃に婆さまに聞いただけでござる」

「どういう方だ。管領どのは」

新九郎は意を決してたずねた。

「それがしが本家を訪ねたのはたったの二回、しかも季広さまの後ろで平伏していたばかりでござるゆえ」

「その時の、感じは」

「決断が早く自信に満ちあふれて、何といいますか、あたりを威圧するような……」

どうやらいい印象を持っていないようで、孫次郎は言葉を選びながら訥々《とつとつ》と語った。

大銀杏の西側の港に船をつけると、番所の役人が待ち受けていた。

「十三湊の安藤新九郎さまだ」

孫次郎が告げると、役人は館ではなく詰めの城に案内した。

山を巻くように付けられた大手道を登ると、山頂部に深い濠と高い土塁をめぐらし、板塀を築いてある。海上からでも見えるほど大規模なもので、敵の襲撃を受けた時には近隣の領民すべてが避難できるようになっていた。

新九郎と孫次郎は、濠にかけた橋を渡って城内に入った。

山頂部を削って平坦にした敷地に、茅葺《かやぶ》きの御殿が建てられている。軒や柱に金《きん》の飾り金具をつけた豪華な造りで、安藤本家の権勢の大きさを示していた。

御殿には大勢が集まり、あわただしく動き回っている。まるで神事でも始まるような張り詰めた空気がただよっていた。

（いったい何事だろう）

新九郎はいぶかりながら御殿の対面所に入った。

しばらく待つと、烏帽子、水干姿の五十がらみの男が大股で入ってきた。

四角い大きな顔に猛々《たけだけ》しい髭をたくわえている。新九郎ほどではないが人並はずれた体格で、仁王像のような威圧感があった。

「新九郎、わしが父じゃ」

「はあ」

「これまで十三湊で気ままにさせてきたが、これからは安藤家のために働け」

一方的に決めつけられ、新九郎は少なからずむっとした。

これまでだって朝日丸に乗って安藤家のために働いてきた。それに初対面のあんたに、そんなことを言われる筋合いはないと言いたかった。

「季政《すえまさ》と季治《すえはる》を知っておるか」

「知りません」

「二人ともそちの兄じゃ。季政には津軽、季治には出羽《でわ》の支配を任せてきた。ところが季治が出羽の者どもに殺された」

「叛乱ですか」

「そうじゃ。わしのやり方に不満を持つ者どもが、渡党《わたりとう》と組んで叛乱を起こしおった」

蝦夷地の渡島に住むアイヌを渡党と呼ぶ。数百年前に奥州から移り住んだ者たちで、海峡を往来して盛んに津軽と交易をしている。アトイやタタルもその一族だった。

「明日は季治の初七日の法要をおこなう。一門衆に引き合わせた上で申し付けることもあるゆえ、今夜は港の番所にでも泊っておけ」

季長は必要なことだけを言って、さっさと席を立った。

季治の法要は、城山のふもとにある羽賀寺《はがじ》でおこなわれた。

季長が若狭小浜の羽賀寺から高僧を招いて開いた天台宗の寺で、本尊の十一面観音像は一丈《じょう》六尺（約四・八メートル）もあった。

都から七条仏所《しちじょうぶっしょ》の仏師を招き、五年もかけて造らせたものである。今は白木造りのままだが、やがて金箔をほどこして光り輝く仏にすると豪語していた。

港の番所に泊った新九郎と孫次郎は、法要が始まる直前に寺に着いた。

意外なことに孫次郎は初七日の法要がおこなわれることを知っていて、新九郎のために薄墨色の衣と烏帽子を持参していた。

「知っていたなら」

なぜそう言わぬと問い詰めたが、孫次郎は十郎季広さまのお申し付けだと、さっさと着替えにかからせたのだった。

広々とした本堂にはすでに二十人ほどが集まり、左右に分れて居並んでいた。

右側が西の浜の安藤本家の重臣たち、左側が外の浜（外ヶ浜）の内真部《うちまつべ》を拠点とする安藤五郎《ごろう》季久《すえひさ》の重臣たちで、その大半が安藤一門だった。

両安藤家は西の浜と外の浜に分れ、奥州北部から蝦夷地にかけての広大な地域を支配していたが、互いの仲はかならずしも良好ではない。領国支配の方針や利益の分配をめぐって対立することも多く、小競り合いや合戦《かっせん》になったことも何度かある。

両家の重臣たちがことさら広々と間を空けて座っているのはそのためで、正面の本尊に目を向けたまま顔を合わせようともしないのだった。

「どうぞ、こちらに」

寺の者が案内したのは、本家側の末席だった。

「どうやら本家では、新九郎さまの顔をお忘れのようでござるな」

孫次郎が聞こえよがしの嫌味を言ったが、寺の者は取り合おうとしなかった。

新九郎の鼻の奥につんと痛みが走った。冬の冷気を急に吸い込んだ時のような痛みが起こるのは、人の悪意や嘘を感じた時の常である。

両家の重臣たちのいがみ合う心が瘴気《しょうき》となって立ち昇り、本堂に充満しているのだった。

やがて季長が嫡男《ちゃくなん》の季政を従えて入ってきた。新九郎よりひと回り歳上の異母兄で、同席するのは初めてだった。

その後ろに、外の浜の安藤五郎季久が従っている。小柄で太った体付きをして、目尻が下がった丸い顔は布袋《ほてい》様のようだった。

「意外だな。季久さままで来ておられるとは」

新九郎は季久と二度会ったことがある。内真部の要港である油川《あぶらかわ》に荷を運んだ時、挨拶に出向いた。

季久は丁重にもてなしてくれたものの、季長とはそりが合わないので、西の浜の本家は鬼門だと苦笑していたのだった。

「季治さまが討ち死にされたのでござる。義父としては知らぬ顔もできますまい」

「義父だと」

「季久さまの姫君と季治さまは、夫婦《めおと》になる約束をしておられました」

孫次郎はそうした事情にも通じていた。

全員が座につくと、色鮮やかな法衣《ほうえ》をまとった三人の僧が読経《どきょう》を始めた。香を焚《た》き鳴物をまじえて経を読む声が、低く高く本堂の中に響きわたる。

御仏《みほとけ》の教えに触れて重臣たちの表情もおだやかになり、立ちこめていた瘴気が霧のように晴れていった。

法要が終わると、酒肴《しゅこう》のふるまいがあった。

面々の前に精進《しょうじん》の料理と盃《さかずき》をのせた高足膳が運ばれる。

盃は素焼きのかわらけで、酒宴が終われば庭に投げつけて土に返す習わしだった。

「皆の者、参列大儀である」

季長が本尊の前に立ち、季治が討ち死にしたいきさつを語った。

「皆も聞いておろう。季治は出羽の謀叛人《むほんにん》どもに討ち取られた。わしの命《めい》に従わぬ者どもが、一《いっ》揆《き》を結んで兵を挙げたのじゃ」

出羽の米代川《よねしろがわ》の河口には、安藤家が拠点としている能代館《のしろだて》と港がある。季治は季長の名代《みょうだい》としてそこに出向き、領国の統治や交易の管理にあたっていた。

ところが三月《みつき》ほど前から、領民が交易のやり方に不満を持ち、一揆を結んで利益の分け前を増やすように要求するようになった。

そこで季治は一揆の頭たちと交渉を重ねて折り合いをつけようとしたが、季長が一歩も引くなと厳命したために、話し合いは物別れに終わったのだった。

「一揆の者どもは軍勢をもよおし、当家の蔵を打ち破って財物を持ち去った。季治は手勢をひきいて鎮圧に出向いたが、謀叛人どもの待ち伏せにあってむざむざと命を落としおった」

出羽では四年前にも叛乱が起こっている。

その時には季長が自ら陣頭に立って鎮圧したが、今度はその時以上の規模で、能代館と港を確保するのが精一杯の状況に追い詰められているという。

「そこで新たに軍勢をつかわし、一日も早く鎮圧しなければならぬ。こうして皆に集まってもらったのは、倅《せがれ》の供養をするためばかりではない。心を合わせて弔い合戦をするためじゃ。のう五郎どの」

季長が側に座った季久に話を向けた。

二人は従兄弟《いとこ》にあたる。季長の父の妹が外の浜に嫁いで季久を産んだからで、歳は季長の方が五つ上だった。

「さようでござるな」

季久が太った体を大儀そうにゆすって立ち上がった。

「次郎《じろう》季治どのはまことにお気の毒であった。息子に先立たれた又太郎どのの落胆《らくたん》はいかばかりかとお察し申し上げるが、そうした素振りも見せず弔いも密葬にして、初七日に我らの参集を求められた。それはひとえに安藤本家、蝦夷管領家としての務めをはたさねばならぬというお覚悟のゆえじゃ」

季久の言葉はおだやかだが、皆の耳目《じもく》を引きつける説得力があった。

「我らもそのお覚悟にならい、又太郎どののご下知《げじ》に従って叛乱の鎮圧に当たらねばならぬ。それぞれ思うところもあろうが、一致結束して事に当たってもらいたい」

季久の呼びかけに、季長が手を叩いて満足の意を示した。

意外な成りゆきに戸惑っていた両家の重臣たちは、初めはためらいがちに、後には他の者に遅れじと賛意を示したのだった。


簡単な盃事を終えると、皆は出陣の仕度のためにそれぞれの所領に戻っていった。

ところが新九郎と孫次郎は、

「お館さまが、ご用があるとおおせでございます」

寺の者に案内され、庫裏《くり》の一室で待つことになった。

「何の用だろうな」

新九郎は早く十三湊に戻りたい。季長の威丈高な態度になじめず、尻の据わりの悪い思いをしていた。

「若はご存じか。蝦夷管領とは何か」

孫次郎が唐突にたずねた。

「名前くらいは」

「そもそもこの官職は、鎌倉幕府の初めに安藤家が任じられたものでござる」

「頼朝公にか」

「幕府の執権であった北条義時《ほうじようよしとき》どのでござる。平泉の奥州藤原氏が頼朝公に亡ぼされた後、奥羽の大半は北条家の所領となりました。そこで北条家は、関東の御家人《ごけにん》に要地を与えて治めさせたのでござる」

ところが津軽、下北地方より北は蝦夷が治めてきた土地で、寒さも厳しく稲作もおこなわれていない。そんな所を御家人に治めることはできないので、蝦夷の族長だった安藤氏を蝦夷管領に任じて治めさせることにした。

そのかわりに安藤氏から、年貢や交易の利益の一部を徴収したのである。

その額は北条家や幕府の屋台骨を支えるほど巨大なものだった。

「初めは外の浜の安藤五郎家が、蝦夷管領に任じられておりました。ところが五十年ほど前に、当地と蝦夷地で叛乱が起こり、安藤五郎家のご当主が討ち死になされた。そこで北条家は蝦夷管領の職を取り上げ、西の浜の安藤又太郎家に与えたのでござる」

それ以来、西の浜が安藤本家となり、領地領民を支配するようになった。

これを奪い返すことは外の浜安藤家の悲願であり、出羽で叛乱が起こったのはむしろ好機ととらえているおそれさえあるという。

「そんな折に季治さまが討ち死になされたのでござる。お館さまはさぞ案じておられることでございましょう」

「それで俺を」

「本家に引き取りたいと思われたのかもしれませぬな。何しろご嫡男の季政さまでは……」

頼りにならぬと孫次郎が言いかけた時、表で足音がして季長と季久が連れ立って入ってきた。

「待たせたな。今日は折り入って話がしたい。酒でも飲んでゆるりとしていけ」

季長が手を打つと、寺の者が四人分の高足膳を運んできた。

さっきとはちがって、海の幸山の幸を盛った皿がいくつも並んでいた。

「さあ飲め。遠慮はいらぬ」

季長が長い腕を伸ばして瓶子《へいじ》の酒を勧めたが、新九郎は盃を取ろうとしなかった。

「どうした。飲めぬのか」

「ご用を先に」

新九郎は季長の口からも瘴気が立ち昇っている気がして、応じる気になれなかった。

「ならば有体《ありてい》に申すが、季治の代わりに出羽に行ってもらいたい。五百の兵をさずけるゆえ、能代館に行って叛乱を鎮圧せよ」

「出港は？」

「十日後、いや、五日後までに発《た》ってくれ」

「お館さま、それは無理でございます。小浜から戻ってきたばかりで、朝日丸の修理もできておりません」

孫次郎が慌てて間に入った。

「ならば他の船で行けば良い。能代は目と鼻の先ではないか」

「しかし、五日後までに仕度をすることはできません」

「ならば十日後で良い。それまでに津々浦々の軍勢を、深浦の港に集めておこう」

「五日後で構いません」

それに軍勢も不用だと、新九郎は平然としていた。

「軍勢も連れずに、どうするというのだ」

「能代の港には知り合いがいます」

彼らに連絡を取って、何が起こっているか確かめる。どう鎮圧するかを決めるのはそれからだった。

「なるほど。五郎どの、この儀はいかがでござろうか」

季長はできるだけ季久を引き付けておこうと気を遣っていた。

「異存はござらぬ。それがしからもひとつ頼みがありますが、この場でよろしゅうございましょうか」

「はて。何も聞いておりませぬが」

「お二人がそろっておられる時のほうが話が早かろうと、誰にも明かしませんでした。実は娘のことでござる」

季久は布袋様に似た福々しい顔立ちをしているが、にこやかな笑みの背後に数多くの策を隠し持っているようだった。

「娘の照手《てるて》は季治どのに娶《めと》ってもらう約束でございました。こういうことになったとはいえ、両家の縁組みを取りやめるのは残念でなりませぬ。それゆえ新九郎どのに、照手を娶っていただけませぬか」

「五郎どの、願ってもないことじゃ」

季長は髭だらけの顔に喜色を浮かべた。

「そうしていただければ、両家の結束の固さを皆に示すことができる。叛乱も日ならずして鎮圧することができましょう」

「新九郎どのはいかがじゃ。この縁談、受けていただけましょうな」

季久が押しの強いたずね方をした。

「会ったこともないので」

即答することはできない。人と形《なり》も分らないまま、生涯の伴侶《はんりょ》を押しつけられるのは嫌だった。

「新九郎、何を申す。無礼であろう」

「いやいや又太郎どの、おおせはもっともでござる。ならば一度会っていただき、その上で返事をうけたまわることにいたしましょう」

娘を見たなら気に入らぬはずがない。季久は内心そう思っているようだった。

（三）

新九郎はその日のうちに十三湊に戻った。

水戸口から船を入れて前潟に向かう途中、ふと何かに呼ばれた気がしてふり返った。

弓なりにつづく七里長浜の向こうに、岩木山がどっしりとそびえている。

山頂から左右になだらかな稜線を広げ、夕陽に赤く染まった空に影絵のように浮かび上がる姿は秀麗である。

西に目を向けると、今しも太陽が水平線に沈みかけるところだった。

何と鮮やかな夕焼けだろう。

一日の役目を終えた太陽が、空も海も真紅《しんく》に染めて黄泉《よみ》の世界に旅立っていく。ひとたびは死に、次の朝には新たな生命力を得て生まれ出《い》ずるのである。

感動に身を震わせてはるか彼方をながめていると、新九郎の耳底《じてい》にゴゴゴ、ゴゴゴという地を揺るがすような音が鳴り響いた。

水平線の向こうから聞こえる不気味な音だった。

「若、どうなされた」

孫次郎が気遣った。

「聞こえぬか。海鳴りだ」

「まさか。こんな天気のいい日に」

海鳴りは雲が低くたれこめた日に起こる。やがて波風が立つ前触れだった。

新九郎は黙ったまま耳底の音に意識を集中した。

孫次郎に聞こえないとしたら、ただの空耳なのか。この迫力に満ちた音は、海が荒れる前触れではなく、時代の荒波が迫ってくる予兆かもしれなかった。

前潟に船をつなぎ、十郎季広の館に報告に出向いた。

「無事に初七日の法要が終わり申した。外の浜の五郎どのと一門衆も参列なされ、力を合わせて出羽の叛乱を鎮圧すると申し合わせました。その後庫裏に招かれ、討ち死になされた季治どのの代わりに、若を出羽攻めの大将にするとのご沙汰がありました」

孫次郎が淡々と安藤本家での出来事を報告した。

「そのようなことだろうと、察しはついておった。それゆえわしは参列をはばかったのじゃ」

「それはどういう訳でございましょうか」

「その場にいたなら、わしに新九郎の目付役を命じられたはずじゃ。そうなれば我らが出羽攻めの矢面《やおもて》に立たざるを得なくなる」

季広のケチの才覚は、こうした利害損得にまで及んでいた。

「ところが若は、出羽攻めに行くことを断わられたのです」

「そんなことを本家が許すはずがあるまい。よく生きて戻れたものだ」

「出陣する前に、出羽の状況を探りたいとおおせられて。若、さようでござるな」

孫次郎が話を向けたが、新九郎は軽くうなずいたばかりだった。

「それで良い。戦《いくさ》ほど無駄な銭がかかるものはない。それを避けるためなら、嘘でも方便でも構わぬ」

「行きますよ。出羽に」

新九郎がボソッと言った。

嘘と言われるのは心外だった。

「行くのは構わぬ。ただし戦にならぬように、一揆の輩《やから》をなだめるのだ。相手が気に入るような条件を出し、本家が了解するのを待っていると言って、のらりくらりと先延ばしにするがよい」

「無理です。俺には」

「さようですな。殿のような訳には参りませぬ」

孫次郎は季広の交渉上手を知っていたが、それはいかさまと紙一重で、決して誉《ほ》められたものではなかった。

「ところで外の浜の五郎どのの様子はどうであった。本家に力を合わせると、本気で思っておられるのか」

「重臣の方々にも、一致結束して叛乱の鎮圧に当たってもらいたいと呼びかけておられました。その言葉に偽りはないと存じまする」

「偽りはなくとも、気が変わるということはある。人の心など秋の天気のようなものじゃ」

「ならばそれがしなどに、本気か嘘か分るはずがござらぬ。殿が五郎どのに会って確かめて来られるがよい」

孫次郎はへそを曲げてそっぽを向いた。

「大の男がむくれるな。法要の後、五郎どのはどうなされた。すぐに一門衆と帰られたか」

「お館さまと庫裏にやって来て、娘を若に娶《めあ》わせたいとおおせになりました。これこそ本気の証《あかし》でございましょう」

「季治どのの許婚者《いいなずけ》だった照手姫のことか」

「さようでござる」

「それで新九郎はどうした」

「会ったこともないので」

何とも答えられなかったと、新九郎は正直なことを言った。

「わしは一度会ったことがある。絵巻物から抜け出て来たような美しいお方じゃ。その評判は都にも聞こえ、さる公卿《くぎよう》から縁組みの申し入れがあった。ところが五郎どのは娘を手放したくないと、この話を断わられたのじゃ」

それほど大事な娘を新九郎に娶わせようと言うなら、確かに本気かもしれぬ。季広はそう言って再び長々と考え込んだ。


翌日から新九郎は能代館に行く準備を始めた。

一揆を鎮圧するには、武力で押さえつけるだけでは駄目である。なぜ出羽の領民とアイヌたちが叛乱を起こしたのか、その原因を突き止めなければならなかった。

新九郎はまず出羽と交易をしている商人《あきんど》や水夫たちに、現地の状況をたずねてみた。能代の港に船をつけているのだから、ある程度のことは知っているだろうと思ったが、

「さあ、わしらは船宿に泊り、本家の役人と取り引きをするばかりですから」

皆一様に首をかしげた。

交易はすべて港の側の交易所でおこなわれるので、領民たちと触れ合う機会はまったくない。内情に立ち入ることを、本家の役人たちがあからさまに嫌がるという。

「ともかく能代館に行ってみたらいかがですか」

孫次郎が進言した。

季長から出羽を治めよと命じられたのだから、本家の役人たちを従わせることができる。そこで事情を聞けばいいと言うのである。

「駄目だ」

「何ゆえでしょうか。これから能代館の者たちが、若の家臣になるのでござるぞ」

「本当のことは、言わぬ」

叛乱を防ぐことができず、季治を討ち死にさせた責任を、能代館の者たちは痛感しているはずである。だから責任を問われないように、決して本当のことは話さない。新九郎はそう察していた。

「では、どうなされるのでござる」

「領民に」

話を聞くのが先だ。

新九郎はそのための伝《つて》を探したが、役に立ちそうな者はいなかった。

出港が翌日に迫った日、新九郎は後潟につないだ朝日丸を見に行った。修理の進み具合を確かめるためだが、船着場に向かう途中にアトイが走り寄ってきた。

「兄貴、能代に行かれるそうですね」

「聞いたか」

「みんな噂していますよ。兄貴が出羽攻めの大将になられるって」

「戦などしない」

「なんだ。大将になるんじゃないんですか」

アトイはまとわりついてたずねながら、どこかほっとした顔をした。

アトイとはアイヌ語で海という意味である。その名の通り、青みがかった澄みきった目をしていた。

「どうした」

「今度の一揆には、出羽アイヌも加わっていると聞きました。兄貴が俺らの一族と戦うのは嫌だなと思ってたから」

「連絡があるのか」

出羽アイヌと、という意味である。

「そりゃあ、ありますよ。向こうと縁組みしている者もいるし、三日前にも出羽の使いがタタルの所に来ていましたから」

「タタルはどうした」

「館で親父《イヤポ》に送る銭の計算をしています」

アトイの父は渡党アイヌの族長である。タタルは十三湊の商館に常駐し、交易で上がった利益を族長に送る役目をになっていた。

タタルは卓の上に細い紐《ひも》を何本も並べていた。所々に結び目を作り、上の端を横木に結びつけたすだれのようなものをこしらえている。

文字も数字も使わないアイヌは、紐に結び目をつけて数を表わしている。新九郎には理解できないが、この十数本の紐と結び目によって、交易の利益の報告が過不足なくできるのだった。

「タタル、三日前に出羽から使いの者が来ていただろう」

どんな知らせがあったか兄貴に話してくれと、アトイが頼んだ。

「それは身内のことですから」

タタルは浅黒い顔をちらりと向けただけだった。

「兄貴は身内だ。義兄弟の盃を交わしてくれと、私が頼んだ」

「出羽征伐の大将になられると聞きました。うかつなことは言えません」

「戦を避けるために行かれる。そのためには、なぜ叛乱が起きたか知らなければならないのだ」

「お父上も知っておられますか」

「何を？」

「アトイさまと新九郎どのが、義兄弟の契《ちぎ》りを結ばれたことを」

「まだ話してはいない。しかし親父なら分ってくれるはずだ」

「それなら、いいのですが……」

タタルはアトイに抗しきれずに仕方なげに立ち上がった。

「どうぞ、こちらに」

商館の隣の家に、三人のアイヌが身を寄せて座っていた。

髪も髭も伸ばし放題で、鷹《たか》のような鋭い目付きをしている。額と頬には猛々しい入れ墨をほどこしていた。

タタルは三人の側に座ると、アイヌの言葉でしばらく何かを話していた。

どうやら出羽の状況を伝えてくれと頼んだのだろう。三人は姿勢を改めて新九郎の前に並び、和語と呼ばれる日本の言葉で語り始めた。
その内容はおおよそ以下の通りである。

我らは米代川の北に住む出羽アイヌでございます。太古の昔より白神山地の山々の恵みによって生きて参りました。春や夏には山菜や川魚、秋には木の実をとり、冬には熊《くま》や鹿を狩って食用にしたり毛皮を売って生計を立てております。

米代川の南には和人《わじん》が住み、我々と似たような暮らしをしております。

我らは和人の村の川向かいに村《コタン》を作っていますが、対立することはありませんでした。

三十年ほど前に和人が米代川の鮭《シペ》を独占し、我らに漁を許さなくなった時には、武器を取って立ち上がろうという動きもあったようですが、村長《むらおさ》のなだめに従って折り合いをつけたそうでございます。

和人は大切な交易の相手でもあります。我らは山々からブナの木を伐《き》り出し、筏《いかだ》に組んで和人の村に運びます。

すると和人はそれを買い取って、木地師《きじし》の技で椀《わん》や皿を作ります。我らはそれを買い取って使っていますし、女たちが冬の間に織る布《アッシ》も大切な交易品になっています。

こんな暮らしに波風が立ったのは、八年前のことでございました。

能代館の役人方がブナの木やアッシ、熊や鹿の毛皮をすべて買い上げることになされたのです。和人の村で作る椀や皿も同じで、すべて港の側の交易所に運ぶようにお命じになりました。

しかも今までより二割も高値で買い取って下さるというので、我らも喜んで売りに行ったものでした。

しかしそれは初めのうちだけで、時がたつにつれて次第に買い叩かれるようになり、昔の半分も支払ってもらえなくなったのでございます。

役人方の話によると、我々から買い上げた品々は越前や若狭、都に運んで売りさばいていたが、今までより安くしか売れなくなった。そのために買い取りの値が下がったということでした。

それなら昔のように、和人の村と交易できるようにしてくれ。我々ばかりか和人の村の衆も、交易所の役人にそう申し入れました。

もともと一括の買い上げは役人方が命じられたことで、我らが望んだことではありません。こんな無体《むたい》な目にあわされるなら、昔のような暮らしに戻りたいと、我々も和人の村の衆も望んだのでした。

ところが役人方はそれを許されない。蝦夷管領さまのお申し付けだと言って、米代川をはさんでの交易を厳重に禁じられました。そこで我々の村々と和人の村々が一揆を結び、自由な交易を求めて四年前に叛乱を起こしたのです。

この時には管領の安藤季長さまが直々にお出向きになり、一揆勢を力で押さえつけると同時に、我々の要求にも耳を傾けて下さいました。

これまですべて交易所に売るように定められていましたが、これからは半分だけ売り、半分は自分たちで自由に売っても構わないと改められたのです。

我々も和人たちもこの条件を受け容れ、争いは治まりました。

ところが一年前、アツシを売りに出す頃になって、再び交易所の役人がすべて買い上げるようになりました。約束がちがうと訴えても、家の中に踏み込んで力ずくで奪い取っていかれます。

それは和人の村でも同じでした。

シナノキの皮の繊維を使って作るアッシの技は和人の村にも伝えられ、シナ布《ふ》という名で珍重されています。役人方はこれもすべて取り上げ、相場の半額ほどしか支払われないのです。冬になると熊や鹿の皮もすべて持っていかれるので、壁の内側に立てる風よけがなくなって凍《こご》え死ぬ者が出たほどでした。そこで我々は再び和人の村と一揆を結び、四年前の約束の実行を求めて立ち上がったのです。

こちらが本気だということを示せば、管領さまも以前のように話し合いに応じて下さる。皆がそう思って物具《もののぐ》を取り、不当に持っていかれた品々を取り返すために蔵を打ち破ったのですが、そうした争いの中で思いもかけないことが起こりました。

能代館の季治さまが、叛乱を治めるために出陣する途中で、何者かに討ち取られたのです。トリカブトの毒矢で射抜かれたので、アイヌの仕業だと言われていますが、我々の中にそんなことをした者はおりません。蝦夷管領さまと正面から戦うつもりはないのですから、そんなことをするはずがないのです。

しかし、我らの仕業だと疑われたままでは、管領さまの軍勢に攻められて出羽アイヌは全滅させられてしまう。それを恐れた村長は、我ら三名を十三湊につかわし、この状況を族長のエコヌムケさまに伝えてもらい、何とか助けてもらおうとしました。

エコヌムケさまなら管領さまと直に話をして、我々が季治さまを手にかけたのではないと、説明してもらえると考えたのでございます。

三人は入れ替わり立ち替わり語り継ぎ、そうした事情を訴えた。まるで沈みかけた船の水をかき出しかき出し、ようやく港にたどり着くようなたどたどしさだった。

「アイヌの村に入れるか」

新九郎はアトイにたずねた。

「兄貴がですか」

「この目で見てみたい」

「ならば私も同行します。どうだ、入れるか」

アトイの問いに三人は戸惑った顔をしたが、自分たちの船に乗れば港の番所を通り抜けられると言った。

「もう一人だ。わしも同行させてもらう」

孫次郎が名乗りを上げた。

二日後の早朝、新九郎らは朝日丸で十三湊を出港した。途中の深浦までこの船で行き、その先はアイヌの船に乗り換えるつもりだった。

第二章　熊狩りの罠《わな》

（一）

十三湊を出た朝日丸は、七里長浜ぞいに南に向かった。

外洋に出れば北に向かって流れる対馬海流に押しもどされる。それを避けるために、地乗《じの》りと呼ばれる沿岸に近い所を進む航法を用いていた。

後ろからアイヌの五人が乗った板綴船《イタオマチプ》がついて来る。丸木船の船縁に板を立てて大型化した細長い船で、波にあおられて左右に激しく揺れている。

漕ぎ手は左右に二人ずつ。そのうちの三人は十三湊に使いに来た者で、船尾にはアトイが乗って舵取りをつとめている。

湊にいる時にはまだまだ少年だと思っていたが、他の四人を指揮して見事に船を操り、苫もなく朝日丸についてきた。

安藤新九郎季兼は舵取りの弥七の側に立ち、飽きずにアイヌの操船ぶりを見ていた。

櫂《かい》の漕ぎ方も舵の取り方も手慣れたもの。船縁は海面すれすれで波が打ち込みそうだが、その波を櫂ですくうようにして船を進めている。

面白いのは帆走《はんそう》に移る時である。

帆は二本の棒の間に布を張っただけの簡単なもので、これを船縁に空けた穴に立てて風を受ける。しかも順風が吹くのを予知したように素早く帆を立て、風がやむと即座にたたむ。

臨機応変の対応は見事なもので、朝日丸の水夫たちより、はるかに楽に船を操っていた。

「あの者たちは海の狼でござる。あの小さな船で飛ぶように海を渡ります」

いつの間にか北浦孫次郎が側に立っていた。

アイヌたちは津軽と渡島の間の内海《うちうみ》（津軽海峡）を楽々と往来するばかりか、海流に乗って蝦夷地や樺太《からふと》（サハリン）、そして大陸にまで渡るという。

「海の狼か」

新九郎は極端に無口で、必要なことしかしゃべらない。だが海の狼という言葉にはなぜか心を動かされた。

「ところで若、安藤季久さまのお申し出でござるが」

娘の照手姫と娶わせたいという話。それについてどう考えているかと、孫次郎は気を揉んでいた。

「別に」

新九郎は何も考えていない。会ったこともない娘など、この世にいないも同じだった。

「はっきり言って、これは政略のための縁組みでございます。本家の季長さまは、外の浜の季久さまの助力を必要としておられる。季久さまも本家との関係を強めて、発言力を得ようとしておられるのです」

「それで」

「若の縁組みも、そのための手段だということでございます。そこのところを分っておられないと、先々嫌な思いをなされるかもしれません」

「そうだろうな」

新九郎にもそれくらい分っているが、嫌なら断わればいいと気楽に考えていた。

「ところがそこには複雑な駆け引き、腹のさぐり合いがございましてな」

世慣れた孫次郎は、新九郎を船屋形《ふなやかた》の側まで連れていって座らせた。

「いい機会なので、本家と外の浜家のことについて話しておきましょう。若は蝦夷管領職がどれほど大きな権限を持っているか、ご存じありますまい」

「この間、折曾の関で聞いた」

「ところがあれはほんの一部でございます。それだけでは足りぬところがあるので、お話ししようというのです」

孫次郎は新九郎の両肩に手を当て、自分の方に向き直らせた。

「若は十三湊も安藤本家の所領だと思っておられましょう」

「ああ、そうだ」

「ところがちがいます。あの湊を支配する権利は、鎌倉の北条得宗家《とくそうけ》が蝦夷管領に預けているだけなのです」

「借りものか」

「さよう。それゆえ五郎季久さまが管領に任じられたなら、十三湊も季久さまに与えられます」

「面白いな」

新九郎は初めて政《まつりごと》の仕組みを垣間《かいま》見た気がした。

今まで本家のものと信じて疑わなかった場所。それが借りものなら、天地《あめつち》の本当の持ち主は誰なのだろう。

そんな疑問が頭をよぎったが、いつものように口にはしなかった。

「十三湊だけではありませんぞ。尻引郷《しりひきごう》（弘前市中崎《なかざき》）の管領館も宇曾利《うそり》郷（下北半島）も中濱御牧《なかはまのみまき》（今別町《いまべつ》）も、みんな取り上げられ、本家には西の浜の館と所領しか残らなくなります。外の浜の季久さまが管領職を奪い返そうとしておられるのは、それだけの所領がかかっているからなのです」

娘の照手姫を新九郎に娶わせようとするのも、何か企みがあるからにちがいない。孫次郎は不信をあらわにして言いつのったが、新九郎は聞いていなかった。

「あ、風だ」

吹き始める予兆を感じ、反射的に立ち上がった。

まだ海は凪《な》いだままである。だが後ろからつづくアイヌの船は、すでに帆柱を立てて順風を待ち構えていた。

深浦湊に朝日丸を係留し、新九郎と孫次郎だけアイヌの船に乗り移った。

「後は頼んだぞ。いつでも出港できるようにしておいてくれ」

孫次郎が舵取りの弥七に念を押した。

「兄貴、こちらにどうぞ」

アトイが舳先の近くに座るように手招きした。

「俺も」

櫂を漕ぐ。新九郎は一人決めして船縁に座った。

板綴船《イタオマチプ》を我が手で操ってみたかった。

「いいんですか。皆と息を合わせるのは、案外難しいですよ」

「そのうち慣れる」

「じゃあ、私が横に座って拍子を取りましょう」

アトイが新九郎に寄り添って座り、片手を太股《ふともも》の上にのせた。

空いた舳先の席には孫次郎が座り、珍らしそうに船の中を見回している。

中でも船縁と板の継ぎ目。革で締め上げて水が入らないようにした工夫に、いたく感心していた。

「見事なものじゃ。これは切り込みを入れて継いでいるのであろう」

「そうです。では行きますよ。一《シネプ》、二《トウプ》、三《レプ》、それ」

アトイがさあ漕げと太股を叩いた。

新九郎は前に座った水夫の動作に倣《なら》い、いったん前屈して櫂を後ろに送った。そうして、櫂先で海面をつかみ、ゆっくりと手前に引く。

腕ではなく上体を前後させて漕ぐのがコツだった。

「なんだ。兄貴、できるじゃないですか」

これじゃ拍子なんか取らなくてもいいやと言いながらも、アトイは新九郎から離れようとしなかった。

黄金崎の沖を回った頃に、北東からの風が吹いてきた。それを予知した舵取りが帆を立てるように命じた。

二人の水夫が二本の帆柱を素早く船縁に立てた。

「このままでは船が沖に流されるぞ」

孫次郎はそう案じたが、心配は無用だった。

二本の帆柱には綱が結びつけてある。舵取りがそれを手綱《たづな》のように引いたりゆるめたりすると、帆柱が手前や向こうに倒れ、風に対するアッシの角度が微妙に変わる。そうして風の力が前に向かって作用するように操りつづけたのだった。

能代に着く頃には夜になった。幸い空は晴れ、満天の星がまたたいている。

アイヌたちはその明かりだけで昼のように船を進めていく。しかも北極星の位置で方角が分るので、針路を見失うこともない。

ところが米代川の河口近くまで来ると、急に船を停めてあたりの様子をうかがった。

帆を下ろし櫂を海中に立て、船が流されないようにして遠い沖をながめている。

「どうした」

新九郎は湊の方をながめた。

すでに見張り番所のかがり火は消え、警固《けいご》の兵も寝静まっていた。

「もうすぐ西風が吹きます」

「ほんとか？」

「はい。匂いで分りますから」

その風を利用して、川をさかのぼるという。

やがて予告通り風が吹き始めた。

海から陸に向けて吹く風をアッシの帆に受け、船は米代川に向かっていく。河口に入ると風はいっそう強くなり、船は背中を押されるようにぐいぐいと川をさかのぼった。

湊の側にある交易所を過ぎると、川はいったん大きく南に蛇行《だこう》するが、舵取りは二本の綱を操って難なく進む。

やがて川の南岸の高台に能代館が姿を現わした。

すでに戌《いぬ》の刻《こく》（午後八時頃）を過ぎて館は静まりかえっている。船はその対岸を音もなくさかのぼり、奥地へと分け入っていった。

川の北岸が出羽アイヌの村《コタン》。これは二、三十軒ばかりの集落が、一定の間をおいて点在している。狩猟や採集によって生きているアイヌたちは、競合をさけるために分散して暮らしているのだが、集落の大半が火を放たれて焼けている。

能代館の安藤勢と地元の住民の対立は、想像していた以上に激しく険しいものだった。


内陸部に入り川風が弱まると、皆でいっせいに櫂を漕ぐ。そしてしばらくさかのぼり、アイヌの大きな村についた。

北の山から流れてきて米代川に合流する小川。その東側の高台に五十軒ばかりの集落があった。出羽アイヌ最大の村で、村長もここに住んでいる。

新九郎らはアイヌの使者三人に案内され、村のはずれの家に入った。遠来の客を迎えるための施設で、広々とした土間には藁《わら》を敷きつめた一角がある。

この日はそこで一夜を過ごし、翌日の朝、村長に会った。

ひときわ大きな屋根を構え、南側に二つの窓を開けた家。その中に入ると、東側にも明かりを取るための窓があった。

窓を背にして四十がらみの小柄な男が座っていた。

これが村長のイホカイで、髪も髭も伸ばし放題だが聡明な目をしている。左右には顔に入れ墨をした屈強の若者を従えていた。

アイヌの家は東が上座である。

イホカイが窓を背にしているのは、たとえ相手が誰であれ、この村で上座に座るのは自分だという強い意志表示である。

イホカイの前には囲炉裏《いろり》があり、燃えさかる薪《たきぎ》の上に鍋がかけてある。ふたをしたままの鍋から、いい匂いの湯気が上がっていた。

「こちらは安藤又太郎季長さまのご子息、新九郎季兼さまです。このたび出羽の差配を任され、能代館に入られます」

アトイが和語を使った。

イホカイは商才に長《た》け、和語も自在に操るという。

「出羽アイヌを束ねているイホカイと申します。あなた方のことは使いの者から聞きました。こうして来ていただいたことを、アイヌの神《カムイ》と村々の者になり代わってお礼を申し上げます」

「新九郎季兼です」

新九郎はいつものように言葉数が少ない。

だがイホカイは立派な体格と濁《にご》りのない目をひたと見据え、信用するに足る相手だと判断したようだった。

「ちょうどチェプオハウが煮えています。一緒に食べましょう。難しい話は腹ごしらえをしてからです」

自ら鍋のふたを取り、新九郎や孫次郎のためにチェプオハウを椀によそった。

魚肉を入れた汁で粟《あわ》や山菜、豆などを煮たもので、石狩鍋の起源と言われる料理である。

薄い塩味と粟と豆の甘みの調和が絶妙で、山菜の香りが食欲をそそる。

昨夜から何も食べていなかった新九郎は、旨《うま》さに魅了されて五杯もおかわりをした。初めて食べる料理なのに、なぜか懐しい。自然の恵みをそのまま味わう豊かさがあった。

「驚きました。こんなにお召し上がりいただき、これほど嬉しいことはありません」

イホカイは満足そうに相好《そうごう》を崩し、二人の若者に外で待っているように言った。

心が打ち解け、用心棒の必要はないと思ったのである。

「今度の争いは、管領さまが四年前の約束を一方的に破られたために起こりました。我々は川の向こうの和人の衆とも協力し、約束を守るように訴えましたが、能代館の役人方は応じようとなされません。それどころか我々の家に土足で踏み込み、熊の毛皮やアッシを取り上げていかれたのです」

そのために争いが激化。イホカイたちは和人の村と協力して兵を挙げた。

しかしそれは一方的に取り上げられたものを取り返し、四年前の約束を守るように求めるためで、安藤家と正面から戦うつもりはなかった。

「ところが争いの最中《さなか》に安藤季治さまが討ち取られました。しかもトリカブトの毒矢が使われたために、争いは抜き差しならないことになりつつあります。管領さまは季治さまを殺したのが我々だと思い、出羽アイヌを皆殺しにしようとなされるでしょう。現にそれ以後、能代館の軍勢が我々の村を襲い、手当たり次第に焼き払いました」

「それは見ました」

新九郎が短く応じた。

「しかし、カムイに誓って申し上げます。我々は毒矢など使っていません。誰かが我らをおとしいれるためにやったことです。そのことをマトウマイ（松前）のエコヌムケさまに伝え、管領さまと話をつけていただくために、この三人をアトイさまのもとにつかわしました」

イホカイは土間の隅に神妙に控えている三人を見やった。

「それは立派な判断でした。この三人が知らせてくれたからこそ、兄貴、いえ、新九郎さまが来てくれたのですから」

アトイはアイヌの村長の前でも、新九郎への信頼を隠そうとしなかった。

「おとしいれると言われましたが」

誰がなぜそんなことをしたのか。心当たりがあるかと新九郎はたずねた。

「分りません。この機会に出羽アイヌを潰してしまおうと、企んでいる者がいるのかもしれません」

「何のために」

「我らが住む土地を取り上げるためです。あるいは戦をあおり、何かを狙っているのでしょう」

ともかく我々は毒矢など使っていないし、季治さまを殺してもいない。イホカイは何度も無実を訴え、力を貸してくれるように頼んだ。

（二）

新九郎らは次郎季治が討たれたという金山館《かなやまだて》に向かった。

米代川の河口北岸の高台にある城《チャシ》で、アイヌたちはここに環濠《かんごう》集落をきずき、海に漁に出るための拠点にしていた。また米代川を遡上《そじょう》してくる鮭の見張り場でもあった。

能代館の安藤勢と戦うようになってからは、イホカイはここに二百人ばかりの兵を入れ、いつでも能代湊を攻撃できる構えを取っていた。

安藤家の湊を封じることができると示すことで、相手が強硬策に出ることを防ぐ。そうして、和議の交渉を有利に運ぼうと考えたのである。

安藤側にとっては目の上のたんこぶ。邪魔なことはなはだしい。季治は何とかこれを攻め落とそうと、五百の兵をひきいて出陣した。

能代館から船を連ねて米代川を渡り、金山館の東側にある河岸段丘の高台に布陣しようとした。ところがその途中、対岸の和人の村から十人ばかりが出撃し、安藤勢の後方から襲いかかった。

安藤勢はやすやすとこれを討ち取ったが、行軍の足が止まったところを狙いすまし、何者かが季治に毒矢を射かけた。

矢は鎧《よろい》を貫き、体にわずかに刺さったばかりだったが、矢尻にはトリカブトの毒が塗ってあり、季治はその日のうちに絶命した。

新九郎はその現場に立ち、誰が毒矢を射たのか突き止めるための手がかりを得ようとした。

「ここです。このあたりで季治さまは矢を射かけられたと、案内の者が言っております」

アトイが足を止めたのは高台につづく栗の林。金山館から三町（約三百三十メートル）ほど離れた所だった。

「どうして分る」

「林の中ですが、行軍する時に押し立てた旗は金山館から見えます。ここでその動きが止まり、旗を伏せて引き返していくのを、籠城していた者たちが見ていたのです」

確かに栗の林の間から金山館が見えている。海に向かって突き出した高台には数十軒の家が建っていたようだが、ことごとく焼き払われていた。

季治を討たれたことに激怒した安藤勢が、総力を挙げて攻め落としたのである。館に籠っていたアイヌの半数ちかくが討たれ、残りの者たちは算を乱して逃げ去ったという。

「その者たちは」

「今は山中に逃げ込み、身をひそめているようです」

「会えるか」

「イホカイに頼めば、すぐに集めてくれるでしょう」

アトイの言葉通り、イホカイは翌日には山に隠れていた五十人ばかりを集めた。

二十歳から五十歳までの精悍《せいかん》な面構えをした男たちである。選ばれて金山館の守備についただけあって、体は大きく筋肉質で、大勢で座ると気圧《けお》されるほどの迫力があった。

「こちらは安藤新九郎どの。管領さまの息子だが、アトイとは義兄弟の契りを交わしておられる」

イホカイがアイヌの言葉で皆に告げた。

驚きと賞賛のどよめきが起こり、新九郎と孫次郎に向けられていた射るような視線が急にやわらかくなった。

イホカイは皆の反応を見極めると、新九郎が来たいきさつを語り、季治が殺された日のことを知っている者がいたら教えてもらいたいと呼びかけた。

「管領さまは我々が季治どのを殺したと思い、討伐の兵を送ろうとしておられる。これを防ぐには、そうではないことを証《あか》さなければならない。皆の衆、どんなことでもいいから、妙だと思うことがあったら話してくれ」

アイヌの兵士たちは前後左右の者たちとぼそりぼそりと言葉を交わし、やがて五、六人ずつが輪を作って議論を始めた。

金山館で小隊を組んでいた者たちが集まり、互いの意見をすり合わせているのだった。

「アイヌは狩りに出る時にも五、六人が一組になり、あんな風に話し合って狩りの場所や持ち場を決めるのです」

アトイが少し得意気に説明した。

やがて意見がまとまると、それぞれの組の代表がイホカイに状況を報告した。

そこで分ったのは、蝦夷地から来た六人のアイヌが、金山館の加勢に駆けつけたこと。渡党やマトウマイのことについても詳しく、仲間の苦難を見かねてやって来たというので、誰もが疑いもなく中に入れたことだった。

「ところが敵の大将が殺された日には、いつの間にか六人とも姿を消していた」

「安藤勢が攻めて来るというので、それぞれ持ち場についたが、その時にもいなかった」

「館が攻め落とされた後も、六人を見た者はいない。どこへ行ったかも分らない」

そうした報告を、イホカイが新九郎に伝えた。

「どうやらその六人が館を抜け出し、季治さまを襲って行方をくらましたようです」

「誰が、なぜ、そんなことを」

「分りません。六人の行方が分ればいいのですが」

「若、誰かがこの争いをあおるために、その者たちを雇ったのではないでしょうか」

孫次郎が横から口をはさんだ。

「それは誰だ」

「戦が激しくなれば得をする。そう考えている者ではないでしょうか」

孫次郎は心当たりがあるようだが、それ以上は口にしなかった。

「それが分るまでは、これ以上戦を拡大してはなりません。イホカイどの、あなたから皆様にそう伝えて下さい」

「それはわしの一存ではできません。和人の衆と共に戦う約束をしていますから」

和人の村長の了解を得、足並みをそろえる必要があるという。

「ならば、行こう」

その了解を得るために、新九郎はイホカイと共に川を渡ることにした。


和人の村は能代館より上流にひとつ。さらにさかのぼった所にもうひとつあった。

いずれも背後に山が迫り、両側を尾根に守られた谷間にある。上流を上《かみ》の村、下流を下《しも》の村と通り名で呼んでいた。

新九郎らが上の村を訪ねると、二つの村の村長が館で待っていた。イホカイの申し入れに応じ、そろって話を聞くことにしたのだった。

「こちらが上の村の源太夫《げんだゆう》どの、こちらが下の村の四郎兵衛《しろべえ》どのです」

イホカイが引き合わせた。

源太夫は大柄で猛々しい髭をたくわえ、アイヌと変わらない風貌《ふうぼう》をしている。四郎兵衛は小袖を着て烏帽子をかぶった背の高い男だった。

「それがしは十三湊の北浦孫次郎と申す。安藤新九郎季兼さまの家来でござる」

孫次郎は肩肘《かたひじ》を張って侍言葉を使い、このたび新九郎が蝦夷管領さまから出羽の差配を命じられたと語った。

「そこで内情を知るためにイホカイどのの村を訪ね、何者かが出羽アイヌにまぎれ込み、毒矢で季治どのを殺したことが分り申した。両者の対立をあおり、漁夫《ぎよふ》の利を得ようとする者がいるのでござる」

「漁夫の利とは、何だね」

源太夫が囲炉裏の向こうからぬっと髭面を突き出した。

「シギとハマグリが戦い疲れるのを待ち、漁夫が両方とも我が物にすることでござるよ」

「そんな旨い話があるわけないよ」

「ところが戦ではよく使う手でござってな。敵方の重臣に誘いをかけ、叛乱を起こさせておいて両方とも亡ぼしてしまう。そうすれば敵の領地も財産も奪い取ることができまする。これは漢《かん》の『戦国策』という書物に書かれていることじゃ」

孫次郎は意外に博識で、本物の軍師のようなことを言って源太夫を恐れ入らせた。

「このまま争いをつづけては、何者かの策略に乗せられるばかり。そこでイホカイどのに停戦を勧めたところ、お二方の同意が必要だとおおせられたのでござる」

「お話はよく分りました。しかし能代館の方々は、それに応じて下さるのでしょうか」

四郎兵衛は村の商いを取り仕切っているようで、物の言い方も商人風だった。

「俺がそうさせる」

新九郎がぼそりと言った。

「ならば我らに異存はありません。のう、源太夫さん」

「いいや。管領さまが四年前の約束を果たすと誓わないかぎり、応じるわけにはいかねえ」

「その話し合いをするためにも、いったん戦を止める必要がありましょう。このまま戦をつづければ、我々だって商いができなくて困るんですから」

「戦を始める時に、四年前の約束を果たさせると誓った。イホカイ、そうであろう」

源太夫はイホカイに対して妙に横柄《おうへい》で、自分に従うのが当然だという口ぶりだった。

「確かに誓いました。しかし季治さまを殺したのが我々だと疑われたままでは、出羽アイヌは皆殺しにされます」

それを防ぐ責任が自分にはある。イホカイはそう訴えたが、源太夫は聞く耳を持たなかった。

「あの時、カムイにも誓った。それを裏切るつもりか。それにこやつも信用できぬ。俺たちを油断させて、ひと息に攻め亡ぼすつもりかもしれぬ」

源太夫が不信をあらわにして新九郎をにらみ付けた時、けたたましい音がして入口の戸が開いた。

立っていたのは銛《もり》を手にした上半身裸の老人である。

外の光に後ろから照らされ、しばらく影絵のように見えたが、銛には血のしたたる魚を貫いたままで、白い髭を生やした顔は怒りに引き攣《つ》っていた。

「この裏切り者、息子を返せ」

老人は土間に仁王立ちになり、源太夫をにらみつけた。

「無礼な。誰だ、お前は」

「お前に殺された市之助《いちのすけ》の父親だ。倅は金山館に向かった安藤勢にたった十人で攻めかかり、仲間とともに殺された。お前が殺したようなものだ」

「馬鹿を言うな。あの十人がヘマをしたから、あんなことになったのだ」

「俺は知っているぞ。お前は他所者《よそもの》に頼まれて、倅たちを生贄《いけにえ》にした。村長のくせに、村人の命を銭で売った裏切り者だ」

「言いがかりだ。根も葉もないことを言うと、年寄りでも許さんぞ」

源太夫は動揺を隠そうと大声で怒鳴った。

「言いがかりかどうか、この魚《チエプ》に聞いてみろ」

老人は銛からはずした魚を投げつけた。

それをかわそうと源太夫がのけぞった時、老人は板の間に飛び上がって銛で腹を突き刺そうとした。

川漁で生きてきた者らしい無駄のない動きである。

だが源太夫の太った腹を貫く寸前、新九郎は囲炉裏の火かき棒をつかんで銛を叩き落とした。

そうして横から老人に組みつき、首を押さえてねじ伏せた。巨漢とは思えない俊敏な動きだった。

「他所者に頼まれたと」

どうして分ったのだと、白状を迫った。

「倅の霊が魚に乗り移って知らせてくれた。他所者は川を下ってやって来た」

「でたらめだ。そんなことが信じられるか」

源太夫が口角から泡を飛ばして叫んだが、新九郎の鼻の奥にはつんと痛みが走っている。どちらが本当のことを言っているか明らかだった。

「俺は約束を守る」

だからお前も何があったか正直に話せ。新九郎は長い腕を伸ばし、源太夫の胸倉をつかんで締め上げた。

村長の館は糾弾《きゅうだん》の場になった。

源太夫は老人の話はでたらめだと言い張ったが、新九郎の直感はあざむけない。

それなら村人たちを集めて、川を下って来た他所者を見た者がいないかどうか聞いてみると迫ると、

「やめろ、それは困る」

村長の座を追われることを恐れた源太夫は、兜《かぶと》を脱いで非を認めた。

「わしは確かに他所からの支援を受けた。しかしそれはこの村のためだ」

「誰から、どんな支援を受けたのだ」

孫次郎が自分の出番だとばかりに追及役を買って出た。

「鹿角《かづの》の成田《なりた》右京 亮《うきょうのすけ》さまだ」

「鹿角四頭《しとう》の成田さまか」

「そうだ。蝦夷管領がそれほど理不尽なことをするのなら、共に戦うと言って下された」

米代川の上流の鹿角には、鎌倉幕府から地頭に任じられた成田、奈良《なら》、安保《あぼ》、秋元《あきもと》の四家がある。

彼らは鹿角四頭と呼ばれ、蝦夷管領家の所領と境を接している。

中でも筆頭格の成田右京亮が、近頃他の三家を従属させて威《い》をふるっている。その力の源泉と

なったのは、尾去沢《おさりざわ》から採集する砂金だった。

「つまり今度の叛乱を利用し、成田家が安藤家を能代館から追い出そうとしているということだな」

孫次郎の目がにわかに厳しくなった。

「ちがう。安藤家を追い出したなら、能代は一揆衆の差配に任せると成田さまは約束して下された。その方が村のためになると、わしは支援を受けることにしたのだ」

「それならなぜ、そのことを我らに話さなかったのですか」

下の村の四郎兵衛がたずねた。

「そうだ。隠し事はしないと、お前もカムイに誓ったではないか」

イホカイも怒りをあらわにした。

「それは……、敵に知られるのを防ぐためだ。敵をあざとく、いや、あざむく」

源太夫は気の利いたことを言おうとしてしどろもどろになった。

「敵をあざむくには身方《みかた》から、ということか」

孫次郎がまたしても博識を見せつけ、誰がそんなことを言ったかと問い詰めた。

「成田さまの使いだ。その方々が支援の砂金を運んでくれた」

「金山館に向かう安藤勢を襲わせたのは、その者たちの差し金か」

「あれはアイヌに加勢するためにしたことだ。行軍を遅らせるだけでいいと命じたのに、あの十人が突っ込みすぎて逃げ遅れたのだ」

自分はそれを止めようとしたと源太夫は言い張ったが、新九郎には嘘が透けてみえる。その者たちに砂金をもらい、兵を出すように迫られたにちがいなかった。

「ともかく戦を止める」

従わぬならすべてを村の者に話すだけだ。そう迫ると、源太夫は肩を落として黙り込んだ。

翌日、新九郎は孫次郎を従えて湊の交易所をたずねた。

ここの管理を任されているのは船津《ふなづ》八《はち》右衛《え》門《もん》。朝日丸で寄港した時に何度も顔を合わせている。

以前は十三湊の安藤十郎季広に仕えていたので、孫次郎とは昵懇《じっこん》の間柄だった。

「お二人だけとは珍らしい。いったいどんな風の吹き回しでしょうか」

八右衛門は船乗りらしい陽気で声の大きな男である。四十がらみで、首が太い猪のような体付きをしていた。

「若はこのたび、管領さまから出羽の叛乱を鎮圧するように申し付けられた」

そこで内情を探るために忍んで来たと、孫次郎の鼻息は荒かった。

「ご苦労なことじゃ。それで何か分ったかな」

「アイヌや一揆の村をたずねて村長から話を聞いたが、解《げ》せぬことがいくつもある。そこでお主の知恵を借りたいと思ったのだ」

「そなたほどの知恵はないが、わしに分ることなら何でも聞いてくれ」

八右衛門は二人を交易所の奥の間に案内した。

取り引きの交渉などをする板張りの部屋で、文机《ふづくえ》や書見台《しょけんだい》、帳簿《ちょうぼ》を入れた棚などがあった。

「問題は二つだ。ひとつは季治さまに毒矢を射かけたのは、出羽アイヌではないこと」

「それは確かか」

「金山館にこもっていたアイヌを集めて事情を聞いた。渡島から来た者たちがまぎれ込み、館から抜け出して季治さまを襲ったようだ」

「そうさせた者がいるということだな」

「もうひとつは上の村の村長である源太夫に、鹿角の成田右京亮が肩入れして叛乱をあおっていたようだ」

源太夫は成田の使者に迫られ、金山館に向かった安藤勢を襲った。それは後方を攪乱《かくらん》して行軍の足を止め、渡島アイヌに季治を狙わせるためだったのではないか。孫次郎はそう考えていた。

「いや、そんなことはあるまい」

八右衛門は信じられないと言いたげに猪首《いくび》をすくめた。

「どうして」

「成田どのが渡島アイヌとつながりを持っておられるとは思えぬ。それに成田どのと季治さまは、ここ数年きわめて良好な関係をきずいておられた」

「良好な関係とは」

「成田どのは尾去沢で採れた砂金を、この交易所で売りたいと望んでおられる。それは我らにとっても悪い話ではない。それゆえ季治さまは交渉を重ね、成田どのの三男の天童丸《てんどうまる》どのを、見習いとして能代館に預かっておられる」

それは人質も同然なので、右京亮が息子を危険にさらすような真似《まね》をするはずがない。八右衛門は迷いなく言い切った。

「若、どう思いますか」

孫次郎は困惑し、新九郎に助けを求めた。

「今もいるか、その見習いは」

新九郎は八右衛門に確かめた。

「おります。ご案内しましょうか」

「頼む」

能代館の者たちと顔を合わせるいい機会である。

それに停戦することも、伝えておかなければならなかった。

（三）

能代館は米代川の河口からさかのぼること、およそ二里。

川の南側にせり出した河岸段丘の台地の上にあり、東西三町、南北七町ほどの広大な敷地を持つ。

中央部に台地を二分する大きな空濠《からぼり》をうがち、北側に安藤家の能代館、南側に家臣や領民の住居がある。

能代館のまわりには土塁と二重の柵をめぐらし、住居のある南側の台地にも二カ所の出入口に空濠を配して、外敵の侵入を厳重に封じている。

台地の西側には檜山川《ひやまがわ》が流れ、米代川と合流。この川が天然の要害となって能代館を守るとともに、物資の搬入路にもなっていた。

新九郎らは台地の北側の搦手口《からめてぐち》から能代館に入った。

柵の門には十人ばかりの兵が警固に当たっていたが、八右衛門を見ると親しげに会釈をした。

「管領さまのご子息、新九郎季兼さまだ。季治さまの代わりに赴任される」

八右衛門はそう告げ、種里治兵衛《たねざとじへえ》どのに会いたいと申し入れた。

門番の頭はすぐに奥に取り次ぎ、許しを待って対面所に案内した。

広々とした対面所からは、眼下に流れる米代川と、白神岳へとつづく対岸の山々、西側に横たわる海をながめることができた。

「若、美しい所でございますな」

孫次郎が縁側に立って大きく背伸びした。

夏の終わりの海は陽をあびて躍るようにきらめき、浜に打ち寄せる波が白く泡立っている。人の世の争いなど忘れさせる、のどかな景色だった。

やがて種里治兵衛が赤石仁十郎《あかいしじんじゅうろう》を従えてやって来た。

二人とも五十がらみの役人で、治兵衛は亡き季治の名代、仁十郎は次席をつとめている。

八右衛門は新九郎と孫次郎を二人に引き合わせ、おおまかないきさつを説明してから、孫次郎に後を託した。

「八右衛門も申した通り、季治さまを襲ったのは出羽アイヌではありません。また、上の村の源太夫が、成田どのに支援を受けていたと白状いたしました」

このことについてどう思うか、孫次郎は二人に意見を求めた。

「それがしも船津と同意見でござる。成田どのが当家を裏切るとは考えられません」

治兵衛がゆっくりと重々しい口調で語った。

「さよう。季治さまは成田どのにはひときわ気を遣い、いい関係をきずいておられましたからな」

仁十郎は治兵衛に追従《ついしょう》することで保身を図ってきたようだった。

「ならばどうして、源太夫は成田どのから支援を受けたと言ったのでしょうか。季治さまが亡くられた日に安藤勢を襲ったのも、成田の使者の差し金だと思われますが」

「源太夫が嘘をついているか、何者かが成田どのの使いになりすましたのでしょうな」

治兵衛は配下を呼び、成田天童丸を連れて来るように命じた。

天童丸は幼かった。まだ五つか六つだろう。守役《もりやく》の若侍に付き添われ、新九郎の前にちょこんと座った。

見知らぬ所に連れて来られ、不安と不信に押し潰されそうになっている。それでも成田家の誇りを守ろうと、しっかりと顔を上げて前を向いていた。

「成田天童丸さまでございます」

守役の若侍が一礼し、天童丸に挨拶をするようにうながした。

だが天童丸は、新九郎を見つめたまま口を開こうとはしなかった。

「新九郎さまは季治さまの弟君でございます」

若侍から耳打ちされても、尖《とが》った表情のまま頑《かたく》なに唇をかみしめている。

新九郎の胸に面映《おもは》ゆく懐しい思いがこみ上げてきた。

十三湊に預けられていた幼い頃、自分もこんな思いをしたことがある。

見知らぬ者たちの間で生き抜いていこうと、精一杯突っ張っていた。心を許せるのは守役の孫次郎ばかりで、ほかは皆、敵に見えたものだ。

「俺が安藤新九郎だ」

新九郎は席を立って天童丸を抱き上げた。

そうして縁側まで行き、遠くの海を見せてやった。

天井に頭がつきそうなほどの高さに抱き上げられ、天童丸は恐ろしさに体をすくめたが、キラキラと輝く海を見ると手足の突っ張りがほぐれていった。

「わあ、光っている」

天童丸が初めて口をきいた。

「行きたいか」

「うん」

「いつか連れていってやる」

「本当？　約束だよ」

「ああ、だから強くなれ」

それは幼い頃から自分に言いきかせてきた言葉である。男には強くなる以外に道を切り開く方法はないと伝えたかった。

二人を下がらせてから、

「誰だ。使いになりすましたのは」

治兵衛にたずねた。

天童丸と守役の様子を見れば、成田右京亮が裏切るとは思えない。また源太夫が嘘をついていないことは確かめている。

誰かが成田家の使いになりすまし、事を企てたとしか考えられなかった。

「これはそれがし一人《いちにん》の考えでござる。また、何の証拠もありませぬ」

治兵衛はそう断わってから、成田家をかたって叛乱をあおろうとした者がいるとすれば、外の浜の安藤五郎季久だろうと言った。

「季久どのはこの機会に、蝦夷管領職を本家から奪い返そうと企てておられるのでございましょう。それには叛乱がもっと激しくなり、本家には任せておけないと北条得宗家が考える事態にならなければなりませぬ」

「恐れながら、それがしも同意でございます」

八右衛門が遠慮がちに口をはさんだ。

外の浜から鹿角までは奥大道《おくたいどう》が通っているので、人を送り込むことはたやすい。そして米代川ぞいに下って成田家の者だと言えば、源太夫をあざむくことは容易だろう。

「それに外の浜の季久どのなら、渡島とも交易しておられます。アイヌを雇うこともできたのではないでしょうか。のう孫次郎」

八右衛門はかつての同僚に同意を求めたが、孫次郎は何も答えなかった。

新九郎と照手姫の縁談も進んでいる。たとえ疑っていたとしても軽々しく言えることではないと、慎重になっているのだった。


新九郎は孫次郎を名代として能代館に置き、十三湊にもどることにした。

状況を十郎季広や父季長に報告して今後の方針を決めるべきだと考え、朝日丸を能代湊に呼び寄せている。

孫次郎の代わりに、舵取りの弥七を水夫頭に任じることにしていた。

「本当に弥七なんかで役に立ちますかね」

見送りに来た孫次郎が未練がましくつぶやいた。

名代として能代館に残ると決めたものの、新九郎と一緒の船に乗れないのは淋しいのである。

「案ずるな。あれもお前の弟子だろう」

操船にも水夫の統率にも問題はない。新九郎はそう見込んでいた。

「それはそうですが、若の相談相手にはなりませんよ。能天気な奴ですから」

「心配するな。アトイがいる」

「十三湊にもどったら、イホカイや源太夫のことを殿に話して下さい。何事にも慎重すぎる方ですが、その分いろんなことが見えていますから」

「ああ、そのつもりだ」

「孫次郎、皆が迷惑している。いつまでも引き止めるな」

八右衛門にいさめられ、孫次郎はしぶしぶ船から下りていった。

朝日丸は船着場を離れ、米代川の流れに乗って海へと漕ぎ出した。

浜に打ち寄せる波を舳先で受け、上下に揺られながら沖に向かい、北に向かう潮の流れに乗る。

幸いゆるやかな追い風で、櫓を漕ぐ水夫たちの負担も軽かった。

「孫次郎さん、悄気《しょげ》てましたね」

アトイは嬉しそうである。

朝日丸に乗るのはこれが初めてだった。

「そうだな」

「兄貴に来ていただいて良かった。イホカイもみんなも、新九郎さまなら信用できると言ってました」

「何ができるか、まだ分らぬ」

「そうでしょうが、戦を止めていただきました。このままでは出羽アイヌは皆殺しにされると、みんな恐れていたんです」

「お前のお陰だ」

「えっ？」

「使者のことを教えてくれた」

彼らの話を聞かなければ、アイヌの村に行くことはなかった。

毒矢を射たのが渡島から来た者だとも、成田家の使いになりすました者が源太夫を操っていたとも気付かないまま、季長に命じられた通りに鎮圧に乗り出していたかもしれなかった。

「妙な話ですね。まるで熊狩りの罠のようだ」

「…………」

「アイヌは冬になる前に、熊狩りの罠を仕掛けます。山の奥に穴を掘り、熊が冬眠に入るのを待つのです」

穴に入ったことが分ったなら、出られないように丸太を打ち込む。そうして木を打ち鳴らしたり大声を上げて騒ぎ立てると、熊は目を覚まして様子を見に外に出ようとする。

ところが首だけは外に出るが、体は丸太にはばまれて前に進めない。そこを狙って槍で突いたり毒矢を射かけるのだ。

「嫌な狩りだな」

「そうでもしなければ、山の神を仕留めることはできません。蝦夷地で生きるために身につけた知恵ですよ」

確かに弱い者が強大な敵に勝つには、知恵を使うしかない。もし今度の叛乱の背後に罠が仕掛けられているとすれば、標的は蝦夷管領家。そして安藤又太郎季長だった。

夕方、十三湊に着いた。前潟に船をつけて季広の館がある高台に上がると、西の空を朱色に染めて陽が沈もうとしていた。

鏡の面《おもて》のように鎮まった十三湖が、その色を映している。南をのぞむと、藍色《あいいろ》にかすむ岩木山がどっしりとそびえていた。

新九郎は心を打たれて足を止めた。

自然はこんなに美しいのに、人間はいったい何をやっているんだろう。ふとそんな思いにとらわれた。

安藤十郎季広は待ち構えていた。

「早い帰りじゃが、何か分ったか」

首尾はいかにと身を乗り出した。

これまで本家の家臣だとばかり思っていたが、その地位は蝦夷管領によって任じられるものだという。季広が季長と微妙な距離を保っているのは、そのためかもしれなかった。

「叛乱をあおっている者がいます」

新九郎はそう言って孫次郎の書状を渡した。

寡黙《かもく》な若では用が足るまいと、いきさつを書いて持たせたのだった。

「なるほど。行った甲斐《かい》があったようだな」

季広は分別臭い顔をして、書状を懐の奥深くにねじ込んだ。

「しかし、大本は」

季長が四年前の約束を一方的に破ったことである。どうしてそれほど領民からの収奪を強めたのか、その理由が新九郎には分らなかった。

「今は銭の世の中じゃ。一文《いちもん》でも多く手元に集めたいと思うのは当たり前であろう」

「集めて、どうしますか」

「ながめるだけでも楽しいものよ。お前にはまだ分らぬだろうが、銭があればたいがいのことはできる。銭とは人に与えられた自由の翼なのじゃ」

「………」

ケチの権化《ごんげ》らしい理屈に、新九郎はついていけなかった。

「ならば管領さまに会って、直にたずねてみるがよい。何しろ親子なのだからな」

「折曾の関に」

「ちょうど尻引郷の管領館に来ておられる」

わしも挨拶に行こうと思っていたところだと、季広が珍らしく重い腰を上げたのだった。


翌日、新九郎は季広と川船に乗り、岩木川をさかのぼって尻引郷に向かった。

尻引郷は岩木川と平川《ひらかわ》が合流する一帯にひらけた集落で、津軽有数の穀倉地帯である鼻和郡《はなわぐん》の中心に位置している。

岩木川の水運によって十三湊と結ばれているので米や材木などの積み出しにも、海運によって運ばれた品々の入手にも便利である。

また奥大道によって外の浜や鹿角、不来方《こずかた》（盛岡市）ともつながる陸路の要衝《ようしょう》である。

この地には陸奥権守に任じられた安倍忠良の頃から、津軽の政庁がおかれていた。

やがて奥州藤原氏が陸奥、出羽両国を支配するようになると、安倍氏の末裔《まつえい》が代官に任じられてこの地を治めるようになった。

彼らは安倍氏と藤原氏にちなんで安藤氏と名乗り、西の浜の十三湊や外の浜の油川湊を拠点とし、蝦夷地との交易をおこなうようになった。

ところが文治《ぶんじ》五年（一一八九）九月、源頼朝によって奥州藤原氏が亡ぼされ、陸奥、出羽の大半は北条家の所領になった。

北条家や関東の御家人には、寒冷地である北方を治めた経験はない。そこで北条家は安藤家を温存し、蝦夷管領に任じて津軽、宇曾利、蝦夷地の支配を任せたのだった。

管領館は岩木川ぞいにあった。

岩木山を背にした広大な敷地に、主殿《しゅでん》を中心としていくつもの御殿や蔵が並んでいる。そこから少し離れた独立丘陵には天台宗三世寺《さんぜじ》があり、巨大な瓦屋根が威容を誇っていた。

又太郎季長は主殿にいた。

来客があり酒宴を終えたところで、髭をたくわえた四角い顔は、鬼灯《ほおずき》のように赤い。

「十郎、ぬしが来るとは珍らしいの。倅の初七日にも面《つら》を出さなかったが」

「あいにく腹をくだしておりまして、海を渡ることができませんでした。しかし川船なら、揺れもしませんので」

季広が愛想良く嘘をついた。

「新九郎を連れているところを見ると、出羽のことで相談があるようじゃな」

「さようでございます。新九郎めは管領さまのお許しも得ず、能代館に停戦を命じてきたそうでございます。どうしたものか、思案にあまりまして」

「新九郎、まことか」

季長が唇を上げて犬歯をむき出しにした。

食べたものが歯の間につかえているようだった。

「ええ、そうです」

「勝手なことを。わしは和睦《わぼく》せよなどと言った覚えはないぞ」

「管領さま、お言葉を返すようですが、和睦ではなく停戦、戦をしばらく止めただけでございます」

季広はあくまで姿勢を低くし、そう判断した理由を長々と話した。

「上の村の源太夫という者は、成田家の差し金だと思い込んでいたようですが、能代館の名代たちはそんなことはあり得ないと申しております。季治さまは成田家との関係を良くしようと、前々からひとかたならず心を砕いておられました。成田家も能代の交易所と取り引きをしたいと望んでおり、この正月には天童丸どのを見習いに差し出したほどでございます」

「それは知っておる。倅にしては上出来だと、誉めてやったばかりじゃ」

「それゆえ、それゆえでござる」

季広が膝を乗り出し、能代館の者たちは成田家が命じたことではないと言っているとくり返した。

「ならば、誰の差し金じゃ」

「外の浜の五郎どのであろうと、皆は考えているようでございます。しかし証拠があってのことではありません」

「ならば源太夫に会った者を捕えよ。そうすれば誰の差し金か分るはずじゃ」

「それは難しゅうございましょう。曲者《くせもの》はすでに行方をくらましておりますし、源太夫という者も知恵の回らぬ乱暴者ゆえ、あまり当てにはなりますまい」

季広は下手《したて》に出ながら巧妙に話を進めていく。交渉上手と言われるだけのことはあるが、何を狙っているのか新九郎には分らなかった。

「五郎季久か」

季長はさもありなんと考えたようだが、強硬な手段を取ることには慎重だった。

「今は外の浜と争うのは得策ではない。内紛を起こしては、幕府に付け入る隙《すき》を与えるだけだ」

「それでは、いかがなされますか」

「動かぬ証拠をつかみ、季久の隙をみて討ち果たす。そうすれば外の浜の安藤家を併合することができる。新九郎」

お前が季久に会って様子をさぐって来い。季長が有無を言わさず命じた。

「娘に会いに来てくれと、五郎は申しておったであろう。招きに応じるふりをして、外の浜の内情を探って来い」

「その前に、ひとつ」

新九郎にはたずねたいことがあった。

「何だ」

「なぜアイヌや村人との」

約束を破って収奪を強化したのか。その理由を知りたかった。

「銭が必要だからだ」

「なぜ」

「そんなことは、そちが知らずとも良い」

「ならば、行きませぬ」

訳も分らないまま使いに行って、本当のことをさぐり出せる訳がなかった。

「強情な奴じゃ」

季長は酔いに濁った目を向け、

「例年より三割も多く上納金を納めるように、北条得宗家から迫られておる。それゆえ領民に負担させるしかないのだ」

仕方なげに吐き捨てると、五郎あての書状を書くと言って部屋を出て行った。

「得宗家はなぜ」

急にそんな要求をしてきたのだろう。新九郎はそうたずねたが、季広はさっきの饒舌《じょうぜつ》が嘘のように黙り込んだままだった。

第三章　外の浜安藤家

（一）

十三湊の前潟につないだ朝日丸には、二艘の川船が横付けされ、箱に詰めた武器の積み込みがおこなわれていた。

箱は麻縄で作った網に入れ、滑車を使って甲板《かんぱん》まで引き上げる。そうして船底におさめて底荷にすれば、船の安定を保つのにも役に立つ。

底荷の積み方の良し悪しは船の航行にも影響を与えるので、新しく水夫頭となった舵取りの弥七は、船底をのぞき込んで口喧《くちやかま》しく指示をしていた。

武器は刀二百、槍の穂先三百。いずれも岩木山の北のふもとにある鍛冶場で鍛《きた》え上げた逸品で、外の浜の油川湊に運んで鎌倉に送る。

北条得宗家に命じられてのことで、これも蝦夷管領の重要な仕事である。

ところが西の浜を拠点とする安藤本家は太平洋を南に下って鎌倉まで行く航路を持たないので、輸送は外の浜の安藤五郎季久に任せていた。

そろそろ夏が終わる。

海の彼方に立っていた入道雲は数を減らし、天空を群れなして飛ぶいわし雲が勢いを増している。風も北西からのひんやりとしたものに変わっていた。

朝日丸の舳先に立った新九郎は、一人ぼっちで立つ入道雲をながめていた。

海を踏みしめて立つ雲衝《つ》くような大男。異国から海を歩いて渡ってきたダイダラボッチの伝説は、あんな雲をながめているうちに出来上がったのかもしれなかった。

「兄貴、十郎さまの使いの方がこれを」

アトイが衣装を入れた木の箱を抱えてきた。

照手姫と会う時に使えと、養父の安藤十郎季広が持たせたのである。

「その辺においといてくれ」

それより、その頭はどうした。新九郎はそうたずねた。

伸ばし放題にしていた髪を頭の後ろで束ね、ようやく生えそろっていた髭をきれいに剃り落としていた。

「妙ですか。似合わないですか」

「そうではないが」

「兄貴の従者にしてもらったんだから、同じような格好をしたいと思って」

周囲の反対を押し切って和人風の姿にしたという。それだけ外の浜に連れていってもらえるのが嬉しいのだった。

「それより兄貴はどうして太刀《エムシ》を持たないんですか」

「重くて動きにくい」

「でも、外の浜は敵地になっているかもしれないんでしょう」

身を守るものが必要だと、アトイは短い小刀《マキリ》を腰にさしていた。

「俺はいらぬ」

新九郎は丸腰である。船の中では刀は邪魔になるし、敵と戦う時にも武器に頼ろうとする心が体の動きを鈍くする。

「でも、刀や槍で襲われたらどうしますか。爪や牙《きば》のない熊のようなものですよ」

「何とかなる」

この先何が待ち受けているのか分らないが、武器などなくても切り抜けられるし、なまじ頼ろうとするから人はかえって弱くなる。新九郎はそう感じていた。

「新九郎さま、準備がととのいました」

弥七が出港の許可を求めに来た。

「分った」

「それでは油川に向けて、艫綱を解きます」

「無理をするな」

ひょろりと背の高い弥七の肩を、新九郎は軽く叩いた。

はりきりすぎて軽率になるところが弥七にはある。その不安がふと胸をよぎった。

朝日丸は小舟に引かれて水路を通り、水戸口から海に出た。

真っ直ぐに沖へ出て海流に乗り、内海に向かっていく。そうして竜飛崎《たっぴざき》、高野崎《たかのさき》を回って陸奥湾に入るのである。

天気は崩れかけている。西の空に厚い雲がかかり、徐々に東に迫ってくるが、嵐になる気遣いはなかった。

新九郎は船屋形の壁にもたれたまま、五郎季久とどう接したらいいか考えていた。

能代での一揆を扇動したのは、本当に季久なのか。もし本当ならどうやって動かぬ証拠をつかみ、後の処理をしたらいいのだろう……。

新九郎は季久が嫌いではない。心の底では何を考えているか分からないところがあるが、表向きは愛想良く接してくれるし物分りもいい。

しかも前々から新九郎を見込んでいて、娘の照手姫と娶わせたいと申し出ているのである。

それなのに陰でひそかに蝦夷管領職を奪い取る企てをめぐらしているとは、信じることができなかった。

季長にも怪しいところはある。村人との約束を破り収奪を強化したのは、北条得宗家から例年より三割多く上納金を納めるように命じられたからだと言った。

だがそれを聞いた時、新九郎の鼻の奥できな臭い匂いがして、この人は嘘をついていると感じた。しかし何を隠そうとして嘘をつくのか分からないので、問い質《ただ》すこともできないまま外の浜に向かうことになったのだった。


竜飛崎の沖にさしかかった頃、潮の匂いが強くなった。風が変わる気配がする。

新九郎は立ち上がって前方の内海を見やった。

南には竜飛崎が険しい絶壁を見せて海に突き出している。その向こうに下北半島の大間崎《おおまざき》へとつづく崖《がけ》が、屛風《びょうぶ》を立てたようにつづいていた。

やがて北東の風が吹き始めた。

船にとっては左前方から吹く向かい風だが、これくらいなら支障はない。むしろ陸奥湾に入るには好都合だ。

そう思っている間に、前方に霧が立ちはじめた。

乳色の霧が後から後から立ちのぼり、あたりの景色をおおっていく。

しかも風に乗ってみるみる迫り、大間崎も竜飛崎も白神岬も見えなくなった。

いつの間にか頭上は厚い雲におおわれ、海は灰色と化している。その上を濃い霧がおおい、あたりは白い闇に閉ざされたように何も見えなくなった。

「弥七、面舵《おもかじ》」

船首を右に向けて岸の方に寄せろ。新九郎はそう命じた。

潮の流れの中心からはずれ、速度を落として航行しなければ、高野崎を見失う恐れがある。

しかしあまり岸に寄せすぎると、船が岩場に乗り上げて座礁しかねない。

「合点《がってん》、承知とくらあ」

弥七は自ら舵棒を握って面舵を切った。

「櫓を立てろ。帆を下ろせ」

新九郎の指示通り、左右の船縁に立つ十人の水夫たちが櫓を垂直に立てた。アトイと二人の水夫が、帆綱を解いて帆を下ろした。

ともかく船足を落とし、そろりそろりと岸に寄って這《は》うように進み、霧が晴れるのを待つしかない。この先には三厩《みんまや》湾があり中濱御牧の港もあるので、面舵さえ切っていれば、そこに避難することができる。

新九郎も弥七もそう考えていたが、霧はますます濃くなっていく。暖かくて湿った空気が海面に冷やされて霧になり、北東の風に乗って流れてくるのである。

新九郎には初めての経験だが、マトウマイで生まれたアトイは知っていた。

「これは海霧《シリ》です。蝦夷地では夏によく起こります」

「いつ消える」

「分りません。東の方でわいているので、風さえやめば収まるはずですが」

五里霧中とはこのことである。どこを進んでいるかまったく分らないし、停まっているつもりでも船は潮に乗って刻々と東に流されている。

新九郎は舳先に立ち、霧の奥に目をこらして目印になる陸地を見つけようとした。

三厩湾の沿岸は平野が多く砂浜になっているので、岸に寄せても岩場で座礁する危険は少ないはずである。

そう念を押したが、いつもは快活に舵をさばく弥七の腰が引けている。面舵を切りすぎて岸に激突することを本能的に恐れていた。

「代われ」

俺が舵を取ると言いかけた時、突然霧の向こうに黒い壁が現われた。

切り立った岩場で、見上げるほどの高さがある。

潮の流れは意外なほど速く、三厩湾を通り過ぎて高野崎に迫っていたのだった。

「うわぁ」

弥七は大声を上げて取舵《とりかじ》を切った。

激突をさけるためだが、動転して舵を切りすぎたために船は沖に出て再び潮に乗った。

「馬鹿野郎」

舵をもどせと駆け寄った時には遅かった。

船は平舘海峡を過ぎて陸奥湾に入りそこね、下北半島西岸の岩場にそって流され始めた。

しかもいつの間にか風向きが変わり、西からの追い風になっている。

アトイの言葉通り、霧は東に吹きやられ、高さ五十丈（約百五十メートル）はあろうかという下北半島の断崖《だんがい》がくっきりと見えた。

初めて目にする凶暴なほどに荒々しい貌《かお》である。

「この先に」

船を着けられる港はあるか。アトイにそうたずねた。

「分りません。私も来たことがないので」

しかしこの先に大間崎という岬が北に向かって突き出していて、その東側に入れば潮も風もよけることができると聞いたことがある。アトイは懸命に昔聞いた記憶をふり絞った。

下北半島は鉞《まさかり》の刃《やいば》を打ち込むような形で内海にせり出している。海岸線はほとんどが断崖絶壁で、船の接近をかたくなに拒んでいる。

その恐ろしげな刃に即《つ》かず離れず、朝日丸は地乗り航法で大間崎に向かっていった。

内海は西の入口の竜飛崎と白神岬の間がもっとも狭く、そこを過ぎるといったん広がり、大間崎と汐首《しおくび》岬の間で再び狭くなって太平洋へ抜ける。

内海に流れ込んだ海流も、地形にそって細く、広く、再び細くという流れをたどる。所によっては渦を巻く複雑な動きをする所もあり、これを知った船乗りでなければ無事に抜けることはできない。

この制約が朝日丸の運命を暗転させた。

新九郎らは地乗りによって慎重に大間崎を回ろうとしたが、下北半島西岸の鉞の刃にそって北向きに流れる海流が、船を内海の真ん中まで押し流した。

そのまま中央の流れに巻き込まれ、船は太平洋の出口へ向かっていく。

舵がきかないほどの速い流れで、新九郎にもアトイにもどうしていいか分らない。

水夫頭となったばかりの弥七は、ただ茫然《ぼうぜん》と前を見つめるばかりだった。

東の海にはまだ霧がかかっている。

北から流れてくる親潮（千島《ちしま》海流）が流れるあたりで、霧はひときわ深い。霧がかかる空と、灰色の海との見分けがつかないほどだ。

しかし、何かが妙である。海が傾斜して山の尾根に登っていくように見えるのは錯覚だろうか。

新九郎はいぶかりながら目をこらした。

海と霧の境目が分らないので、そう感じるのだろう。そんな風に自分を納得させたが、流されるうちに尾根はぐんぐん迫ってくる。

それは海の断崖のように険しく切り立ち、目の前にそびえ立っていた。

「……!!」

新九郎は声にならない叫びを上げた。

見えてはいる。だが信じられない光景だった。

「死の……、壁だ」

アトイも目を見開いて身をすくめていた。

「何だ、それは」

「内海を東に出る時、死の壁に出合うことがある。行き当たったら生きては帰れないと、古老から聞いたことがあります」

「なぜだ」

どうして海があんな風になるとたずねたが、アトイにも理由は分らなかった。

弥七や水夫たちも、なす術《すべ》もなく息を呑んで立ち尽くしている。

新九郎は帆柱に登った。

あの壁の正体は何なのか、尾根の向こうに何があるのか確かめようとしたが、中程まで登ったくらいではさして変わらない。

壁がますます高くなるように感じたばかりだった。

(凄い……)

新九郎は恐れながら、いつしか自然の凄《すさ》まじさに魅入られていた。

これまでずっと海で生きてきたが、こんな光景があるとは見たことも聞いたこともない。

津波だろうかと思ったが、死の壁は内海の出口あたりで壁となったまま、南に向かって流れている。

新九郎はなぜかワクワクしてきた。

そしてあの壁が何なのか見極めようと、黒目がちの澄みきった目を見開いた。

西から東へ向かう海流は、正面の壁にぶつかって複雑な動きをしている。

そのまま壁に乗り上げていくものもあれば、左右に散って渦を巻くものもある。泡立つ波の動きがそれを告げている。

やがてどこからか十数枚の板の破片が流れてきた。

これも泡立つ波と同じように、壁に乗り上げたり左右に散ったりしていく。

乗り上げたものはそのまま南に流され、下北半島の東に突き出した尻屋崎《しりやざき》の方に向かっていく。おそらく朝日丸があの壁に乗り上げたなら、尻屋崎に激突してバラバラに砕け散るだろう。アイヌが死の壁と呼ぶのは、そのことを知っているからにちがいない。

戦慄《せんりつ》しながらながめていると、最後の破片が壁の中腹まで登り、途中でくるりと向きを変えて西の方に流れ始めた。

壁にはね返された潮流が、尻屋崎から西へつづく海岸にそって流れているのである。

(そうか)

新九郎の頭にひらめくものがあった。

あの板切れのように船を操れば、死の壁から逃れることができる。

そう思いつくなり甲板に下り、

「右に曲がる時、引くのはどっちの棒だ」

右か左かとアトイにたずねた。

板綴船《イタオマチプ》の布《アッシ》を張った帆のことである。

「右です。右を引きます」

「その時、舵はどっちだ」

「面舵です。右に切ります」

「櫓は」

「右側を漕ぎます」

これは急に右旋回する船の転覆《てんぷく》をさけるためだった。

新九郎は帆を支える横木の右端に綱を結びつけ、帆を上げるように命じた。

「追い風ですよ。そんなことをしたら」

壁に突っ込むだけだと、弥七が震え上がった。

新九郎は容赦なく命じ、合図をしたならこの綱を引けとアトイに託した。

「上げろ」

「舵は面舵、櫓は右」

これも待機させ、新九郎は舳先に立った。

朝日丸は壁に向かって真っ直ぐに進み、やがて舳先から持ち上げられて乗り上げ始めた。

そうして潮と風に押される力と、押し上げられた船の重みが均衡を保ち、ふっと宙に浮いたように感じた瞬間、

「今だ」

新九郎の合図とともに、アトイが綱を引き、弥七が舵を切り、水夫たちが櫓を漕いだ。

すると朝日丸は海の壁に張り付いたまままくるりと向きを変え、壁を滑り下り始めた。

アトイはさらに綱を引き、帆を縦にして追い風を受けないようにした。

弥七は舵を真っ直ぐに直し、水夫たちは左右の櫓を懸命に漕いだ。

朝日丸は死の壁からぐんぐん遠ざかり、岸ぞいの航路をたどって尻屋の港に逃げ込むことができたのだった。

（二）

翌日、岸にしがみつくようにして下北半島を回り、陸奥湾に入った。

波は静かで潮流に押し流される心配もない。湾内がこれほど有難いものかと、骨身にしみて分るおだやかさだった。

そのまま南に向かい、青森湾の油川湊に船をつけた。油川の河口にきずいた外の浜の主要港で、川の南岸に船番所がある。

そこで入港の許可を得て船をつけると、新九郎は弥七を呼んだ。

「損傷はないか」

「へい。荷下ろしの間に改めます」

「舵は」

「何ともないようです」

「流されたことにしろ」

「えっ？」

「舵柱からはずれて」

波にさらわれたことにしろと小声で命じた。

「しかし、こうしてついていますが」

「重りをつけて沈めておけ」

弥七はわけが分らないという顔をしたが、新九郎には逆らえないと身をもって分っている。仕方なげに舵柱に固定した舵をはずしにかかった。

水夫たちは船底に積んだ武器の箱を、渡し板から陸に運び上げている。重みで板が上下にしなうが、楽々と鼻歌混じりに渡っていく。

「ここにもあったな。アイヌの交易所が」

新九郎はアトイにたずねた。

「あります。あのあたりです」

アトイが熊野権現宮《くまのごんげんぐう》の社殿を指さした。

河口から少しさかのぼった所に、紀州《きしゅう》の熊野大社を勧請《かんじょう》した権現宮がある。ここの境内《けいだい》で月に三度市《いち》が立つので、商いをする者たちは門前に店や倉庫を構えている。

渡島アイヌも交易所をもうけ、砂金や海産物などを市に出しているのだった。

「そこに泊れるか」

「ええ、一族の者たちですから」

アトイは族長のエコヌムケの息子である。交易所にいるアイヌは家臣も同じだった。

「ならば渡島から来た六人のことを調べてくれ」

船を下りて安藤五郎季久に会いたいと申し入れると、船番所の役人が油川館に案内した。

館は港から北西に半里（約二キロ）ほど離れた内陸部にあった。

西の山間部から延びる台地の先端にきずいた城郭風の館で、平地との高低差はおよそ五丈。敷地の中央を南北に貫く広い道が走り、道の西は安藤氏の居館、東は家臣や領民の住居になっている。

古代の環濠集落を城郭のように改築したもので、全体の造りは出羽の能代館に驚くほど似ていた。

ここは五郎季久の居館ではない。

居館としているのは、ここから一里ほど北にある内真部館で、油川館は油川湊を管理したり遠来の客をもてなすために使っていた。

主殿を中心にしていくつもの建物が軒を並べる豪勢な館である。いずれも茅葺きの屋根で、柱や壁には金箔の飾り金具を用いている。

建物の間には渡殿《わたどの》を縦横にめぐらし、雨や雪の日にも往来ができるようにしていた。

「お館さまはもうじき参られます。こちらでお待ち下さい」

役人が案内したのは、池に面した釣殿《つりどの》だった。

新九郎はこの館に二度来たことがある。その時はいずれも主殿の客間で季久と会った。

どうして今日はここなのだろうと、所在なくあたりをながめた。

池は広々としたもので、岩をたくみに組み合わせて自然の景観を表わしている。

向こう岸に立てた三本の縦長の岩は、釈迦三尊を模しているのだろう。

（あちらが極楽浄土か）

新九郎は仏教についてよく知らない。ただ大海原に出た時や十三湊から岩木山をながめている時に、大自然の中で生かされている安らぎを覚えることがある。

それは大自然と自分は同じであり、命が絶えても魂はどこかに還るだけだという感覚である。そのどこかを極楽浄土と名付けたのだろうと、漠然と考えてきたのだった。

ふいに主殿がざわめき、あわただしい足音とともに五郎季久がやって来た。

小柄で布袋様のような太った体付きをしているが、足の運びは軽やかで力強さに満ちていた。

「新九郎どの、よう来て下された」

どかりと尻を落とし、あぐらをかいて間近に座った。

「又太郎どのから昨日着くと知らせをいただいておった。それゆえ待っておったが」

着かなかったので内真部にもどっていたのだと、待たせた非礼をわびた。

「昨日着くはずでしたが」

操船を誤って東に流された。新九郎は濃霧に巻かれて地乗りができなかったことを手短かに語った。

「ならば尻屋崎のあたりで、大潮に出合ったのではありませんか」

「ええ。海が壁のようにそそり立っていました」

「信じられん。あれを乗り越えられたとは」

「季久さまはご存じですか。あの壁のことを」

「一度だけ見たことがあります。その手前で港に逃げ込みましたが」

季久は恐ろしげに身をすくめ、何かを思いついたらしく席を立って主殿に向かった。


ややあって季久がもどって来た。

手に巻物を持ち、六十ばかりのひどく痩せた僧を従えていた。

「こちらは鎌倉の円覚寺《えんがくじ》から来られた一貫《いっかん》和尚でござる。一山一寧《いっさんいちねい》さまのお弟子です」

一寧は元《げん》からの渡来僧で、政治上の大義名分を重視する朱子学を日本に伝えた。元や高麗《こうらい》など大陸の事情にも詳しく、弟子の一貫も高麗に渡ったことがあるという。

「わしはこの館の側に禅寺を創建することにした。幸運にも一貫和尚が当地に留まって下さるので、開山《かいざん》をつとめていただくのでござる」

「一貫と申します。故《ゆえ》あって安藤さまの館に世話になっております」

「安藤新九郎でございます」

新九郎は引き合わされるままに挨拶した。

「蝦夷管領さまのご子息とうかがいましたが」

「幼い頃から他家で育ちました」

「結構なことです。天地を住処《すみか》としてこそ、御仏《みほとけ》の教えに近付くことができます」

「新九郎どの、これを見られるが良い」

季久が意気込んで巻物を広げた。

幅一尺（約三十センチ）ばかりの紙に地図が描かれている。日本と朝鮮半島、大陸の地形をかなり正確にとらえたものだが、新九郎には何のことか分らない。

日本には筑前《ちくぜん》だの長門《ながと》だのと国の名が記されているので、地図だろうと予想をつけるのが精一杯だった。

「これが高麗、こちらが元、そしてこれが日本。その間にある海は陸地に囲まれた湖のようなものなのじゃ」

「すると我らが住む十三湊は、どのあたりでしょうか」

「およそこのあたり」

季久が陸奥国の北端を指で押さえた。

二つの半島と陸奥湾のおおよその形が描かれ、内海や蝦夷地も描き込まれている。

まだ都には奥州以北の地図はない時代だが、北条得宗家は識者に命じてひそかにこうした地図を作らせていたのだった。

「この山城《やましろ》と書かれたのが、都のあたりでしょうか」

「さよう」

「たったこれだけ」

毎年命がけで往復している十三湊から若狭までの航路が、これだけの距離しかないのか。そう思うと何だか馬鹿にされた気がした。

「一貫和尚、海の壁について新九郎どのに説明していただけますか」

「分りました。これを御覧下さい」

一貫が懐から取り出した紙には、津軽と下北、蝦夷地が描かれている。

そして日本海から内海を通って太平洋に出る対馬海流と、蝦夷地の東岸にそって北から南に流れる千島海流が、線と矢印で記されていた。

「日本と大陸との間にある海は湖のように小さいのですが、日本の東に広がる海は限りなく大きい。その大海から小海に、満潮となれば大量の潮が押し寄せ、干潮には引いていきます。そのたびに海の水位が変わるのです」

その理屈は新九郎にも何となく分る。日本海の潮の満ち引きによって、十三湖の水位が変わるのを、毎日見て育ったからだ。

「大海が干潮になった時、この小海からは内海を通って大量の潮が流れ出し、水位はかなり下がります。そこに満潮の潮が押し寄せると、小海から流れ出る潮をめくり上げる現象が起こるのです」

「しかも昨日は大潮であった。それゆえ水位の差が大きく、海に壁ができたように見えたのでござるよ」

季久が横から口をはさみ、その壁はどれくらいの高さだったかとたずねた。

「十間（約十八メートル）以上はありました」

いや、朝日丸の長さの倍はあったから、もっと高かったはずである。

だが海の谷間に吸い込まれてから船体を持ち上げられたので、正確なことは分らなかった。

「それでよく助かったものじゃ。のう和尚さま」

「失礼ながら、どのように舵を切られましたか」

一貫が後学のために教えてくれと身を乗り出した。

「後学とは？」

「拙僧は若い頃に船に乗っておりました。しかし乗船が難破したため、仲間をすべて失いました」

一人だけ助かった一貫は、海難事故を防ぐための勉強をしようと鎌倉の寺に入った。

油川に来て季久の世話になるようになってからも、海峡での事故を防ぐための研究をつづけている。

津軽や下北の地図も、自分で現地を歩いて作り上げたという。

「分りました」

この人は信用できる。新九郎はそう感じ、海の壁を利用して船の向きを変えたことを語った。

「そうですか。よく帆を使う決断ができましたね」

一貫は矢立てを取り出して記録をとった。

「アトイから学びました。アイヌの船を自在に操る若者です」

「その方も船に？」

「乗っていました。今は港にいます」

「それならその方にも話を聞かせていただきとうございます。実は前々から、板綴船《イタオマチプ》のことは気になっていたのです」

一貫は老僧とは思えないほど研究熱心だった。

「実は和尚は、我らを助けようと遠大な計画を立てておられましてな」

季久が手にした扇で一貫の地図の一点を指した。

下北半島の根方《ねかた》に鷹架沼《たかほこ》がある。

太平洋側から西に細長く延びた汽水湖で、湖から陸奥湾までの距離はわずか二里ほどである。

「実はこの沼が、我が安藤家にとってきわめて重大な意味を持っておりましてな」

陸奥湾から下北半島を回って太平洋に出るには、尻屋崎の難所を越えなければならない。

それを避けるために、季久らは、陸奥湾の東岸に船をつけ、積荷を荷車に積み替えて鷹架沼まで運び、別の船に積み替えて太平洋に出ていた。

そうして八戸《はちのへ》、久慈《くじ》、宮古《みやこ》と三陸海岸の湊を南下し、牡鹿《おしか》半島の港を中継地にして鎌倉との交易をおこなっていた。

ところが鷹架沼まで出るのに、荷の積み替えや陸路の輸送に手間と暇がかかる。

「そこで一貫和尚はここに水路を掘って、船が直接通れるようにしようと考えておられるのじゃ」

「そんなことが」

季久が鷹架沼と陸奥湾の間の陸地を指し、どうだとばかりに新九郎を見やった。

本当にできるのだろうかと、新九郎は半信半疑だった。

「できます。鷹架沼には西から戸鎖川《とぐさり》が流れ込んでいるので、この川を拡張して水路にすることができますし、陸奥湾の側にも沼があります。その距離は一里ほどしかありません」

一貫は自信を持って言い切った。

「しかし途中には山が」

「高い山ではありませんし、山地を通るのは五町ばかりですから、鎌倉の切り通しとそれほど変わらないのです。それにこのあたりの土地は軟らかく、掘りやすいのです」

火山灰が堆積した地層ということだが、この頃の学問はまだそこまで進んではいない。

ただ一貫は自分で何カ所か試掘して、土の軟らかさを確かめていたのだった。

「その水路を掘るのに」

いったいどれほどの人数が必要なのか、新九郎には想像もつかなかった。

「拙僧もそのことを考えました。水路の深さや幅、距離、掘り出す土の量などから割り出し、千人の人足を用いれば三年でできると見積っています」

「三千人を使えば、一年でできるということでござる」

季久は大いに乗り気だった。

「しかもこれは当家だけでやるのではござらぬ。北条得宗家にお願いし、幕府の助力を頼むのです」

「できますか。そんなことが」

「我らは蝦夷地の産物を鎌倉に送り、得宗家に大きな貢献《こうけん》をしておる。その航路が便利になるなら、得宗家にとっても悪い話ではござるまい」

「得宗家に申請するために、現地の地形を調べ、どれほどの人数と費用がかかるか、資料を作っているところです。古い文書《もんじょ》を当たって、この国で似たような工事がおこなわれた例《ためし》がないかどうかも調べました」

一貫が説明をつづけた。

「ありましたか」

「参考になるのは、平城京が造られた時に秋篠川《あきしの》や佐保川《さほ》の付け替え工事をしていることです。幅三丈、深さ一丈、長さ一里の川を、一年半できずいています」

それは今から六百年以上も前のことだと、一貫が目を輝かせた。

老僧ながら情熱にあふれているのは、この事業を成し遂げる夢にとりつかれているからだった。


一貫を下がらせると、季久は食事の仕度を命じた。

質素な藍染めの小袖を着て、鎌倉風の細い帯をしめた侍女たちが膳を運んできた。

「酒はいかがかな」

「今日はまだ仕事がありますので」

「さようか。ならば結構」

季久は無理強いせず、一人で手酌《てじゃく》で飲み始めた。

「一貫和尚は面白い方でしょう。水路ができれば船の難破も防げるし皆の助けにもなると、ああやって寝食を忘れて取り組んでおられるのでござる」

「季久どのが頼まれたのですか」

「いやいや。鎌倉で鷹架沼のことを聞き、自分でやって来られました。利他行《りたぎょう》、他を利することが仏の教えに従うことになるとおおせでござる」

ところで朝日丸の積荷は無事でしたかと、季久が急に話題を変えた。

「刀二百、穂先三百。港に下ろしました」

「それは重畳《ちようじよう》。ご苦労でございました」

「ひとつ伺いたいことがあります」

季長は北条得宗家から上納金を三割も多く納めるように求められていると言った。それが本当か知りたかった。

「三割かどうかは存じませぬが、催促《さいそく》が厳しくなっているのは確かです」

「なぜですか」

「世情が不穏《ふおん》だからです」

出羽の能代で叛乱が起こったように、西国《さいごく》でも次々と叛乱が起こっている。その原因は経済的に困窮した御家人を救うために幕府が徳政令を出し、借金を帳消しにしたり質に取った所領を元の持ち主に返すように命じたからだ。

このために損失をこうむった貸し主たちは、幕府の徳政令を否定し、守護や地頭の催促を武力によって拒むことで、自分の権利や財産を守るようになった。

これが「悪党」と呼ばれる者たちで、その代表的な人物が楠木正成《くすのきまさしげ》、赤松則村《あかまつのりむら》（円心《えんしん》）、名和長年《なわながとし》である。

しかも今上《きんじよう》（後醍醐《ごだいご》）天皇がひそかに彼らと連絡を取って倒幕を企てているという情報もあり、幕府は六波羅探題《ろくはらたんだい》に軍勢を送って都の警備と悪党の鎮圧を強化しているのだった。

「その費用が馬鹿になりませぬ。それゆえ北条得宗家は諸国への負担を強化し、幕府を支えようとしているのでござる」

「その負担が安藤本家にも」

「さよう。蝦夷管領家は得宗家の家臣でござるゆえ」

「その負担を能代の領民に押しつけたために」

叛乱が起こったのは事実らしい。それならどうして季長は嘘をついたのだろうと思いながら、
新九郎はもう一歩踏み込んだことをたずねた。

「その叛乱をあおっている者がいると聞きました」

「さようでございますか」

季久は表情ひとつ変えなかった。

「心当たりはありませんか」

「いくらかござるが、そのことについては改めて話をいたしましょう。ところで照手とは、いつ会っていただけますか」

「いつでも」

「何日か油川に滞在して下さるか」

「実は舵を流されました」

それを付け替えるまで、しばらく港に停泊させてほしい。新九郎はそう頼んだ。

舵を沈めさせたのは、季久の動きをさぐる時間を作るためだった。

（三）

新九郎は配下の水夫たちと油川湊の船宿に泊ることにした。

季久は館を使ってくれと言ったが、舵の修理の指示をしなければならないと断わった。

「お若いのに、船に精通しておられるようでございますな。それでは照手と引き合わせる段取りができたら、使いを差しむけましょう」

季久は未練がましく引き下がった。

翌日、船大工を訪ねて舵の製作を頼んだ。造船した時の図面があるので、舵の寸法も分っていた。

「後は頼む」

弥七にゆるゆるとやれと命じ、新九郎は町を歩くことにした。

六尺三寸もの巨漢で、道の両側に連なる家の軒に頭がとどきそうである。その姿を町の者たちが奇異の目でながめていた。

油川の河口にある船着場を中心にした港町だが、この町は陸路の要地でもあった。

奥州の幹線街道である奥大道の終点だし、海岸ぞいに北へ延びる松前街道も通っている。

蝦夷地のマトウマイを出た船は、内海を越えて中濱御牧の港に入って荷を下ろす。

その荷を荷車や馬の背に載せて油川湊まで運び、鷹架沼を使った海運によって鎌倉まで送る。

この交易の中継をすることで、外の浜安藤家は大きな利益を得ているので、渡島アイヌとも密接な関係を保っていた。

新九郎は熊野権現宮に向かった。

門前には各地から集まった商人たちが店を並べている。交易に来る客を目当ての茶屋や遊郭もあり、道行く者たちは色と欲とに駆り立てられて、猥雑《わいざつ》な活気を呈していた。

「お兄さん、寄ってかない」

小袖の襟を胸元まで開けた女が、連子《れんじ》窓からあでやかな笑みを向けた。

新九郎は自分が呼ばれたのかとふり返ったが、女の目当ては後ろから来る裕福そうな商人だった。

アイヌの交易所は門前の一番いい場所にあった。

板葺きの二階屋で、一階には北の産物が所狭しと並べてある。

後に蝦夷三品と呼ばれる昆布、干し鮭《じゃけ》、鰊《にしん》。それに熊や鹿、海獺《らっこ》の皮。鷹の羽や乾燥させた薬草などもあった。

中でも圧巻は入口に立てられた羆《ひぐま》の皮である。生きていた頃の姿そのままに後肢で立ち、今にも襲いかかろうとするように前の両肢をふり上げて牙をむいている。

身の丈は新九郎よりかなり高い。

(こいつも冬眠の最中に)

熊狩りの罠でやられたのかと、新九郎は頭をなでてやりたい気持になった。

「兄貴、兄貴じゃないですか」

後ろからアトイが声をかけた。何やら血相を変え、手には小刀《マキリ》を持っていた。

「近くまで来たのでな」

「それならそうと、言って下さいよ。妙な奴がうろついていると、店の者が言うもので」

追い払おうと二階から駆け下りてきたという。

「何か分ったか」

「昨日来たばかりです。みんなと馴染《なじ》んでからでないと、大事なことは話してくれませんから」

「この熊、でかいな」

「そうでしょう。背比べでもしていましたか」

アトイが少年の丸みを残した顔に遠慮のない笑みを浮かべた。

「例の罠で獲ったのか」

「これは私の父が、槍で倒しました」

「強いんだな。お前の親父は」

「強くて賢くなければ熊には勝てません。族長にもなれませんよ」

「そうだろうな」

新九郎は鷹の羽に興味を引かれた。

褐色の長い尾羽が十数本。扇のような形に広げてあった。

「それはニヴフから仕入れた上等のものです。鎌倉のお武家さまは鷹の羽を好まれます」

「ニヴフ？」

「蝦夷地のさらに北に住む者たちです」

樺太の中部からアムール川流域にかけて居住する狩猟民族である。アイヌはこの地まで渡り、鷹の羽や海獺の皮などを買い入れていた。

「交易所も繁盛しているようだな」

「お陰さまで。安藤五郎さまが公正な政《まつりごと》をして下さるからだと、店の者たちが申しております」

「そのようだな」

新九郎も町の活気に触れて同じことを感じていた。

道行く者の顔が明るいのは、暮らしに不安がないからである。店の棚に品を並べたまま店番をおいていなくても、盗みをする者もいないようだ。

これだけの治政をしている季久が、蝦夷管領職を奪い取るために、陰に回って能代の叛乱をあおったりするだろうか。そんな疑問が新九郎にきざしている。

こんな時に北浦孫次郎がいたなら、気の利いた助言をしてくれるだろうに……。

新九郎は能代に残してきた守役の有難さを、かすかな淋しさと共に思い出していた。


三日目に季久からの使者が来た。

「安藤新九郎さまにお目にかかりたいと、お坊さまが」

船宿の者が告げたのは、新九郎が草鞋《わらじ》をはいて出かける仕度をしていた時だった。

「お坊さま？」

いぶかりながら表に出ると、托鉢《たくはつ》僧の姿をした一貫和尚が立っていた。

「季久どのの言伝《ことづて》でございます。娘御と引き合わせたいので、本日の申《さる》の刻（午後四時頃）に油川館に来ていただきたいとのことでございます」

「分りました」

「今夜は館に泊り、ゆるりと過ごしていただきたいとおおせでございます」

「それを伝えに、わざわざ」

「これから船に乗って鷹架沼に行きます。そのついでに使いをつとめたのです」

それにもう一度あなたに会ってみたかったと、一貫は痩せた顔に渋い笑みを浮かべた。

「俺に。なぜでしょうか」

「いかにも力がありそうだ。水路を開く時、手を貸してもらえないかと思ったのです」

一貫の草鞋も足袋《たび》もすり切れている。水路を完成させるために、一日も休まず歩きつづけているようだった。

定められた時間よりかなり早く、新九郎は油川館に着いた。

一人では気詰まりなので弥七を連れていた。

「本当にあっしのような者が、安藤五郎さまの御前《おんまえ》に出ていいのでしょうか」

弥七は人より長い背骨を折って、しきりに恐縮した。

「水夫頭だ。会っておいた方がいい」

「しかし学もなけりゃあ頭も悪いもんですから、ご迷惑にならないといいんですが」

「側に座っているだけでいい」

そうすれば相手の注目が自分だけに集まることはない。新九郎も照手姫との対面を前に、内心かなり緊張していた。

油川館には南の搦手口から入った。

まわりに幅十間ちかい空濠をめぐらし、中土塁を二重に配してある。

「何だかいかめしい造りですね。能代館とそっくりだ」

弥七はいよいよ恐縮して、おびえたようにあたりを見回した。

「そうだな。よく似ている」

「しかし、出羽と津軽でしょう。遠く離れているのに、どうして似ているんでしょうね」

「さあ、どうしてかな」

館の者に案内されて主殿の客間に行くと、すでに食膳の用意がしてあった。

大きな折敷《おしき》に山海の珍味が盛り付けてある。中でも熊の肉を煮た汁物は豪華で、食欲をそそるいい匂いを放っていた。

しばらく待つと、季久が紺色の直垂《ひたたれ》に烏帽子という正装で席についた。

「今日は婚約を決めるための第一日目でござる。遠慮なく飲んで、泊っていって下され」

「ありがとうございます」

これなるは朝日丸の水夫頭であると、新九郎は弥七を紹介した。

「大潮に出くわされたと聞きました。よく切り抜けることができましたね」

「あれは新九郎さまのお手柄でございます。あっしなどはただ恐ろしくて、震えていたばかりでございやした」

弥七にはおどけることで身を守ろうとする悪い癖がある。

ぺこぺこと頭を下げながら、いつまでも愛想笑いを浮かべていた。

「ところで油川湊はいかがでしたか」

季久がさりげなくたずねた。

「みんな楽しそうで、生き生きと暮らしていました」

皆がご領主さまのお陰だと言っていると、新九郎は聞いたままを語った。

「いや、それほどのことは」

「これまで多くの港を回りましたが、油川ほど安心できる所は滅多にありません」

「それは嬉しいお言葉でござる」

季久は相好をくずして新九郎に酌をした。

素焼きのかわらけに、白く濁った酒がなみなみと満たされた。

「一貫和尚の水路が完成したなら、外の浜はもっと便利になります。それがしもそのために力を尽くすつもりです」

隣の部屋でふいに笛と琴の音がして、軽快な曲をかなで始めた。そして音もなくふすまが開き、白い水干に烏帽子姿で平伏した娘が現われた。

「娘の照手でございます。祝いの舞いをひとさし」

季久にうながされ、照手姫がすっと立って舞い始めた。手に檜扇《ひおうぎ》を持ち、腰に赤い細紐をしめている。

あごの尖った面長の顔立ちをして、鼻筋が細く通り、赤いつぼみのように唇をすぼめている。下唇がわずかに厚く、不満でも言いたげに見えるが、それが妙に色っぽく肉感的だった。

照手姫は曲に合わせ、軽々とたおやかに舞いつづけた。都で流行《はや》る白拍子《しらびょうし》の舞いである。

黒目がちのきりりとした瞳は聡明さをたたえ、腰まで伸ばした豊かな髪は生命力の豊かさを表わしている。

新九郎はその姿に魅了され、酒を飲むことも忘れて舞いに見入っていた。


舞いの後、互いに挨拶を交わしただけで第一日目は終わった。

「照手でございます。お目にかかれて嬉しゅうございます」

照手姫は顔をやや傾けながら頭を下げると、侍女を従えてすぐに奥の部屋に去っていった。

昔の物語にも書かれているが、妻問婚《つまどいこん》では男が三日間女のもとに通い、三日目の床入りが成就して初めて婚姻の成立となる。

事がめでたく成就したなら三日夜《みかよ》餅《のもちい》を食べ、女が身につけていた衣を手みやげにして男を帰らせる。

これはいずれも二人の婚姻が成ったことを公にする儀式で、男を逃がさないための呪術的な意味もあった。

津軽ではまだこの風習が引きつがれているようで、一日二日と相手をもてなし、三日目の床入りをもって婚約が成ったことになるのだった。

二日目は弥七を船宿に帰した。

何の役にも立たないどころか、一人で酒に酔い、卑屈になったり尊大になったりしながらしゃべりつづけ、季久ばかりか屋敷中の者のひんしゅくを買ったからだ。

これなら一人の方がまだ気が楽である。

新九郎はこの夜、養父季広が持たせてくれた烏帽子と褐色《かちいろ》（濃紺色）の直垂を着込み、季久の前に出た。

「さすがに、見事なものでござる」

季久が惚れ惚れとながめ、管領どのからも是非この話を進めてくれと頼まれていると打ち明けた。

武士の値打ちは強さである。家を守り領国を守り抜くには、何者にも屈しない強さが必要である。

直垂姿の新九郎の巨体からは、強さばかりか気品のようなものまで匂い立って、季久は今すぐにでも婚約を取り決めたそうだった。

やがて昨夜と同じようにふすまが開き、あでやかな小袖をまとった照手姫が琴を弾《ひ》き始めた。

初めは弦をひろうように爪弾《つまび》いていたが、やがて次第に速くなり、水の流れを思わせる流麗な調子になった。

新九郎はふと内海の潮の流れを思い、海の壁を見上げた時の五体を鷲づかみにされたような戦慄と感動を思い出した。

この先、照手はあの壁を登るような激しい演奏に移るのではないか。そんな予感と期待に駆られ、両手を翼のように広げて琴を弾く照手姫を見やったが、曲はぷつりとそこで終わった。

余韻というのだろう。弾かないことでその先を想像させるやり方で、新九郎の耳底ではその音がしばらくつづいていた。

「どうぞ、おひとつ」

客間に入った照手姫が、品良く柄杓《ひしゃく》を持ち上げて酒を勧めた。

袖口から焚きしめた香が匂った。

「どうも」

新九郎は季久に勧められるままかなり飲んでいる。

こんなに酒を飲んだのも、酒席が楽しいと感じたのも初めてだった。

「今日は立派なお召し物ですね。よくお似合いです」

「そうであろう。わしも見違えたほどじゃ」

だから早く決めてくれと、季久は気が気ではないようだった。

「初めてです。こんな装束は」

新九郎は節句の祝いで子供がするように、両袖をつまんで腕を伸ばした。

「新九郎さまは、太刀は佩《は》かれないのですか」

照手姫がもう一度酒を勧めた。

「船乗りには邪魔ですから」

「それでは戦いの時に後れを取るのではありませんか」

「まだ戦ったことがないので」

どうなるか分らないと、新九郎は身も蓋《ふた》もないことを言った。

（まあ、武士なのに）

照手姫はそう言いたげなあきれ顔をしてのけぞった。

「このお方は強い。そんなことはお姿を拝しただけで分るであろう」

季久があわてて取り成した。

二日目はそれで終わり、三日目は二人きりで会うことになった。

幸い東の空に秋の初めの月が浮いている。二人は釣殿に出て、池の面で揺れる月をながめながら語り合った。

「船に乗って諸国を回るのは、さぞ楽しいでしょうね」

照手姫は昨日より身を寄せ、しなを作って酌をした。

歳は新九郎よりひとつ上で、武家の娘としては行き遅れた感がある。

新九郎の次兄の季治と婚約したものの、出羽の叛乱があって婚礼が延び延びになっているうちに、季治が討ち死にする不幸にみまわれたのだった。

「海に出ると楽しい」

だが諸国なんかはみんな同じだと、新九郎はまたしても素っ気ないことを言った。

「女子《おなご》は船に乗せていただけないのでしょう」

「そう聞いています」

「どうしてかしら」

「男ばかりの世界ですから」

「でも神功皇后《じんぐう》は船に乗って三韓征伐に出られたのに」

女が乗れないのはおかしいと照手姫は不満をもらしたが、新九郎はその皇后が何者なのかまったく知らなかった。

「新九郎さま」

照手姫は何度目かの酌をすると、正面に回って姿勢をただした。

切れ長の目に月の光が妖《あや》しく宿っていた。

第四章　渡党アイヌ

(一)

「いかがでございましたか。昨日のわたくしの琴は」

照手姫の物言いはやさしいが、いい加減な返答を許さない真剣さがあった。

「瀬戸の流れのようでした」

安藤新九郎季兼は感じたままを口にした。

「瀬戸の流れ、ですか」

「ゆるやかな調子から、次第に速くなって」

「そう。瀬戸を流れる潮のようにお感じになられましたか」

「次には大波が打ち寄せるかと」

そう期待していたが、照手姫はそこで奏する手を止めたのである。

「ご不満でしたか」

「肩すかしを喰ったようでした」

「それでは一昨日の舞いは？」

「強い姫御前《ひめごぜ》だと思いました」

体の芯と足腰がしっかりしていなければ、あのようにたおやかに舞うことはできない。新九郎にはそれが分っていた。

「強いのは舞いですか。それとも舞い手ですか」

「両方です」

「お嫌いですか？　そんな舞いは」

「いいえ」

「それなら安心しました。この二日間、わたくしは新九郎さまにお楽しみいただくためにできるだけのことをいたしました。その意は汲んでいただけたでしょうか」

「ええ」

新九郎は何だか借金の返済を迫られている気分になってきた。

「良かった。それなら今度は、新九郎さまが応えて下さる番ですよね」

「何をしろと」

「わたくしに恥をかかせないで下さいませ」

照手姫は妖艶《ようえん》な笑みを浮かべ、再びしなを作って酌をした。

その意味が分らないほど、新九郎はうぶではない。しかしどう答えていいか分らず、注《つ》がれた酒を飲み干した。

「後のことは侍女の春菜《はるな》が計らいます。どうぞご遠慮なく」

そう言い残して照手姫が立ち去ると、入れ替わりに太った中年の侍女が現われた。

「春菜でございます。介添えをさせていただきます」

こんなことには慣れているようで、どうぞおひとつと酒を勧める。

それも律義《りちぎ》に飲み干したが、どうもさっきから酒の味がちがう。何か薬草でも混ぜている感じだった。

「それでは、こちらに」

案内されたのは別棟にある湯屋だった。

外で沸かした湯を湯船にためたもので、さかんに湯気が上がっていた。

床入り前に体を清めよということだろう。しかしこのまま照手姫との縁組みを承知していいのだろうか……。

新九郎は迷いながらも勧められるまま湯に入った。

九月、長月《ながつき》初めのひんやりとした空気が館をおおっている。手足が冷えた体には、湯の温かさが心地良かった。

湯気も薬草の匂いがする。涼やかで少し苦味のある匂いが、鼻の奥でふくらむように広がった。

(さて)

どうしたものかと、新九郎は空をながめた。

東屋《あずまや》風の湯屋からは東の空が広々と見える。べた凪ぎの陸奥湾の上空に、薄い月が姿を現わしていた。

新九郎とて十九。諸国の港に立ち寄った時に遊郭に足を踏み入れたことは何度かある。

指南役の北浦孫次郎の計らいで最上級の店に上がり、上玉と呼ばれる若くて美しい女たちを呼んだものだ。

「若、これも男の修行でござる」

孫次郎はさあ行って来いと背中を叩いて閨《ねや》に送り出したが、新九郎は二、三度経験するうちにだんだん嫌になった。

快楽のために女を買う男の卑《いや》しさと浅ましさが、何とも不潔で耐えられないのだった。

「それなら早く嫁御をもらうしかありませんな」

孫次郎はそう言うが、船に乗っていることが多いのでそんな相手と出会う機会もなかったのだった。

（さて）

新九郎はもう一度心の中で声を上げ、この縁組みに応じるべきか、照手姫と床入りをして三日夜餅を食うべきかどうか考えた。


悩んでいる間にも薄い月は中天にかかり、秋の夜空は無数の星をちりばめて輝いていた。

いつの間にか湯はぬるくなり、これ以上入っていては風邪をひきそうだった。

（ええい。ままよ）

意を決したのは、逃げたと思われたくないという負けん気が頭をもたげてきたからだ。

この縁組みをすることで又太郎季長と五郎季久の仲を取り持ち、両家の争いを未然に防ぐのが自分の役割かもしれない。そんな殊勝な考えもどこかにある。

それに先ほどから新九郎は得体の知れない高ぶりを感じ、股間の一物《いちもつ》がそそり立つのを抑えることができなくなっていた。

どうやらさっき飲んだ酒に、そうした作用を起こす薬草が仕込まれていたらしい。

次第に体の芯が熱くなり、自分でもどうしようもなく硬く張っているのだった。

「新九郎さま、そろそろ」

お湯がさめますと、春菜が上がるようにうながした。

湯上がりの世話をするために待っているらしいが、外に出れば恥ずかしい姿をさらけ出すことになる。

しかし薬草の力は強烈で、今さらどうしようもなく、新九郎はありのままの姿で春菜の前に立った。

「まあ、ご立派なこと」

春菜は驚きも恥ずかしがりもせずに、新九郎の体を柔らかい布でふいた。

「酒に何を仕込んだ」

「蝦夷五加《えぞうこぎ》でございます。お疲れのようでしたので」

「姫の差し金か」

「とんでもない。この婆やが余計な気を回しただけでございますよ」

それにしてもご立派なこと。こんな風なのを雁魔羅《かりまら》と申しまして、千人に一人の果報でございますよ。春菜はそう言いながら手際良く下帯《したおび》を締め、火熨斗《ひのし》の利いた白い寝衣《しんい》をまとわせた。

「かりまら？」

「先の方を裏から見れば、雁が翼を広げたような形をしておりますので」

兄上さまはそうではなかったと、春菜がつい口を滑らせ、それを誤魔化《ごまか》そうと下手な言い訳を並べ始めた。

照手姫は主殿の奥の寝所にいた。

この夜のために磨き上げられた廊下を歩き、突き当たりの板戸の前まで来ると、

「どうぞ。こちらでございます」

春菜が戸を開けて入るようにうながした。

八畳ほどの板の間には明かりが灯《とも》り、白い寝衣をまとった照手姫がひざまずいて迎えた。

その横には大きな夜具が敷いてあった。

「ようこそ、お出で下さいました」

指をついて頭を下げると、背中に垂らした垂髪《すいはつ》が肩からこぼれ落ちた。

「世話になる」

「縁組みに応じて下さるということでございますね」

「念押しには及ばぬ」

「嬉しゅうございます。どうか末永く」

照手姫は立ち上がり、かいがいしく新九郎の腰紐をほどき寝衣を脱がせた。

仁王像のようにたくましい体が、明かりに照らされて朱色に輝いた。

下帯の中の一物はそそり立ったままである。だが新九郎はそれを恥ずかしいとも思わなくなっていた。

照手姫は下帯をはずし、ためらいもなく口に含んだり雁の翼のような形のあたりに舌をはわせたりした。

こうしたことに慣れていることを隠そうともしない大胆さだった。

「無用だ、それは」

新九郎は姫を抱き上げるようにして立たせ、乱暴に寝衣をはぎ取った。

柳腰のたおやかな体付きだが、乳房が形良く突き立っている。腰や太股の肉付きも良く、肌は白磁のように白くなめらかである。

しかも体には何本もの朱色の線が描かれ、体付きの良さを強調していた。

「これは……」

明かりに照らされて朱に染まっているだけかと思ったが、幅半寸（約一・五センチ）くらいの朱色の線に間違いなかった。

「朱喜《しゆき》と申します。初めての床入りの時に、女はこうして身を飾るのでございます」

これは丹《たん》を溶いて作ったものなので、なめたら薬になる。照手姫は乳房に塗った朱を指ですくい、新九郎の口に押しつけた。

甘さとほろ苦さの混じった味だった。

「どうしてそんなことをする」

「ひとつは化粧、ひとつは魔除《よ》けでございます。丹は魔を祓ってくれますので、こうして女の入口にも」

病気や災いが入り込まないように塗るという。

「それにもうひとつ。祝いのためでございます」

「何の祝いだ」

「目出《めで》たく床入りをして交わりが盛んであれば、互いの体は朱に染まっていきます。それは夜具に敷いた布にも移りますから、明日の朝には朱染めの布が出来上がります。それを皆に披露して、縁組みの祝いをするのでございます」

布の染まり具合で、二人の仲の睦まじさや男の力の程が判断されるという。何とも凄まじい風習だった。

新九郎は照手姫を抱き締めてみた。

見た目通り陶器のようなつるりとした肌触りで、ひんやりと冷たい。新九郎の胸のあたりまでの背丈しかないので、肩ごしに背中をのぞくことができる。

そこにも朱喜が施してあり、尻のふくらみを強調した線がふくらはぎに向かって伸びていた。

新九郎は試しに尻をさすってみた。

丹が広がり片側の臀部《でんぶ》が朱色に染まったが、べとつく感触はなかった。

「何をなさっているんですか」

「何でもない」

新九郎はうつむくようにして唇を合わせた。

姫は素早く舌をさし入れてくる。小鮎《こあゆ》のようなものがなまめかしく新九郎の舌にからみついてきた。

「そろそろ床入りをさせてくれ」

「お酒はもう不要ですか」

「これでは不足か」

新九郎はそそり立つものを姫の腹のあたりに押し付けた。

「いいえ。念のために申し上げたばかりです」

どうやら照手姫は朱染めの布の出来具合を気にしているらしい。貧弱なものになっては、自分の名誉に関わると思っているようだった。

新九郎は夜具の上に姫を横たえ、遊女との経験から得た愛撫を始めた。

姫の求めに応じて舌をからめ合い、乳房をやわらかくなでさすり、その手を丹を塗った女の入口へと伸ばしていく。

そこはすでにしっとりと濡れていたが、照手姫は何の反応も示さなかった。

普通は気持が良ければ声を上げるものである。それなのに石のように黙り込んでいるのは、何も感じない体質なのか、それとも扱い方が悪いのか……。

「お前は、あの酒を」

飲まなかったのかとたずねた。

「飲みました」

「それでも感じぬか」

「これくらいで取り乱したりはいたしませぬ」

「それなら船足を速めようか」

新九郎は乳首の立った形のいい乳房に舌をはわせ、丹を塗ったあたりへの刺激を強めた。

「あっ、あ、じゃわめぐ、なじょして」

照手姫が甲高い声を上げてのけぞった。

新九郎は攻略の糸口を見出した嬉しさに、指の動きをいっそう激しくした。

姫は自制を失い、身をよじってはばかりのない声を上げる。

その反応で潮目をはかりながら、新九郎は姫の中に身を沈めた。

「あっ、ああ、駄目《まいね》、いぐー」

春菜が千人に一人と言ったのは、当たっていたらしい。ゆっくりと腰を動かしただけで照手姫は絶頂への階段を駆け昇り、波頭でくだける波のように気を失った。

それでもしばらくすると気を取り戻し、宝物を手放すまいとするかのように下からひしと抱きついてくる。

新九郎がそれに応えて再び腰を動かすと、前よりさらになまめいた声を上げ、身をよじりながら絶頂に昇りつめてくだけ散る。

結局明け方までに五回も昇りつめ、館中に歓びの声を響き渡らせたが、新九郎は一度も果てていない。どこか冷めた目で姫の乱れぶりをながめていたのだった。

翌朝、照手姫は起き上がることができなかった。

「すみません。腰に力が入らなくて」

今日はこのまま失礼すると、消え入りたげに夜着《よぎ》を頭から引っかぶった。

「良うございました。どうぞ、こちらへ」

侍女の春菜が別室で新九郎に直垂を着せてくれた。

こういう時は自分で着るものではないという。

「それからこれをお持ち下さい。姫《ひい》さまの三日夜の衣でございます」

昨日照手姫が着ていた三重ねの小袖を、布に包んで差し出した。これも縁組みがととのったことを示すもので、男は家に持ち帰るのが作法だという。

包んでもなお小袖から匂い立つ香りを感じながら、新九郎は人目をさけて主殿を出ようとした。ところが磨き上げた廊下の先に、季久が寝起きの顔で立っていた。

「新九郎どの、よく決断して下された」

二人の交わりが成就し縁組みが成ったことを、手放しで喜んでいた。

「これでそなたは、わしの婿殿でござる」

「よろしくお願いいたします」

「細かなことは、後で両家で決めれば良い。ともかくこのことは、尻引に使いを立てて管領どのに知らせておきましょう」

「船の修理を終えたなら、私もすぐに十三湊へ戻ります」

「それにしてもたいしたお方じゃ。あの鼻っ柱の強い娘を、よくぞ手なずけて下された」

娘のあの声を一晩中聞かされるのは複雑な気持でござるが。季久は新九郎にそう耳打ちし、これで立派な朱喜の祝いができそうだと渋い笑みを浮かべた。

（二）

搦手口を出ると陸奥湾に向かって真っ直ぐな道が延びている。

道の両側には、収穫を終えた稗《ひえ》の切り株の列がつづいていた。

かつて奥州は稲作ができないほどに寒い時代があった。

ところが平安時代の中頃から温暖化が始まり、北上川流域から津軽地方にかけての広大な平野で稲作が可能になった。

平泉の奥州藤原氏が栄華をきわめ、十万の軍勢を動かせるほどの勢力を維持できた理由のひとつは、米の収穫量が飛躍的に伸びたことである。

その恩恵は鎌倉時代から南北朝時代にかけてもつづいているが、外の浜の海岸ぞいは山背《やませ》と呼ばれる東からの冷たい風が吹くので、畑作しかできないのだった。

新九郎は三日夜の衣の包みを持ち、東へつづく道を歩いた。

朝日がようやく昇り始めた頃で、光がやけにまぶしく感じられる。それがいつもより黄色く見えるのは、寝不足のせいだった。

体も重く気《け》だるいが、気分は良かった。新九郎の中に宿る雄《おす》の習性が、照手姫を性的にねじ伏せて我が物としたことに大いなる誇りと満足を感じていた。

それにしても、女というものは何と不思議なのだろう。そんな驚きも胸の片隅に残っている。あれほど気位が高く、舞いも琴も完璧に演じて己の力量を見せつけた照手姫が、閨の中ではあれほど奔放に振舞い、館中に聞こえる声を上げて快楽の絶頂に達するとは、新九郎は想像もしていなかった。

美しい装いや雅《みやび》やかな振舞いの奥に隠されている秘密の箱を初めて開けて、新九郎はこれまでとは違った世界に踏み込んだ気がしていた。

油川湊の船宿に着くと、水夫頭の弥七が迎えに飛び出してきた。

「新九郎さま、先日はまことに……、まことに申し訳ないことをいたしました」

油川館で酔っ払い、卑屈になったり尊大になったりしてひんしゅくを買ったことを、消え入るような声で謝った。

「あんな立派な方にお目にかかったのは初めてで、どうしていいか分らなくなっちまって。ついつい酒に頼る悪い癖が出てしまったんでございます」

「気をつけることだ。それより」

舵の修理はできたかとたずねた。

「終わりました。唐天竺《からてんじく》まで渡れるほど立派に仕上がりました」

「それなら明朝船を出す」

十三湊に向かうので仕度をしておけと命じ、新九郎は船宿の二階で横になった。

しばらく天井をながめながら死の壁のことや照手姫のことを思い出していたが、いつの間にか引きずられるように眠りに落ちた。

どれほど眠り込んでいたのだろう。

誰かに肩をゆすられる気がしたが、頭は深い眠りに閉ざされて目を覚ますことができなかった。

「兄貴、起きて下さいよ。兄貴」

アトイが遠慮がちに呼びかけている。

新九郎は深海の魚のように眠りの底から浮上し、ようやく相手の顔を見分けることができた。

「アトイか。どうした」

「会っていただきたい者がいます。下に待たせていますので」

「今、何刻《なんどき》だ」

「さっき申の刻の鐘が鳴りました」

船宿に戻ったのは辰《たつ》の刻（午前八時頃）前だから、四刻（約八時間）以上も眠っていたことになる。疲れと寝不足はそれほどひどかったのだった。

「この傷、どうしたんですか」

「傷？」

「ええ、肩口に」

アトイが言うところに手を当てると、かすかな痛みがあった。

肩口から背中にかけて四本のすり傷が走り、かさぶたになって盛り上がっている。照手姫が絶頂のさなかにつけた爪跡だった。

「さあ、何だろうな」

新九郎は分らないふりをして、会わせたい者とは誰だとたずねた。

「交易所の若者です。エリリと言います」

「ここに連れて来い」

「それは無理です。アイヌは和人の家に上がることを許されておりません」

「そうか」

新九郎は階下の土間でエリリと会った。

十三歳ばかりの小柄な少年で、落ちくぼんだ目をおびえたように見開いていた。

「エリリにはオッカユという兄がいます。いつもはマトウマイに住んでいますが、二カ月ほど前に油川に来てエリリと会ったそうです。その時、仲間たち五人と能代に行くと話していたそうです」

なあ、そうだなとアトイがうながすと、エリリは小刻みにうなずいた。

「何しに行くと言っていた」

新九郎はしゃがみ込み、エリリと同じ目の高さになってたずねた。

「知りません。聞いていません」

「でも、腕の見せどころだと言っていたそうです。エリリ、そうだろう」

アトイの問いにエリリは再び小さくうなずいた。

翌日、新九郎は十三湊に帰ると告げて油川湊を出た。

そのまま陸奥湾を北上し、平舘海峡を抜けて内海に出ると、

「このままマトウマイに向かえ」

弥七に命じた。

エリリの兄オッカユは弓の名手で、飛ぶ鳥を落とすほどの腕前だという。その彼が五人の仲間と能代に行ったのは、五郎季久に命じられて安藤次郎季治を射殺すためだったかもしれない。

新九郎はそんな疑いを抱き、オッカユから直接話を聞くためにマトウマイに行くことにしたのだった。

竜飛崎からマトウマイまでは七里（約二十八キロ）ばかりである。幸い天気にも恵まれ、大森《おおもり》山《やま》の南のふもとに広がるマトウマイの集落がはっきりと見えた。

「兄貴、ちょっといいですか」

話しておきたいことがあると、アトイが歩み寄ってきた。

「昨日言いそびれましたが、オッカユは伯父のイタクニップの手下なのです」

「伯父？」

「父の兄です。渡党アイヌの軍団長を務めています」

そのイタクニップが何度か油川湊をたずね、季久と会っているという。

「それは、確かか」

「交易所には顔を出さなかったようですが、港で伯父を見た者がいます」

「つまり、その伯父と季久どのが」

「手を組んでオッカユたちを能代に送り込んだのかもしれません。ですが……」

身内のことだけに、新九郎に話すのをためらっていたのだった。

「どんな人だ。イタクニップとは」

「父の兄ですから、本来なら伯父が族長になるはずだったのかもしれません。しかし乱暴者で人徳がなかったために、長老たちが父を族長に、伯父を軍団長にしました。伯父はそのことが不満で、今も父といがみ合っています」

「そんな伯父が、どうして季久どのに会う」

「詳しいことは分りません。これは私の想像にすぎませんが」

「遠慮するな。お前の想像はよく当たる」

「父は管領さまを通じて津軽と商いをさせていただいております。伯父はこれに対抗するために、五郎季久さまと接近しているのではないかと思います」

安藤家にも管領職をめぐって対立があるように、渡党にも族長の座をめぐってアトイの父と伯父の対立があるらしい。

伯父のイタクニップが族長の座を奪うために季久と手を組んでいるとすれば、この先の対応はいっそう難しくなりそうだった。

マトウマイは大森山から流れ出した大松前川《おおまつまえがわ》ぞいに開けた集落である。

河口の港は北方の産物の交易によって栄え、津軽ばかりか京都や鎌倉からも商人がやってくる。

港の側には大きな交易所が作られ、各地の商人たちが出店《でだな》や宿所を構えている。

その中でも蝦夷管領である安藤又太郎家はひときわ大きな館を構え、この地においても隠然《いんぜん》たる勢力を保っていた。

町の規模は十三湊に匹敵するほど大きく、町並みの形も和人の町とほとんど変わらない。

アイヌの集落は大松前川ぞいに点々とつづき、港の発展には関わりなく昔ながらの生活を守っている。

族長であるアトイの父エコヌムケの館は、川を五町ほどさかのぼった所にある高台の上にあった。

油川館や能代館と同じ環濠集落型の館で、この地も津軽や出羽と共通した伝統を受け継いでいることが一目で分った。

朝日丸が港に入り、新九郎とアトイが川ぞいの道を歩いてくることは、館の見張り櫓《やぐら》から手に取るように分る。

二重に濠をめぐらした館の表門にいたる頃には、龍の刺繍《ししゅう》をした蝦夷錦をまとったエコヌムケが門を広々と開けて出迎えた。

「あれが父《ミチ》です」

アトイが気恥ずかしげにつぶやいた。

あの大熊を仕留めたというので大柄の男かと思っていたが、背丈はアトイとそれほど変わらない。黒々とした髭をたくわえ、伸ばした髪を族長らしく髷《まげ》に結い上げているが、顔立ちはいたって穏和である。

武器を取るよりは、交易所で筆をとっていた方が似合いそうである。

兄をさしおいて族長に選ばれたのも、そうした能力が皆に必要とされたからだった。

「アトイ、よく戻った。こちらが新九郎さまだな」

エコヌムケは待ちきれなくなって歩み寄った。

「そうです。父さんに頼みがあるとおっしゃるので、ご案内いたしました」

「そうですか。私にできることなら、何でも協力させていただきます」

さあさあ、中へどうぞと、エコヌムケは新九郎に名乗る間も与えず中に案内した。

館の真ん中を通路で仕切り、東に族長の屋敷、西に一族の者たちの住居がある。渡島半島の中ではひときわ大きな構えなので大館《おおたて》と呼ばれ、後に道南十二館の筆頭に数えられた城郭だった。

エコヌムケが案内したのは家族の住居だった。

広々とした土間の一角に囲炉裏を切った板張りの部屋をもうけている。造りはアイヌ風だが、家の屋根も壁も板で頑丈に作られていた。

囲炉裏には炭が赤々と燃え、鉤《かぎ》で吊るした鉄鍋が盛んに湯気を上げている。

風に吹かれて海を渡ってきた新九郎の冷えた体が、火の温かみにほぐされていった。

「アトイ、今日はお泊りいただけるんだろう」

エコヌムケは直接たずねては失礼だと気を遣っていた。

「ええ父さん。二、三日ここに泊らせていただきます」

「それなら酒を飲もうじゃないか。新九郎さまもお飲みになるんだろう」

「父さん、私は新九郎さまと義兄弟の約束を交わしていただきました。今は兄貴と呼ばせていただいています」

「それは有難い。アトイはまだまだ子供ですが、どうかよろしくお願いします」

「子供ではありません。先日も助けてもらったばかりです」

新九郎は死の壁に行き当たった時のことを話そうとしたが、アトイが口の前で指を立ててそれを制した。

やがてアトイの母が甕《かめ》に入れた酒を運んできた。四十がらみのふくよかな体付きで、眉が濃く鼻が大きい顔立ちはアトイにそっくりだった。

椀に注がれた酒は白くにごり泡立っている。稗《ピヤパ》で作ったアイヌの伝統的な酒で、飲んでみると麹《こうじ》の甘い香りが口一杯に広がった。

もてなしの料理は熊鍋だった。

大ぶりに切った熊の肉を、山菜や芋、豆などと一緒に時間をかけて煮たもので、肉は箸で楽に割ることができるほど柔らかかった。

わずかに入れた山椒《さんしょう》の香りが肉の臭みを消し、食欲をそそる。肉の旨みがとけ込んだ汁の味は、今まで食べたことがないほど美味しかった。

「どうです。お口に合いますか」

エコヌムケが自ら新九郎の椀に酒を注いだ。

「旨いです。酒も鍋も」

「それは良かった。どうか遠慮なく食べて下さい。アトイの兄貴なら、我らの息子も同じですから」

同火共食とも、同じ釜の飯を食うとも言う。こうして一緒に食事をすることが、互いに親しくなる一番の近道だった。

「実は父さん、兄貴がここに来たのは」

オッカユのことを調べるためだとアトイが言いかけたが、今度は新九郎が口に指を立てて話を制した。

久々にアトイと会ったエコヌムケや母親の嬉しそうな顔を見ていると、家族の温《ぬく》みがひしひしと感じられる。

物心がつく前から他家に預けられた新九郎には縁遠い世界なので、今夜ばかりは嫌な話をやめて、この温かさにひたっていたかった。

「族長は熊狩りもなされるのですか」

新九郎はそうたずねた。

「若い頃は冬になると出かけたものですが、近頃は狩りに出ることはありません。どうしてですか」

「油川湊の交易所に、羆の皮が置いてありました。あれは族長が狩られたものだと、アトイが教えてくれたので」

「あれを仕留めたのは、もう十年、いや、十一年前になるかな」

「あんな大きな熊を」

よく仕留めることができたものだと、新九郎は狩りの様子を聞きたがった。

「あれは古くからアイヌに伝わるやり方でね。私のように小柄なほうが有利なんです」

エコヌムケがそのやり方を話そうと身を乗り出した時、奥の台所で子供が争う声がして、三歳くらいの男の子が土間に走り出てきた。

「ノチウ、それは私のよ。返しなさい」

そう呼びながら女の子が追いかけてきた。

星《ノチウ》と呼ばれた少年は、板張りに上がって新九郎の陰に隠れた。

少女は板張りに上がってはいけないことが分っているらしく、土間に立ったまま鋭い目で少年をにらみつけた。

「ノチウ、ノンノ、やめなさい。お客様の前で失礼ですよ」

あわてて後を追ってきたのはイアンパヌ。二人の母親でアトイの姉である。ふくよかで大柄な体付きで、豊かな黒髪を背中にたらしている。眉が濃く鼻筋がくっきりと通り、澄みきった黒い瞳をしていた。

「こらノチウ、また何かいたずらをしたな」

アトイがノチウを後ろから抱き取り、手にしていた緑色の石を奪い取った。

「叔父さん、返して。それは私が山で見つけたの」

花《ノンノ》は宝物の石を返してもらうと、大人びたおじぎをして台所に戻っていった。

「ほら、こちらに来なさい」

イアンパヌはノチウを受け取り、失礼をわびてから引き下がった。

真っ直ぐに向けてくるイアンパヌの目を見ると、新九郎はなぜかどきりとして目をそらした。そのことが失礼ではなかったかと、酒宴の間も妙に気になっていた。

（三）

翌日、新九郎とアトイは大松前川ぞいをさかのぼってオッカユが住む集落に向かった。

オッカユの一族は狩猟によって生計を立てていて、川の上流の森の中で暮らしている。弓の名手が多いのはそのためだった。

事情を聞きに行くことは、エコヌムケに話して許しを得ている。だが心配をかけたくないので、季治殺しの刺客になった疑いがあるとは打ち明けていなかった。

その懸念を口にすると、

「父なら分ってくれますよ。話を聞いて疑わしいようなら、大館に呼んで公の取り調べにかければいいのですから」

アトイはそんなことより、ふるさとの野山の景色を愛《め》でるのに忙しかった。

海に向かってなだらかに傾斜を下げる大地は、色とりどりの紅葉におおわれている。その向こうに真っ青な海がおだやかに凪いでいた。

「公の取り調べ？」

「ええ。長老たちの前で検断にかけます」

検断とは裁判のことである。

鎌倉時代の後期になると、各地の村々では自ら検断をおこなうようになっていたが（これを自検断という）、この風習は渡党アイヌにも伝わっていたのだった。

「本当のことを言っているかどうか、どうやって分る」

「最後は神《カムイ》の裁きにかけます。ですからそれを恐れて、皆が本当のことを言うのです」

「カムイの裁きとは」

「私も見たことがありません。噂を聞いているだけです」

ところで昨夜、熊狩りのやり方をたずねていましたねと、アトイが話題を変えた。

「ああ、聞いた」

「父がどうしてあんな大きな熊を仕留めることができたのか、知りたかったのではありませんか」

「別に疑っているわけではないが」

アトイと同じくらいの体格のエコヌムケがどうやってあの羆を倒したのか、不思議でならないのだった。

「そうですね。答えはこれです」

アトイが道に落ちている木の枝を拾い、杖《つえ》のように地面に立てた。

頭よりわずかに高いところで二股《ふたまた》になっていた。

「これよりもっと太くて丈夫な杖を作り、先を鋭く尖らせます。熊は人と戦う時、立ち上がって前肢で横なぐりにしたり押さえ込もうとします。兄貴、ちょっとやってくれませんか」

「こ、こうか」

新九郎は油川湊の交易所で見た羆を思い出し、前肢でアトイをつかまえる仕草をした。

「うまいうまい。そうなった時、この槍《オプ》を持って熊の内懐《うちぶところ》に入ります。すると熊はそれを押さえ込もうと前に倒れます」

その時、先の尖った槍を立てれば、熊は腹を串刺しにされる。

股のついた杖を使うのは、腹を貫通して下敷きになるのを避けるためだった。

「小柄なほうが有利だとは、内懐に飛び込みやすいからです」

「お前もあるのか。仕留めたことが」

「とんでもない。いくら小柄でも、父のように勇気と度胸がなければ、とても羆には立ち向かえませんよ」

アトイは何のわだかまりもなく、父親に好意と尊敬を持っている。新九郎にはうらやましいほどの素直さだった。

オッカユの集落は栗と銀杏が生い茂る森の中にあった。

今や紅葉の盛りで、栗も銀杏も豊かな実をつけている。

その下の平地を利用して、十数軒の小さな家《チセ》が身を寄せ合うように並んでいた。

集落の者にオッカユに会いたいと申し入れると、すぐに中ほどの家まで案内された。表でしばらく待つと、二十歳《はたち》ばかりのやせて背の高い若者が出てきた。

オッカユは和語が話せないので、アトイがアイヌ語でたずねて新九郎に内容を伝えた。

まず油川湊で弟のエリリに会ったかとたずねると、

「そうだ。確かに会った」

ためらいなく認めたが、能代に行ったかどうかという問いには表情を一変させた。

鼻筋が太く眼窩《がんか》が落ちくぼんだ顔を強張《こわば》らせ、そんな所に行ったことはないと言い張ったのである。

「しかしエリリは、お前が五人の仲間と能代に行くと言ったのを聞いている」

アトイが族長の息子の威厳を見せて問い詰めると、オッカユは目を吊り上げ口から泡を飛ばして否定しつづけた。

「俺はそんなことは言わない。能代にも行っていない」

「エリリはそう聞いている。腕の見せどころだと言ったそうではないか」

「言わない。腕なんか見せない。エリリ、間違っている」

オッカユは追い詰められた獣のように身震いすると、いきなり腰の小刀《マキリ》を抜き、胸をはだけて切り刻み始めた。

「見ろ、見ろ。これが嘘ではない証拠だ」

左右の胸に切っ先を走らせるたびに、赤い線が刻まれ血がにじみ出る。

新九郎は長い腕を伸ばして手首を押さえ、マキリをもぎ取った。

「もういい。お前の言うことは分ったと伝えてくれ」

アトイがそう告げると、オッカユはやる瀬なげに身をよじり、甲高い叫びを上げて家の中に駆け入った。

二人はひとまず大館に戻ることにした。

「あれは絶対何かを隠しています。だからあんな芝居をしてごまかそうとしたのです」

アトイが悔しげにつぶやいた。

「芝居ではない。あの男は本当に何かに怯《おび》えていた」

「それなら白状させれば良かったじゃないですか」

「もう一度族長に相談してからだ。勝手なことをして迷惑をかけてはならぬ」

オッカユがあれほど怯えていたのは、主人であるイタクニップや仲間たちに迷惑をかけると思ったからだろう。

だとすればエコヌムケに事情を話してからでなければ、この先へは進めない。新九郎はそう考えたのだった。

翌朝、急を告げる知らせがあった。

オッカユが森の中で首を吊っているのが見つかったのである。

昨夜、家族に胸の傷のことを問い詰められると、

「和人がエリリをそそのかし、自分を罠にはめようとしている。この復讐《ふくしゅう》をするには、死んで悪霊になるしかない」

そう言って姿を消したという。

集落の者が総出で捜し回り、椎《しい》の木のてっぺんで首を吊っているのを見つけたのだった。

「説明して下さい。これはどういうことでしょうか」

エコヌムケが新九郎を呼んで事情をたずねた。

「オッカユと話したのは私です。それにエリリをそそのかしたわけではありません」

アトイが横から口をはさもうとしたが、エコヌムケは鋭い目でひとにらみしただけで黙らせた。

「申し訳ありません。きちんと話しておくべきでした」

新九郎は能代で領民の叛乱が起こったいきさつと、兄の安藤次郎季治が毒矢を射かけられて討ち取られたことを語った。

「矢を放ったのは渡島から来たアイヌで、オッカユもその一人だという疑いがありました。そこで本人に確かめに行ったのです」

「その叛乱に、外の浜の安藤五郎どのが関わっておられるというのは事実でしょうか」

エコヌムケの表情がいっそう険しくなった。

「証拠はありませんが、能代の者たちはそう疑っています」

「オッカユは兄の……。イタクニップの配下です。もしオッカユが矢を射たのなら、イタクニップも叛乱に関わっている恐れがあります」

「俺もそう思っていました。しかし族長の兄上なので」

証拠もないのに口にする訳にはいかなかったと、新九郎は胸の内を打ち明けた。

「ご配慮は分ります。しかしそういうことなら、話していただいた方が良かった。そうすれば私も同行し、オッカユを説得することができたかもしれません。近頃のイタクニップのやり方は目にあまると、私も思っていますから」

「目にあまる、とは？」

「イタクニップは以前から、私が族長になったことに不満を持っていました。そこで事あるごとに一族の和を乱していましたが、近頃はリコナイ（木古内《きこない》）に拠点を移し、公然と一族を割ろうとしているのです」

「イタクニップは最近、何度か油川湊を訪ねていると聞きました」

「私も知っています。それは安藤五郎どのと好《よしみ》を通じ、独自に商いをさせていただくためだと思っていました。しかし五郎どのが管領さまへの叛乱を企てておられるとしたら……」

「計略に加わり、オッカユらを能代に行かせたのかもしれません」

五郎季久とイタクニップが手を組んでいるとしたら、能代でのことも周到に計画していたのかもしれなかった。

「新九郎さま、このままでは津軽でも蝦夷地でも叛乱が起こるかもしれません。早く何とかしなければ」

「イタクニップはリコナイにいるのですね」

「ええ。新しい館をきずいて、族長のように振舞っています」

「話をしても構いませんか。そこに行って」

「それは危険です。自分が疑われていると知れば、何をするか分りません」

「俺の親父は蝦夷管領です。しかもつい先日、五郎季久どのの娘と縁組みの約束をしました」

だから両安藤家の使者として来たと言えば、イタクニップも滅多なことはできないはずだ。新九郎はそう言った。

「分りました。それならアトイを案内役とし、警固の者も同行させましょう。しかし」

オッカユの悔やみに行くのが先だと、エコヌムケは外出の仕度にかかった。

紅葉した樹林の中にある村は静まりかえっていた。

オッカユの死を悼《いた》み、皆が家に引きこもって悲しみにくれている。

茅葺きの家の小さな戸口からは、押し込めた怒りが瘴気となって立ち昇っていた。

蝦夷錦を着て正装したエコヌムケは、オッカユの家の戸口でひざまずき、ひとしきり死者の霊に祈りをささげてから中に入った。

供養の品を持った配下二人が後につづいたが、新九郎とアトイは外で待つように命じられた。

アトイはひざまずいたまま、父と同じように祈りをささげている。新九郎はどうしていいか分らないまま、アトイの横で手を合わせていた。

やがて家の中から、あたりを切り裂く甲高い声が上がった。

オッカユの縁者が、エコヌムケをののしっているらしい。それを止めようとする声と、泣き叫ぶ女の声が同時に聞こえた。

「何と言っている」

新九郎はアトイに体を寄せてたずねた。

「和人のせいで……、息子が死んだと」

アトイがためらいがちに答えた。

その時、家の中から大柄の男が現われ、肩をいからせて二人の前に立ちはだかった。オッカユの父親らしく、髪をふり乱し充血した目を怒りに吊り上げていた。

「うせろ。お前らの祈りは受けない」

アイヌ語で叫びざまアトイの肩を蹴った。

そうして新九郎をにらみつけると、

「この和人めが」

同じように蹴り飛ばそうとした。

新九郎は腕を伸ばして足首をつかんだ。息子を失った悲しみは分るが、こちらに非があるわけではない。理不尽な暴力に屈するわけにはいかなかった。

「兄貴、今は」

耐えてくれ。アトイがそう言いたげに首を振った。

新九郎が仕方なく手を離すと、相手は呪いの言葉を吐きながら、肩といわず頭といわず蹴りつづけたのだった。


リコナイは木古内川の河口に開けた集落だった。

マトウマイからおよそ十五里。朝早く発てば夕方には着ける距離である。

リコナイとはアイヌ語で「高く昇る源」という意味である。一説にはリロナイ、「潮の差し入る川」ともいう。

高く昇る源とは、集落の後方に高い山が連なっていること。潮の差し入る川とは、満潮時に木古内川の上流まで潮が上がることからつけられたものだ。

木古内川の北側には北から南に延びる尾根があり、なだらかな斜面を利して城がきずかれていた。

山全体に曲輪《くるわ》を配した関東風の山城で、河口の港を守ることと敵の攻撃を防ぐことを主眼としている。

領民全員を守ろうとする環濠集落型の館とは、ちがった思想にもとづいて設計したものだ。

イタクニップは北斗《ほくと》城と名付けたこの城に拠《よ》って河口の港を支配し、津軽や糠部《ぬかのぶ》（南部《なんぶ》）と独自の交易をおこなって、大きな富を手にしていたのだった。

集落に着いた新九郎は、港の交易所をたずねて素姓を明かし、イタクニップに会いたいと申し入れた。

「これは父からの添状です」

アトイが差し出したエコヌムケの紹介状も功を奏し、交易所の者はすぐに北斗城に使いを走らせた。

返事はすぐに来た。北斗城の三の丸の櫓で会うので、新九郎とアトイだけで登って来いという。

「それは駄目だ。何をされるか分りませんよ」

アトイは反対したが、新九郎は応じることにした。

城や港の構えを見れば、イタクニップがどれほど交易に力を入れているか分る。新九郎に危害を加え、季長や季久を敵に回すようなことはしないはずだった。

イタクニップは三の丸の櫓の二階で待っていた。

目付きの鋭い巨漢で、額と頬に入れ墨をしている。今にも襲いかかってきそうな冷たい闘気を発しているが、

「どうぞ、管領さまのご使者ですから、上座におつき下さい」

物腰はいたっておだやかだった。

新九郎は言われるままに上座につき、円座に座ってイタクニップと向き合った。

「用件はエコヌムケの書状で承知しています。ご不審の点があれば、何なりとたずねて下さい」

「あなたですか。オッカユに能代に行けと命じたのは」

新九郎はいきなり本題に入った。

「そんなことは命じていません」

「じゃあ、誰でしょうか」

「知りません。能代に行ったのが本当かどうかも分らないのですから」

イタクニップは冷ややかな目を新九郎に真っ直ぐに向けている。眉ひとつ動かさない沈着な対応で、心の内を読み取ることはできなかった。

「オッカユが首を吊ったことはご存じですか」

新九郎は攻め方を変えてみた。

「知っています。わしの配下ですから」

「弓の名手だったそうですね」

「いい戦士でした。羆の心臓を弓で射抜く腕の持ち主でした」

「俺とアトイは、オッカユに能代に行ったかどうかたずねました」

するとオッカユは錯乱したようにちがうと言い張り、椎の木のてっぺんで首を吊った。どうしてそんなに過剰《かじょう》な反応をしたのか、それが分らない。心当たりはないかとたずねた。

「オッカユは悪霊になって和人に復讐すると言ったそうです。アイヌの戦士は誇り高いので、侮《ぶ》辱《じょく》されれば死をもって己の潔白を証します。新九郎どのも気をつけて下さい」

「何をですか」

「オッカユの悪霊です。あなたの命を取りに来ますから」

これ以上深入りすれば、お前を殺す。イタクニップは言外にそう言っていた。

「油川湊には、よく行かれるそうですね」

新九郎はひるまなかった。

「近頃、行くようになりました」

「渡党アイヌとの交易は、マトウマイでおこなうように決められていますが」

「それは蝦夷管領が決めたことです。我々が望んだことではありません」

「族長はそれを了解しておられます」

「わしは了解していない。しかも管領はここ数年、我々からの収奪を強めています。交易の取り分を二割も増やしたのです」

蝦夷地の産物はマトウマイや油川湊、十三湊などの交易所に運ばれ、蝦夷管領の配下の者が買い上げて日本各地に売りさばく。

その利益は従来五分五分で分けていたが、数年前から七分三分に変えられたという。

「そんなことは聞いていませんが」

「マトウマイではそうしています。誰もが知っているので、たずねてみられるが良い」

「アトイ、本当か」

「父からそう聞きました。幕府から上納金を増やすように命じられたので協力するようにと、管領さまはおおせになられたそうです」

アトイが辛そうにイタクニップの言うことが本当だと認めた。

「それであなたは油川湊へ行って」

「そうです。こんな理不尽なことをやめさせる手立てはないかと、安藤五郎季久さまに相談しました」

「それも何回も」

「そうです。難しい話なので、何回も相談しなければなりません」

イタクニップの闘気はますます強まっていく。

この状況を変えるには、安藤五郎季久と組んで蝦夷管領を倒すしかない。そう言いたげな顔付きだった。

第五章　大塔宮《だいとうのみや》

（一）

その夜、安藤新九郎季兼とアトイは、リコナイ湊の船宿に泊った。

イタクニップの交易が軌道に乗るにつれて港を訪れる船も多くなり、平屋の船宿が十数軒、軒を並べるようになっていた。

夕食は簡単な芋粥《いもがゆ》ですまし、明日の朝早くマトウマイに向かう商人船に乗せてもらうことにしていた。

「手強《てごわ》いな。お前の伯父さんは」

新九郎は煮えたつ鍋から二杯目の芋粥を椀によそった。

「頭のいい人ですから、決して本心を見せません。日頃はそれほどでもないですが、相手が敵だと見ると猛然と攻撃に出ます」

アトイが言う通りである。新九郎が自分に不利な質問をすると、敵対心をむき出しにして反撃に出てきた。しかも感情は表に出さず、冷静沈着に痛いところを衝いてくる。

それは寒い国を知恵をふり絞って生き抜く猛獣のようだった。

「昔からあんな風なのか」

「そうではなかったと思います。とても勇敢で、狩りの仕方などを教えてくれる伯父さんでした。ところが父が族長になった頃から変わったと、みんなが言っています」

「どう変わった」

「伯父さんはそれが不満で、一族から独立する動きをするようになりました。ところが伯父さんの妻《マチ》がそれに反対し、子供を連れて家を出て行ったそうです。伯父さんはその時から冷徹な人間になりました。これは噂ですが」

　アトイはそう断わった上で、妻と一人息子は出て行ったのではなく、イタクニップが殺して海に沈めたのだと言った。

「あるのか。証拠が」

「いいえ。でも二人がどこに行ったか誰も知りませんし、伯父さんならそれくらいのことはやりかねないと思われています」

「お前も早く食え。煮詰まるぞ」

　新九郎は三杯目の芋粥をよそった。

　鮭の塩味と芋の甘味が程良く混じって、何杯でも食べたくなる。

「私はもうおなか一杯です。みんな食べて下さい」

「そうか。悪いな」

「実はオッカユのことで、気になっていることがあります」

「うむ」

「我々が会いに行った時、オッカユはひどく怯えていました。あれは伯父から厳しく口止めされていたからではないでしょうか」

「確かに、そうかもしれぬ」

オッカユは潔白だと叫びながら、自分の胸を切り刻んだ。普通では考えられない過剰な反応も、イタクニップを恐れてのことだと考えれば腑《ふ》に落ちた。

「もしかしたら、口を割れば殺すと言われていたのかもしれません。そして実際に……」

自殺に見せかけて殺された。アトイはそう思っているようだが、さすがに口にはしなかった。

翌朝卯《う》の刻（午前六時頃）、新九郎とアトイは商人船に乗ってリコナイ湊を出た。アトイの顔見知りの船頭がいたので、乗せてくれるように頼んだのである。

板綴船《イタオマチプ》を少し大型にしたもので、六人しか乗ることができない。そこで警固の者たちは陸路を行かせることにした。

「お二人に乗ってもらうとは光栄なことです。ちょうど追い風が吹いておりますから、昼までにはマトウマイに着くでしょう」

船頭は船尾でたくみに舵を操っている。

リコナイからマトウマイに向かうには、日本海から流れて来る対馬海流とは逆向きに走らなければならない。

その抵抗を小さくするために、渡島半島に寄り添うように地乗りをし、明け方に吹く東からの冷たい風を布《アッシ》に受けて進む。

九月の初めになって海の景色も荒々しく変わり、千島海流をわたって吹き寄せる風は身を切るように冷たくなっていた。

やがて尖岳《とんがりだけ》の沖を過ぎ、白神岬の西側に出ると、東からの風が急におさまった。

しかし、白神岬にぶつかった対馬海流の一部が半島に沿って北に流れていくので、その潮に乗れば櫓を漕がなくてもマトウマイに向かうことができた。

港に着いた頃には、陽が頭上にかかっていた。

船頭の言葉通り、昼には着くことができたのである。

「先に下りて下さい。我らは荷を下ろさなければならないんで」

船頭は船を船着場につけ、岸に板を渡した。

「そうか。助かったよ」

おかげで陸路を行かずに済んだと礼を言い、新九郎は立ち上がって板に足をかけた。

その時、背筋に寒気が走った。

おやっとふり返ると、背後の船宿の陰から矢を射かける者がいた。

新九郎はとっさに身をそらしてよけようとしたが、矢は右肩の後ろに突き立った。

深手ではない。だが左手を回して引き抜いてみると、矢尻から矢柄《やがら》にかけて青緑色の液体がべっとりと塗られていた。

（これは、トリカブトだ）

そう気付くと同時に、新九郎は気を失って冷たい海に落ちていた。


新九郎を助けたのはアトイだった。

すぐに海に飛び込んで海底に沈んだ新九郎を引き上げると、傷口を切り開いて毒の回った血を吸い出した。

そうして船頭たちの手を借りて大舘まで運び、薬師《くすし》を呼んで解毒の薬草を飲ませたが、新九郎の意識はもどらなかった。

トリカブトの毒はすでに体内に回り、命の危機が迫っていたのである。

新九郎は激しい高熱にうかされ、凍えるような悪寒《おかん》に襲われていた。喉は焼けつくように渇き、頭は斧《おの》で断ち割られたように痛い。

気を失ったまま体が八ツ裂きにされていく業苦《ごうく》に悶《もだ》えているうちに、すべての苦しみがふっと消え、意識だけが宙に浮いてあたりをながめていた。

眼下に水死体のように青い顔をして横たわっているのは自分である。どうしたわけか砂を敷き詰めた小屋で横になっている。上からは太い綱が垂らしてある。

屋根の梁《はり》に結びつけてあるのだろうと思って見上げると、不思議なことに屋根はなく、真っ黒な空が広がっていた。押しつぶされそうに深い闇である。

するとそこに蛍が飛ぶように無数の明かりが灯り、やがてそれがひとつになってまばゆいばかりの輝きを放った。

光の中心には御仏が立っておられる。

(これは御仏の光か)

新九郎は光に包まれ、体の奥底から歓喜がわき上がって来るのを感じた。

自分は余すことなく理解され、赦《ゆる》され、愛されている。その歓びに全身を包まれ、少しずつ御仏に向かっていく。

その時である。

「しんくろう、しんくろう」

はるか下の方から名を呼ぶ声がした。

凍《い》てつくような冬の海へ、一艘の板綴船《イタオマチプ》が漕ぎ出していく。その船尾に一人の女が立っていた。冬だというのに白い帷子《かたびら》を着ただけで、長く豊かな髪を胸の前に垂らしている。

（あれは誰だろう）

見覚えはないが親しい人だと分る。

いったい誰なんだという腹立たしいばかりの気がかりが、新九郎を再びこの世に引きもどした。とたんに激痛に襲われた。

高熱、頭痛、寒気、そして焼けつくような喉の渇き。断末魔のような苦しみの中で、いくつもの幻影が襲いかかってきた。

霧に閉ざされた鉛色の海に、突然巨大な壁が現われた。船は潮に流され、壁に向かって突き進んでいく。

そうして壁に乗り上げ、尻屋崎の岩場に激突してバラバラになった。

「ああ、あっ、じゃわめぐ、なじょして」

照手姫が快楽の絶頂で髪ふり乱して歓びの声を上げている。

どこか冷めた目でその様子を見ていると、やがて長い髪は命あるもののように新九郎の体にまとわりつき、じわじわと絞め上げてくる。

それにつれて照手姫の顔が夜叉《やしゃ》に変わり、鋭い牙をむき出しにして新九郎の喉首にくらいついた。

「女子というものは、ああしたものじゃ。我が娘ながら浅ましい限りでござる」

安藤五郎季久がどこからともなく現われ、仕方なげな笑みを浮かべてつぶやいた。

新九郎は高熱と激しい頭痛に苦しんでいる。激痛の斧が何度もふり下ろされ、体が切り刻まれるようである。

苦しみに赤く染まった視界の向こうに、オッカユが立っていた。

「言わない。腕なんか見せない。エリリ、間違っている」

追い詰められた獣のように身震いしながら、小刀《マキリ》で胸を切り刻み始めた。

切っ先を走らせるたびに、体は血まみれになっていく。それでも執拗に小刀をふるい、胸から腹、腹から腰へと切り刻み、これが嘘ではない証拠だと叫んでいる。

「気をつけて下さい。オッカユの悪霊が、あなたの命を取りに来ますから」

イタクニップが冷ややかに忠告した。

まるで悪霊を操っているのは自分だと言いたげに……。

高熱のせいか焼けつくように喉が渇く。舌が上あごに張りつくほどで、喉の奥に塩を塗りつけたようにヒリヒリと痛む。

そんな時、両手にすくった水を差し出す者がいた。

新九郎は一口すすった。甘露の味がして渇きと痛みがいやされていく。もっと欲しくて、無意識に両手をつかんで水を飲み干した。

そうして顔を上げ、手を差し伸《の》べてくれた者を見た。さっき天上で光り輝いていた御仏が、慈愛に満ちたおだやかな顔を向けている。

ふっと心と体が楽になり、新九郎は我に返った。

誰かが口移しで水を飲ませてくれている。それを離すまいと、相手の頭をしっかりと両手で抱え込んでいた。

（あなたは……）

どこかで見たことがあると思ったが、意識は再びそこで途切れた。

渇きがおさまると、猛烈な悪寒がやってきた。

雪原に裸で投げ出されたようで、体の芯が凍りそうである。体が小刻みに震え、歯の根が合わないまま音を立てている。

すると再び光り輝く御仏が現われ、懐に抱きかかえて温めてくれた。

その暖かさ、心地よさはたとえようがない。新九郎は日向《ひなた》でうずくまる猫のように、いつしか安らかな眠りに落ちていた。

どれほど時間がたったのだろう。

果てしなく長かったようでもあり、ひと刹那《せつな》だった気もする。そんな感覚に戸惑いながら、新九郎は正気を取りもどした。

梁から一本の綱が垂らしてある。そして腕の中で全裸の女が眠っていた。

イアンパヌである。ノンノとノチウの母親である彼女が、新九郎の胸に顔をうずめるようにして、小さな寝息をたてていた。

(そうか、この人が)

新九郎を助けようと口移しで水を飲ませ、裸になって温めてくれていたのである。

そう気付くと、このままそっと寝かせておきたくなったが、意識した途端、新九郎の腕の筋肉がぴくりと動いた。

イアンパヌはそれを感じ取って目を覚まし、新九郎の顔を見つめた。

病気の子供を案じる眼差しである。

だが、新九郎が正気にもどっていると気付くなり、

「あっ」

驚きの声を上げて夜着の外に転がり出て、全裸のまま小屋の外に走り去った。

背中に垂らした豊かな髪が、形のいいお尻の上で左右に揺れている。くびれた腰に巻いている赤い細紐が妙になまめかしい。

新九郎は知らないが、これを肌帯《ウプソルクツ》という。アイヌの婦人が用いる貞操帯だった。


新九郎はあたりをぼんやりと見回した。

茅葺きの東屋造りの小屋で、屋根の梁の真ん中から綱が垂らしてある。

床には砂が敷き詰められ、綱の真下には深さ一尺ばかりの穴が掘ってある。

その側に敷いた筵《むしろ》に新九郎は横たわり、夜着におおわれていた。

この小屋は何だろう。

物置にしては何もないし、人が暮らしている気配もない。綱には神主が使う御幣《ごへい》に似た白い紙が結びつけてあるので、神社のようなものかもしれなかった。

新九郎は体を起こしてみた。

ずきりと頭に痛みが走ったものの、体はどこも傷めていなかった。

(ああ、そうか)

トリカブトを塗った矢を射かけられたことを思い出し、新九郎は右肩の後ろに手を当ててみた。すでに傷口はふさがっていたが、かさぶたとかすかな痛みが残っていた。

「兄貴、気がついたそうですね」

アトイが小屋の入口にひざまずいていた。

「姉がそう言ってました。もう大丈夫だって。良かった。本当に……」

そう言いながら顔をゆがめて涙ぐんでいる。それでも中に入って来ようとはしなかった。

「イアンパヌさんが、助けてくれたようだな」

「ええ。ここには男は入れませんから」

「何の小屋だ。ここは」

「産屋《さんや》ですよ。女子が子供を産むところです」

敷きつめた砂を産砂《うぶすな》、天井から垂らした綱を産み綱と言う。妊婦はこの綱につかまって、下の穴に子を産み落とすのである。

「そんな所に、どうして」

死にかけた自分を入れたのか。新九郎はそうたずねた。

「毒矢であれだけ深く射られたら、普通は助かりません。しかし、一度死んで生まれ変わって来る者はいると、我々は信じています。そこで誕生の時と同じように産屋に入れるのです」

「俺は生まれ変わったのか。イアンパヌさんのお陰で」

「他の男は入れない聖域ですから、姉に任せるしかなかったのです。苦しみのあまり歯を喰い縛っている兄貴に、姉は口移しで薬湯を飲ませました。凍てついたように震える体を温めようと……」

アトイがそう言いかけた時、

「そんな話は、おやめなさい」

イアンパヌが背後から厳しく制した。

豊かな髪をきれいに結い上げ、襟を赤い糸で縁取りした紺色の服を着ている。

眉が濃く鼻筋がくっきりと通った意志の強そうな顔立ちで、美しく澄んだ黒い瞳に聡明な光をたたえていた。

「粥をお持ちしました。そこをどいて」

イアンパヌはアトイを追い払い、素焼きの甕を捧げて産屋の中に入ってきた。

「稗《ピヤパ》の粥です。召し上がりますか」

「ちょうだいします。助けていただき、ありがとうございました」

「命を産むのは女の仕事です。礼には及びません」

イアンパヌは冷たいくらい素っ気ない態度で、椀によそった粥を新九郎の側に置いた。

人妻は夫以外の男に手渡しで物を渡してはならないのである。

「いただきます」

新九郎は叱られたような気分になり、身をすくめて粥をすすった。

何やら薬草の匂いがする。どこかで嗅いだことのある匂いだった。

「これは？」

「蝦夷五加です。病後の回復によく効きます」

イアンパヌは突き放すような言い方をすると、側にいるのが耐えられないと言いたげに外に出ていった。

新九郎はおとなしく粥をすすりながら、イアンパヌは何を怒っているのだろうと思った。

椀の中から蝦夷五加の香りが立ち昇ってくる。その匂いのせいか、照手姫のあられもない姿が脳裡をよぎった。

「兄貴、立てますか」

アトイが入口から声をかけた。

「ああ、もう大丈夫だ」

「それなら御殿に来て下さい。北浦孫次郎さまも来ておられます」

「孫次郎が」

「父が十三湊に急を知らせたのです。それで三日前に駆けつけて下さいました」

「いったい何日たった。あれから」

「十日です。私ももう駄目かと思いました」

「そうか。十日も」

イアンパヌは添い寝して介抱してくれたのか。新九郎はその意味の重さを改めて思った。

立ち上がると目まいがした。

まるで波に揺られているように足許がおぼつかないが、しばらくじっとしていると次第におさまり、物ははっきりと見えるようになった。

体はひどく痩せていて、ひげがむさくるしいほど伸びている。しばらくは足に力が入らず、雲でも踏むようなおぼつかない歩き方しかできなかった。

御殿の居間で、孫次郎とエコヌムケは何かを話し合っていた。古くからの付き合いなので、余人を交えず向き合っていた。

「若、ずいぶん長い昼寝でございましたな」

孫次郎は憎まれ口をききながら涙ぐんでいた。

「すまぬ。不覚をとった」

「命あっての物種《ものだね》と申します。以後はご注意なされよ」

「族長にもお礼申し上げます」

イアンパヌのお陰で助かったと、新九郎は深々と頭を下げた。

「よう生きて下された。万一のことがあれば、管領どのに顔向けができなくなるところでございました」

誰が新九郎を狙ったのか、必ず突き止めるように配下に命じている。エコヌムケはそう言った。

「何か分りましたか」

「オッカユと一緒に能代に行った者の仕業ではないかと思われます。イタクニップの配下を一人一人当たって、それが誰かを突き止めようとしているところです」

だが皆が頑なに口を閉ざしているので、取り調べはなかなか進まないのだった。

（二）

新九郎は海の見える部屋で養生することにした。

ゆるやかに傾斜して海へつづく台地の先に、港を中心にしてマトウマイの集落が広がっている。群青色《ぐんじょういろ》に変わりつつある海の向こうに、津軽半島の小泊岬《こどまり》が見えた。

岬の先端をかすめて南に下れば、十三湊までは四里（約十六キロ）ばかり。

そのはるか向こうに見える岩木山は、山頂がうっすらと白い。すでに雪におおわれているのだった。

新九郎の目は不思議なくらい遠くまで届く。船を操る時には山や島の形を見て位置を確かめるので、そうした訓練ができていた。

何もせずに体力の回復を待つだけなので、景色をながめ飽きると、筵を敷き詰めた床に横になったり、前屈や屈伸、腕立てなどをして時間をすごす。

そんな単調な暮らしに変化をもたらしたのは、ノチウとノンノだった。

初めはノチウが恐る恐る部屋にやってきて、話をしたりおもちゃで遊ぶようになった。新九郎が一緒に遊んでやると、膝や肩に乗ってまとわりつく。

お姉さんのノンノは、

「駄目よ。お客さまの部屋に入ってはいけないと、母さんに言われたでしょう」

そう言って弟を連れて行こうとしたが、ノチウは新九郎の背中に隠れて言うことを聞かない。つかまえようと追い回しているうちに、ノンノも新九郎のまわりで遊ぶのが面白くなったようで、二人でおもちゃや宝物を持って来るようになったのだった。

新九郎は子供のあやし方など知らない。ただ様子をながめているばかりだが、二人はそれが嬉しくて仕方がないようで、いつもよりずっと快活になって遊びに熱中している。

新九郎が横になると、腹に乗ったり背中に乗ったりしてまとわりつく。そのうち運動ついでに二人を両腕にぶら下げたり、肩車をしてやったりするようになったのだった。

アトイの家族と囲炉裏を囲んで食事をするのも大きな楽しみだった。

鍋で煮込んで食べるアイヌの料理はどれも美味しく、滋味豊かである。火を囲んでの語らいは楽しく、家族の一員になったような親近感があった。

「アトイはあなたのことを兄貴と呼んでいる。それなら私の息子も同じだ。これからは親父と呼んで下さらぬか」

ある時、エコヌムケが酒に酔って申し出たが、アトイが一蹴した。

「父さん、何を言ってるんですか。兄貴は蝦夷管領さまのご子息ですよ」

「そう目くじらを立てるな。こんな息子がいてくれたら、どんなに幸せだろうと思っただけだ」

エコヌムケは急に涙ぐみ、それを隠すように稗の酒をあおった。

そうしている間にも、新九郎に毒矢を射かけた者の探索はつづけられていた。

イタクニップに従っていた者たちを一人一人つぶさに調べているうちに、九月中頃になって事件が起こった。

疑いをかけられていた男の一人が、椎の木のてっぺんで首を吊って死んでいたのである。

オッカユ同様弓の名手で、死に方もまったく同じだった。

「あれは自死ではござらぬ。何者かが縄をかけて、椎の木のてっぺんまで吊り上げたのでござる」

孫次郎は椎の木に登り、枝に残った擦れ跡を確かめていた。

縄をそこにかけて吊り上げたのである。

「口を封じるために、殺したということか」

「さよう。しかも他の配下への見せしめでもありましょう。へまをすればこうなると」

「するとオッカユも」

「口を封じるために殺したのでしょう。イタクニップの仕業にちがいありません」

「もう一度、リコナイに乗り込む必要がありそうだな」

新九郎の体調はすでに回復している。今度は力ずくでイタクニップを捕え、すべてを白状させるつもりだったが、その必要はなくなった。

翌日、アトイを頼って、オッカユの仲間二人が訴えに来たのである。

「兄貴、こちらに」

アトイが案内したのは、屋敷の隅の物置小屋だった。

土間においた板の上に、貧しい身なりをした二人の若者が座っていた。

一人はひょろりと背が高く、もう一人は小柄で肩幅の広いがっしりとした体格をしていた。

「この二人はオッカユと一緒に能代へ行き、安藤次郎季治さまに矢を射かけたそうです。そうだなチッペ」

「はい。わしら六人で行きました。イタクニップさまに命じられてのことでございます」

チッペと呼ばれた小柄な男がアイヌ語で答えた。

それをアトイが訳して伝えたのは次のようなことである。

六人はイタクニップに命じられ、油川湊の安藤五郎季久の家臣に案内されて能代に行き、行軍していた季治に毒矢を射かけた。

ところが一緒に行ったオッカユも、新九郎に矢を射かけた男も椎の木に吊り上げられて殺された。

別の仲間二人も行方知れずになり、海に沈められたと噂されている。

次は自分たちが殺されると思った二人は、何もかも話すので助けてくれと、アトイに救いを求めてきたのだった。

「オッカユや兄貴を射た男を殺したのは、イタクニップの手下なのだな」

「リコナイから来た奴らだそうです。わしらは会ったこともありませんが」

「ではどうして、そいつらが殺したと分った」

「イタクニップさまの使いが、わしらの家に来ました。そうして絶対に口を割るな、口を割れば椎の木に吊るされると言ったのです」

チッペももう一人の背の高い男も、身を寄せて震えている。今にもイタクニップが殺しに来ると思っているようだった。


新九郎の決断は早かった。

ここでイタクニップにかかずらっているより、五郎季久に会って真相を確かめたほうが話が早い。そう決めると、翌日には外の浜に向かって船を出すことにした。

朝日丸はすでに仕度を終えて船着場に待機している。弥七を元の舵取りにもどし、孫次郎が水夫頭をつとめることにしていた。

船着場にはエコヌムケとイアンパヌ、それにノンノとノチウが見送りに来ていた。

一月ちかく共に暮らし、互いに家族のように別れ難い思いをしていた。

「アトイをよろしく頼みます。イタクニップのことは、こちらで片をつけますから」

エコヌムケは羆を倒した戦士の顔になっていた。

「俺は外の浜の動きを止めます。一族の内部で争えば、悲しい思いをする人が増えるばかりです」

「お願いします。外の浜の後ろ楯《だて》を失えば、イタクニップの力は半減しますから」

「兄《ユポ》、どこへ行くの」

ノチウが不安そうに新九郎を見上げた。

アトイに倣って、今ではユポと呼ぶようになっていた。

「津軽に帰る。仕事があるからな」

「いやだ。行かないで」

「また来るよ。それまでいい子にしていろ」

「いやだ、いやだ。行っちゃいやだ」

「ノチウが新九郎の足にしがみついて泣き出した。イアンパヌが叱りながら引き離そうとするが、思いがけないほど強い力で足に抱きついたままだった。

「ノチウ、いいか」

新九郎はひょいと抱き上げて肩車をしてやった。

「お前がアトイのように立派な男になったなら、この船に乗せてやる」

「ほんと」

ノチウが新九郎の額に回した手に力を込めた。

「ああ、津軽にも越後にも、京の都にだって連れて行ってやる」

「ほんとに。約束だよ」

「ああ。そのかわり、お前もひとつ約束してくれ」

強い男になれ。優しい男になって、母さんとノンノを守ってやれ。新九郎はそう言った。

「分ったよ、ユポ」

肩車から下りたノチウは、涙をぬぐって凜々《りり》しい顔をしていた。

「これを、どうぞ」

ノンノが上品な仕草で小さな花束をさし出した。

萩《はぎ》や桔梗《ききよう》、女郎花《おみなえし》など、秋の七草を集めたものだった。

「母さんと二人で集めたんだけど、撫子が見つからなくて」

七草にならなかったと、残念そうにつぶやいた。

まだ五歳なのに、母親に似た黒い瞳の奥には多くの知恵が宿っている。

「ありがとう。撫子は津軽でさがして、一緒に船に飾っておく」

新九郎は花ごとノンノを抱き上げた。

「また来てね。待ってるから」

ノンノが新九郎の胸に額をつけて頭《かぶり》を振った。

新九郎はイアンパヌに何のお礼もしていない。そのことに思い当たったものの、贈り物にできるような物は何ひとつ持っていなかった。

「アトイ、帯をかせ」

新九郎はアツシで作った帯を借り受けると、自分の細帯をはずしてアトイの帯をかわりにしめた。

「これは都で買った緞子《どんす》の帯です」

ほどいて布にすれば、何かに使えるだろう。そう言って褐色《かちいろ》の細帯を差し出した。

「そんな大切な物を」

いただくわけにはいかないと、イアンパヌが後ずさった。

「命を助けていただいたお礼です。さあ」

新九郎が帯を押し付けると、イアンパヌはためらいがちに受け取った。

マトウマイの港を出た朝日丸は、内海に乗り出していった。

天気は上々で波も静かである。しかし海水の温度はかなり下がっていて、もう一枚衣を重ねなければ肌寒いほどだった。

「弥七、舵を引き上げろ」

孫次郎が命じたが、弥七は意味が分らなかった。

「今日の潮はいい塩梅《あんばい》に渦を巻いている。この潮に乗れば、昼寝をしていても外の浜まで行ける。楽をさせてもらおうじゃねえか」

さすがに孫次郎はひと味ちがう。海をながめただけでそれが分るのだった。

「アトイ、ちょっといいか」

新九郎は船縁に立ったアトイに歩み寄った。

「帯なら返さなくていいですよ。別のものを持ってますから」

「いや、そうじゃないんだ。実は、その」

新九郎は珍らしくまごつきながら、イアンパヌのことを教えてくれと言った。

ノンノやノチウの父親がどうして一緒にいないのか、ずっと気になっていた。

「義兄《あに》は三年前、唐子《からこ》蝦夷との戦に出かけました。しかし敵の待ち伏せにあって多くの兵を失い、義兄も行方知れずになったのです」

生きているか死んでいるかも分らないし、敵地なので捜しに行くこともできない。それでイアンパヌは実家にもどり、夫の帰りを待っているのだった。

「アイヌ同士で争っているのか」

「それは争いますよ。和人だって同じじゃありませんか」

「それは、そうだが」

新九郎は何となくアイヌたちは牧歌的に仲良く暮らしているように思っていたが、実情はまったくちがっていた。

蝦夷地には渡党、日の本《ひのもと》蝦夷、唐子蝦夷の三勢力が住み、境界や漁場、産物の販路をめぐって激しく争っていたのである。

三年前に起こったのは、石狩川を境にした渡党と唐子蝦夷の境界争いだった。

従来は川の北と南で住み分けていたが、石狩川の南で砂金がとれることを知った唐子蝦夷が、川を渡って攻め込んできた。

エコヌムケの名代として出陣したイアンパヌの夫は、これを迎え撃って追い返したが、敵の計略に引っかかって深追いしたために大敗したのだった。

「今はどうなっている。その争いは」

「父は石狩川《イシカラペツ》を境と認め合うという条件で唐子蝦夷と和解しました。しかし、これには一族の中にも弱腰だという批判があり、イタクニップの強硬策を支持する者も多くなっているのです」

牧歌的などとはとんでもない。蝦夷の地でも人間どもの欲と敵意は燃えさかり、いつ果てるとも知れない争いをくり返しているのだった。


内海に流れ込んだ対馬海流は、渡島半島にぶつかった反動で渦を巻き、その一部が下北半島西側の断崖に向かって進んでいく。

その正面に位置するのが仏ヶ浦《ほとけがうら》である。

断崖に並ぶ巨岩が仏の姿に似ているのでこの名が付いたと言われているが、実はもうひとつの理由がある。

内海の渦に巻き込まれて舵を失った船は、この断崖にぶつかって大破する。そうして船乗りたちの遺体が打ち上げられることから、仏ヶ浦と呼ばれるようになったのだった。

孫次郎はそうした潮の流れも熟知していて、仏ヶ浦の手前で舵を右に取り、そのまま平舘海峡を通り抜けて陸奥湾に入った。

まわりを陸地に囲まれた陸奥湾の波はおだやかで、海水の温度も高い。肌寒さにちぢこまっていた体が、ほっとゆるんだほどだった。

油川湊に船をつけると、マトウマイからの積荷をアイヌの交易所に運んだ。

これから冬になり、内海は吹雪と荒波に閉ざされる。交易所の仕入れもできなくなるので、世話になった返礼に荷を運んだのである。

「兄貴、助かりました。これで冬の間も商いができます」

アトイが勘定場から手形帳を持ち出し、船代を払おうとした。

「気遣いは無用だ。命を助けてもらったんだからな」

「しかし、あれは伯父のイタクニップの仕業だったのですから」

「そんなことを気にするな。義兄弟だろう」

新九郎はアトイの肩を軽く叩き、二人で熊野権現宮にお参りをした。

熊野水軍の猛者《もさ》たちが紀州から勧請したお宮には、海の守り神が祀《まつ》られている。その社前で頭を垂れ、航海の無事と皆の幸せを願った。

荷揚げを終えると、孫次郎を連れて内真部館に向かった。

外の浜安藤家の本拠地で、五郎季久もそこにいる。チッペたちの証言を季久にぶつけ、事の真偽を質さなければならなかった。

「二人だけで、大丈夫でしょうか」

孫次郎は敵地に乗り込む覚悟である。

「俺は婿どのだ。手荒なことはするまい」

「婿……、でござるか」

「話す機会がなかったが」

照手姫を嫁にすることにした。三日夜餅も食ったと打ち明けた。

「なるほど、それなら」

心配はあるまいと、孫次郎はにやにやしながら新九郎をながめている。何を思い浮かべているのか、伸びきった鼻の下が語っていた。

「季久どのがイタクニップと手を組んで、本家を倒しにかかっておられる」

新九郎は話をもどした。

「それが事実かどうか確かめてからでも良うございましたな。三日夜餅を食うのは」

「両家の和を図るためにも、早い方がいいと思ったのだ。反対か。この縁組みに」

「いいえ。良うなされました。ただ、若がこの先難しい立場に立たされるだろうと案じているのでござる」

「その時は知恵を貸してくれ」

新九郎は深い考えもなく口にしたが、孫次郎は胸にぐっと来たらしい。

「もちろんでござる。それがしの命は、とうに若に差し上げておりまする」

目をうるませて胸を叩いた。

内真部館は油川館から一里ほど北にあった。

外の浜の海岸線にそって、津軽山地が走っている。

安藤五郎家はこの山地を西から攻めて来る敵に備えて、点々と山城をきずいて守りを固めていた。

それは奥州藤原氏が平泉を拠点として奥州北部を支配していた頃からのもので、外の浜の支配と蝦夷地との交易を管理する役割もになっていた。

その時以来、安藤家の正統な継承者は外の浜の安藤五郎家だった。

ところが五十六年前、文永《ぶんえい》五年（一二六八）に津軽と蝦夷地で叛乱が起こり、安藤五郎が討ち取られるという事件が起こった。

北条家はこの失態に激怒し、五郎家から蝦夷管領職を取り上げて、西の浜の安藤又太郎家をこの職に任じた。

そのために安藤惣領家（本家）の座も、又太郎家のものとなった。

以来、安藤両家は親戚関係を維持しながらも、水面下では管領職をめぐって微妙な鍔迫《つばぜ》り合いをつづけてきたのだった。

（三）

五郎季久の住居である内真部館は、山城の東のふもとにあった。

平野部より二丈ほど高くなった平坦地を屋敷とし、まわりに二重の濠をめぐらし、中土塁と土塁を配している。

広さは東西一町（約百九メートル）、南北二町ほどで、敵から攻められた場合には背後の山城に立て籠って防戦する構えである。

館の南には内真部川が流れ、天然の外濠になっていると同時に、外の浜の船着場から荷物を運ぶための運河の役割も果たしていた。

館の表門で用件を告げると、しばらく待たされた後で表御殿に案内された。

そこにはすでに五郎季久がいて、上座についたまま二人を迎えた。

「婿どの、よう来て下された。照手も待ち焦《こが》れておりますぞ」

季久は別れた時と同じようににこやかだった。

「あれからマトウマイに行って参りました。あやうく季治兄のように命を落とすところでした」

そう言えば分るだろう。新九郎は言外にそんな意味をこめていた。

「命を落とすとは物騒な。いったい何があったのでしょうか」

「ご存じでしょう。何があったか」

「いいえ。知りません」

「イタクニップの配下に、毒矢を射かけられたのです」

その者は殺されたが、残った仲間がすべてを証言した。

「それで季久どのが能代のアイヌに叛乱を起こさせ、イタクニップが弓の名手を送り込んだことが分りました。ちがいますか」

「その通りです」

季久は意外なほどあっさりと認めた。

「しかしそれは、西の浜の本家を潰したり、蝦夷管領職を奪うためではありません」

「それなら何のためですか」

「又太郎季長どのの野望を、未然に防ぐためです。先日、そのことについては改めて話したいと申し上げたのは、事情が込み入っているからです」

「聞かせて下さい。その事情を」

「婿どのはご存じでしょうか。都で今上が倒幕を企てておられたことを」

「今上とは、帝《みかど》のことですか」

この頃の帝の名は尊治《たかはる》、後に後醍醐天皇と諡《おくりな》された方である。

「さよう。今上は以前から日野資朝《ひのすけとも》卿や日野俊基《としもと》卿を諸国につかわし、悪党や在地の豪族に討幕を呼びかけておられました。そしてひそかに身方を都に呼び寄せ、六波羅探題を襲って決起しようとしておられたのです」

その先兵として上洛したのは、美濃《みの》の土岐頼貞《ときよりさだ》と頼兼《よりかね》父子、三河《みかわ》の足助貞親《あすけさだちか》らだった。

ところが決行目前に計画がもれ、頼兼、足助らは九月十九日に幕府方の兵と死闘を演じた揚句《あげく》に討ち取られた。

幕府の追及は朝廷にも及んだが、後醍醐天皇は側近の公家を矢面に立て、叛乱との関係を一切否定された。

その代わりに、日野資朝、俊基が罪をかぶって鎌倉に連行されたのである。

「しかし、これですべてが終わったわけではありません。今上に心を寄せている者は、河内《かわち》の楠木正成、播磨《はりま》の赤松則村、伯耆《ほうき》の名和長年など各地にいます。そして又太郎季長どのも、その一人なのです」

「どうして父が、そのような企てに……」

「北条得宗家は幕府を支えるために、諸国への負担を強化しました。それに反発して、討幕の側に身を投じられたのでございましょう」

「しかし、そのことと」

能代のアイヌに叛乱を起こさせたことは、どんな関係があるのだ。新九郎はそうたずねた。

「西の浜の安藤家が能代の港を使えなくなれば、都との連絡は取れません。そうすることで、季長どのと今上方のつながりを断ち切ろうとしたのです」

「それは鎌倉の指図ですか」

「さよう。北条家は一年ちかく前から、季長どのが今上方と連絡をとっておられることをつかんでいます」

新九郎には思いも寄らないことだが、季長ならそれくらいのことはやりかねなかった。

「五郎季久どの、おたずねしてよろしいか」

孫次郎が長い沈黙の後で口を開いた。

「どうぞ、何なりと」

「もしお話の通りなら、これから安藤両家はどうなりましょうか」

「季長どのが今上方として兵を挙げられるなら、わしは幕府方としてこれを討たねばなりません。祖父が討ち死にした時のような大乱となるでしょう」

「それを防ぐ道は、ござるまいか」

「季長どのにお考えを改めていただくか、当主の座を下りていただく。それ以外に道はありますまい」

その後を新九郎が継げば、両家の安泰を図る道も開けよう。季久は本音を読ませぬおだやかな顔をしてつぶやいた。

新九郎は重い足取りで部屋を出た。

ようやく兄の死の真相にたどりついたと思ったら、その背後には思いもよらぬ闇が広がっていた。しかも安藤両家を巻き込む大乱は目前に迫っているのだった。

「知っていたか、そちは」

新九郎は憤懣《ふんまん》やる方ない思いで孫次郎にたずねた。

「いいえ。都との取り引きが増えたとは分っておりましたが」

まさか季長が今上方になっているとは。孫次郎はそう言って力なくうなだれた。

外に出ようと長廊下を歩いていると、

「新九郎さま、お帰りですか」

水干に烏帽子姿の照手姫が呼び止めた。

新九郎が来ていると聞いて、白拍子の舞いを披露しようと仕度をしていたようだった。

「これから西の浜に向かう。急ぎの用があってな」

「そうですか。またお出で下さいね」

「ああ、約束する」

「新しい曲を仕入れました。きっと気に入っていただけると思います」

照手姫も不穏の気配を感じているらしい。美しく化粧した顔に、不安が色濃く影を落としていた。


その日は油川湊の船宿に泊り、翌朝早く出港した。

平舘海峡を抜け、津軽半島ぞいに地乗りしながら、竜飛崎をこえる。すると対馬海流の還流が浜伝いに南に向かって流れているので、その流れに乗って小泊岬に向かっていく。

水夫頭の判断ひとつで、船はこんなになめらかに進むものかと、孫次郎の腕の冴えには頭が下がるばかりだった。

「頭、すみません。あっしなんか、死ぬまでこんな風にはなれねえや」

舵取りの弥七がしきりに恐縮している。

油川湊に向かう時に、平舘海峡に入りそこねたことを今も苦にしているのだった。

「お前の一番大切な人は誰だ」

孫次郎が唐突にたずねた。

「へえ、おふくろでございます。まだ独り身なもので」

「それならいつも、おふくろさまを乗せていると思って舵を取れ。そうすれば自然と眼力や度胸がついてくる」

船が小泊岬をかわした途端、広大な平野の向こうに岩木山が見えた。

山頂を薄く雪におおわれ、両側に袖を広げたようになだらかな稜線を延ばしている。

(ああ、お山だ)

新九郎は子供のような目になって岩木山をあおいだ。

雪におおわれた山も美しいが、初雪の薄化粧をした姿には、乙女が大人に変わっていく時のような清々しい美しさがある。それを海上からながめるのは格別だった。

新九郎はまず十三湊に立ち寄り、又太郎季長がどこにいるか、養父の安藤十郎季広に確かめることにした。

今までのことを報告し、これからどう動くか申し合わせておく必要もあった。

「季広どのは」

季長の計略を知っていると思うかと、孫次郎にたずねた。

「分りません。あのようなお方なので」

重臣の孫次郎にも本心が読めないのだった。

朝日丸を前潟につけて館をたずねると、小柄な季広が走り出てきた。

「新九郎、よう戻った。よう無事でいてくれた」

瀕死《ひんし》の状態だという知らせを受け、季広も案じながら待っていたのである。

「ご心配をおかけしました。アトイの家族のお陰で助かりました」

「孫次郎が無事を知らせてくれたが、こうして会うまでは気が気ではなかった」

「管領どのは」

尻引と折曾のどちらにいるかとたずねた。

「折曾におられる。能代の叛乱のことが、何か分ったか」

「分りました」

新九郎は季広を館の奥に連れていき、人払いをしてから事のいきさつを語った。

五郎季久とイタクニップが叛乱を起こさせたことには、さもありなんとうなずいたものの、季長が今上方と結んでいることなどありえないと言い張った。

「それは五郎どのが嘘をついておられるのだ。婿にしたお前を、身方に引き込むための計略なのじゃ」

「なぜ、そう思われますか」

「そんな話は聞いたこともない。都と津軽は遠く離れておるゆえ、連絡を取り合うことなどできるはずがあるまい」

「この夏　俺たちは何度か小浜の湊に行きました。向こうからも船が来ます」

「たとえそうだとしても、帝のようなやんごとなきお方が、蝦夷などを相手にされるはずがあるまい。それに我らは北条得宗家の被官なのじゃ」

季広は色白の頰を染めて強弁したが、新九郎は鼻の奥にきな臭い痛みを感じていた。人の悪意や嘘を感じた時の常だった。

「分りました。これから折曽に行って、管領どのに確かめてきます」

「それは構わぬが、わしにこの話をしたと言ってはならぬ」

「なぜでしょうか」

「あらぬ疑いを持たれては迷惑だ。それでなくとも、管領どのはわしを嫌っておられる」

君子危うきは知らんふりと、季広は怪しげな格言を口にして立ち去った。

新九郎は孫次郎ら数人を従え、小型の船で折曽の関へ向かった。

七里長浜沿いに下り、鯵ヶ沢から西に四里ほど行くと目的の港に着く。

安倍忠良が植えたという大銀杏は黄金色に黄葉し、海上を通る船に港の位置を知らせている。

その背後の小高い山に安藤本家が拠点としている館と城があった。

大銀杏の西側の港には、大型の船が二艘つないである。朝日丸と同じくらいの大きさで、櫓棚を白い幕でおおっている。

このあたりでは見かけない船だった。

新九郎らは大船をさけて、大銀杏寄りに船をつけた。陸に上がるとあたり一面落ち葉がつもり、黄金の布を敷きつめたようだった。

「珍らしゅうござるな。今頃このような大船が商いに来るとは」

孫次郎が首をかしげた。

西国の船のようだが、これからは海が荒れるので西へは向かえない。下手をすると半年以上もここにとどまることになりかねなかった。

「確か、どこかで」

新九郎は舳先の方に回ってみて、見たことがあるような気がすると言った。

（そうか。若狭の）

小浜湊に停泊していた時、博多から来た船から鉄鋌百貫を買いつけた。あの船に似ている気がしたが、白い幕をかけてあるので確かなことは分らなかった。


船番所には二十人ちかくが詰めていた。

全員腹巻《はらまき》をつけた戦仕度で、薙刀《なぎなた》を手にして張り詰めた顔をしている。

新九郎と孫次郎は用件を告げて先へ通ろうとしたが、ここで待てと威丈高に行く手をさえぎられた。

「十三湊の新九郎季兼さまじゃ。無礼であろう」

孫次郎が食ってかかったが、取り合ってもらえなかった。

やがて直垂に正装した季長の近習《きんじゅう》が迎えに来た。

「ただ今、大事な客人が来ておられます。失礼をいたしました」

先に立って大手道を城内に向かった。

山頂にある御殿のまわりにも、五十人ばかりが警戒に当たっている。兜をかぶり弓を手にして、今にも戦が始まるような物々しさだった。

季長も直垂に烏帽子という改まった装束で、御殿の遠侍に詰めていた。普段は警固の家臣たちが控える部屋だった。

「新九郎、久しいの」

季長は何しに来たと言わんばかりの口ぶりだった。

「能代での叛乱のことで」

報告があって来たのだ。新九郎はそう知らせてやった。

「叛乱を仕組んだのは、五郎季久どのと渡党のイタクニップでした」

「そうであろう。季久は表では従順なふりをしながら、裏ではいろいろと企んでおる」

「ご存じでしたか」

「奴の目を見れば、腹の内は読める」

「マトウマイまで行き、イタクニップの配下にそのことを確かめました」

その事実をもって季久に真偽を質したところ、叛乱を企てたのは事実だが、それは季長が今上方と手を組んで幕府に刃向かうのを防ぐためだと言った。

「それは事実なのでしょうか」

「ああ、その通りだ」

季長はそれがどうしたとばかりににやりと笑った。

「都では帝が倒幕を企てておられたと聞きました。それに加わっておられたのでしょうか」

「新九郎、そちは照手姫と床入りをしたそうじゃの」

「ええ。そうですが」

「両家の縁組みは結構なことじゃ。だが、あまり季久の言うことを真に受けてはならぬ」

「どういうことでしょう、それは」

「わしが帝の命に従うことにしたのは、季久が得宗家と組んで蝦夷管領の職を当家から奪い取ろうとしたからじゃ。これに黙って従えると思うか」

管領であるからこそ十三湊、尻引郷、宇曾利郷、中濱御牧を支配することができるし、渡党との交易も独占することができる。

もしその座を奪われたなら、安藤又太郎家は本家ではなくなり、折曾の関と西の浜周辺を領するただの豪族に転落するのである。

「得宗家への上納金を引き上げよと命じられた時から、わしは季久の計略だと分っておった。上納金を引き上げれば、領民や渡党への負担を強いなければならぬ。それに対する不満が叛乱の原因となる。奴はそれを狙い、得宗家に手を回して負担を強化させたのじゃ。そこでわしはこれを逆手《さかて》に取り、集めた銭を今上方に寄進した。そうして幕府と得宗家を倒し、かつての奥州藤原氏のように北の王国を打ち立てるのじゃ」

「北の王国、ですか」

「そうじゃ。もともと奥州は我々蝦夷の土地であった。ところが源頼朝によって奥州藤原氏が亡ぼされ、北条得宗家に従わざるを得なくなった。これを取り戻すには、帝の命に従って幕府を倒すしかあるまい」

季長は何かに取り憑《つ》かれたように熱弁をふるった。

にわかには信じ難いような話だが、新九郎の鼻の奥に痛みは走らない。季長が心底この計略に賭《か》けていることがそれで分った。

「ちょうど良い。客人に引き合わせておこう」

季長は新九郎だけを従えて御殿の広間に向かった。

そのまま長廊下を進むかと思ったが、途中で中庭に下り、砂利を踏んで広間の前まで進んだ。

広間の広縁《ひろえん》の下には、百人ほどの見知らぬ兵が警固に当たっている。烏帽子をかぶり腹巻をつけた大将らしい男だけが、入口に垂らした御簾《みす》の脇に座っていた。

「こちらは伯耆の名和長年どのだ」

季長が引き合わせた男に、新九郎は見覚えがあった。

「あなたは、小浜で」

鉄鋌百貫を売ってくれた、博多から来た船の船長だった。

「新九郎どのか。相変わらずの偉丈夫《いじょうぶ》やな」

長年も新九郎のことを覚えていた。

「宮さまはおられましょうか」

季長が神妙にたずねた。

「ただ今、昼餉《ひるげ》をとっておられます。様子を見てくるさかい、ちょっと待ってや」

長年は広縁を回って奥に消え、しばらくしてから戻ってきた。

「宮さまのお出ましでござる」

中の人影が着座するのを待って、長年が御簾を上げさせた。

上段の間に水干に立烏帽子姿の若者が座り、側に三十すぎの公家が従っている。

「尊雲法親王《そんうんほうしんのう》さまと、北畠大納言《きたばたけだいなごん》さまでございます」

長年がおごそかに告げた。

尊雲法親王は大塔宮護良《もりなが》。北畠大納言は後《のち》に『神皇正統記《じんのうしょうとうき》』を記した親房《ちかふさ》である。

宮は極楽院（三千院《さんぜんいん》）に入室していたが、後醍醐天皇の倒幕計画が発覚したために、幕府の迫害が身辺に及ぶようになった。

そこで親房ら数人の側近を従え、名和長年の船で奥州に下って、季長のもとに身を寄せることにしたのだった。

第六章　巌鬼山《がんきさん》神社

（一）

尊雲法親王と大納言北畠親房。

そう教えられても、安藤新九郎季兼は何の反応も示さなかった。

若狭の港を訪ねた折に、一度だけ都に行ったことがある。都には朝廷という奥ゆかしげなものがあって、内裏《だいり》という御殿の中に帝という方が住んでおられることは知っている。

法親王は帝の嫡男で、親房は法親王の教育係だというが、新九郎には見ず知らずの顔が二つ並んでいるという程度の認識しかなかった。

もしこれが羆なら、まず相手に敵意があるかどうか確かめるだろう。次に餌《えさ》にできるかどうか探りを入れるにちがいない。

新九郎も同じで、二人の人相風体《ふうてい》を見極めようと目をこらした。法親王はおおらかで人なつっこい京人形のような顔立ちをして、人に対する警戒心がまったくない。

これならすぐに友になれそうだが、親房の方はいけなかった。品のいい堂々たる体格をしているのに、初めから相手を見下している。

己の立場と能力を過信しているようで、我が前では皆がひれ伏すのが当たり前だと言いたげである。

それだけに、頭も下げず目も伏せない新九郎に我慢がならないようで、

「何だ、この田舎者は」

そう言いたげな鋭い目を、脇に控えた名和長年に向けた。

「新九郎どの、御前でござる。ご低頭せなあきまへん」

長年が小声で告げた。

「テイトウ？」

「このように平伏することでござる」

長年は、額が床につきそうなくらい深々と頭を下げた。

新九郎は両手を前につき、ぐっと肘《ひじ》を折った。すると不思議なくらい美しい平伏の形ができ上がった。

「ご無礼をいたしました。この者はそれがしの三男新九郎季兼でございまする。ご覧の通りの田舎者で、何の知識もたしなみもございませぬが、以後お見知りおきいただきとうございます」

日頃は傍若無人《ぼうじやくぶじん》の又太郎季長が、身を縮め地面にはいつくばるようにして挨拶した。

「さようか。新九郎とやら、頭を上げよ」

親房に言われて上体を起こしたが、目線は地面に落としたままにするのが作法だった。

「良き面構えをした偉丈夫じゃ。その体付き、武道の鍛練で作り上げたものであろう」

得具足《えぐそく》（得意な武器）は刀か薙刀か、はたまた弓かと親房がたずねた。

だが新九郎は黙ったままである。そんな物を鍛練したことは一度もないので、何と答えていい

か分らなかった。

「新九郎、苦しゅうない。直答《じきとう》を許す」

「ジキトウ?」

「直に答えても構わへん、いうこっちゃ」

長年が再び小声で教えてくれた。

対面していながら直に話すこともできないのが、法親王や大納言の御前での決まりのようだった。

「武道の鍛練を積んだことはございません」

「謙遜するでない。余《よ》も村上源氏の生まれゆえ、それくらいのことは見ただけで分る」

「強《し》いて言うなら」

櫓を漕ぎ舵を操り、嵐の海で帆柱に登ったことが鍛練になったのかもしれないと、新九郎は正直だった。

「それから礫《つぶて》を打つことはできます」

「礫とは小石を投げることか」

「木の枝に止まった鳥や雪の上のうさぎなら、かなり離れていても仕留めることができます」

新九郎はそう教えてやったが、親房は急に不機嫌な顔をして黙り込んだ。

「新九郎どの、近頃、御仏とお会いになられましたか」

宮にたずねられ、新九郎はえっと驚いて顔を上げた。

歳は十七。新九郎より二つ下だが、思慮深い大人びた眼差しをしていた。

「御仏と、言われましたか」

「ええ。それも瀕死の状態で」

毒矢に射られて生死の境をさまよっていた時、新九郎は確かに天空におられる御仏と会った。その御姿から発する光に包まれているうちに、体の奥底から歓喜がわき上がり、自分は余すことなく理解され、赦され、愛されていると感じたものだ。

「お分りになるのですか？　そんなことが」

「そんな気がしただけです。失礼なことを申しました」

宮は申し訳なさそうに質問を取り下げたが、新九郎はこの人には見えているのだと思った。そしてなぜか御仏の光に包まれた時のような歓喜がこみ上げてくるのを感じた。


その夜はふもとの御殿に泊ることになった。

最初に来た時には港の番所に泊らされたのだから、だいぶん待遇が良くなっている。

しかも夕方には、季長の嫡男太郎季政まで加わって歓迎の酒宴を開いてくれた。

「新九郎、季治が死んだ今では、季政とお前がわしの両腕じゃ。力を合わせて安藤家を守ってくれ」

これは兄弟の固めだと、季長が二人に盃を渡して酒をついだ。

「会うのはこれで二度目だが、これからもよろしく頼む」

季政が先に盃を差し伸べた。

新九郎と同じくらい背が高いが、体が丈夫でないようでひょろりと痩せている。馬のように長い顔は血色が悪く、目が充血したように赤みがかっていた。

「こちらこそ」

新九郎は挨拶を返し、求められた通りに盃を合わせた。

「それでよい。宮さまと大納言さまを迎え、我らは奥州の今上方の旗頭となった。これも名和どのの計らいのお陰じゃ」

季長が上機嫌で酒を飲み干した。

「以前から知っておられたのですか。名和どののことは」

新九郎がたずねた。

「名和どのは伯耆国名和の湊で、我らと同じように海運にたずさわっておられる。西は九州から東は津軽まで船を回し、伯耆の守護などとうてい及ばぬ財力を持っておられるのじゃ」

「それでは若狭の港で鉄鋌を売ってくれたのは」

「わしが頼んだのではない。ただ安藤家の船だとは分っておられたそうだ」

そこで興味を引かれて新九郎に声をかけ、取り引きをする気になったという。

「あの鉄鋌は外つ国から買い付けたと言っておられましたが」

「名和どのは、元や高麗にも渡って商いをしておられる。わしもその鉄鋌を何度か買い付けてきたが、公にできることではない」

外国との交易は幕府が管理しているので、名和長年がやっているのは密貿易にあたる。

だから港で取り引きをする時も、互いの素姓を明かさないのである。

「ところで新九郎、照手の味はどうであった」

季長はひげ面を酒に赤らめて無遠慮な目を向けた。

「味？」

「女の具合じゃ。床入りしてきたであろう」

「別に。どうということもないかと思いますが」

「よう泣くと、季治は言うておったぞ。のう季政」

「馬乗りになって上手に腰をふると、申しておりました」

季政がにっと歯をむいて笑った。

どうやら外の浜から帰った季治は、照手姫との床入りのことを二人に詳しく話したらしい。それを肴《さかな》に酒を飲んでいる三人を思い浮かべると、新九郎は急に酒が不味《まず》くなった気がした。

季長には豪雪に閉ざされる北の果てで血が煮詰まったような、淫乱《いんらん》で貪欲《どんよく》なところがある。その血のいくぶんかを、季政や季治、そして新九郎も受け継いでいるのだった。

「まあ良い。この縁組みを進めよと申し付けたのは、五郎季久を討ち果たした後に外の浜安藤家を新九郎に継がせるためじゃ。そうして幕府との戦いの先頭に立ってもらう」

「先陣はそれがしではないのですか」

季政は面子《メンツ》をつぶされたと感じたようだった。

「お前には交易を仕切ってもらわねばならぬ。それに万一この企てに失敗したとしても、新九郎が独断でやったと幕府に申し開きをすることができる」

「話がよく分りませんが」

新九郎は二人の間に割って入った。

「そうじゃ。そちには何も話しておらぬ」

「それなら私を当てにするのはやめてもらいましょう」

「そう気色《けしき》ばむな。計略は密なるを良しとす。すべてを知っているのは、わしと季政しかおらぬ―

「本気で幕府と戦うつもりですか」

「それゆえ宮さまと大納言さまを匿《かくま》うことにした。これから津軽は冬になる。来年の春まで、誰も立ち入ることはできぬ」

「それで」

「冬の間に宮さまの倒幕の令旨《りょうじ》を各地の土豪に回す。そうして雪解けを待って兵を挙げ、まず外の浜の五郎季久を血祭りに上げる」

そうして津軽と蝦夷地を今上方にまとめ上げ、陸奥、出羽に攻め入って幕府方の侍たちを追い払う。

奥州を支配下におさめたなら、帝に奏上して親王任国《しんのうにんこく》にし、尊雲法親王を国守に任じてもらう。その頃には畿内近国では楠木正成、赤松則村、西国では名和長年が挙兵し、帝を奉じて幕府を倒す。

「そうなったなら、わしは宮さまの名代として奥州管領になり、日の本将軍として奥州全域と蝦夷地に君臨する。これこそ奥州安倍氏の末裔である我らの、先祖代々の悲願なのじゃ」

「日の本将軍ですか」

「そうじゃ。すでに大納言さまを通じて奏上し、補任《ぶにん》するとのご綸旨《りんじ》を得ておる。帝が我らの身方なのじゃ」

季長は何かに取り憑かれたようにまくし立てると、ふっと我に返って酒をひと息に飲み干した。

「ゆえに新九郎、そちにやってもらわねばならぬことがある」

「何でしょう」

「宮さまと大納言さまにお住まいいただくには、この城では手狭じゃ。名和どのの船をつなぐところもない」

そこで一行を十三湊に案内し、近くの福島城《ふくしま》に住んでいただくようにせよ。季長は有無を言わさず申し付けた。

「しかし、お館さま」

ずっと口を閉ざしていた孫次郎が異をとなえた。

福島城は長らく無人だったので、宮さまに住んでもらえるようにするには二、三カ月はかかるというのである。

「すでに十郎季広に申し付けてある。案ずるには及ばぬ」

雑魚《ざこ》めが、下がれ。季長はそう言わんばかりに吐き捨てた。


翌日、十三湊にもどった。

水戸口から水路に入り、船を前潟につけると、新九郎と孫次郎は安藤十郎季広の館をたずねた。

「折曾はどうであった。管領どのは会《お》うて下されたか」

季広は平気を装ってたずねたが、緊張していることは声が裏返りそうになっていることで分った。

「会いました」

新九郎はぼそりと答えた。

「それで、話はできたか」

「ええ」

「あれは嘘であったであろう。五郎どのが言われたことは」

「いいえ。すべて事実だと、今にも幕府を倒すような口ぶりでした」

そればかりか都からの客まで来ていたと、新九郎は季広の目を真っ直ぐに見据えた。

「そ、そんな馬鹿なことがあってたまるか。幕府あっての北条得宗家。得宗家あっての蝦夷管領じゃ。のう孫次郎、そうであろう」

「さようでございますな」

孫次郎は冷ややかに突き放した。

「しかし殿は、都から賓客《ひんかく》が来ておられることを知っておられたと存じますが」

「知らぬ。そんなことを知るものか」

「その客人を福島城に住まわせる。そのための御殿をきずくように、管領さまから命じられておられましょう」

「確かに命じられたが、そんな物騒な客のためではない」

季広は額に汗を浮かべて言い張った。

「では誰のためでござろうか」

「側室を囲いたいと、管領どのはおおせられた。それゆえ誰にも知られぬよう、内々の者だけで作事《さくじ》を進めよと」

「ともかく、案内してもらえますか」

新九郎は季広の話をさえぎって立ち上がった。

福島城は十三湖の北岸に面していた。古代の環濠集落だったところで、一辺が四半里（約一キロ）にも及ぶ三角形の敷地のまわりに、深い濠をめぐらしている。

安藤氏はこの地を城として整備しなおし、十三湊の館が襲われた場合には避難できるように御殿を築いていた。

新九郎らは小舟で十三湖を渡り、福島城の船着場に舟を寄せた。

そこからブナ林の中の細い道をしばらく進むと、二重の空濠がめぐらしてあり、白木の冠木門《かぶきもん》が建ててあった。

造ったばかりで、真新しいヒバの木からかぐわしい香りが立ち昇っていた。

「側室にしては、ずいぶん立派な門でござるな」

孫次郎が皮肉の針をチクリと刺したが、季広は気付かないふりをして通り過ぎた。

門を入ってしばらく歩くと、濠と塀に囲まれた曲輪があった。

南側の入口には立派な四脚門《よつあしもん》が建っている。これもヒバの白木で造ったばかりだった。

中に入ると広大な敷地の一角に茅葺きの御殿がある。これは以前からあったが、内部は美しく改装されていた。

しかも大広間には上段の間が設けられ、御簾で仕切られていた。

「ずいぶん立派になりましたね」

新九郎は素直に感心した。

これは明らかに宮たちを迎えるためのものである。いつもはケチの権化《ごんげ》のような季広だが、短い間にこれだけのものを造らせた力量はたいしたものだった。

「しかし、なぜ嘘をつかれるのですか」

「嘘をつくだと。このわしが」

「折曽の城にも、これと同じものが造ってありました」

季広も宮を迎えると知っていたから、こうした部屋を造ったにちがいなかった。

――こういうしつらえにするように、管領どのに命じられた。それゆえ立派な側室を持たれるようだと思ったばかりだ。銭がかかって往生したが、管領どのに逆らうわけにはいくまい」

季広はあくまでシラを切り通そうとする。

その臆面のなさは滑稽なほどで、

（もしや、養父上《ちちうえ》は）

外の浜の季久に通じているのではないか。新九郎はふとそう思った。

帰りは陸路をたどっていくことにした。十三湖の湖畔の道を北西に歩くと、次第に険しい登り坂になる。

その道を登りきった所に、唐川《からかわ》城の本丸があった。

福島城を後方から支えるために配された城で、本丸からは十三湖や津軽平野を一望することができる。

遠くには雪化粧を厚くした岩木山がそびえ、岩木川が平野をゆるやかに流れて十三湖にそそいでいる。

平野の西側には七里長浜が北から南につづき、波が白く泡立って打ち寄せている。秋の陽に照らされて海が群青色に輝き、三角波が一面に立っていた。

「ああ、いいいな」

新九郎はしばらく立ち尽くして景色に見入った。

自然はこれほど豊かで美しい。それなのに人間どもは、なぜ欲にかられて奪い合いや殺し合いをつづけるのだ。お岩木山《やま》がそう言っている気がした。

（二）

十月初め、宮の一行が十三湊にやって来た。

名和長年の船三艘に分乗し、七里長浜ぞいに北に向かって来る。

ここ数日海が荒れ、出港を見合わせていたが、ようやく天候が回復したので船を出したのだった。

水先案内は孫次郎がつとめた。十人乗りの船を出し、三艘の船を先導しながら水戸口から入ってくる。

そうして前潟を通り過ぎて十三湖に入り、後潟の船着場に三艘を導き入れた。

季広の屋敷から様子を見ていた新九郎は、後潟まで迎えに出た。

最初に船を下りてきたのは、又太郎季長だった。

屈強の配下を従え、すでに日の本将軍になったように威丈高だった。

「季広はどうした」

なぜ迎えに出ないと叱りつけた。

「福島城の御殿で仕度をしております」

「渡し船は」

「孫次郎が手配しています」

「警固に抜かりはあるまいな」

「ご安心を」

十三湊は季広や重臣たちが住む屋敷地と、領民が住む町人地の間に深い濠をうがち、濠にかけた二つの橋を渡らなければ屋敷地に入れないようになっている。

橋の北側には門があり、門扉《もんぴ》を固く閉ざしているので、他の者が入ってくるおそれはなかった。

季長につづいて名和長年、その後ろから宮と親房が連れ立って下りてきた。

「素晴しい所ですね。魚や貝がたくさんとれそうだ」

宮は十三湖の豊かさを一目で見抜いた。

「岩木山が素晴しい。富士の山に勝るとも劣らぬ美しさじゃ」

親房が南をのぞんで柏手《かしわで》を打った。

「お住まいいただくのは対岸の城でござる。あそこなら何の心配もございません」

季長が渡し船まで宮たちを案内し、三艘の小舟に分乗して十三湖を渡った。

新九郎は警固の船を指揮してそれに従った。

福島城の船着場では季広が浄衣を着て出迎えた。まるで現人神《あらひとがみ》を迎えるようにかしこまり、配下の者にも全員浄衣をまとわせていた。

「十郎季広とは、なかなか見所のある者のようじゃな」

親房は満足そうだった。

「いやいや、計算高いだけの田舎者でござる」

季長が力みかえって打ち消した。

やがて一行は冠木門を抜け、内郭の表門をくぐって改装なった御殿に入った。

高貴の方が住む御殿を御所《ごしよ》と呼ぶ。

福島城は宮たちが入ったこの日から「十三の御所」と呼ばれ、御所を守るための日吉神社が城の北側に勧請された。

史書には記されていないが、北畠親房、顕家《あきいえ》、そして浪岡《なみおか》御所へとつながる奥州南朝の流れが、この時から始まったのだった。

御所の警固は長年と名和家の家臣たちがつとめているので、新九郎らの出番はない。

海が荒れて船も出せないので、季広の屋敷で所在ない日々を過ごしている。長い冬籠りに向かう季節の始まりだった。

そんな時、長年がふらりとたずねてきた。

小肥りの体付きをして、丸い顔にどじょう髭をたくわえている。笑うとなんとも人なつっこい顔になった。

「今日は頼みがあって来ましたんや」

宮が剣術の手ほどきをしてもらいたいと望んでおられる。だから応じてくれと、長年は頭を下げた。

「無理です。剣など使えません」

「そないなことあらへんやろ。わしより強いと、見ただけで分りまっせ」

「本当です。船の上では無用ですから」

「そんなら、何ができはるの」

「ただ、身を守るために戦うだけです」

「へえ、そんなら体術やな」

それでもいいからよろしく頼む。宮さまが是非にとおおせなんやと、長年が手を合わせて頼み込んだ。

「なぜ、俺なんでしょう」

「分らへん。宮さまはあんたはんのことが気に入らはったんやろな」

長年に案内されて御所へ行くと、宮が四幅袴《よのばかま》をはき、小袖にたすきをかけて待ち受けていた。

「新九郎どの、よろしくお願いいたします」

総髪にした頭に鉢巻をしている。ふっくらとした面長の、女のように優しげな顔立ちだった。

「それがしは、剣は使えませんが」

「構いません。私は木刀で打ち込みますから、敵と戦うようなつもりで相手をして下さい」

宮が木刀を正眼に構えて向き合った。

「ずいぶん熱心ですね」

「これから戦の修羅場に身を置かなければなりません。父上をお助けするためにも、強くなりたいのです」

ならば参る。宮は気合を入れると、上段から打ち込んできた。

新九郎が体《たい》を開いて横にかわすと、ふり向きざまに横なぐりの一撃を放った。

剣術の鍛練をかなり積んでいるらしい。足の運びや太刀さばきは様になっているが、まだ数え年十七。体が成長しきっていない上に筋力もついていないので、体が技を支えきれないでいる。

体が流れて隙ができたり、太刀の返しが遅くなるのはそのためだった。

新九郎はそれを体で覚えさせようと、宮が上段にふりかぶった瞬間、間近まで踏み込んで突きを入れた。

「うっ」

宮は苦しげなうめき声を上げ、気を失って膝からくずおれた。

親房は稽古《けいこ》が手荒すぎると血相を変えたが、宮は音《ね》を上げることなく教えを乞うた。その真剣さ、稽古に打ち込む誠実さはたいしたもので、新九郎は毎日御所に通って手ほどきをした。

十一月が過ぎ十二月になると、津軽の野山は雪におおわれた。

不思議なばかりに白一色に染まった大地の中で、岩木川と十三湖だけが空の色を映して青く輝いている。

御所の庭もぶ厚い雪におおわれ、長年や警固の武士たちは家にこもりきりになっていたが、新九郎と宮は稽古をつづけた。

「新九郎どの、これならいくら投げられても平気です」

宮は腰払いで地面に叩きつけられても、嬉々として起き上がってくる。

わずか二カ月ばかりの間に体がひと回り大きくなったようで、新九郎も時々押し込まれる。手加減してはあしらえないようになっていた。

波瀾《はらん》の年は暮れ、正中《しょうちゅう》二年（一三二五）の年が明けた。

この年、吉田兼好は『徒然草』を著わしたといわれる。幕府は建長寺の修復の費用を得る名目で貿易船を元に派遣することにした。

兼好の無常観の深まり、そして貿易船に活路を求めた幕府の経済的困窮は、この年の世相を象徴する出来事だった。

雪に閉ざされた津軽で、季長だけが活発に動いていた。

倒幕の挙兵を求める宮の令旨を各地の土豪たちに送り付け、春の雪解けの頃には尻引の館に結集するように呼応していた。

津軽の土豪の中にはこれに応じる者たちが多くいて、

「お身方の頭目《とうもく》は三十人、配下の兵は二万五千でございます」

季長は御所まで伺候《しこう》して、宮と親房に胸を張って報告したが、それが事実かどうか誰にも分らなかった。

そんなある日、宮が稽古の途中で急に立ちつくした。

仲間の声を聞きつけた狼が、耳を立てて様子をうかがうような仕草だった。

「新九郎どの、この近くに刀鍛冶の住む里がありますか」

「岩木山のふもとに十腰内《とこしない》という里があります」

ここにははるか昔から鍛冶の集団が住み、今でも四十基以上のたたらがあり、刀や槍などの武器や、農業、漁業、林業などに使う鉄製品を生産している。

それはアイヌとの交易品や幕府への納入品として、蝦夷管領家の経済を支えていた。

「そこに行くことはできますか」

「他所者の立ち入りを禁じていますが、どうしてですか」

「何かが私を呼んでいます。なぜだか分りませんが」

宮の切迫した熱意に押され、新九郎は孫次郎を従えて十腰内に向かうことにした。

正体を悟られないように岩木山に山入りする修験者《しゅげんじゃ》に姿を変え、孫次郎の配下が漕ぐ船で岩木川をさかのぼった。

両岸に雪がうずたかく積もった川をさかのぼり、さかのぼり行くと、大きく蛇行した所があった。

このために大曲《おおまがり》（五所川原《ごしょがわら》市）と呼ばれるようになった村に船を着け、鯵ヶ沢へつづく道を西へ向かった。

雪を踏み固めてできた幅一尺（約三十センチ）ばかりの道を長々と歩いた所で、先頭を行く孫次郎が足を止めた。

「十腰内はあのあたりです。鍛冶の煙が立っています」

孫次郎の言葉通り、岩木山のふもとの集落から三筋《みすじ》の煙が立ち上っている。

雄大な山容の中では、線香の煙のようだった。

「あそこまで、どれくらいある」

「一里ばかりでございます」

「宮さま、どうしますか」

新九郎はふり返ってたずねた。

誰も通っていない道である。三人で雪を踏み固めながら進むのは骨だった。

「あそこです。私を呼んでいるのは」

その声はますます大きくなると宮は言うが、新九郎や孫次郎には何も聞こえなかった。

「ならば、行きますか」

三人は笈《おい》に結びつけていたかんじきをつけ、真新しい雪を踏みながら進んだ。

先頭を進む者が一番負担が大きいので、孫次郎と新九郎が交代で行くことにしたが、

「私もやります。遠慮は無用です」

宮も自ら買って出て、二人に劣らぬ働きをした。

やがて二十戸ばかりの集落があった。

「あれは鉄敷、少し離れて湯船という集落があり、二つ合わせて十腰内村と呼ばれています」

孫次郎は鉄鋌を納めに何度か村に来たことがあり、内情をよく知っていた。

「他所者の立ち入りを禁じているのは、鍛冶の技術を盗まれないようにするためです。昔は他所者を追い払うために恐ろしげな姿をしていたので、鬼と呼ばれていたそうです」

「この近くに神社はありますか」

宮は声のする方を捜して左右を見渡した。

「巌鬼山神社があります。あの煙よりもう少し西側です」

そちらに向かって歩いて行くと、うっそうと生い茂る杉林の中に、真っ直ぐな参道があった。

驚いたことに道の地肌が見えるほどしっかりと雪がかいてある。誰が、どうして。三人は不思議に思いながら奥へ進んだ。

参道の突き当たりには立派な神殿があり、大柄の老人が雪の上に平伏して迎えた。

その姿は尋常ではない。平伏しているのではっきりとは分らないが、身の丈は七尺はあるだろう。

肩幅の広いがっしりとした体に緋色《ひいろ》の衣服をまとい、熊の毛皮の袖なし羽織を着ている。伸ばし放題にした髪は赤く、肌は白磁のようで、目は青い。和人とは明らかに人種がちがっていた。

「お待ち申しておりました。やつがれは村長の鬼神太夫《きしんだゆう》と申します」

宮をまぶしげにながめて訥々と語った。

「私を呼んだのはあなたですか」

「やつがれにそのような力はございません。ご神刀さまがお呼びになったと、お告げがあったのでございます」

「参道を清めてくれてありがとう。おかげで楽に歩くことができました」

「どうぞ、ご神前に」

鬼神太夫が立ち上がって神殿の扉を開けた。

板張りの部屋の奥に白木の祠《ほこら》があり、観音開きの扉に錠がしてあった。

「ご神刀さまにお目にかかっていただく前に、我らの来歴についてお話し申し上げとう存じます。よろしゅうございましょうや」

「お聞かせ下さい。それはきっと、この私にも関係があることでしょうから」

「ご覧の通り、我らの一族はこの国の民ではありません。はるか昔に蝦夷地よりさらに北の大陸から、鍛冶の技を持って渡来してきたと伝え聞いております」

その故地はヒッタイト（トルコ）。世界で最初に鉄器文化をきずいたヒッタイト王国だという。王国はメソポタミアを征服して隆盛をきわめたが、紀元前一二〇〇年頃に滅亡し、多くの民が草原の道を通って中央アジアに逃れた。

彼らの多くはソグド人や匈奴《きょうど》、鮮卑《せんぴ》などの遊牧民と混血したが、その一部は樺太や蝦夷地を通って津軽までやって来た。

そして岩木山のふもとで鉄鉱石が産出することを知り、刀鍛冶を営んで住みついた。それが今の十腰内村になったという。

「ここで打つ刀は勇者を意味する猛者《もさ》と呼ばれました。それがやがて猛房《もうふさ》という字を当てるようになり、奥州平泉に伝わってからは舞草《もくさ》と呼ばれるようになりました」

「失礼ですが、ここの村人たちは皆鬼神太夫どののように偉丈夫ですか」

宮が配慮のあるたずね方をした。

「みんな和人と同じです。長い歳月の間に血が混じりあってそうなったのですが、村長の家だけに時折先祖返りをしたように異形《いぎょう》の者が生まれることがあります。やつがれもその一人でございます」

鬼神太夫は照れたように赤い髪をかき上げ、ご神刀と十腰内という名の由来を語った。

十腰内の村長は代々鬼神太夫を名乗ってきたが、中でも初代鬼神太夫は凄まじい鍛冶の腕の持ち主で、一夜のうちに十振りの名刀を仕上げた。

この刀を巌鬼山神社に奉納して一族の平安を願ったが、ある時その中の一振りが光を発しながら南に向かって飛んでいった。

「そのために十腰（十振り）無いと言われるようになり、十腰内という地名になりました。ご神刀はその中の一振りでございます」

「拝見させていただけますか」

「どうぞ。ご神刀さまが宮さまをお呼びになったのですから」

鬼神太夫はひとしきり祈りをささげてから祠の扉を開け、一振りの刀をうやうやしく取り出した。

柄頭《つかがしら》にこぶのようなものをつけた頭槌《かぶつち》の太刀である。二尺五寸ばかりの刀身は真っ直ぐで、柄も鞘《さや》も黄金造りだった。

「拝見いたします」

宮が懐紙を口にくわえ、すらりと鞘を払った。

数百年の風雪に耐えてきた刀身は、当然のごとく錆《さ》びている。

ところが宮が右手に持ち、目の高さにかざした瞬間、朝日をあびた霜のように錆が消え、光り輝くばかりの刀身が姿を現わした。

これには新九郎も息を呑んだ。

驚いたのは刀の異変ばかりではない。刀を構えた宮の体には寸分の隙もない。刀と一体になることで、無類の強さを手に入れたようだった。

宮は片手で二、三度素振りをくれ、刀の感触を確かめた。

この刀は騎馬民族が馬上で戦う時に片手で用いるものである。柄頭にこぶがついているのは、取り落とさないようにするためだった。

「これは草薙《くさなぎ》の剣《つるぎ》と同じものです。ここから南に飛んでいった剣は、ヤマトタケルのもとに向かったのでしょう」

「まことにその通りと存じます。そして今、このご神刀さまは宮さまのもとに行きたがっておられる」

「いいんですか。いただいても」

「否《いな》やはございません。ご神刀さまが望んでおられるのですから」

鬼神太夫は喜色を浮かべて立ち上がり、祠から金色の金具のついた革帯を取り出した。

これも騎馬民族が用いるもので、刀は横にではなく縦にさす。そのための革具もついていた。

「こうでしょうか」

宮が革帯をつけ刀をさすと、ヤマトタケルが現われたかと見紛《みまご》うばかりだった。

（三）

鬼神太夫に案内され、鉄敷の集落を見て回った。

どの家にもたたら小屋があり、製鉄のためのたたらを大きな板葺き屋根でおおっている。

小屋の両側には薪《まき》がうずたかく積まれ、いつでも仕事にかかれるようになっているが、二十数軒のうち火を焚いて作業をしているのは三軒だけだった。

「宮さまがお出でになるので、皆には仕事を休ませました。三軒だけは急ぎの仕事があるので」

どうしても休めなかったと、鬼神太夫が申し訳なさそうに身をすくめた。

「気にすることはありません。ここは国の宝です」

宮は晴れやかな顔をして、軒先に出て見物している者たちに手をふっている。

確かにみんな和人と似た背格好で、鬼神太夫のような姿をした者はいなかった。

帰り道は楽だった。来る時に踏み固めた所を通り、大曲村に向かった。

宮は孫次郎と新九郎を前後に従えて歩きながら、もらった刀の柄頭を愛おしげに握っている。

まるで長い間捜し求めていた伴侶に出会ったような喜び様だった。

「宮さまはどうして戦おうとしておられるのですか」

新九郎はそのことがずっと気になっていた。

「朝家《ちょうか》（天皇家）とこの国を守るためです」

宮は迷いなく答えた。

「幕府を倒すことが、どうして国を守ることになるのでしょうか」

「かつてこの国には、出自も来歴もちがった多くの民が暮らしていました。蝦夷や熊襲《くまそ》、隼人《はやと》ばかりではありません。各地に五十をこえる国々があり、互いの領分を守りながら共存していたのです」

ところが時代が下ると、周辺の国々を攻め滅ぼして強大化していく国が現われるようになった。そして大和や出雲《いずも》、吉備《きび》や筑紫《つくし》、越《こし》や毛野《けの》などの数カ国が勝ち残り、次なる戦いに向けて牙を研《と》いでいた。

そんな時、大陸では広大な版図《はんと》を持つ漢帝国が成立し、朝鮮半島まで勢力を伸ばしてきた。このままでは倭国《わこく》も危ういと感じた諸国の王たちは、戦いの矛《ほこ》をおさめ、話し合いによって危機を乗り切る方策を見出そうとした。

そうして合議制による統一した国造りを目ざすことにしたが、議論が紛糾した場合の対処法がなく、対立した揚句に分裂することをくり返した。

そこで意見が分れた場合には神託《しんたく》に判断をゆだね、皆が異議なくこれに従うと申し合わせた。その神託をつかさどったのが卑弥呼《ひみこ》であり、その子孫が朝家として敬われるようになった。

「朝家に三種のご神器《しんぎ》があることを、新九郎どのはご存じですか」

「剣と鏡と勾玉《まがたま》ですか」

「そうです。あれはもともと朝家にあったものではなく、諸国の王が合議の庭に集《つど》って神託に従うと誓った時、国の宝を持ち寄ったものです。朝家はそれを持つことで、神託を下す資格を得ました。それがやがて、この国を統《す》べる権威の証とされるようになったのです」

「宮さまはさっき、草薙の剣は十腰内の剣と同じだと言いましたね」

だとすると蝦夷の王も合議の場にいて、ご神器となる剣を献上したということだろうか。新九郎はそうたずねた。

「私はそう思います。草薙の剣は出雲からもたらされたと言う者もいますが、この剣は草薙の剣とまったく同じですから」

「すると昔は、蝦夷も朝議に加わっていたということでしょうか」

「それればかりではありません。朝家では諸国の王との融和をはかるために、互いに縁組みをしました。蝦夷の王も娘を朝家に嫁がせたり、朝家から妻を娶ったりしたはずです」

「宮さまはさっき、十腰内の来歴は自分にも関係があると言われましたね」

「ええ」

「それは草薙の剣のことだけでしょうか」

「おそらく私の血脈の中に、蝦夷の王と関わりのある方がおられたのでしょう。私も鬼神太夫どのと同じように先祖返りをしているようです」

だからご神刀が呼んでくれたのだと、宮は事もなげに言った。

「法親王さま、それは……、それはまことの話でございますか」

先頭を行く孫次郎が、急に足を止めてふり返った。

酔ったように顔を赤くし、目に涙を浮かべていた。

「蝦夷の王はいつの頃からか朝敵にされ、朝廷の図書寮《ずしょりょう》にも記録が残っておりません。しかし、私にはそれが分ります」

「ありがたい。生きている間に、このような話を聞かせていただこうとは」

孫次郎は六尺棒を雪に突き立て、泣きながら岩木山に手を合わせた。

新九郎の疑問に、宮はまだ答えていない。

なぜ幕府を倒すことがこの国を守ることになるのか分からないままだが、孫次郎の感激ぶりを見ているとこれ以上は話をつづけにくくなった。

新九郎も蝦夷である。

中央から蔑《さげす》まれ、征服ばかりされてきた一族の中に、宮の血脈とつながる者がいたと知っただけで、世界が新しい意味をもって立ち現われた気がしていた。


街道へ出て大曲村に向かって歩く途中、新九郎は鼻の奥に痛みを覚えた。

誰かの悪意が向けられている。何事かと思ってあたりを見回すと、山側の少し高くなった所に人影があった。

「孫次郎、右だ」

杉の木の陰で三人のアイヌが弓を構え、宮に狙いを定めている。

新九郎はとっさに宮を左側に突き飛ばし、飛んで来る矢を六尺棒で叩き落とした。

矢尻には青緑色のトリカブトが塗られている。

「若、笈を楯になされ」

孫次郎が笈を体の前に持ち、二本目の矢を受けた。

新九郎もそれにならい、笈を楯にして雪道に腰をかがめた。

これで敵の二の矢、三の矢を防いだが、その時後方の雪原から身を起こした者たちがいた。

白装束に白覆面をした二十人ばかりが、刀をきらめかせながら襲いかかってくる。

先頭の三人が間近に迫るのを待って、新九郎は六尺棒を回転させながら投げた。棒は三人の脛《すね》をなぎ払い、雪の中に転倒させた。

そうして次の敵をぎりぎりまで引き付けると、

「宮さま、こちらへ」

新九郎は宮を右脇に抱えて毒矢から守りながら来た道を引き返した。

敵は二、三間後ろに迫っているが、新雪の上を走っているので動きが緩慢である。

新九郎らは敵を引きつけたり引き離したりしながら、十腰内に向かう道に入りこんだ。

こちらは岩木山に向かうなだらかな坂道になっている。しばらく走ると敵を見下ろす位置になり、杉林にひそんでいるアイヌの動きもよく見えた。

冬場に狩りをする彼らは、新雪の中で身動きがとれなくなる危険を骨身にしみて知っている。だからいったん街道に出て、身方の後につづこうとしていた。

「若は、アイヌの戦い方を知っていたんですか」

いつの間にそんな知恵をと、孫次郎が舌を巻いた。

「アトイの父上に教えてもらった。今度一緒に熊狩りに行くと約束したので、冬場の狩りの要領を叩き込まれたのだ」

そんな悠長な話をしている場合ではない。敵は新九郎らがかんじきで踏み固めた道を、一列になって追って来る。

「宮さまは道にいて下さい。俺と孫次郎が左右に開いて、敵を迎え撃ちます」

新九郎は宮から六尺棒を借り受け、道の左側の新雪の上に立った。

足許の雪を急いで踏み固め、足さばきが自由にできる広さを作った。

孫次郎は道の右側。宮はそれより後ろの道の上に恐れる気色もなく立っている。

上空から見れば鶴翼《かくよく》の陣形のようだし、正面からは仏の左右に仁王が立っているようにも見える。

白装束の賊もこの陣形を見て足を止めた。このまま道を進めば、左右から六尺棒で殴り倒されるのは目に見えている。

人数が揃うのを待ち、三手に分れて攻めかかるしかないと思ったのである。

「誰だ、お前ら」

孫次郎が海で鍛えた声を張り上げた。

敵は無言のままである。

仲間のうち六人を右、六人を左、そして三人を正面に向かわせる段取りをし、頭目らしい男の合図で攻めかかってきた。

ところが三尺ほど積もった雪の上を歩こうとしても、膝までうもれて足を自由に運べない。しかも短い刀では、新九郎や孫次郎に近付く前に六尺棒で突かれたり打ちのめされたりする。

敵の頭目も、そんなことは百も承知だった。

左右に向かわせた十二人は新九郎と孫次郎の動きを封じるための捨て駒で、狙いは残りの三人で宮を襲うことだった。

三人は身方を楯にして六尺棒をかいくぐり、縦一列になって宮に向かって突進した。

新九郎はその前に立ちふさがろうとしたが、捨て駒となった敵が体を張って行手をはばんでいる。

新九郎は六尺棒を雪に突き立て、それを支点に高々と宙を飛び、二人の頭上をこえて着地した。

着地しながら一人の敵を蹴り倒したが、他の二人はすでに宮に襲いかかっていた。

しかも一足一刀の間境《まざかい》に入る直前、先の一人が腰をかがめ、後ろの一人がその男の背中を足場に高々と跳躍した。

そうして大上段に宮に斬り付ける間に、腰をかがめた男は宮の胴をなぎ払う。二人がかりの必殺の技である。

上の剣を払おうとすれば腹をえぐられ、下の剣をさけようとすれば頭を両断される。

雪にはばまれて左右に逃れることもできないし、今からでは後ろに下がっても間に合わない。

絶体絶命と思われた瞬間、宮は驚くべき行動に出た。

さしたる動きも見せずにその場から一間ばかりも飛び上がると、頭槌の太刀を両手で持ち、相手の刀ごと二人を両断したのである。

まるで丸太ん棒のように真っ二つに割られた二人は、血を噴きながらあお向けに倒れてあたりの雪を赤く染めたが、宮は一滴の返り血もあびていなかった。

「これは外の浜の安藤五郎がさし向けた者たちです」

なぜか宮にはそれが分るらしい。

新九郎も毒矢を射たのがイタクニップの手下だと気付いていたので、二人の仕業にちがいないと思っていたのだった。


津軽の弥生《やよい》(旧暦三月)はまだまだ寒い。

平地の雪はさすがに消えるが、北から吹きつける風は冷たく、田畑は凍てついたままである。

だが下旬ともなれば南からの風が吹き、桜や菜の花がつぼみをつけ始め、山も新芽に彩られて薄桃色にそまっていく。

春の歓びに満ちた景色の中で、岩木山だけが厚く雪におおわれて厳然としているが、南風が吹くたびに雪が解け、清流となって沢を下り、岩木川の水位を上げながら十三湖へそそぐ。

雪に閉ざされた長い冬が終わり、春が来るのを待ちかねたように、又太郎季長が動き出した。

「来月三日、管領さまは尻引の館に皆を集め、旗挙げをなされます」

それゆえ宮さまと大納言さまを、館まで案内するように。季長の使者がそう告げたのは、三月末のことだった。

「このことは、お二人には」

伝えてあるのか。新九郎はそうたずねた。

「管領さまの書状をお渡しし、ご了解を得ております」

当日の朝、新九郎は三艘の船を仕立てて宮たちを迎えに行った。

十三の御所の船着場に、宮と親房が名和長年らに守られて待ち受けている。

一行を乗せた船は、水嵩《みずかさ》の増した岩木川を楽々とさかのぼっていった。

尻引郷の管領館は人馬であふれかえっていた。門前の馬留《うまとめ》だけでは足りず、横の路地にまで馬と口取《くちとり》がたむろしている。その数は優に二百を超えていた。

新九郎らは人目をさけ、脇の門から屋敷に入った。

季長の家臣が迎えに出て、宮と親房に不手際をわびた。

「これほど人が集まるとは思っておりませんでしたので、ご迷惑をおかけします。さすがに宮さまのご威光はすごいと、主も喜んでおります」

訛《なま》りの強いくぐもった声で言い訳とも追従ともつかぬことを言いながら、季長が待つ主殿に案内した。

季長は庭先で出迎えた。

烏帽子に褐色の直垂という正装で、太刀持ちの小姓を従えていた。

「宮さま、大納言さま。お越しいただきかたじけのうございます。皆が首を長くして待ちわびております」

「頭数は多いようじゃが、配下の兵はいかほどじゃ」

親房がたずねた。

「三万ばかりと存じます」

「まことか」

「緒戦に勝てば、日ならずしてその二倍にはなりましょう」

「その兵はどこにおる」

「それぞれの領地にて、刃を研ぎ馬を肥やしております」

主殿の中庭に面した所に、御簾の間がしつらえてある。

季長は宮と親房をそこに案内し、新九郎を従えて御簾の外の片端に控えた。

もう片側には長年が控え、中庭では二百余人の土豪たちが平伏していた。

「者共、宮さまと大納言さまのお出ましじゃ。頭《ず》が高い」

季長は皆をはいつくばらせ、充分に恐れ入らせてから御簾を上げさせた。

土豪の中で都に行ったことがある者は稀《まれ》で、大半は朝廷や帝の何たるかを知らない。

だがはるか西の彼方に従うべき権威があり、時々征討の軍勢を送ってくることは、阿倍比羅夫《あべのひらふ》や坂上田村麻呂《さかのうえのたむらまろ》の伝承を聞いて知っている。

それが帝というものであり、尊雲法親王さまは帝のご嫡男だと聞かされ、

「ならば、ひれ伏さねば駄目《まいね》じゃ」

と身を縮めて額を地面にすり付けていた。

宮さまの命令に従うことは、征服ばかりされてきた蝦夷が征服者の側になることを意味している。そう受け止めている者も多く、長年のうっぷんを晴らしたいばかりに集まった者も結構いるのだった。

「皆さん、集まってくれてありがとう」

宮はおだやかに語りかけたが、その声は中庭の後ろにいる者にもはっきりと聞こえた。

「幕府は今、帝である父上を力をもって屈服させようとしています。これは上下の礼を乱すばかりでなく、わが国がこれまで四海一和《しかいいちわ》のために守ってきた伝統を踏みにじるものです。そうさせているのは幕府の実権を握る北条得宗家ですから、得宗家の財源となっている奥州から火の手を上げることが、幕府を倒して新しい世をきずくためには必要なのです」

都ぶりのその言葉を、土豪たちがどれほど理解しているか分らないが、話を聞いているうちに彼らの顔に歓喜と陶酔の色が浮かんできた。

理屈なんかどうでもいい。このお方のためなら死んでも構わない。そう思わせる何かが、宮の体から発していた。

「私はこの冬、新九郎どのに案内されて十腰内をたずねました。そうして不思議なご縁で、巌鬼山神社に納められていたご神刀をいただきました」

宮は頭槌の太刀を左手に持って廻り縁まで出た。

「これは草薙の剣と同じものです。かつてヤマトタケルが身に帯び、朝敵を征伐して回った宝剣はこの津軽で造られました」

私もそれと同じ太刀を持ち、これから幕府を倒すための戦いを始める。だから絶対に負けることはない」宮はそう言うなり右手ですらりと抜き放った。

その瞬間、天空に稲妻が走り雷鳴がとどろいた。

空は春の晴天なのに、こんなことが起こるとは信じられないことだった。

「どってんしたじゃ」

「ご神刀のお力だべ」

「たんげ。巌鬼山の仁王さまだ」

土豪たちは魂《たま》を飛ばし、感嘆の声を上げながら空を見上げている。

「者共、静まれ」

季長は自分が奇跡を見せつけてやったと言わんばかりだった。

「宮さまのおおせの通り、我らはこの津軽から新しい世を造るための戦いを始める。まず手始めに外の浜の安藤五郎季久を血祭りに上げる。あやつは刺客を放って宮さまを亡き者にしようとした。その証拠がこれじゃ」

季長が声を上げると、配下の者が後ろ手に縛り上げた白装束の二人を中庭に引き出してきた。

新九郎が捕えて引き渡した者たちを、季長はこの日のために生かしておいたのだった。

「新九郎、戦神《いくさがみ》への捧げものじゃ。門前で二人の首をはねよ」

季長が刀を差し出して命じた。

新九郎はためらった。

人を斬ったことなど一度もない。まして抵抗できない者の首など斬りたくなかったが、宮の言葉に浮かされた土豪たちは、期待に満ちた異様な目を向けていた。

第七章　内乱前夜

(一)

「どうした、なぜ尻込みしておる」

安藤又太郎季長は不快そうに顔をゆがめた。

皆の前で恥をかかせるなと言いたげだった。

「なぜですか？」

「なにぃ」

「なぜ俺にそんなことを命じるのですか」

安藤新九郎季兼は目をそらした。

欲と傲慢をむき出しにした父の顔は正視に堪えなかった。

「言ったではないか。此度《こたび》の戦の侍大将はお前だ。わしに代わって皆の指揮をとってもらう。その大将が戦の初めに敵を血祭りにあげるのは武士の作法だ」

「私は武士ではありません。ただの船乗りです」

そう言った瞬間、

「このつぼけ（馬鹿者）が」

季長は立ち上がりざま新九郎の肩を蹴った。

新九郎は蹴られるまま廻り縁から転がり落ちた。

「考えもなしに、わしの顔に泥を塗りおって。いいか、この二人は法親王さまのお命を狙った重罪人じゃ。しかもそれを命じたのは、わしの従弟の安藤五郎季久じゃ。一門であるがゆえに、厳しい処罰をして罪を許さぬ姿勢を示さねばならぬ。分ったか」

分ったら早々に命令に従え。季長は廻り縁の上から刀を突き出した。

だが新九郎はそれを受け取る気にはどうしてもなれなかった。

中庭にざわめきが起こり、土豪たちが不信に満ちた目を向けている。あんな腰抜けに大将がつとまるものか、という声も聞こえてきた。

「新九郎どの、この刀を使って下さい」

尊雲法親王が廻り縁まで出て頭槌の太刀を手渡した。

――やはり斬れと、思《おぼ》し召《め》しですか。

新九郎が失望して宮を見上げた時、頭の芯に宮の声が飛び込んできた。

――我らの戦いは、人を生かすためのものです。斬ってはなりません。

宮は口を開いていない。それでも言葉ははっきりと届いている。物言わずして伝える伝心術だった。

――分りました。生かす道を己で探せということですね。

新九郎は太刀を受け取り、二人を御前で成敗すると言って庭先に引き出した。

「待て。血の汚れになる――

北畠大納言親房が門の外で斬るように求めた。

「ご懸念無用。新九郎どのに任せましょう」

宮がそう口添えした。

新九郎は二人を引き据え、目の前に頭槌の太刀をかざした。

「よく見ろ。これは十腰内で打たれた、津軽の神霊が宿った刀だ」

白銀色の刀身が陽をあびてギラリと光り、二人の顔を照らした。

二人は自分がおかれた立場も忘れ、その輝きに見入った。

「巌鬼山神社に納められていたこの刀が、宮さまを呼んだ。それは津軽の神霊が宮さまを呼んだということだ」

どうしてだろう、新九郎はいつになく饒舌である。しかもつい今しがたまで考えてもいなかったことが、すらすらと口をついて出てくるのだった。

「その宮さまのお命を、お前たちは奪おうとした。五郎季久に命じられたこととはいえ、これは天地が許さぬ大罪である。分るな」

二人はうなだれて神妙に聞き入っている。一人は四十がらみのひげ面で、もう一人は二十歳ばかりの青白い顔をした若者だった。

「それゆえ私は天地に代わって罰を下さねばならぬ。だがお前たちが罪を悔い、津軽の民の幸せのために生きると誓うのであれば、ご神霊は必ず生まれ変わることをお許し下さるであろう。誓うか」

新九郎は切っ先を二人の首筋に交互に当てた。

二人は氷でも押し当てられたように首をすくめたが、

「誓うだ」

「我《わ》も同じだ」

姿勢を正してそう答えた。

新九郎は太刀を頭上に真っ直ぐに突き上げ、天地の気を集めてから目にも止まらぬ速さでふり下ろした。

稲妻が走るような閃光がきらめき、二人の縛《いまし》めは胸のあたりで両断されていた。縄だけを斬り、衣服にはかすりもしない腕の冴えである。

「どうだ。生まれ変わったか」

「え、ええ。こうして生きております」

年嵩《としかさ》のひげ面が答えた。

「ならば、どうする」

「新九郎さまに仕え、津軽の民のために働きます」

「さようか。名前は？」

「わしが善蔵《ぜんぞう》、こいつは修治郎《しゆうじろう》と申します」

「ならば門前に控え、指示を待て」

新九郎は頭槌の太刀を宮に返すと、何事もなかったように廻り縁に腰を下ろした。

季長は目を白黒させて対応に戸惑っている。

命令に背き勝手な振舞いをしたのだから叱責するべきだろうが、二人を生かした新九郎の手際はあまりに鮮やかである。

それに土豪たちが畏怖とも憧憬《しようけい》ともつかぬ目を新九郎に向けているので、どう立ち回るのが一番有利かめまぐるしく考えていた。

「新九郎、手並み見事」

出した結論は、この場の雰囲気に乗ることだった。

「敵を身方に変えて生かすことこそ、将たる者の心得じゃ。わしが斬れと申し付けたのは、それができるか試すためだが、鮮やかに期待に応えてくれた。いいか者共」

季長は土豪たちに向かい、新九郎を侍大将にすることに異存はないなと問いかけた。

「異存がなければ鬨《とき》の声を上げよ。それ」

えいえいい、おー。えいえいい、おー。土豪たちが刀を突き上げて大声を上げ、共に戦う覚悟を示した。


決起の会合を終えると、季長は慰労の酒宴を開いた。

列座したのは宮、親房、新九郎、孫次郎、それに宮たちを津軽まで連れてきた功労者である名和長年だけだった。

「法親王さま、大納言さま。本日はまことに有難うございました。お陰さまで津軽の土豪の七割をこえる者たちが集まってくれました。これで奥州から倒幕の狼煙《のろし》を上げることができます」

季長は座の真ん中に座り、宮と親房に酒を勧めた。

「これもそなたの長年の忠義の賜物《たまもの》じゃ。どれほどの働きができるか、楽しみにしておるぞ」

親房が素早く盃を干して季長に渡した。

「かたじけのうございます。日の本将軍の件、何とぞよしなにお計らい下さいませ」

「案ずるには及ばぬ。安藤家が奥州安倍氏や奥州藤原氏の流れを汲む蝦夷の王であることは帝も存じておられる」

「ところで今日は、客をあと四人招いております。ご対面いただけましょうか」

「誰じゃ」

親房が急に警戒心をあらわにした。

「出羽の鹿角の地頭たちでございます。宮さまのご令旨に応じて馳せ参じましたが、津軽の土豪どもとは格がちがいますので、酒宴に招いた次第でございます」

季長が手を打ち鳴らすと次の間の板戸が開き、四人の武士が烏帽子、直垂姿で平伏していた。

「こちらは鹿角四頭と呼ばれる地頭の方々でございます。成田右京亮どの、奈良次郎光政《じろうみつまさ》どの、安保丹後守《たんごのかみ》どの、秋元三郎高義《さぶろうたかよし》どの」

季長の披露に従い、四人が次々に上体を上げた。

「拝顔の栄に浴し、恐悦至極に存じます。我らは幕府創建の頃より地頭に任じられ、鹿角の支配を承って参りました。ところがこの度ご令旨をいただき、お身方に参じることといたしました。お見知りおきの程、お願い申し上げます」

成田右京亮が四人を代表して口上を述べた。

新九郎が能代館で会った天童丸の父親で、幕府の序列においては季長と同格だった。

「地頭が何ゆえ、幕府に叛旗をひるがえすのじゃ」

親房は信用ならぬと言いたげだった。

「理由は三つございます。ひとつは宮さまのご令旨をいただき、こうして間近でお目にかかって、朝廷に仕えることこそ武士の本懐だと得心したこと。ひとつは安藤五郎季久がそれがしの名をかたって出羽の叛乱をあおり、季長どのの次男季治どののを謀殺したこと」

そしてもうひとつは、幕府が近年年貢の収奪を強化したことだと、右京亮は道筋立てて語った。

これまで鹿角四頭は鹿角の鉱山を管理し、産出した金銀の二割を幕府に納めていた。ところが三年前から四割を納めるように命じられ、従わなければ他の者を地頭に任じると一方的に通告された。

そこでやむなく従ってきたが、産出した金銀を四割も収奪されては鉱山経営が成り立たない。困りはてた右京亮らは季長に打開策を相談し、鹿角の金を能代の交易所で売りさばくことに活路を見出そうとした。

息子の天童丸を能代館に人質に出し、安藤次郎季治との接近をはかったのはそのためである。

この度、季長が宮の令旨を持って挙兵を勧めに来たので、四人で相談して応じることにしたのだった。

「宮さま、四人の赤心《せきしん》は疑いございませせぬ。五千の兵をもって奥大道の要所を押さえておられる方々ゆえ、身方になっていただければこれほど心強いことはございません。どうか拝謁《はいえつ》を許し、お言葉をかけて下さるよう、伏してお願い申し上げます」

四人に恩を売るのはここぞとばかりに、季長が芝居がかった所作で頭を下げた。

「分りました。皆さん、どうぞこちらに」

宮が求めに応じ、酒席に加わるように申し付けた。

四人は季長にうながされて宮の前に進み、盃をいただいて主従の誓いを交わした。

「宮さまはご法体《ほったい》であられるゆえ、政治向きのことは身共《みども》が申し上げる」

親房が威儀を正して口を開いた。

「帝は幕府の手から政治の実権を取り返し、延喜《えんぎ》、天暦《てんりゃく》の治にならって親政をおこなうべきだと、前々から考えておられた。そしてひそかに倒幕の計画を進めておられたが、昨年九月に事が露見し、幕府の厳しい取り調べを受けることとなった。身共がこうして宮さまをお守りし、安藤季長を頼って津軽に難を避けたのは、このままでは宮さまが幕府に害される危険があったからだ」

しかし見よ。親房はそう言って皆の顔に目をやった。

「今やご綸旨に応じ、帝のために挙兵しようとする者たちが、諸国に澎湃《ほうはい》として現われておる。それは楠木正成や赤松則村のような土豪や地侍ばかりではない。長らく幕府に所領を横領されていた神社仏閣も、僧兵や神人《じにん》に具足を取らせて挙兵の仕度を進めておる。それゆえこの奥州から真っ先に兵を挙げ、北条得宗家の弱体化をはかった上で幕府に天誅《てんちゆう》を加えなければならぬのだ」

親房は公卿とも思えぬ勇ましい言葉で皆の決起をうながしたが、新九郎は話が熱をおびるにつれて鼻の奥にむず痒《がゆ》さを覚えていた。

何か嘘臭い。どこか信用ならぬ気配がある。だが親房とはそれほど接したこともないので、それが何故《なぜ》なのか分らなかった。

尻引の管領館から帰った翌日、新九郎は宮に呼ばれて十三の御所を訪ねた。

剣の稽古かと思ったが、宮は名和長年とともに御殿の書院で待っていた。ここにいる間も学問は欠かさないようで、棚には多くの書物が並んでいた。

「明日、都へ向かうことになりました。いろいろお世話になり、ありがとうございました」

宮はいつも冷静である。それは感情を表に出さないように修練を積んでいるからだった。

「急なご出立《しゆったつ》ですね」

一尻引郷に行く前から決めていました。あのような集まりの後では、敵に狙われることが多くなりますから」

「大丈夫ですか。都の方は」

「分りませんが、あまり長く極楽院（三千院）を離れているわけにはいきません。それに父上のことも心配なので」

「幕府は日野資朝どのを佐渡に島流しにし、この一件を落着させるつもりのようでござる」

長年が口をはさんだ。

四月になり日本海の航行ができるようになったので、配下の船が若狭から来て都の様子を伝えたという。

「ついてはお願いしたいことがあります。そのために来ていただきました」

「何でしょうか」

新九郎は姿勢を正した。

「これから私は父上の志を実現するために、畿内を回って身方をつのらなければなりません。幕府は監視の目を厳しくしているでしょうが、各地の土豪たちに会い、膝を交えて協力を求めるつもりです」

「すでに多くの身方がいると、大納言さまはおおせでしたが」

「あれは……」

景気づけのようなものだ。宮はそう言おうとしたようだが、新九郎を見つめておだやかな笑みを浮かべただけだった。

「そうですか。道理で何か妙だと思いました」

「確かに大納言は、綸旨や令旨を発して身方をつのっています。しかしそれだけでは人の心を動かすことはできません。ですから私が直に会って、説得するつもりです」

「それはあまりに危険です。この津軽でさえ、敵に襲われたではありませんか」

「しかし、新九郎どのが助けて下された。あの戦いぶりを見て、あなたが側にいてくれたらどれほど心強いだろうと思いました」

だから一緒に都に行って、行動を共にしてほしい。宮はためらいをふり切ってそう言った。

「家来になれ、ということですか」

「それが嫌なら同志になって下さい。新しい国をきずくために、共に戦っていただきたい」

「同志ですか」

面白そうだな。新九郎は一瞬心を惹《ひ》かれた。

だが、これからは津軽の民のために生きよと、ご神刀が教えてくれたのである。それを口にしておきながら、この土地を離れるわけにはいかなかった。

「そういうことです。申し訳ありませんが」

心を読まれていることを承知の上で、新九郎は答えた。

「そうですか。やはり」

宮は気落ちした顔をして大きく息を吐いた。

「新九郎どの、宮さまのたってのお願いでござる。それほど貴殿を見込んでおられるということじゃ」

何とぞお聞き届け下されと長年が頭を下げたが、新九郎の心は動かなかった。

「そうですか。お気持は分っているつもりですが、明日までもう一度考え直してみて下さい。新九郎とのが側にいてくれれば、どこまでも行ける気がするのです」

翌朝は晴天だった。

朝日はまだ昇っていないが、空は青く澄んでいる。冬とはちがって海も緑色がかった温かい色合いで、宮の出港を寿《ことほ》いでいるようだった。

十三湊の前潟には、名和水軍の大型船三艘がつないである。宮や親房の荷を運び終え、警固の兵たちが乗り込み、後は出港を待つばかりだった。

「法親王さま、大納言さま。これは心ばかりの進物でございます」

季長が素焼きの甕二つを披露した。

二升《しょう》ばかり入りそうな甕には、砂金がぎっしりと詰まっていた。

「かたじけない。長々と世話になった」

親房が中を改め、船館に運んでおけと近習に命じた。

「都までの長旅、お気をつけて下され。良い知らせを待っております」

「案ずるには及ばぬ。帝の御世《みよ》はもうそこまで来ておる」

親房の自信にゆるぎはなかった。

宮は新九郎に歩み寄り、

「どうやらお考えは変わらなかったようですね」

仕方なげにたずねた。

「あれから考えました。自分は何のために戦うのか」

「答えは見つかりましたか」

「帝の御世をきずくことが、正しいかどうか分りません。しかし津軽や蝦夷地の人々が幸せに暮らせるようにするためなら、この身をなげうつことができます」

それはご神刀が教えてくれたことである。先日捕虜に言い聞かせたことが、今は自分の信念になっていた。

「帝が新しい御世をきずこうとしておられるのも、この国と民を幸せにするためです」

「宮さまにはそれが分っておられるのでしょうが、私には分らないのです」

分らないもの、心から信じることができないもののために戦うことはできない。それは自分に嘘をつくことと同じだ。新九郎はそう思っていた。

「それでは仕方ありませんね。しかし私が窮地におちいった時には助けに来て下さい。言霊《ことだま》を飛ばして呼びますから」

「分りました。必ず行くと約束します」

「ありがとう。これで心が晴れました」

宮は新九郎の手を握り締め、渡り板を渡って船に乗り込んだ。

北浦孫次郎に先導された名和水軍の船は、水戸口から外洋に出ていった。

沖に出るといっせいに帆を上げ、北東からの順風に吹かれて遠ざかっていく。

新九郎と季長は、その姿を水戸口の近くの浜の明神《みょうじん》（湊神社）からながめていた。

「さあ、これから面白くなるぞ」

季長は舌なめずりせんばかりである。実際に唇の端から少しよだれをたらしていた。

「何が面白いのでしょうか」

「何もかもだ。憎い奴らを叩き潰し、奥州と蝦夷地の支配者になる。男と生まれて、これほど痛快なことはあるまい」

「そうでしょうか」

勝利は敗者を生み、富や領土の独占は弱者の犠牲なくしてあり得ない。それが分らないのだろうかと思ったが、新九郎は黙ったままだった。

人の意見に耳を貸す父親ではないことは、初めて会った時から分っていた。

（二）

翌日から新九郎は尻引館に滞在し、安藤五郎季久との戦の指揮をとるように命じられた。

身方となった土豪たちと連絡を取り、誰がどれほどの兵を動かせるのか、騎馬はどれだけで、刀、槍、弓、鎧はどれくらい持っているか確かめておかなければならない。

その上で必要な馬の数を把握し、中濱御牧や糠部郡の御牧から運ばせる。

刀や槍、矢尻は十腰内の鬼神太夫に頼み、できるだけ多く作ってもらわなければならなかった。

「支払いはすべて当家でする。奥州が生まれ変われるかどうかの瀬戸際じゃ。銭を惜しむな」

季長はここ数年の間に資金は充分に貯め込んでいると豪語したが、新九郎はいまひとつ気が乗らなかった。

今上方として挙兵し、倒幕の先駆けとなることが、本当に津軽や蝦夷地の民の幸せにつながるのか。そんな疑問が心の奥底に巣喰っているのである。

ところが孫次郎はやる気満々で、新九郎の指示も待たずに手配を進めていた。

配下に命じて十三湊の倉庫に保管していた鉄鋌をすべて持って来させ、十腰内まで運んで刀や槍などを作るように鬼神太夫に依頼した。

中濱御牧の馬はとりあえず三百頭、十三湊の馬屋に移し、土豪たちの要望に応じて分配することにした。

「若、相談があります」

四月末になって、孫次郎が善蔵と修治郎を連れてやって来た。

新九郎に命を助けられた二人は、今や孫次郎の忠実な部下になっていた。

「この二人は五郎季久どのの郎党で、外の浜に戻れば家もあり家族もいるそうです」

だから尻引から逃げてきたように見せかけて外の浜に戻し、密偵にしたらどうかという。

「この間集まった土豪の中には、季久どのの息のかかった者もおろう。命を助けられたことが、外の浜にも伝わっているはずだ」

「この館にある大事な品を、二人に持たせたらどうでしょう。そうして隙を見て盗み出してきたと注進すれば、季久どのも信用されましょう」

大事な品は蝦夷管領家の内情に関わる密書がいいだろう。孫次郎はすでにそこまで考えていた。

「そんなことを管領どのが許されるだろうか」

「それがしがたずねてみます。お許しがあれば、そのようにさせていただきます」

「それでいいのか、二人は」

「構いませんじゃ」

「若様に助けてもらった命だはんで」

恩返しをしたいと、善蔵と修治郎が迷いなく答えた。

季長もこの策に大いに乗り気で、北畠親房からもらった書状を持たせることにした。帝の御世になったなら、日の本将軍に任じると約束したものだった。

「これが幕府の手に渡れば、由々しきことになりまするぞ」

発案した孫次郎も二の足を踏むほど重要なもので、他の書状にしたほうがいいと進言した。

「良いのじゃ。先日の集まりのことは向こうにも筒抜けになっておる。これくらいの品を持たせねば、信用してもらえまい」

二人を外の浜に向かわせた後、新九郎は孫次郎を御殿の一室に呼んだ。

「ひとつ教えてもらいたいことがある」

「何でしょう。改まって」

「どうしてそんなに熱心になれる。管領どのの企てに」

「管領どのではありませぬ。帝と宮さまのご計略でござる」

「それが津軽のためになるか」

「なりまする」

その理由は二つあると、孫次郎は姿勢をくつろげて説明にかかった。

「ひとつは朝廷と幕府のことでござる。もともとこの国は朝廷が治めて参り申した。それゆえ民も、朝廷にだけ年貢を納めていたのでござる」

ところが源頼朝が鎌倉に幕府を開き、諸国に守護、地頭をおいて年貢を取るようになった。それゆえ庶民は朝廷と幕府の両方に年貢を納めなければならなくなった。

しかも頼朝の奥州藤原氏征伐以後、奥州は北条得宗家の所領になったので、収奪はいっそう過酷になった。

「幕府と得宗家を排除し、昔のように朝廷に年貢を納めるだけにすれば、民の負担は軽くなり申す。もうひとつの理由は、奥州が宮さまの知行国になることでござる」

宮が国主となり安藤家がこれを支えれば、必ず公正な統治をして豊かな国をきずくことができる。

その実績をもとに宮が帝になられたなら、国全体に善政をほどこすことができるだろう。

「若もお聞きになられたはずです。宮さまは蝦夷の王の血を引いているとおおせになりました」

「ああ、確かに」

「つまり宮さまが帝になられれば、我らの王がこの国を治めるということです。それは大和朝廷が支配する以前の姿に、この国をもどすことに他なりませぬ」

「以前の姿？　それはいつの事だ」

「分りません。千年前か二千年前か。しかしそういう時代が確かにあったと、古老たちが言い伝えております」

「宮さまは先祖返りをしたと言われた。それぞれの国が互いの領分を守りながら共存していたとも」

「そうです。それを知っておられる宮さまが帝になられたなら、互いの領分を守り、虐げられた者たちを大切にする国をきずいて下さるはずです」

孫次郎はすっかり宮に心酔している。

別人のように積極的になったのはそのためだった。

五月になって霧雨が降るようになった。細かい雨粒が津軽の山野を薄くおおっている。

五月雨《さみだれ》の季節の始まりだった。

「新七郎、明日は珍らしい客人が来る。宮のまつりの掃除を念入りにさせておけ」

季長がそう申し付けたのは五月四日、端午の節句の前日だった。

「どなたですか」

「明日になれば分る。いよいよ事が始まるぞ」

季長はひげ面の間から白い歯を見せてにやりと笑った。

翌日も霧雨だった。

正午を過ぎた頃、外の浜の方から奥大道を通って騎馬の一団が現われた。およそ三百騎、全員黒糸縅《おどし》の鎧をまとい、左右に弓持ち、槍持ちを従えている。鎌倉幕府の正規軍で、薄く白い霧雨をぬって進む姿はあたりを払うほどの威厳があった。

一行は藤崎《ふじさき》のあたりで岩木川の浅瀬を渡り、真っ直ぐに尻引館にやって来る。新九郎と孫次郎は館の物見櫓でそれをながめていた。

「強そうだな。あの馬は」

新九郎が感心したのはそこだった。

津軽の馬よりひと回り大きく、腰が張って脚がすらりと伸びている。いずれも御牧の中から選び抜かれた駿馬《しゆんめ》で、あんな馬に体当たりされたらひとたまりもなかった。

「あれはどなたか、ご存じですか」

孫次郎がたずねた。

「いいや。珍らしい客が来ると聞いているだけだ」

「あの殿軍《しんがり》についているのは、もしや」

安藤五郎季久ではないかと、孫次郎が頓狂な声を上げた。

確かにそうである。十騎ばかりが色のちがう鎧をまとい、小柄な馬に乗っている。馬の体高がちがうので、兜の位置が一段下がって見えるほどだった。

やがて一行は館の前に馬を止め、十人ばかりが兜をかぶったまま入ってきた。その中には色ちがいの季久も加わっていた。

そこまで見届けると、新九郎は御殿の大広間に行った。

すでに季長は下段の間《ま》に控え、鎧武者たちがやって来るのを待っていた。

「あれは誰です」

新九郎がたずねたが、季長はたくらみ深い目をして何も答えなかった。

「工藤《くどう》右衛門《うえもん》 尉《のじょう》祐貞《すけさだ》どの、安藤五郎季久どのが参られました」

着到《ちゃくとう》を告げる若侍の声がして、二人が上座に席を占めた。

祐貞は四十ばかりの偉丈夫で、彫りの深い美しい顔立ちをしている。北条得宗家の御内人《みうちびと》で、津軽郡代として安藤両家を差配する立場にあった。

「安藤又太郎季長どの、お知らせした通り、右衛門尉さまをお連れ申しました」

季久が告げると、季長は無言のまま深々とひれ伏した。

「執権北条高時《たかとき》さまのご命令を伝える」

祐貞は書状を開き、来る六月六日をもって、又太郎季長の蝦夷管領職を停止《ちょうじ》し、すべての権限を五郎季久に与えるという決定を伝えた。

「都と結んで数々の謀略を巡らしていることは、鎌倉にも聞こえておる。申し開きすることがあるか」

「恐れながら、都と結んだのは商いのためでございます。幕府に異心を抱いているわけではありません—

「ならば執権さまのご命令に従うのだな」

祐貞は有能な御内人である。言い訳などには目もくれず、事実の確認だけを進めていった。

「もちろん従います。しかし管領職の支配地は津軽、宇曾利、蝦夷の広大な地域に及びます。引き継ぎの帳簿や書類の手配に時間がかかりますゆえ、何とぞ二カ月の猶予をいただきとう存じます」

「猶予は一月《ひと》じゃ。六月五日までにすべての引き渡しを終え、西の浜の所領に引き上げよ」

「それは、いささか」

無理なおおせだと季長は引き延ばしを図ったが、祐貞は一切応じなかった。

「帳簿や書類は二十日後、五月二十五日までに安藤五郎の館に届けよ。遅滞あらば謀叛人として成敗する。以上、しかと申し渡した」

祐貞は北条高時の令状を季長に押し付け、季久を従えて引き上げていった。

季長は平伏したまま、焼き尽くさんばかりの鋭い目で令状をにらんでいる。相手の出方は分っていたものの、これほど手厳しいとは思っていなかったようだった。

「このまま従うのですか」

打ちのめされた季長の姿を初めて見て、新九郎は気遣わずにはいられなかった。

「ああ、従うとも。今のところはな」

「何か策があるのでしょうか」

「まあ見ておけ。お前の親父は鎌倉などを恐れはせぬ」

季長は意を決して立ち上がると、館の者たちにすぐに帳簿や書類を集めるように命じた。

蝦夷管領職を召し上げるという命令は、季長にとって致命的なものだった。現在保持している所領の大半は、蝦夷管領の職掌として北条得宗家からゆだねられたものだからである。

それは尻引郷や片野辺郷、それに十三湊、中濱御牧、宇曾利郷にまで及ぶのだから、季長に残るのは折曾の関と西の浜だけということになる。

それに蝦夷地との交易から上がる莫大な利益を失うことになる。

季長はこうした事態をさけるために、何年も前から後醍醐天皇と結んで幕府を亡ぼす計略を進めてきたようだが、他の者には一切本心を明かさなかったのである。

一方、鎌倉から下向《げこう》した工藤祐貞は、五百の精鋭をひきいて外の浜の油川館に駐留していた。季長の動向を見極め、謀叛の動きがあれば一気に叩き潰す構えを取っていたのである。

そうした知らせをもたらしたのは、油川湊の交易所にいるアトイだった。

アトイは季長が蝦夷管領職を停止されたことを知り、いろいろと心配して使いを寄こしてくれるのだった。

「善蔵と修治郎から、何か知らせはないか」

新九郎は孫次郎にたずねた。

「何もありませぬ」

「こんな時のために送り返したのではないのか」

「その通りですが」

あるいは心変わりしたのかもしれぬと、孫次郎は自信なさげだった。

「密書まで持たせたのに、役には立たなかったのだな」

「申し訳ありません。命を助けてもらったご恩返しがしたいという言葉に、嘘はないと思ったのでござるが」

やがて各地から帳簿や書類を持った者たちが続々と集まってきた。

季長から所領や港、御牧の管理を任された者たちで、総勢三十人ちかい。いずれも安藤家の一門や重臣で、五郎季久に近い者も十数人いた。

五月二十二日、季長は皆を大広間に集め、外の浜の五郎季久のもとに行くように命じた。

「皆も知っての通り、わしは蝦夷管領職を解任された。以後は五郎季久どのが職を引き継がれる。お役交代に当たり、各地の帳簿と書類を差し出すようにとおおせじゃ」

それらを持参し、問われることがあればその場で答えよ。そのために皆を内真部館につかわすことにしたと、季長は一人一人の顔をじっくりと見回した。

「これからは季久どのに仕え、これまでと同じようにつとめるがよい。季久どのは蝦夷管領になられたばかりゆえ、所領の管理に慣れたその方らの力を必要とされるはずじゃ。のう季広」

季長は安藤十郎季広に声をかけた。

並みいる代官や手代の中でも、十三湊を預かる季広は別格だった。

「お館さまは、このまま黙って引き下がるおつもりですか」

季広が遠慮がちにたずねた。

「執権さまのご命令じゃ。逆らうわけにはいくまい」

「宮さまのお申し付けに従って、義兵を挙げられると思っておりましたが」

「そのつもりで仕度をし、宮さまと大納言さまをお迎えした。ところがお二人の話を聞き、いまだ機が熟《じゆく》しておらぬことが分った」

だから今は隠忍自重《いんにんじちょう》する他はない。皆に季久に従えと勧めるのは、再起の時まで勢力を維持してもらいたいからだ。

季長はそう言うなり、烏帽子を脱いで髻《もとどり》を切り落とした。

「これがわしの覚悟じゃ。外の浜へは新九郎をつかわすゆえ、倅の船で行くが良い」

会合の後、新九郎と孫次郎は季長に呼ばれて居間に行った。

季長は髪をざんばらにした落武者《おちむしゃ》のような姿で、あぐらをかいて酒を飲んでいた。

「どうだ、飲むか」

「いいえ、結構です」

それより季長の真意を確かめたかった。

「恭順などせぬ。これは敵をあざむくための芝居じゃ」

「それではなぜあの者たちを外の浜に」

「わしが恭順したと信じさせるためじゃ。帳簿や書類を改めるには四、五日はかかるであろう。季久も喉から手が出るほど代官や手代を欲しがっておるゆえ、連日酒宴を開いて手厚くもてなすはずじゃ。そうすれば必ず隙ができる」

「何の隙でしょうか」

「決まっておる。討ち果たす隙じゃ」

そちと孫次郎で季久を討て。季長は盃をなめるように飲み干して新九郎に差し出した。

「どうした。飲め」

「話がまだ終わっておりませぬ」

「季久を討ったなら高季《たかすえ》と家季《いえすえ》を人質に取り、わしの到着を待て。さすれば季久と交わした縁組みの誓紙を示し、そなたを照手の婿養子として外の浜安藤家を継がせる」

高季と家季は季久の長男と次男で、照手姫の弟だった。

「得宗家がそんなことを認めるでしょうか」

「そちが蝦夷管領になり、得宗家に従うと言えばよい。それゆえわしは、こうして髻まで切って恭順するふりをしておる。そうして時間を稼いでおれば、畿内で必ず火の手が上がる」

「なるほど、それは妙手でござる」

孫次郎が身を乗り出し、横から盃を受け取った。

「津軽の中で争えば、外に打って出る余力を失いまする。しかし若が外の浜安藤家を継がれるなら、兵も銭もそっくりそのまま倒幕のために温存することができまする」

「その通りじゃ。強い熊はずる賢い。そうした知恵がなければ、森の覇者にはなれぬ」

季長は満足気に酒を注ぎ、お前が新九郎の舵取りになれと孫次郎の膝を叩いて言い含めた。

（三）

翌朝早く新九郎らは十三湊から船を出した。

朝日丸は大型船だが、三十数人の客を乗せると船内はかなり窮屈である。そこで半数ずつ交代で船底に入ってもらうことにした。

幸い雨は降っていない。甲板の出入口の板をはずせば、船底にも光と風が入るのだった。

舵取りは弥七がつとめている。

いつぞやの失敗と、「お前の一番大切な人を乗せているつもりで舵を取れ」という孫次郎の教えが薬になったのか、自信に満ちた無駄のない舵さばきをしていた。

新九郎は船縁に立ち、水平線の彼方をながめた。

海と空の大きさが、心を自由に解き放つ。そしてこの雄大な自然の中で生き抜くためには、誰よりも強くならなければならないと教えてくれる。

(それなのに人間は何と愚かしいのか)

そう思うのは、季久を殺せという季長の命令が承服できないからだった。

なぜ安藤一門で殺し合わなければならないのか。なぜ津軽を二つに割った戦をしようとするのか。なぜ朝廷と幕府は争わなければならないのか。はたして今上の志とやらは正しいのか。

新九郎には分らないことばかりである。分らないまま状況だけが目まぐるしく変わり、季久を討ち果たす役目を負わされている。

これはいったい何だろう。海にただよい潮に流されていく流木と変わらないではないか。揺るぎない信念、他のすべてを犠牲にしても守り抜くべき大義はどこにあるのか……。

「憎い奴らを叩き潰し、奥州と蝦夷地の支配者になる。男と生まれて、これほど痛快なことはあるまい」

季長はそう言った。

そのためにあらん限りの知恵をふり絞り、ずる賢い熊のように森の覇者になろうとしている。

しかしそんな森など、天の高みから見れば小さなけし粒のようなものに過ぎない。

信念や大義とは、天空をあまねくおおい、いつの世も変わらぬものであるはずだ。そのようなもののためにこそ、戦いつづける価値があるはずである。

(それなら、これから)

自分はどうすればいいだろう。押し流される潮から逃れ、進むべき方向を見出すにはどうすればいいのか。

胸にわき上がる思いに急かされて船縁を握りしめた時、孫次郎が足音もたてずに歩み寄ってきた。

「まだお心が定まらぬようでござるな」

「これが正しい道だとは思えぬ。季久どのを殺したくもない」

「それがしが酒席での喧嘩に見せかけてお命を頂戴します。若は何も知らぬふりをして、泰然としていて下され」

迷いが背中に出るようでは、とても刺客はつとまりませぬ。孫次郎はそう言って笑った。

「他に道はないのか」

「このままでは蝦夷管領職を奪われ、お館さまの大望はついえ申す。宮さまのお力になることもできません。それでも良うござるか」

「そう言われると」

返事に困ると、新九郎は正直なことを言った。

宮と語り合ったこと、そしてご神刀から教えを授けられたことは、今では心の宝になっていた。

「お館さまがどうして北畠大納言どのの書状を善蔵たちに渡されたか、若はお分りでござるか」

「これくらい重要なものでなければ、敵をあざむくことはできぬと言っておられたが」

「あれは表向き。本心は季久どのに行動を起こさせるためでござる」

あの書状を見た季久は、もはや猶予はならぬと鎌倉に注進した。そこで工藤祐貞が下向してきたという。

「それはつまり、敵をおびき出したということか」

「さよう。そして執権どのに従うふりをして帳簿や書類を届けさせる。その時を狙って刺殺すると、すでにあの時から決めておられたのでござる」

「ずる賢いな。あの方は」

「もはや戦いの森に入ったのでござる。生きてもどるためには、敵を倒すしかありません」

朝日丸は対馬海流に乗って順調に北に向かっていく。小泊岬の沖を過ぎると、正面に霧に薄くおおわれた渡島半島が見えた。

その先端は白神岬である。出羽の白神岳の名は、白神岬の神がこの山に飛んだためにつけられたと、アイヌたちは言い伝えていた。

白神岬と竜飛崎の間を抜けて内海に入ると、潮が北から南へ大きく渦を巻いていた。

南から内海に流れ込んだ潮は渡島半島にぶつかって南東へ流れを変え、宇曾利の仏ヶ浦あたりにぶつかって津軽半島の北側へ流れていく。

この流れが渦を作り、上げ潮と重なって勢いを増し、大渦となって内海を見知らぬ海に変えていた。

「弥七、気をつけろ。舵を切り損なうと仏ヶ浦に激突するぞ」

孫次郎は注意しただけで舵取りを代わろうとはしなかった。

渦の縁は海面より人の背丈ほど高くなり、内側にゆるやかに傾斜している。

直径は三里（約十二キロ）ほどもあるので遠目にはそれほど威圧を感じないが、この縁を抜けて平舘海峡に入るにはかなりの腕が必要だった。

「見ろ、入鹿魚《いるか》だ。入鹿魚がいるぞ」

誰かが右舷から声を上げた。

船の横を三頭の入鹿魚が飛び跳《は》ねたり海に潜《もぐ》ったりしながらついてくる。

「こっちにもいるぞ。五頭、いや七頭だ」

左舷からも声が上がった。

これは珍らしいながめだ。きっと前途を祝しているにちがいない。

そう言って船底にいた者たちまで甲板に上がって見物したが、船が平舘海峡に近付くにつれて、百頭ちかくの入鹿魚が狂ったように飛び跳ねるようになった。

「渦に巻かれて方向を見失っているのでござる。きっと小魚の群を追って内海に入り、出口が分らなくなったのでござろう」

そうして正気を失い、群をなして岩場にぶつかったり浜に打ち上げられたりすることがある。

孫次郎がそう言った。

「頭、駄目だ。曲がれねえ」

船尾で弥七が叫んだ。

そろそろ平舘海峡に入る頃だが、船は渦の遠心力にふられて直進している。このままでは仏ヶ浦に激突しかねなかった。

「代わってくれ、頭、俺じゃ駄目だ」

「馬鹿野郎、それでも海の男か」

孫次郎が代わろうとするより早く、新九郎が弥七を押しのけて舵棒を握った。

たとえどんな大渦でも、自分の力で切り抜けてやる。新九郎は仏ヶ浦の断崖を見つめ、舵を思いきり右に切って舳先を外に向けた。

「ああ、それじゃ……」

断崖にぶつかるだけだと弥七が肝を潰したが、朝日丸は潮の流れに船尾を押されて一回転し、そのまま回転力を活かして渦の外に脱出することに成功した。

孫次郎さえ息を呑んだ見事な舵さばきだった。


正午過ぎには平舘海峡をこえて陸奥湾に入り、内真部川の河口の沖合に船を停めた。

河口には港があるが、水深が浅いので朝日丸をつけることはできない。そこで艀《はしけ》を下ろし、数人ずつ上陸することにした。

港の船番所でも十三湊からの船だと気付き、小舟を出して上陸を手伝ってくれた。

代官や手代が全員上陸したことを確かめると、川沿いの道を歩いて五郎季久の居館である内真部館に向かった。

山のふもとの平坦地に御殿があり、小高い山の上に後詰《ごづ》めのための山城がある。西の浜安藤家との戦に備えて、木を伐り払い、濠や土塁、虎口《こぐち》を整備しているのが遠目にも分った。

川の両側の畑に植えられたそばが、白い花をつけ始めている。細い茎が海から間断なく吹いてくる風に押され、山に向かって傾《かし》いでいた。

この時期に太平洋から吹いてくる冷たい風を山背と呼ぶ。

寒流である千島海流の上を渡ってくるために温度が低く、しかも温かい陸地に向かって執拗に吹きつづける。

このために外の浜一帯は稲作ができず、そばや稗などを植えて糊口《ここう》をしのいでいるのだった。

「寒いなー

新九郎は夏とは思えない風の冷たさに身をすくめた。

初めはそれほどでもなかったが、ずっと同じ調子で吹かれている間に体が冷えきっていた。

「さよう。外の浜と西の浜では、気候も生き方もちがい申す」

孫次郎がぼそりと答えた。

川沿いの道をさかのぼると、尾根のふもとを南北に通じる道に行き当たった。

油川湊から三厩湊までつづく外の浜の幹線道路で、水路と陸路を押さえる要衝の地に五郎季久の内真部館があった。

門を警固している兵の中には、黒ずくめの鎧を着た工藤勢も交じっている。新九郎らを迎えるにあたって、季久は万全の態勢を取っていたのだった。

主郭の中央には南北に幅広い道路が走り、西側が一段高くなっている。高い方に季久の館があり、東側は家臣たちの住居になっていた。

一行は主殿の大広間に案内された。

百人は入ろうかという広々とした部屋でしばらく待つと、季久が二人の少年を従えて上座についた。

十五歳の嫡男高季と十三歳の次男家季で、季久の両側にかしこまって着座した。

「先日は尻引館までご足労いただきかたじけのうございました。あの折にお命じになられた、蝦夷管領の職務に関わる帳簿と書類を持参いたしました」

新九郎が口上をのべると、代官たちが二つの櫃《ひつ》に入れた関係書類を季久の前に運んだ。

「なお、ご不審の点があれば、それぞれ担当の者から説明させていただきます。そのためにこうして代官、手代を引き連れて参りました」

「ご丁寧にかたじけない。それでは家臣たちに帳簿や書類を改めさせるゆえ、三日の猶予をいただきたい。その間は館でゆっくりしていかれるがよい」

布袋様のような丸い体付きをした季久は、心を読ませぬ人の好《よ》さそうな笑みを浮かべていた。

「この者たちは引き続き蝦夷管領さまに仕え、職をつとめたいと望んでおります。その点のご配慮もお願いいたします」

「そうしてもらえればこちらも助かる。何しろ急な話で、人手が足りぬのでな」

「それからこれは、父季長から預かりました、管領就任の祝いでございます」

新九郎は砂金を入れた甕一つを櫃の横に並べた。

「重ね重ねかたじけない。さあ、固い挨拶は抜きじゃ。酒宴の用意をしておるゆえ、無礼講といこうではないか」

美しく装った娘たちが次々と酒肴を載せた膳を運び、華やかな酒宴が始まった。

季久が飲んだ盃を皆に回し、主従の固めをする。これで代官や手代はそのまま新管領に召し抱えられることになったのだった。

「この場で方々にお知らせ申し上げる。新九郎どのと娘の照手が縁組みし、朱喜の祝いもとどこおりなく相済んだ。新嫁《にいよめ》の舞いをご賞翫《しょうがん》いただきたい」

その言葉が終わると下《しも》の間から笛と鼓《つづみ》の音が上がり、白拍子姿の照手姫が現われた。

白い水干に緋色の長袴をはき、金色の立烏帽子をかぶっている。右手に檜扇を持ち、腰には太刀をはいていた。

顔は白粉《おしろい》と紅で美しく化粧し、豊かな黒髪を背中に垂らして元結《もとゆい》で結んでいる。

立ち姿のまま正面に一礼するのを見計らって、謡《うたい》が始まった。

～吉野山峰の白雪踏みわけて
　入りにし人のあとぞ恋しき
静御前《しずかごぜん》が源義経《よしつね》を偲《しの》んで鶴岡《つるがおか》八幡宮で舞った曲である。

この間会った時に新しい曲を仕入れたと言っていたのは、これだったのだろう。

照手姫の舞いは優雅で力強く、体の均整が美しく保たれている。まるで静御前が乗り移ったようで、皆が息を呑み、しわぶきひとつ上げずに見入っていた。

〽しずやしず賤《しず》のおだまきくり返し
　昔を今になすよしもがな
それにしても、どうして祝いの宴に別れの曲なのだろう。静御前のようにあなたを慕《した》っているということか。それとも何か不幸の予感を感じているのか……。

新九郎はそう思いながら照手姫の動きを追っていた。

「新九郎どのに見てもらいたくて稽古を積んだのでござる。今夜はたっぷりと褒美をやって下され」

季久が酒を注ぎながら、体を寄せて耳打ちした。

新九郎は別棟にある湯屋に案内された。

この間と同じように侍女の春菜が甲斐甲斐《かいがい》しく世話をし、白小袖一枚になって背中まで流してくれた。

「どうやら今日は、お元気がありませんね」

肩越しに股間をのぞき込んでそんなことを言う。

「そのようだな」

新九郎は季久暗殺のことが気がかりで、とてもそちらに気が回らない。しかしそのことを春菜や照手姫に悟られてはならなかった。

「蝦夷五加をお持ちしましょうか」

「そうしてもらおう。内海で大渦に呑まれてな。船を操るのに神経をすり減らしたようだ」

新九郎は初心《うぶ》である。こうした場合下手な言い訳をつけ加えては、かえって女の猜疑心《さいぎしん》をあおることを知らなかった。

「後ほど御酒を用意いたします。姫《ひい》さまがお待ちかねでございますよ」

春菜は先に外に出て湯上がりの仕度にかかった。

新九郎は迷う心を抱えたまま、しばらく湯につかっていた。本当に季久を討つ以外に手段はないのか。はたしてそうすることが人間として正しいのか。

今さらそんなことを考えても仕方がないと思うものの、迷わずにはいられなかった。

黄昏時《たそがれ》である。あたりは薄い闇に包まれ、庭に植えた新緑の楓《かえで》が山背に吹かれてさわさわと揺れている。

黒く見える葉の陰には、この世ならぬものがひそんでいる気配がした。

「お待ち申しておりました」

主殿の寝所で照手姫がひざまずいて迎えた。

部屋には明かりが灯してあり、夜具が敷いてある。その枕元に酒肴をのせた折敷がおいてあった。

「どうぞ。おひとつ」

照手姫が酒を勧めた。

新九郎はひと息に盃を干した。蝦夷五加が入っている。その味がイアンパヌが作ってくれた薬膳粥を思い出させ、なぜか胸が痛んだ。

「静の舞いは、いかがでしたか」

「素晴しかった。動きに勢いがあって、優雅さの中に強さが感じられた」

「嬉しい。あれは袖のあしらいと足の運びがとても難しいのですよ」

照手姫は酒を注ぎ足し、お流れが欲しいと言った。

薬酒は次第に効果を表わしてきた。新九郎の体は熱をおび、千人に一人と言われた雁魔羅は天に向かって羽ばたこうとしている。

照手姫はそれを見越して体を寄せ、新九郎の耳たぶに息を吹きかけて首筋に舌をはわせた。そうして立て膝の足をひろげ、新九郎の手を奥へ導いた。

そこは燃えるような熱をおび、しっとりと濡れていた。

「今夜は朱喜はしていないのか」

「あれは初夜だけでございます。これからは夫婦ですもの」

新九郎は照手姫を夜具に横たえ、帯を解いて前をあらわにした。

灯明に照らされて、形のいい乳房とくびれた腰がなまめかしく浮き上がった。

「ああ、なんぼ会いてがったが……」

照手姫は新九郎の背中に手足をからめ、土地の言葉で口説きながら腰を押しつけてくる。

熱くうるおった女の芯に、雁魔羅がすんなりと収まった。

「たげ、嬉しい。あれがらずっと来てくれねはんで、辛くて淋しくて……。いっそ死んでまるがと思ったじゃ」

照手姫はゆっくりと腰を回しながら突き上げてくる歓びに耐えている。

新九郎はそれに合わせながらも妙に醒《さ》めていた。暗殺の二文字が頭を離れなかった。

「だばって新九郎は格別。やさしくて強くて頼もしいわ。ねえ、我まま言っても良いべが」

「何？」

「こして、あお向げさなって」

言われるままに横たわると、照手姫は馬乗りになり、雁魔羅に手をそえて体の内に収めた。

「あっ、ああ。なして、こったに……」

照手姫は歓喜の声を上げながら激しく頭を振った。

そのたびに黒い髪が揺れながら宙を舞って、天幕のように新九郎の頭上をおおった。

新九郎はふと不吉な予感に駆られ、身を守るように上体を起こした。そうして姫をあぐらの上に抱え込んで座位の形をとった。

「ああ、早ぐ、早ぐ来て」

照手姫は新九郎にしがみつき、腰を激しく上下に振った。

そうして声をもらさないように歯を喰いしばっていたが、こらえかねて新九郎の肩を噛んだ。

「ううっ、いぐ。駄目、許して」

叫びながら歓びの絶頂に昇り詰め、全身を激しくひくつかせて気を失った。

翌朝、照手姫は起きなかった。

この間と同じように腰が抜け、髪をまき散らしたまま放心したように横になっていた。

「幸せなことでございます。お手柄でございました」

春菜が妙な誉め方をして表御殿まで案内した。

大広間では皆が朝餉をとっていた。

新九郎が一礼して上座につくと、孫次郎が小声で話しかけてきた。

「今日の午後、工藤祐貞どのを招いて酒宴があるそうでござる。その席で」

二人とも刺殺すると、孫次郎が脇差の柄を握って決意の程を示した。

「その後は、どうする」

「刺し違えるか逐電《ちくでん》するか。いずれにしてもそれがし一人の仕業でござる」

代官や手代たちは何も知らずに馳走《ちそう》にあずかっている。その一角に座った十郎季広が物問いたげな目を向けてきたが、新九郎は気付かないふりをして箸を取った。

肩口にずきりと痛みが走ったのは、照手姫に噛まれた跡が傷になっているからだった。

第八章　虚々実々

（一）

酒宴は未《ひつじ》の刻（午後二時頃）から始まった。

上座に津軽郡代である工藤右衛門尉祐貞と安藤五郎季久がつき、左右に両家の重臣たちが居流れている。

安藤新九郎季兼は季久の子高季、家季に次いで上座につき、その次には養父の安藤十郎季広、北浦孫次郎、そして蝦夷管領の代官や手代たちが控えていた。

向かいには祐貞の家臣二十人ばかりが、鎌倉仕立ての形の整った烏帽子、直垂姿で並んでいる。皆大柄で、申し合わせたように口髭をたくわえていた。

「本日は右衛門尉さまにご臨席いただき、主従の固めの盃をたまわる運びとなり申した。管領職の引き継ぎもあり、方々にはご苦労をかけることになったが、これも津軽と安藤一族の繁栄のためでござる。何とぞご尽力いただきたい」

季久はいつものように丸い顔におだやかな笑みを浮かべ、一言ご訓示をと祐貞に水を向けた。

「前管領の又太郎季長に不届きがあったことは、皆も承知の通りじゃ」

祐貞は北条得宗家の威信を背負った堂々たる態度で、皆の顔をゆっくりと見渡した。

「それゆえ此度の沙汰に異をとなえ、謀叛に及ぶようなことがあれば、この右衛門尉が陣頭に立ち、有無を言わさず叩き潰すつもりであった。だがこうして恭順し、前例に任せて蝦夷の支配に当たるとは、まことに喜ばしい限りである。蝦夷管領家は北条得宗家、ひいては幕府を支える柱石じゃ。この地が乱れては幕府盤石《ばんじやく》の体制が揺らぐことにもなりかねぬ。そのことを片時も忘れることなく、天下泰平のために力を尽くしてもらいたい」

北条得宗家は全国の海運を支配することで莫大な利益を上げている。その要《かなめ》となるのが、日本海と太平洋の海運をつなぐ内海であり、この地を支配する安藤家である。

それに安藤家は蝦夷地との交易を取り仕切り、砂金や海産物、熊や鹿、海獺の毛皮、鷹の羽などを京都や鎌倉に送っている。

その利益の三割を得宗家に献上していることを思えば、祐貞が蝦夷管領家は幕府の柱石と持ち上げるのも故ないことではなかった。

やがて祐貞からの盃が回り、主従の契りを固めてから、無礼講の酒宴になった。色鮮やかな小袖を着て高く髷を結った美しい娘たちが、漆塗りの柄杓を手に酌をして回った。

いずれも渡島半島から酌婦や遊女、芸人として渡ってきた渡党アイヌの娘たちである。異国風の彫りの深い顔立ちをした娘たちは渡島娘《おしまこ》と呼ばれ、こうした席で重宝されていた。

指図するのは烏帽子、水干姿の照手姫と侍女の春菜である。照手姫は祐貞の側につき、静御前の話などしながら酌をしている。

春菜は二十人ばかりの娘たちの動きに目を光らせ、客人に失礼がないように細かく気を配っていた。

新九郎も勧められるままに酒を飲み、屈託なげに振舞っていたが、心中おだやかではなかった。季久の命令で、安藤家の者は全員丸腰で大広間に入っている。対する工藤家の者たちは、大脇差をたばさんで祐貞を警固する構えを取っていた。

「新九郎どの、外の浜に養子に入られるおつもりでござるか」

季広が他人行儀なたずね方をした。

何とか本音を聞き出そうと、知恵を巡らしているのだった。

「分りません。夫婦になる約束はしましたが」

「あのように美しい女性《によしよう》と添えるとは、うらやましい限りでござる。外の浜を継がれるのなら、我らもひと安心なのですが」

季広の下座に座った孫次郎が、ちらりと新九郎を見やって盃を干した。暗殺のことなど忘れたように落ち着き払っていた。

やがて上座の者から順に、祐貞の前に出て目通りをした。

初めに高季、家季兄弟が出て、緊張した面持ちで口上をのべた。

「わたくしの弟たちでございます。やがては安藤家を担っていく二人ゆえ、よろしくお引き立て下されませ」

照手姫がそつなく口添えをした。

「うむ。二人とも五郎どのに似て利発そうじゃ」

祐貞は機嫌よく盃を干して二人に回した。

次は新九郎の番である。折敷をよけて座の中央に出ると、照手姫が横に来て寄り添った。

「十三湊の安藤新九郎季兼と申します。先日尻引の管領館で拝顔の栄に浴しました」

腹を据えて挨拶した。

祐貞の前に出るとかえって迷いがふっ切れ、口上も態度もなめらかになった。

「わたくしの夫でございます。これから西の浜の安藤家の当主に任じられ、父を支えてくれることでしょう」

「照手の申す通りでございます。新九郎が西の浜を継げば、安藤両家の仲も円満になりまする」

季久が満面に笑みを浮かべ、早く郡代どのに酒を注がぬかと照手姫を急き立てた。


次に季広が進み出、その後が孫次郎の番だった。

烏帽子のゆがみを直し、桐の箱を小脇に抱えて座の中央に出ると、ひざまずいたまま二回、三回と膝行《しっこう》した。

貴人の前での正式な作法だった。

「十三湊、安藤十郎季広の郎従、北浦孫次郎でござる。新九郎季兼どのには、幼少の頃より船乗りの指南をして参りました」

「そちの名は聞いたことがある。年に何度か若狭の港まで船を出し、商いをしておるそうだな」

祐貞はそうしたことまで調べ上げていた。

「さようでござる。都で評判の鳥の子紙を持参いたしました。進上申し上げてよろしゅうございましょうか」

「それは重畳。歌を贈るに鳥の子紙ほど重宝するものはない」

歌人でもある祐貞は大いに興味を示したが、照手姫が割って入った。

「北浦さま、まずは郡代さまのお盃をいただくのが作法と存じますが」

どうぞお流れをと、盃を渡そうとした。

孫次郎が非礼をわびて両手で受け取ろうとした時、水干の袖から朱色の絹紐を取り出し、あっという間に両手を縛り上げた。

紐の色があまりに美しいので何かの座興《ざきよう》のようにしか見えないが、縄錠《なわじよう》にした紐はしっかりと手首に喰い込んでいた。

「照手姫さま、余興にしては少し早過ぎると存じますが」

孫次郎は当惑顔をして冗談にまぎらわそうとした。

「余興でもたわむれでもありません。そなたが郡代さまと父上のお命を狙っておるゆえ、こうして縛り上げたのです」

「おたわむれを。それがしは丸腰でござるぞ」

「それならこれは何ですか」

照手姫は孫次郎の直垂の襟の内側から小刀を抜き出した。

わずか三寸（約九センチ）ほどの笄《こうがい》のような物だが、両刃に磨ぎ出し、刃先には青緑色のものがぬられていた。

トリカブトの毒である。小さな傷を負わせさえすれば命を奪うことができる代物だった。

「新九郎に聞きましたよ。これでお二人を亡きものにし、外の浜の安藤家を乗っ取るつもりだと」

「ちがう。そんなことを言うものか」

新九郎は立ち上がって抗弁しようとしたが、いつの間にか二人の武士が背後に回り、首筋にぴたりと刃を当てていた。

「観念なされませ。殿方の腹の底など、女子には透けて見えまする。命懸けで肌を合わせているのですから、見えぬはずがあるものですか」

照手姫は目を吊り上げ口元に妖しげな笑みを浮かべて新九郎に歩み寄り、

「女子は我が身を守るために、そうした力を磨き上げているのです。そうして相手が裏切るなら、こうして夜叉にもなりまする」

そう決めつけるなり、手にした柄杓で右の肩をしたたかに打った。

昨夜歓びの声を抑えようと、自らが喰い破った場所だった。

「新九郎、見損なったぞ。これは又太郎季長の差し金か」

季久が憤然としてたずねた。

「…………」

「答えよ。我らを殺《あや》めた後に当家を乗っ取るために、これだけの人数を引き連れてきたのであろう」

「ちがい申す。我らは帳簿を届けよと命じられたばかりでござる。このような企てがあるとは、夢にも思っておりませなんだ」

季広が血相を変え、いち早く無実を訴えた。

他の代官や手代たちも、互いの顔を見合わせてその通りだとうなずき合っている。

「さようか。ならばこの場で孫次郎を成敗し、郡代さまの御前で身の潔白を証すがよい」

「しょ、承知いたした。それ、者共。孫次郎を庭に引き出し、首をはねるのだ」

季広の呼びかけに応じて十人ばかりが孫次郎を取り押さえ、中庭に連れ出そうとした。

祐貞や家臣たちは落ち付き払って酒を飲んでいる。

蝦夷とも茶番になど付き合っておられぬと言いただけだが、誰もが大脇差の鯉口を切り、即座に抜ける構えをとっていた。

その時、庭の池の向こうにある植え込みから、大鷹が音もなく飛んできた。

一羽、そしてもう一羽。羽を広げ、地面すれすれに飛んだかと思うと、庭先で急上昇して大広間に飛び込んできた。

一羽は新九郎の頭上をかすめ、刀を突き付けた二人を蹴散らすようにして向かい側に飛び去っていった。

もう一羽は照手姫の前で急旋回《きゅうせんかい》すると、鋭い爪を立てて顔を蹴り、そのまま上座の祐貞の前まで飛んで植え込みまで戻っていった。

新九郎はこの混乱を見逃さなかった。

祐貞や家臣たちが鷹の動きに気を取られている隙に座の中央に飛び出し、そのまま祐貞に組み付いた。

折敷の上の酒肴を散乱させて祐貞を押し倒し、後ろに回って左腕で首を締め上げた。

右手には祐貞から抜き取った脇差を握り、切っ先を喉に当てている。

「皆の者、静まれ」

新九郎は祐貞を人質に取り、工藤家の家臣たちに大脇差を庭に捨てるように命じた。

家臣たちは一瞬ためらったものの、祐貞の有様を見れば従わざるを得ない。

祐貞も決して小柄ではないが、長身の新九郎に後ろから抱きすくめられると、熊につかまった猪のようだった。

「それで良い。おとなしくすれば郡代どのに危害は加えぬ。十郎季広」

「ははっ」

「皆を席に戻し、孫次郎のいましめを解け」

「承知いたしました」

季広はさっきの失態を取りつくろおうとするようにおとなしく命令に従った。

自由になった孫次郎は、

「これはお返し申し上げる」

そう言って絹紐の縄錠で照手姫の両手を縛り、自分の側に引き据えた。

「鮮やかなお手並みだが、あいにくでございましたな」

照手姫は怒りに満ちた一瞥《いちべつ》を孫次郎にくれたばかりである。

その頰には鷹に爪を立てられた三筋の傷があり、かすかに血が滲《にじ》んでいた。

「庭の者、出でよ」

新九郎が声をかけると、植え込みの陰から善蔵と修治郎が現われた。

修治郎の腕には鷹が一羽、おとなしく止まっていた。

「貴様ら、裏切ったのではなかったのか」

孫次郎が頭ごなしに怒鳴りつけた。

「とんでもねえ。外の浜さ戻ったばって、見張りが厳しくて動けなかったのですじゃ」

小柄な善蔵が背中を丸めて答えた。

そこで何とか新九郎らの役に立とうと屋敷に忍び入った。

すると今朝方、照手姫と春菜が孫次郎を捕える算段をする声が聞こえたので、修治郎を呼んで異変にそなえていた。

修治郎は鷹使いの家に生まれたので、自在に鷹が操れるという。

「出かした。褒美に庭の脇差をやろう。鎌倉で鍛えた業物《わざもの》ゆえ、一振り売れば二、三年は遊んで暮らせるだろう」

「孫次郎さま、見くびらねえでけろじゃ。こったら脇差に目がくらむほど、我《わ》んどは落ちぶれちゃいませんや」

「ほう、ならば何が望みだ」

「若さまさ仕え、津軽のために戦うことでございます。なあ、修治郎」

年若い修治郎は無言でうなずき、はにかんだような笑みを浮かべて鷹の頭をなでた。

「郡代どの、お聞きの通りだ。我らは津軽のために幕府を倒すことにした」

新九郎は祐貞を引き起こし、脱出の仕度にかかった。

「ば、馬鹿な。津軽の平穏が保てているのは、北条得宗家の力があったからではないか」

「それは上からの言い草だ。我らには我らの言い分がある」

「源頼朝公の奥州征伐以来、百四十年ちかくもつづいた幕府じゃ。蝦夷ごときに倒せるものか」

「我らは朝廷の命を受けて幕府を倒す。下なる者が上になり、後なる者が先になる。それが津軽の民の望みだ。季久どの、そうではありませんか」

新九郎は切っ先を祐貞の喉元に当てたまままたずねた。

「気持は分らぬでもない。だが、又太郎季長のような夢を持てば、津軽も奥州も時の権力に踏みにじられるばかりじゃ。それは長い歴史が物語っているではないか」

季久は新九郎を説得して刀を引かせようとした。

「ならば、どんな理不尽にも従うとおおせられるか」

「そうではない。力をつけ、この地を豊かにして、我らの言い分を得宗家や幕府に聞いてもらう。そのためにわしは油川湊を繁栄させ、鷹架沼に運河を開いて海運の便をはかろうとしている。そうした地道な努力が津軽を豊かにし、民の幸せにつながるのだ」

「しかし得宗家は財政難を乗り切るために、新たな負担を押し付けてくるばかりではありませんか。しかも幕府は、勝手な理由をつけて朝廷を意のままにしようとしている」

「船が沈もうとしているのだ。皆が応分の負担を負うのは仕方があるまい。又太郎季長のやり方では、船そのものを叩き壊すことになるのだぞ」

「そうではありません。私は得宗家や幕府の支配を打ち破り、誰もが幸せになれる方に船を向けてみせます」

それは中央の支配に甘んじてきた津軽の歴史への挑戦でもある。新九郎は初めてそう意識し、新たな気力がわき上がるのを感じた。

「皆も聞いた通りだ。両安藤家は今日を限りに袂《たもと》を分ち、生き様を賭けた戦に突入する。私に従う者はついて来い。季久どのに従いたければ残るがよい」

代官や手代たちに決断を迫ると、皆はしばらくためらいがちに互いの顔を見合わせ、二つの集まりに分れた。

新九郎に従う者は二十人ばかり。残りは席に座ったまま動こうとしない。

季広は内心迷ったようだが、それを悟られまいと皆をうながして新九郎側に参じた。

一行は祐貞と照手姫を人質に取り、小舟で内真部川の河口まで出ると、沖に停泊した朝日丸に乗り移った。

一郡代との　手荒なことをいたしました。次は戦場でお目にかかります」

新九郎は小舟を与えて祐貞を解放することにした。

「弓を取り馬に乗れば、今日のような訳にはいかぬ。その図体に征矢《そや》を射込んでくれよう」

祐貞は悔しげに首筋をさすりながら小舟に乗り込んだ。

照手姫はどうするつもりかと見やったが、余計な気遣いだったようである。

姫は孫次郎に手首の縄錠をはずさせていち早く小舟に乗り込み、しきりに頬の傷を気にしていた。

（二）

正中二年（一三二五）六月六日、安藤又太郎季長の蝦夷管領職を停止《ちようじ》し、安藤五郎季久を新たに任じることが正式に通達された。

文永五年（一二六八）に外の浜の安藤五郎家から西の浜の安藤又太郎家に移されて以来、五十七年ぶりの改変だった。

季長はこの処置を不服とし、管領職や管領領の引き渡しを拒んで館に立て籠った。

自身は尻引郷の館に家子郎党《いえのころうとう》ら五百人ばかりを従え、季久や工藤祐貞の軍勢を迎え討つ構えを取った。

新九郎には十三湊の安藤十郎季広の館に入らせ、折曾の関の館は嫡男太郎季政に守らせた。

また一身同心を誓った土豪や代官たちには、

「わざわざ参集するには及ばぬ。着到状だけを差し出し、それぞれの館にこもって敵の来襲にそなえよ」

そう命じる廻状を回した。

北条得宗家と幕府を倒して日の本将軍になる。そう豪語していた季長にしては、やけに消極的な出方である。

一気に兵を挙げると思っていた新九郎は、肩すかしを喰らった思いをしながら十三湊の館で過ごしていた。

「お館さまはずる賢い熊になるとおおせでございました。内真部での計略が破れたゆえ、敵を罠に誘い込む策を巡らしておられるのでございましょう」

しかしやがて兵を起こされる。孫次郎はそう確信し、水軍の編成に余念がなかった。

数日後には、十三湊の館にも季長の廻状が回ってくるようになった。

何日かに分けて届いた廻状には、「此度楯矛に及び候次第に就いて」と記され、条を追ってその理由が列挙されていた。

〈第一条　又太郎季長の本意は幕府から独立し、津軽、蝦夷地を親王国にしてもらうことにある。

第二条　朝廷と幕府にそれを認めてもらえば、北条得宗家の苛斂誅求《かれんちゅうきゅう》に苦しむことなく領国経営を行なうことができる。

第三条　その結果、領民の年貢負担を軽くすることができるし、蝦夷地との交易も自由に行なえるようになる。

第四条　又太郎季長はそれを目ざして朝廷や幕府と交渉を重ね、もう一歩で実現するというところまで話が進んでいた。尊雲法親王や北畠大納言が下向なされたのは、詰めの交渉をするためであった。

第五条　ところか五郎季久か北条得宗家と組んでこれを阻止しようとしている。これまでと同じように津軽、蝦夷地の支配をつづけ、私利私欲を図るためである。

第六条　この奸計を打ち砕くためには五郎季久を倒し、津軽にもはや身方はいないと北条得宗家に知らしめなければならない。

第七条　そうすれば得宗家も従来のような支配をつづけることはできないと悟り、津軽、蝦夷地から手を引くであろう。

第八条　朝廷から申し入れのあった親王国設置に、幕府が二の足を踏んでいるのは、北条得宗家の強い反対があったからである。

第九条　それゆえ五郎季久を倒し、北条得宗家に手を引かせれば、津軽、蝦夷地は親王国となり、新しい国造りをすることができる。

その道理が分ったなら、各々一人でも多くの同志を語らい、尻引館に着到状を出してもらいたい〉

全九条の呼びかけを三条ずつ、三日に分けて送り届け、そのつど着到状を差し出した土豪や代官の名前を記している。

その数が日を追うごとに増えていた。

「新九郎どの、この廻状はまことでございましょうか」

季広は養父ではなく臣下として新九郎に接するようになっていた。

内真部館で孫次郎にあんな仕打ちをしたので、裏切り者と見なされることをひときわ恐れていた。

「親王国にするとは、管領どのから聞きましたが」

朝廷と幕府の間で交渉が進んでいるとは初耳である。おそらく季長が身方をつのるために、大風呂敷を広げているのだろう。

「それでいいのでござる。鳥でも獣でも、敵と戦う時は自分を大きく見せようとするものじゃ」

孫次郎も戦にそなえ、髷を大きく結い上げ、髭をたくわえて猛々しく見えるようにしていた。

「こうして着到状が日に日に増えているのは、お館さまの計略が功を奏しているからでござる。人は勝ち目のある者、自分を守ってくれる者に身方したがるものじゃ。のう、殿」

「その通りじゃが、今の物言いには何やら棘《とげ》があった。おお、痛い痛い」

季広が胸を押さえておどけてみせた。

「何しろこの首を斬ろうと、真っ先に名乗りを上げられましたからな。主従の絆とは、はかないものでございます」

「あれはお前を庭に連れ出し、隙を見て逃がしてやろうとしたのじゃ。そのためには一番ちかくにいなければなるまい。もうこれ以上、か弱き主を苛《いじ》めてくれるな」

「苛めはしませぬが、この貸しは大きゅうござるぞ。心しておかれよ」

津軽の土豪や代官の半数以上が着到状を差し出すのを待って、季長が新たな廻状を発した。

六月二十日を期して、季久方の土豪たちの館を攻める。各々近くの敵を攻め下し、己の家臣にせよ。

刃向かう者は討ち果たしても構わぬ、という切り取り御免の命令だった。

六月二十日、新九郎は朝日丸に乗り、船団二十艘をひきいて三厩湾に向かった。

中濱御牧の代官である安藤太郎左衛門《たろうざえもん》は五郎季久の一門なので、季長に着到状を差し出していない。

そこで兵三百で港を制圧し、太郎左衛門に降伏を迫ることにしたのだった。

船には十郎季広も乗り込んでいる。太郎左衛門とは親しい間柄なので、説得役をつとめるように孫次郎が迫ったのである。

「太郎左衛門どのは、こちらの求めに応じて三百頭の馬を送って下された。殿が説得なされば、矛を収めて下さるはずでござる」

借りを返すのは今でござると、孫次郎は嫌がる季広を無理やり船に押し込んだのだった。

時は真夏、津軽の海が一番美しく輝く頃である。空も海も真っ青で、半島の山々は緑鮮やかな木々におおわれている。

新九郎は船の舳先に立ち、徐々に近くなる渡島半島をながめていた。

戦などしたくはない。こんな日は大海原に船を出し、遠くに夢を馳せているのが似つかわしい。戦を避ける方法があるのなら、今からでもやり直したかった。

「若、少しようござるか」

孫次郎が善蔵と修治郎を連れてやって来た。

二人は内真部館で新九郎らの窮地を救う手柄を立てた後、家族を引き連れて十三湊に移っていた。

「お役に立ちたいと言っておりまする。話を聞いてやって下され」

「ああ、聞こう」

「修治郎が鷹ば連れて来ております。それを使えば、敵が隠れているかどうか分るそうでございます」

無口な修治郎に代わって、善蔵がその方法を説明した。

鷹を森に向かって飛ばせば、他の鳥たちはいっせいに逃げ出す。

しかし伏兵が隠れている森には初めから鳥がいないので、そういうことは起こらないという。

「だはんで港に船をつける前に、試してみたらどんだべ」

「それはいい考えだ。修治郎、頼んだぞ」

「ま、任せてけろじゃ」

修治郎がかすかに頰を赤くしてうつむいた。

「ところで鷹はどこにいる」

「か、籠に入れて、船底に」

今は眠らせる時間なので、外には連れ出せない。鷹使いの家に育った修治郎は、そうしたことを熟知していた。

竜飛崎を回って内海に入り、陸にそって南東に下ると三厩の村がある。

そこからさらに南下した所に目ざす港があった。今別川の河口に船着場があり、四、五十軒の家が立ち並んでいた。

蝦夷地との交易や漁労に従事する者が、蝦夷管領の差配に従って暮らしている。

代官をつとめる安藤太郎左衛門は、港から半里（約二キロ）ほど川をさかのぼった御牧の館に住んでいた。

港は静まりかえって人影もない。

日頃は干物を作る棚に小魚を並べたり、浜伝いに若布《わかめ》を日干しにしているが、今はガランとして生活の気配さえなかった。

「攻めて来ると知って、どこかに隠れているのかもしれぬ」

新九郎は沖合に船を停めて様子をうかがった。

「妙でござるな。我らが船を出すことを、知っているはずはないのじゃが」

孫次郎も首をかしげ、修治郎に鷹を飛ばしてみよと命じた。

左腕に鷹をのせた修治郎は二、三歩助走し、天に向かって勢いよく鷹を押し上げた。

鷹はそのまま空高く舞い上がり、港のまわりに生い茂る雑木林の上空を旋回し、次には高度を下げて木々を睥睨《へいげい》するようにひと回りした。

木の陰にいた小鳥たちは恐慌をきたし、あわてふためいて右へ左へ逃げ散っていく。

飛び立たない所はないので、伏兵がいるおそれはないようだった。

「者共、手はず通り上陸せよ」

孫次郎は先手《さきて》の十艘を港に接岸させ、楯を連ねて上陸地点を確保させた。

次に後手の十艘が接岸し、先手の兵と合流して港の村を制圧する構えを取った。

するとその時、村の長老らしい老人が七歳ばかりの童を従えて兵たちに歩み寄ってきた。

童は竹竿の先に笠をかかげ、降参の使者であることを示していた。


新九郎は季広や孫次郎とともに長老と対面した。

髪は白く潮焼けした顔はしわだらけなので老人だと思ったが、目付きは鋭く腰は伸びている。

孫次郎とさして変わらぬ年頃だった。

「十三湊の安藤さまとお見受けしましたが」

どうして船団を乗り付けたのかと、長老がいぶかった。

「我らは又太郎季長さまに命じられ、太郎左衛門どのの存念を確かめに参り申した」

孫次郎が応じた。

「代官さまは御牧の館で戦仕度をしておられます。しかしそれは、お手前方と戦うためではございません」

「すると、誰と」

「海の者、山の者でございます。代官さまは新しく管領になられた五郎季久さまに従うつもりですが、海の者、山の者は今まで通り又太郎季長さまに従うように望んでおります」

それは叛逆だと太郎左衛門は決めつけ、従わぬ者は成敗すると言っている。

そこで海の者、山の者は村から逃散《ちょうさん》し、山中の城にこもって抵抗しているのだった。

「お館さまを支持して下さるのは、廻状を見てのことでございましょうか」

「さよう。我らの先祖は奥州藤原氏が亡びた折、九郎判官義経公とともにこの地に逃れてきたのでございます。長年北条得宗家に従ってきたとはいえ、敵《かたき》の輩に屈服したわけではござらん」

だから津軽と蝦夷地が得宗家から独立し、親王国になる道が開けるなら、一族を挙げてその夢に賭けたい。

長老はしわだらけの顔に精気をみなぎらせてそう答えた。

「なるほど。お館さまの志に賛同していただいたのでござるな」

孫次郎がどうだと言いたげに新九郎を見やった。

「どれくらいいますか。山にこもっている人たちは」

新九郎がたずねた。

「八つの村ですから、総勢千人を超えております」

「ならば正丁だけを集めて下さい。これから皆で御牧の館に談判に行きます」

正丁とは律令制の時代に使われた言葉で、二十一歳から六十歳までの男子のことを言う。中央から遠い津軽にはその言葉が残り、今も使われているのだった。

長老の対応は早かった。

村に戻って狼煙を上げると、まわりの山々から戦仕度をした男たちが三々五々集まってきた。その数は四百人ばかり。新九郎の手勢を合わせれば七百人になる。

これなら一気に御牧の館を攻め落とせると、皆がひとつになって気勢を上げた。

矛、弓、刀を持った者たちが、それぞれ隊列を組んで今別川の西岸をさかのぼった。

一里ほど進むと大川平《おおかわだい》というなだらかな丘陵地帯になり、丘の入口に方形の館があった。

これが安藤太郎左衛門が預かる御牧の館で、奥の丘陵地帯にある牧を守る役割をになっていた。

まわりには空濠と土塁をめぐらし、館の中には数十本の幟《のぼり》を立てている。村の者たちの制圧に乗り出そうとしているようだが、新九郎らが攻めて来るとは夢にも思っていなかったのである。

新九郎は四方の門に兵を配して館を封じ、太郎左衛門に降伏を呼びかけることにした。

声高《こわだか》の者に用件を告げさせると、しばらくして大手門が開き、大鎧を着込んだ太郎左衛門が現われた。

「養父上、お願いします」

新九郎は季広に交渉を任せることにした。

「降伏して従うも良し、館を明け渡して外の浜に戻るも良し。それでいいな」

季広は条件を確かめ、門前での交渉にのぞんだ。

太郎左衛門は館を明け渡す方を選んだ。そのかわり御牧の馬二百頭を内真部館に連れていきたいと言う。

「一戦もせずに引き上げたとあっては、それがしの面目が立ち申さぬ」

認めてもらえなければ館を枕に討ち死にするばかりだと、太郎左衛門は一歩も退かぬ覚悟を示した。

新九郎は申し出に応じ、太郎左衛門らの退去を見届けてから館に入った。

百人ばかりが暮らしていた館からは、物具や生活用具はすべて持ち出されている。

短い時間に馬の背に積んで運び出したのだが、御殿から馬屋に到るまでちりひとつないほど美しく掃き清めてある。

太郎左衛門主従の人となりが偲ばれる見事な身の処し方だった。

その場で皆を集め、港の長老を代官の名代にし、館の守備には村の者が交代で当たるように命じると、誰もが異存なく同意した。

大きな成果を得て意気揚々と十三湊に戻ると、能代館の船津八右衛門の使者が待ち受けていた。

「得宗家の軍勢が鹿角を攻めております。成田右京亮さま他鹿角四頭の方々が苦戦しておられますので、至急援軍を送っていただくよう、お願い申し上げます」

使者が差し出した八右衛門の書状には、右京亮ら鹿角四頭は尾去沢の山城にこもって鉱山を死守しているが、落城間近の窮状に追い込まれていると記されていた。

（三）

「どうやら、隙をつかれたようでござるな」

孫次郎が悔しげに書状をにらんだ。

工藤祐貞らの狙いは、季長らが津軽に気を取られている間に奥大道を押さえ、南部や出羽方面から幕府軍が進軍できるようにすることだったのである。

「ならば、どうする」

「奥大道には矢立峠《やたてとうげ》という難所がござる。ここをふさがれたら、陸路を進むことはできませぬ。能代まで行き、米代川ぞいにさかのぼるしかありますまい」

「分った。すぐに能代に向かう。養父上は尻引の館に行き、このことを管領どのに伝えて援軍を出してくれるように頼んで下さい」

奥大道と米代川の二方から攻めれば、工藤勢の力を分散することができる。新九郎はそう考えていた。

「わ、わしが、行くのか」

季広はあからさまに嫌な顔をした。

「こんなことは、養父上にしか頼めません」

「しかし、矢立峠は通れぬと申したではないか」

「敵がふさいでいたなら、多勢で打ち破って下さい。明後日の夜明けとともに、狼煙を上げて同時に攻め込みましょう」

「わしは戦は嫌いじゃ。人が死ぬし……、銭がかかる」

「殿、誰かがこの役をはたさねばならぬのでござる。行かぬとおおせなら、内真部での恨みをこの場で晴らさせていただく」

孫次郎が腰刀をすらりと抜いた。

季広は恨めしげに刀を見つめたが、仕方なげに仕度にかかった。

新九郎はアトイも連れて行き、米代川ぞいに住むアイヌたちとの交渉役をつとめてもらうことにした。

「兄貴、いつ声をかけて下さるかと心待ちにしていました。一緒に戦わせてもらいますよ」

アトイはすでに十五人の配下に仕度を命じ、三艘の板綴船《イタオマチプ》に帆を張っていた。

朝日丸と二十艘の船団は休む間もなく十三湊を出港し、夕方には能代の港に着いた。

見張りから知らせを受けた船津八右衛門は、港の交易所で新九郎らを迎えた。

「敵はすでに矢立峠から鹿角まで、奥大道の要所を押さえており申す」

八右衛門は用意の絵図を節くれ立った太い指で押さえた。

火内《ひない》（大館市）も敵の手に落ちたので、能代館の軍勢は早口《はやぐち》（大館市）に布陣して敵の侵攻にそなえているという。

「八右衛門、敵の数はいかほどじゃ」

孫次郎がたずねた。

「七百ばかりじゃ。そのうち三百が工藤の騎馬隊で、速くて強い」

「身方は」

「早口に五百、能代館に三百だが、役に立つのは半分くらいだろう」

「明後日の夜明けに、お館さまの軍勢が矢立峠から攻めかかる。それに呼応して火内一帯の敵を追い払い、鹿角に向けて進軍する」

孫次郎が絵図の上で進軍の道筋を示した。

季広はあんな風に腰が据わらないが、引き受けたことは必ず実行すると信じているのだった。

「今日のうちに少しでも上流まで進んでおきたい。アイヌの村に泊めてもらえようか」

新九郎がアトイを見やった。

「大丈夫です。私が先に行って頼んでおきますので、後から来て下さい」

アトイは大いに張り切り、三艘の板綴船《イタオマチプ》をつらねて米代川をさかのぼっていった。

新九郎は兵たちに船を引かせて上流に向かった。

河口から五里ばかりさかのぼった所に、イホカイが村長をつとめる集落がある。

そこに宿泊させてもらおうと先を急いだが、ふと思い立って能代館の近くで船を停めた。

使者をつかわし、天童丸を同行させることにしたのである。

「新九郎さま、お久しゅうございます」

天童丸はすぐにやって来た。

体がひと回り大きくなり、家臣五人を従えた姿には、若殿らしい風格がそなわっていた。

「昨年の夏以来だな。能代館には慣れたか」

「はい。皆様に良くしていただいております」

「これからお前の父上を助けに行く。家臣とともに力を貸してくれ」

鹿角四頭が立て籠っている山城を救うには、地元の地形を知る者の協力が必要である。

それに天童丸が戻ったと聞けば、成田家ゆかりの土豪たちが馳せ参じるはずだった。

「承知いたしました。よろしくお願いいたします」

天童丸は物怖じすることなく応じた。

能代館からさらに三里ほどさかのぼると、米代川の北岸の高台にアイヌの村があった。

陽が落ちてあたりはすでに薄暗くなっている。高台の背後には、白神岳までつづく山々が影絵のようにつらなっている。

広々とした川は暮れかける空を映して鉛色に輝き、河原には火が点々と灯されていた。あれは何だろう。戦にそなえたかがり火かと思いながら船を下りると、アトイと村長のイホカイが出迎えた。

「新九郎どの、よく来てくれました。チェプオハウの仕度をしましたので、皆さんで食べて下され」

イホカイが河原の一角に案内した。

石組みのかまどを十個ほど並べ、大きな鍋でチェプオハウを煮ている。その火がかがり火のように見えたのだった。

「腹が減っては戦はできぬと言います。今夜は腹いっぱい食べて、我々の村でぐっすり休んで下さい」

「ありがとう。助かります」

「工藤や南部が攻めて来たなら、我々の力だけでは村を守ることができません。礼を言うのはこちらです」

「兄貴が来ると言うと、イホカイはすぐにチェプオハウの仕度を命じました。前に来た時に六杯も食べてもらったのが、余程嬉しかったのでしょう」

アトイがそっと耳打ちした。

新九郎は三百余の兵とともに鍋のまわりに車座になり、椀につがれたチェプオハウをいただいた。

魚肉を入れた汁で粟や山菜、豆などを煮たもので、薄い塩味と粟や豆の甘みがほど良く調和し、立ちのぼる湯気の香りが心地良く鼻をかすめた。

「新九郎どの、味はどうですか」

イホカイが口元を見ながらたずねた。

「旨いです。自然の力が身に宿る気がします」

「そうでしょう。魚や獣と同じように、我々も自然の中で生かされています」

この体も心も自然が生み出してくれたものだと、イホカイが新九郎の背中を叩いた。

同火共食の交わりと言う。

それは互いに自然に生かされていることを自覚することから始まるのかもしれなかった。

翌朝、出発の仕度にかかっていると、和人の村長である源太夫と四郎兵衛が戦仕度をした五十人ばかりを引き連れてやって来た。

「その節は世話になり申した。お陰でこの首がつながりました」

源太夫が大きな体をすくめて頭を下げた。

昨年の夏、新九郎の兄次郎季治は、金山館に立て籠ったアイヌを攻めようとした。ところが行軍の途中で、何者かが放った毒矢をあびて命を落とした。

その計略に源太夫も関わっていたことが明らかになり、村長の座を追われかねない窮地におちいったが、新九郎が五郎季久とイタクニップの謀略だったと突き止めたために、源太夫もだまされていたことが明らかになった。

そのことを村人に詫《わ》び、何とか村長の座にとどまっていた。

「その時の恩返しです。四郎兵衛どのと相談し、上の村と下の村から屈強の者たちを連れて来ました」

「我らは又太郎季長さまに従います。どうか戦の加勢をさせて下さい」

四郎兵衛は立派な鎧を着込み、武士の家柄であることを誇示していた。

新九郎はこの地に船をつなぎ、米代川ぞいの道を上流に向かった。

イホカイの配下五十人も加わり、総勢四百人ばかりになった軍勢は、その日の夕方に早口の陣所に着いた。

米代川の北岸に小高い山があり、能代館から出陣した五百人ばかりが布陣している。指揮をとるのは季治の名代をつとめていた種里治兵衛だった。

「敵の様子は？」

孫次郎が治兵衛にたずねた。

「火内の館に百五十人ほどが立て籠っております。ここから一里の所です」

火内の館は米代川と長木《ながき》川が合流する水運の要衝で、奥大道も通っている。

工藤勢はここを押さえ、鹿角を攻めている最中に背後を衝かれないようにしていた。

「館のそなえはどうじゃ」

「四方に広い濠を巡らしておりますが、平地ゆえ攻め入るのは容易であろうと存じます」

「明日の夜明けに、お館さまの軍勢が矢立峠を越えて進軍してくる。これに呼応して館を攻めるゆえ、出陣の仕度をととのえておけ」

翌朝、夜明けとともに狼煙を上げ、手はず通り攻撃にかかると伝えた。

季広が季長に軍勢を出させることができるか一抹の不安があったが、しばらくして矢立峠からも応答の狼煙が上がった。

しかも二本、硫黄をまぶした黄色い煙が、真っ直ぐに天に昇っていく。一本は兵五百を表わしているので、季長は一千の兵を出したのである。

「これで敵を圧倒できまする。いささか案じておりましたが、わが殿も根性を見せてくれましたな」

孫次郎は嬉しそうに狼煙を見やり、五百の精鋭に出撃を命じた。

早口から米代川ぞいを一里半ほどさかのぼると、支流の長木川が合流する場所がある。

川向こうには二つの川の氾濫《はんらん》によって作られた広々とした河原があり、青々とした芒《すすき》におおわれている。

すでに穂をつけ始めた芒の原の彼方に、火の神を祀る秋葉山《あきばさん》がある。

合流地点の北側には大山がそびえ、長い山裾が長木川の間近まで迫っていた。

新九郎は山裾の高台に本陣を置き、長木川のほとりに五百の兵を配して渡河にかかる態勢をとった。

矢立峠から攻め下ってくる季長勢に呼応し、一挙に工藤勢を追い払う構えだった。

「工藤勢は館さこもって迎え撃つ構えばとっております。その数は五百ちかいと見受けました」

物見に出ていた善蔵が報告した。

「治兵衛は百五十人と言っていたが」

「火内の中さは鹿角四頭の支配を快く思わね土豪たちもおります。その者たちがこの機会に工藤勢さ身方しているのでございます」

戦乱が起これば、誰もが自分たちの暮らしが良くなる側に身方しようとする。これまでの秩序が否定され、敵意と欲をむき出しにしたにごり江の様相を呈するのだった。

「尻引の軍勢が着く前に、敵をおびき出す策はないか」

新九郎は孫次郎にたずねた。

「手勢を出して攻めかかり、敗走するふりをしてはいかがでしょうか」

そうすれば敵は勢いづいて追撃してくると言う。

「矢立峠まではおよそ四里。夜明けに出たとすれば、巳《み》の刻（午前十時頃）には着くはずだ」

「なればそれがしが百の手勢をひきい、程良き頃に館をつついてみることにいたしましょう」

孫次郎は弓隊五十、長矛隊五十を選りすぐり、辰の刻（午前八時頃）の中頃に長木川を渡っていった。

敵には騎馬の精鋭部隊がいる。あまり早く攻めかかって季長勢が間に合わなければ、追撃を受けて大きな被害を受けるおそれがある。

新九郎は一抹の不安を覚えたが、やがてそれは現実になった。遠くの寺から巳の刻を知らせる鐘の音が聞こえても、身方は姿を現わさなかった。

「駄目だ。兵を引けと孫次郎に伝えよ」

作戦の失敗を悟って、善蔵を使いに走らせた。

ところがその直後に、しびれを切らした孫次郎が兵を起こした。弓隊全員に火矢をつがえさせ、街道ぞいの民家に射込ませたのである。

茅葺きの家はまたたく間に燃え上がり、煙と炎を上げて隣の家に燃え移っていく。

その火炎の中から工藤の騎馬隊五十騎ばかりが走り出し、上手と下手に分かれて弓隊に襲いかかった。

孫次郎はあわてる気色もなく弓隊を下がらせ、長矛隊を前に出した。長い矛を突き出せば、馬が足をすくめて動きを止める。その間に弓隊が矢をつがえ、騎馬武者たちを射落とす作戦である。

案の定、騎馬隊は足を止めた。

「思う壺だ。者共、あわてるな」

してやったりと孫次郎が弓隊の態勢をととのえようとした時、敵は思いも寄らぬ行動に出た。鞍の後ろにつけた短弓を取り出し、長矛隊に射かけたのである。

元寇《げんこう》の時に蒙古兵が使った短弓に倣ったもので、奥州では見たこともない戦法だった。弓の長さは短いが、張りが強く矢は鋭い。しかも鎌倉武士たちの技量は抜群で、腹巻とすね当てをつけただけの長矛隊は次々と射殺されていった。

「いかん。楯を出せ」

新九郎は二百人ばかりをひきいて救援に向かったが、長木川を越えて河原に着いた時には、敵は矢を射尽くして悠然と引き上げていた。

残ったのは死傷した身方ばかりである。大急ぎで手当てをさせたが、十五人が死亡、二十八人が重傷、無傷は三十人ばかりという惨憺《さんたん》たる有様だった。

「若、すみませぬ。勇み足でござった」

孫次郎も腹巻に三本の矢を受けていたが、矢尻は裏まで達していなかった。

新九郎は本陣まで兵を引いて季長勢の到着を待ったが、正午になっても、さらに半刻（約一時間）が過ぎても現われなかった。

「狼煙を上げておきながら、なぜ来ないのだ」

「分りませぬ。善蔵に様子を見てくるように申し付けておりますが」

訳が分らぬと、孫次郎が無念のほぞをかんだ。

「これ以上は待てぬ。早口まで戻って態勢を立て直す」

新九郎が退却の仕度を命じた直後に、物見に出た善蔵が戻ってきた。

「矢立峠の身方は、敗走したそうですじゃ。十三湊のお館さまだば、手負いの体ながらもこちらさ向がっておられます」

「養父上が……、ここに来られるのか」

「先に知らせさ行ぐように命じられだのです。もうすぐ着ぐど思います」

間もなく本陣前に、馬に乗った季広がやって来た。

大鎧を着て鞍の前輪にしがみつき、郎従二人に左右から支えられている。

馬に乗っていると言うより、歩けないので馬の背に押し上げられている有様で、馬が足を止めるなり金具の音をたてて地面にくずれ落ちた。

「養父上、どうなされた。しっかりなされよ」

新九郎は上体を抱き起こした。

大きな傷を負っている様子もないのに、真っ青な顔にはすでに死相が表われていた。

「新九郎、す、すまぬ」

季広が苦しさにあえぎながら事情を告げようとした。

「わ、わしらは一千の兵をひきい、や、矢立峠から進発した。と、と、ところが」

敵に待ち伏せされたと、季広は喉を詰まらせて弱々しく咳き込んだ。

「誰か、水を持て」

新九郎は竹筒の水を飲ませようとしたが、季広にはすでに飲む力さえ残っていない。口移しで飲ませると、少しは呼吸が楽になったようだった。

（もしや、これは……）

覚えのある臭いである。

トリカブトの毒矢を射かけられた時、自分の体から発していたのと同じ臭いだった。

第九章　トリカブト

（一）

「ま、待ち伏せしていたのはアイヌだ。ご、ご、五十人ばかりが森に潜《ひそ》み」

トリカブトの毒矢を射かけてきたと、安藤十郎季広《あんどうじゆうろうすえひろ》は苦しい息の下から告げた。

「分りました。ですから、もう」

何も言わなくていい、無理をするなと安藤新九郎季兼《しんくろうすえかね》は告げたが、もはや助ける手立てはなかった。

「わしは……、もう駄目だ。その前に、孫次郎《まごじろう》に」

季広はあえぎながら鎧直垂《よろいひたたれ》の内側をさぐろうとした。

新九郎はそれを察し、立て文にした書き付けを取り出してやった。

北浦《きたうら》孫次郎を養子にし、家督をゆずると記されていた。

「何をおおせられる。殿には立派なご子息がおられるではありませんか」

孫次郎が泣き顔でいさめた。

「あ、あやつでは、家がもたぬ」

「ならば若《わか》が継がれるのが、筋でございましょう」

「新九郎は、天下に出て行く。そ、それを、お前が支えてやってくれ」

「殿……」

「家臣や領民を持てば、わしがケチで臆病だった理由が分る。こ、これは、わしの意趣返しじゃ」

季広はにやりと笑い、天をあおいで事切れた。

「養父上《ちちうえ》……、養父上」

新九郎は体をゆすったが、首が力なく左右に揺れるばかりだった。

何があったのか、この目で確かめなければならない。新九郎は孫次郎や善蔵《ぜんぞう》、アトイらを連れ、矢立峠《やたてとうげ》に向かった。

敵がまだ潜んでいるおそれがあるので、修治郎《しゅうじろう》と鷹《たか》も連れて行くことにした。

矢立峠から南へ下った所に陣場《じんば》という地名がある。津軽に侵攻しようとする軍勢が、最後の宿営地とした所である。

そこを過ぎると道は急に狭くなり、右に左に折れ曲がって峠へつづいている。雑木におおわれて昼なお暗い道に、安藤又太郎季長《またたろうすえなが》勢が折り重なるようにして倒れていた。

「これは、何ということじゃ」

駆け寄ろうとする孫次郎を制し、新九郎は修治郎に鷹を飛ばすように命じた。

「分りましたじゃ、待ってけろ」

修治郎は肩にのせていた鷹を腕に移し、空に向けて押し上げた。

鷹が谷の上空を二、三度旋回すると、小鳥たちが四方に向けていっせいに飛び立った。

伏兵はいないようである。それを確かめてから先へ進んだ。

最前線では鎧姿の二百人ばかりが、火内《ひない》を向いて倒れている。それより後方の坂道には、百人ばかりが峠を向いて倒れていた。

前線の身方《みかた》が次々と討ち取られるのを見て、あわてて後退しようとしたらしい。ところがそこにも伏兵がいて、毒矢を射かけられたのである。

「養父上は……」

この惨状を抜けてきたのだと、新九郎は痛ましさに胸を打たれた。

従者たちは峠に引き返して治療するように勧めたはずだが、季広はもはや助からぬと覚悟したのだろう。新九郎らに状況を知らせるために、敵中を突破してきたのだった。

「十三湊《とさみなと》の行末を、案じられたのかもしれませぬな」

孫次郎は泣いている。

譲り状をしたためて出陣した季広の胸中を思い、借りを返してもらうなどと言った自分の配慮のなさを悔やんでいるのだった。

「しかし妙だ。討たれた者の体に、矢が一本も刺さっていない」

どうした訳だろうと遺体を改めていると、アトイが一本の矢を持ってやってきた。

「これが草むらに落ちていました。射損じたものです」

武士たちが使うような返しのある矢尻ではない。矢柄《やがら》の先に釘状の尖《とが》った矢尻がついているだけだった。

「これは我らが熊《くま》や鹿を狩る時に使うものです。ここにトリカブトが塗ってあります」

アトイが示した矢尻の先に、青緑色の液体を塗った跡がわずかに残っていた。

「待ち伏せしたのは、イタクニップの配下ということか」

「そうです。外の浜の安藤家に身方し、工藤《くどう》勢とともに出陣したのでしょう」

「矢がないのは、どうした訳だ」

「鉄の矢尻は貴重です。獲物を仕留めた後は必ず抜き取ります」

三百人ちかくの命を奪った矢はことごとく抜き取られ、次の戦いのために温存されているのだった。

「鎧や腹巻ではこの矢は防げない。かすり傷でも命を落とすから厄介だ」

「父に使者を送ってこのことを伝えます。イタクニップがどうやって大量のトリカブトを作っているのか、突き止めなければなりません」

「頼む。それが分ったなら俺たちが出陣し、イタクニップを叩き潰してやる」

その前に工藤勢に攻められた鹿角四頭《かづのしとう》を救出しなければならない。新九郎は急いで早口《はやぐち》に取って返すことにした。


早口の陣所に着くと、主立った者を集めて評 定《ひょうじょう》を開いた。

種里治兵衛《たねざとじへえ》ら陣所を守っていた武士たちは、季長勢の惨状を聞くと沈痛な面持ちで黙り込んだ。アイヌの毒矢は鎧では防ぎきれないことに、誰もが衝撃を受けていた。

「卑怯な。それならアイヌはどんな鎧を着るのだ」

治兵衛がうめくように吐き捨てた。

「毛皮を張り合わせた鎧で、頭から足の先までおおいます。高価な品ですから、これを着られるのは一族の中でも二、三人しかいません」

アトイが律義に答えた。

他の者たちは先に敵を倒すことでしか身を守る術《すべ》はない。熊を狩る時と同じだという。

「天童丸《てんどうまる》、鹿角の様子は分ったか」

新九郎は昨日のうちに、成田《なりた》家の主従に鹿角の茶臼館《ちやうすだて》を救援する方法を探るように命じていた。

「申し上げます」

天童丸の近習《きんじゆう》の成田兵庫《ひようご》が絵図を広げた。

茶臼館は鹿角を南から北へ縦断して流れる米代川《よねしろがわ》の西岸に位置している。

早口から向かうには米代川ぞいに九里（約三十六キロ）ほどさかのぼるか、十二所《じゆうにしよ》から山道を分け入って尾去沢《おさりざわ》鉱山の横を抜けて行くしかなかった。

「茶臼館は米代川の支流である尾去沢川ぞいにあります。ここに成田勢を中心とした鹿角四頭の軍勢五百ばかりが立て籠っております。敵はこれを一千余の軍勢で取り囲んでいます」

大将の工藤右衛門《うえもんのじよう》尉祐貞《すけさだ》は出羽《でわ》神社を本陣としていると、兵庫が絵図の一点を指した。

そこは茶臼館と米代川の中間あたりで、背後は山になっていた。

「工藤勢は三百と聞いていたが」

新九郎がたずねた。

「火内と同じく、命《めい》に応じて参じる者がおります。南部《なんぶ》からも続々と加勢に参じているようです」

鹿角は陸奥《むつ》の西のはずれで、出羽との関係が深い。陸奥に勢力を張る南部氏が、この機会に鹿角に進出しようと援軍を送っているのだった。

「館《やかた》を囲んだ軍勢の中に、イタクニップの兵はいるか」

「それらしい者は見当たりません」

「ならば毒矢をあびる心配はあるまい。敵を追い払う手立てはあるか」

「十二所からの間道を抜けて、夜討ちか朝駆けをするべきと存じます。この間道からは館に入る抜け道がありますので、我らが殿のもとに駆けつけ、館からも打って出るようにいたします」

兵庫は矢立てを取り出し、奇襲軍の進路を書き加えた。

「問題は火内館の敵をどうするかでござるな」

孫次郎が秋葉山《あきばさん》のふもとの敵の拠点を指した。

ここには五十の騎馬隊と五百ちかい兵がいる。放置したまま鹿角に向かえば、背後から襲われかねなかった。

「夜半に奇襲をかけるのであれば、手勢は二百あれば充分だ。残りの兵を火内館の押さえに残していく」

「それで防ぎきれるでしょうか」

孫次郎は敵の騎馬隊の強さを身をもって知っている。長矛《ながほこ》を構えて防ごうとしたが、短弓を射かけられて手もなく撃退されたのである。

「楯《たて》を並べて陣地を築いたらどうだ」

「敵は騎馬でござる。楯のない所に回り込みましょう」

「あの、いいですか」

アトイが遠慮がちに声を上げた。

「陣中にはイホカイの配下五十人がいます。あの者たちに弓を持たせて、敵に備えさせたらどうでしょうか」

「もしや　トリカブトの毒矢か」

新九郎がたずねた。

「あの者たちは毒矢は使いません。しかし、毒矢があると見せかけることはできます」

「どうやって」

「アイヌは毒矢を使う時、神《カムイ》のご加護を願って紫色の鉢巻をします。そうして毒の力で獲物を仕留められるように祈るのです。その鉢巻をして弓を持たせれば、敵は毒矢を恐れて攻めて来ないのではないでしょうか」

火内館の者たちも、季長勢が毒矢にやられて壊滅したことは知っているはずである。中でも騎馬隊は馬を狙われることを恐れ、出撃をためらうはずだった。

「それだ。さっそくイホカイに仕度にかかるように伝えてくれ」

奇襲の兵は二百にし、残りの全員と村人たちに火内館を包囲させることにした。

全軍で攻め寄せたように見せかけ、出羽アイヌの弓隊を先頭にして、敵を封じ込めようとしたのだった。

翌朝、早口の兵五百に村人四百を加え、火内館と奥大道《おくたいどう》ぞいの民家を包囲する陣形を取った。

前線に楯を並べ、その後ろに弓隊と長矛隊を配している。

紫色の鉢巻をした出羽アイヌの五十人を楯のすぐ後ろに置き、わざと敵から見えるようにしていた。

村人四百人は戦《いくさ》の役にはたたないが、枯れ木も山の賑わいである。

鎧や腹巻をつけさせ、長矛のように細工した棒や幟《のぼり》を持たせて、新たな軍勢が加勢に来たように見せかけていた。

「一日の間、敵を封じ込めておくだけでよい。鹿角から工藤勢を追い払ったなら、敵はおのずと逃げ散っていく」

決して先に手出しをするなと種里治兵衛に念を押し、新九郎は鹿角に向かって出発した。

二百の手勢を十組に分け、組頭を任じて指揮をとらせている。敵に気付かれないように、米代川の南岸の道を一組ずつ抜け抜けに向かわせた。

早口から十二所まではおよそ六里。そこから尾去沢鉱山までは、人がやっと通れる狭い登り道がつづいている。

鉱山の前を過ぎると道は下り坂になっていた。

夕方に鉱山前に全員を勢揃いさせた新九郎は、作戦を打ち合わせて手筈《てはず》を決めた。

「成田兵庫ら三人は天童丸を連れて茶臼館に入り、明朝の奇襲のことを右京亮《うきょうのすけ》どのに伝えよ」

残った二人、成田彦弥《ひこや》と杉谷亀之助《すぎたにかめのすけ》には道案内をしてもらうことにした。

「これより手勢を二手に分ける。孫次郎は本隊九組をひきい、敵に奇襲をかけられる位置まで接近せよ。残りの一組は俺が引き連れ、出羽神社の裏山に回り込む」

「若、いったい何をなされるつもりでござるか」

「工藤祐貞こそ養父上の敵《かたき》だ。戦いが始まり敵陣が乱れたなら、本陣を急襲して祐貞を討つ」

「本陣には百人ちかくの坂東《ばんどう》武者がおりましょう。二十人ばかりでどうにかなる相手ではござらぬ」

「戦いも狩りと同じだ。仕掛けの多い方が勝つ」

だから好きなようにさせてくれと言い張った。

新九郎は夜になるのを待ち、成田彦弥に案内させて出羽神社の裏山の尾根に移動した。従う二十人はいずれも季広ゆかりの者たちで、仇《あだ》を討とうと勇み立っている。新九郎の側《そば》にはアトイと善蔵が従い、四方に気を配っていた。

眼下の闇の底にはかがり火が焚《た》かれている。祐貞が本陣とした神社から尾去沢川ぞいまで、光の列が点々とつづいて敵陣の様子を伝えていた。

起きているのはかがりの役ばかりのようで、谷の底はしんと寝静まっている。

耳を澄ませば川のせせらぎが聞こえてくる。時折、尾根を渡る風が梢をゆらして吹き過ぎていく。

夜半になり、空気の匂いが変わった。

湿度が高くなり、木々の青臭い匂いがむせるように鼻をつく。

空を見上げると、西からせり出した雲がまたたく間に星をおおい隠していった。

(明日は雨になるかもしれぬ)

新九郎の予感がそう告げている。

ならば奇襲には有利だろうが、雨の中で殺し合いをするのは何となく嫌だった。

翌朝、夜がしらじらと明け、谷の底の様子が見えるようになった。

尾去沢川は西から東に流れている。その南岸に茶臼館がある。

本丸のある山は川から十丈《じよう》(約三十メートル)ほどの高さしかないが、左右に二の丸、三の丸を配し、曲輪《くるわ》の間には深い空濠《からぼり》をめぐらしてある。

本丸の東側には腰郭《こしぐるわ》をめぐらし、大手門を開いて城から打って出られるようにしてあるし、南側には小川が流れて外濠の役目をはたしている。

規模は小さいが敵を寄せつけない堅い守りで、今や千人ちかくに膨れ上がった工藤勢も川の北岸に布陣したまま手をこまねいていた。

新九郎の予感通り、夜明けとともに雨が降り出した。

初めは朝靄《あさもや》と見まがうような霧雨が、山々を白くおおって音もなく降っていた。ところが程なく、地を叩くような本降りになった。

その雨音を切り裂き、けたたましい銅鑼《どら》の音がした。

出港を告げるような合図とともに、川ぞいの道を刀を手にした孫次郎勢が敵陣に攻めかかっていく。

普通の合戦では弓隊、長矛隊を先に立てるが、寝込みを襲うには小回りが利く刀の方が適していた。

鎧を脱ぎ長矛を立てて眠っていた工藤勢は、大混乱におちいった。

上流に布陣した者たちは何が起こったのかも分らず、刀を取る間もなく討ち取られていく。

その間に下流に布陣した者たちが態勢をととのえ、孫次郎勢を追い払おうと立ち向かっていった。

この時を待ち構えていたのは、館の中にいる鹿角四頭の手勢だった。

大手門を開き川の浅瀬を渡って、工藤勢の背後から攻めかかった。

これを阻止しようと出羽神社の本陣にいた五十騎ばかりが鹿角勢に襲いかかると、籠城していた兵たちが川の向こうから馬を狙って矢を射かける。

雨の中の戦は、見る見るうちに大混戦になっていった。

（二）

新九郎は尾根の上からじっと戦況をうかがっていた。

坂東武者はさすがに強い。

館から打って出た鹿角勢を騎馬で切り割り、はさみ撃ちにされていた身方の退路を作ってやった。

そうして敵を上流に追い上げ、身方が陣形を立て直す時間をかせいでいた。

「そろそろ、行くぞ」

新九郎は尾根から駆け下り、神社の横の山の斜面に身を潜めた。

手にした得物は、両端に鉄を巻いた六尺棒である。

鉄を巻いたのは打撃力を強めるためばかりでなく、振り回す時の均整をととのえるためで、刀や矛に劣らぬ威力があった。

境内《けいだい》では祐貞が五十騎を従えて出陣の機会をうかがっている。

狙うのは五十騎がいっせいに飛び出し、祐貞の守りが手薄になった時だった。

雨はますます激しくなり、両軍はぬかるみの中で泥だらけになって白兵戦を演じている。

五十の騎馬隊に切り割られていた鹿角勢は、孫次郎勢と一手になることで力を盛り返し、徐々に敵を押し込んでいた。

この状況を見て、祐貞が境内の五十騎に出撃を命じた。

自ら一団の中ほどで馬を進め、山ぞいの道を走って敵の横合いから攻めかかろうとした。

新九郎の目の前を坂東武者が次々と駆け抜けていく。大柄の体に立派な鎧をまとった者ばかりである。

中でもひときわ華麗な大鎧をまとった祐貞が通過するのをやり過ごし、最後尾の一人を待った。

「アトイ、頼む」

「兄貴、お任せを」

アトイは鉤綱《かぎづな》を手にしている。

それを最後尾の鎧武者に向かって投げると、大袖に鉤がかかって後ろにどっと引き落とされた。

よく訓練された馬は、乗り手が落ちると同時に足を止めた。

新九郎はその馬に飛び乗り、前の馬を追い抜いて祐貞の後ろまで迫った。

雨のせいで地面がぬかるみ、前の馬が泥をはね上げる。

それを避けようと坂東武者たちは兜《かぶと》の目庇《まびさし》を下げて前方に目をこらしているので、横をすり抜けていく新九郎に気付かなかった。

祐貞の左後方に馬をつけた新九郎は、右手に持った六尺棒を振り下ろした。

祐貞の兜を一撃して落馬させ、組み付いて首をねじ切るつもりである。

ところが寸前に気配を察した祐貞は、馬手《めて》（右手）の手綱《たづな》を引き絞り、馬をくるりとひと回りさせた。

そうして棒を振り下ろした新九郎に体勢を立て直す間を与えず、馬ごと体当たりをくらわせた。

馬はあっけなく横倒しにされ、新九郎はぬかるみの中に投げ出された。

顔が泥まみれになり、あやうく目が見えなくなるところだった。

「ほう、お前か—

祐貞は馬上から悠然と見下ろした。

「わしを狙うとは殊勝だが、あの時のようなわけにはいかぬ」

祐貞は配下の者たちを先に行かせ、一騎打ちに応じた。

奥州産《おうしゅう》の名馬はひときわ大きい。兜をかぶってそれにまたがる祐貞は、雲衝《つ》くような大男に見えた。

新九郎は馬の正面に立って棒を構えた。

馬の鼻柱を突いて落馬させようと短い突きをくり出したが、馬面《ばめん》をつけた馬は動じることなく冷静にかわした。

新九郎は何度か同じ動きをくり返し、馬が苛立《いらだ》って大きく首を振った瞬間に、深々と踏み込んで祐貞の胸を狙った。

ところが祐貞は体を左に傾けてこれをかわし、棒の先を腋《わき》の下にかい込んだ。

しかもそのまま馬の横腹で体当たりに来たために、新九郎は棒を奪われてあっけなく後ろにはじき飛ばされた。

「どうした小僧。空元気もそこまでか」

祐貞は初めて刀を抜いた。

刀が鞘《さや》走る音が、修羅場の始まりだと心得ているのだろう。馬までが目付きを鋭くし、体をわずかに沈めて自在に動ける構えを取った。

祐貞は馬で踏みつぶそうと突きかかってくる。新九郎がそれを避けようとしたところに、正確な斬撃を放ってくる。

新九郎は肩や二の腕に浅手《あさで》を受けながら、左右に倒れたり地面に転がったりしてかわしつづけた。

ぬかるみの中で足がすべり、体力の消耗とともに動きが鈍くなってくる。

祐貞は体勢をくずした新九郎の横に回り、馬を竿立ちにして踏み潰そうとした。

逃げようとして馬の横に出れば斬られる。しかし正面にいては馬の蹄《ひづめ》にかけられて踏み潰される。

絶体絶命の瞬間、新九郎の頭にアイヌの熊狩りの方法がひらめいた。

彼らは強大な羆《ひぐま》の内懐《うちぶところ》に入り、木の先を尖らせた槍《オプ》で胸や腹を刺すのである。

新九郎は自らが槍になり、竿立ちになった馬の前脚の後ろに組みついた。

そうして満身の力を込めて体をひねると、馬は祐貞と一体となったままぬかるみに横倒しになった。

ところが祐貞は鞍の前輪につかまり、乗馬したままあっという間に馬を立ち上がらせた。

一方の新九郎は力尽きてひざまずいたままである。

「くたばれ、小僧」

祐貞が馬を寄せて刀を振り上げた時、孫次郎らが一気に工藤勢を追い崩しはじめた。

茶臼館に残っていた城兵が総攻撃に出たために、工藤勢は米代川に向かって敗走しはじめたのだった。

「ちっ、運のいい奴よ」

祐貞は出羽神社までとって返し、配下の騎馬隊を集めて殿軍《しんがり》をつとめた。

馬列を作って短弓で敵を防ぎ、身方を無事に逃がしたのである。

「若、大事ございませぬか—

孫次郎が真っ先に駆け寄った。

「お陰で助かった。凄《すご》いものだな、坂東武者とは」

「我らは海の男でござる。陸《おか》では勝手が悪うござる」

それでも茶臼館を救うことはできたと、孫次郎は手をさし伸《の》べて新九郎を引き起こした。


雨は降りつづいている。

戦場には両軍の死傷者が泥だらけになって倒れ伏していた。

その数は二百人ちかく、死んでぴくりとも動かない者や、苦しみにもがいている者もいる。

新九郎は双方の負傷者を近くの寺に運んで手当てをさせた。死者も身許を確かめた上で埋葬するように命じた。

「兄貴も手当てをしないと」

アトイが新九郎を気遣った。

浅手だが三カ所を斬られ、衣服に血がにじんでいた。

「たいしたことはない。かすり傷だ」

「泥にまみれたのですから、膿《う》むおそれがあります。傷口を洗い流しましょう」

本堂の廻り縁に新九郎を座らせ、アトイは竹筒の水で傷口を洗った。

そして胴乱から薬壺を取り出し、どろりとした液体を傷口に塗り込んだ。

ひどくしみる。

刺すような痛みを覚え、新九郎は初めて傷を負ったと実感したが、眉ひとつひそめずに平気なふりをしていた。

「何だ。その薬は」

「アイヌの言葉ではノヤといいます。蝦夷蓬《えぞよもぎ》を煮詰めたもので、傷にはよく効きます。毒蛇にかまれた時も、これを塗ればたいがい助かります」

「用意がいいことだな」

「狩りに出る時は必ず持って行きます。ましてや今度は戦ですから」

アトイは甲斐甲斐《かいがい》しく薬を塗り、傷口を何かの葉でぺたりとおおった。

「若、四頭の方々がお見えでござる」

孫次郎が成田右京亮、奈良次郎光政《ならじろうみつまさ》ら鹿角四頭を案内してきた。

「このたびは加勢に来ていただき、かたじけのうござる。お陰で工藤勢を撃退することができました」

右京亮が礼をのべ、四人そろって頭を下げた。

「加勢に来るのは当たり前です。奥大道を守っていただかなければ、津軽の安全は保てませんから」

「我らも油断していました。ここに攻めて来るとは思っていませんでしたから」

「さよう。しかも工藤の騎馬隊の動きが早く、後手後手に回ったのでござる」

あやうく寝首をかかれるところだったと、次郎光政が肩をすくめた。

「どうか茶臼館でおくつろぎ下され。さぞお疲れでございましょう」

粗飯《そはん》などさし上げたいと右京亮が言ったが、新九郎にゆっくりしている暇はなかった。

「これから尻引《しりひき》に戻り、管領《かんれい》どのに戦の報告をしなければなりません。できれば着替えと馬を貸していただきたい」

ひとまず早口まで戻り、火内館の状況を確かめてから尻引に向かうつもりだった。

「それなら馬より船の方が便利です。さっそく手配いたしましょう。それから天童丸がお世話になりました」

久々に会ったのに新九郎どのの話ばかりすると、右京亮が父親の顔になって苦笑した。

鹿角から早口まで米代川を下ればおよそ九里。

新九郎は孫次郎やアトイら十人を従えて船に乗り込み、正午には早口についた。

わずか一日の電光石火の作戦で、火内館の敵も工藤勢が敗走したと聞くと抜け抜けに姿を消したという。

「恐れ入り申した。さすがは西の浜安藤家の若君でござる」

留守を預かっていた治兵衛が、ほっと胸をなで下ろした。

「やがて鹿角の方々の手勢が火内館に入る。それまで館を守ってくれ」

必要な指示をすると、休む間もなく尻引に向かうことにした。

奥大道を馬で駆けるので、供は孫次郎やアトイら五人だけとした。

「そ、それがしも行くのでござるか」

豪傑髭をたくわえた孫次郎が尻込みした。

「そうだ。管領どのに合戦の様子を報告してくれ」

「しかし、それがしは朝日丸を十三湊に回さなければなりませぬ」

「それは弥七《やしち》に頼めばよい。養父上の譲り状を披露し、家督相続の許可も得なければなるまい」

「これから西風が吹きまする。弥七などには任せておけませぬ」

孫次郎が力みかえって言い張る訳が、馬を仕立てて出発する間際になって分った。

海では無類の強さを発揮するが、馬に乗ったことはなかったのである。

「何だ。乗れぬのか」

「乗れぬのではない。乗らぬのでござる」

「手を鞍《くら》の前輪にかけ、鐙《あぶみ》を踏んでまたがるのだ」

「こ、こうでござるか」

孫次郎はかろうじて鞍に座ったが、前屈《かが》みでへっぴり腰になっている。これでは重心が前にかかり過ぎ、馬は足を踏み出さなかった。

「鐙を両足で踏み、背筋を帆柱のように真っ直ぐ伸ばせ」

「そんなことを言われても、若のようなわけには」

孫次郎が恐る恐る背筋を伸ばすと、馬はすっと歩み始めた。

その反動で重心が後ろにかかると馬はいっそう足を速め、孫次郎はあえなく振り落とされた。


一行は矢立峠のふもとの陣場にさしかかった。

奥大道に散乱していた季長勢の遺体は、跡形もなく片付けられている。

身寄りの者が引き取りに来たのだろうと思ったが、

「そうではござらぬ。土民の仕業でござる」

ようやく馬に慣れた孫次郎が、厳しい現実を突きつけた。

周辺に住む者たちは、遺体から鎧や刀、衣服などを奪い取る。その後に遺体を一カ所に集めて供養するという。

領主も遺体が腐敗して疫病の原因になることを恐れているので、こうした行為を黙認しているのだった。

「そうか。供養してくれたのなら、有難いと思わねばならぬな」

「供養といっても、埋葬するわけではありませぬ。谷底に投げ捨てて、上から土をかぶせるだけでござる。三昧谷《さんまいだに》とか地獄谷と呼ばれているのが、そうした場所でござる」

夕方には尻引の管領館に着いた。

館には依然として五百ほどの兵が集まり、敵の来襲にそなえている。

矢立峠の惨状は伝わっているので、将兵たちは張り詰めた険しい表情で持ち場についていた。

孫次郎を従えて主殿《しゆでん》の書院をたずねると、安藤又太郎季長が文机《ふづくえ》に向かって書状をしたためていた。

新九郎にちらりと目を向けたが、声をかけようともしない。再び文机に向かい、飛びはねるような速い筆遣いで、五通も六通も書状を書きつづけている。

「お館さま、茶臼館にこもっておられた鹿角勢を救出して参りました」

孫次郎が遠慮がちに声をかけた。

「さようか。わしは二百五十八名の兵を失った」

季長がようやく筆を置き、深いため息をついた。

「その者たちの家族に、悔やみ状を書いていたのだ」

「アイヌの兵が毒矢を用いたのです。養父上もはかなくなられました」

「十郎季広か」

「ええ。養父上です」

「あやつは死んで当然じゃ。わしはまだ兵を出す時期ではないと言った。だが兵を出さねば鹿角が危ないと十郎が申すゆえ、やむなく従ったのだ」

その結果がこれだと、季長はすべての責任を季広に押しつけようとした。

「兵を出すように求めたのは私です。養父上はその役を引き受けて下さっただけです」

「うっとうしい。養父上養父上と申すな」

「お館さま、お静まり下され」

孫次郎がたまりかねて間に入った。

「鹿角四頭の方々は救出してくれたことに恩義を感じ、奥大道を死守すると誓って下された。これも若の働きがあったからでござる」

「一千の加勢がなくとも、新九郎はそれだけの働きをした。だからわしは兵を出す必要はないと言ったのじゃ」

「そ、それは結果を見ての話でござる」

「結果が出る前から分っておった。わしは新九郎の実の父親だからな」

「あなたが……」

俺の何を分っているのだ。喉元《のどもと》までせり上がった言葉を、新九郎は怒りとともに呑み込んだ。

「明日、三世寺《さんぜじ》で皆の法要をおこなう。お前たちも参列せよ」

翌日の午後、三世寺で戦死者の法要が営まれた。

高台にある寺の境内には千人ちかくが集まり、僧たちの読経《どきよう》を聞きながら死者の冥福を祈った。

新九郎は季長の隣に席を与えられ、本堂の上座についていた。

釈迦如来像が置かれた須弥壇《しゆみだん》の正面では、住職が声高に経を読み上げている。

その後ろで四人の僧が声を合わせ、時折木魚を叩き数珠《じゆず》をもんで拍子をとった。

法要が終わると季長が本堂の階の上に立ち、境内に向かって語りかけた。

「皆の者、聞いてくれ」

いつになく丁重な物言いに、集まった者たちは急に静まって聞き耳を立てた。

「ただ今二百五十八名の法要をとどこおりなく終えた。あの者たちの御霊《みたま》はお山に帰り、先祖のもとに戻るであろう。そして津軽のために戦ったことを、祖霊たちから誉《ほ》めたたえられているはずだ」

季長はそう言って西にそびえる岩木山《いわきさん》をあおぎ見た。

折しも夏の雲が山頂をおおい、霊たちが寄り集まっているように見えた。

「この戦は外の浜安藤家が北条得宗家《ほうじょうとくそうけ》と結び、蝦夷管領職を奪い取ろうと仕組んだものだ。五《ご》郎季久《ろうすえひさ》は出羽の者たちに叛乱を起こさせ、アイヌを使って我が子季治《すえはる》を殺した。そして今度は我らが同胞《はらから》二百五十八名を毒矢の餌食《えじき》にした。津軽の神々と同胞に対して、これほどひどい裏切りがあろうか」

季長が呼びかけると、皆がいっせいに「そうだ」と応じた。

「相手がこれほど汚ない手を使うなら、もはや容赦はいらぬ。我らも鬼となって外の浜を潰しにかかるゆえ、犠牲になった者たちの弔い合戦だと思って力を尽くしてくれ」

季長は拳を突き上げて鬨《とき》の声を上げさせると、主立った者たちを主殿に集めて軍議を開いたのだった。

（三）

七月初め、新九郎は朝日丸に乗ってマトウマイに向かった。

孫次郎やアトイ、それに精鋭三十余人を引き連れている。

イタクニップがどこでトリカブトを入手、貯蔵しているかを突き止め、供給源を断つための出撃だった。

「三厩湾《みんまや》に船二十艘、兵四百を待機させておく。イタクニップとの戦いになったなら、その軍勢を使ってリコナイの城を攻め落としてしまえ」

軍議の席で季長はそう命じたのだった。

早朝に十三湊を出た船は、ゆるやかな潮の流れに乗って北に向かって行く。

空は晴れ、海は鮮やかな群青色《ぐんじょういろ》である。

小魚の群を狙っているのか、前方に海鳥たちが目まぐるしく飛び交っていた。

新九郎は舳先《へさき》に立って大きく息を吸った。海に出るとなぜこんなに心が晴れやかになるのだろう。水平線までつづく大海原をながめていると、陸上で争っている人間どもが愚かしく思えてならなかった。

「新九郎さま、ちょっといいがべが」

善蔵が修治郎を連れてやって来た。

「どうした」

「修治郎がお願いしたいことがあるそうですじゃ。聞いてやってけ」

善蔵かさあ言えとうながしたが、修治郎は恥ずかしそうにうつむいたままだった。

「遠慮はいらぬ。お前の鷹にはずいぶん助けられている」

「そ、そのタケのごとですじゃ」

修治郎がようやく口を開いた。

「タケ？　鷹ではないのか」

「鷹の名をタケといいますじゃ。死んだ妹の名前ですじゃ」

「ほう。それで」

「今度もタケを連れできてるばって、渡島《おしま》では飛ばせないのですじゃ」

「なぜだ。怪我でもしておるのか」

「鷹使いの技はアイヌから津軽に伝わったです。だはんで」

イタクニップの配下に鷹使いがいたなら、修治郎にはとても太刀打ちできない。タケが殺されることになりかねないので、飛ばすことはできないという。

「それほどの腕か。アイヌの鷹使いは」

「見たごどはねばって、父からそう聞いておりますじゃ」

「鷹使いの技は、もともとニヴフから伝わったものでございます」

アトイが二人の様子を気遣ってやって来た。

ニヴフとは現在のサハリン中部からアムール川流域にかけての一帯と、そこに住むモンゴル系の民族をさす。

この地域は鷹の棲息地であり、ニヴフは当時の元《げん》朝の記録に打鷹人と記されたほど鷹使いの技に長《た》けていた。

彼らは手塩にかけた鷹を使って他の鷹を狩り、アイヌとの交易品にしていたのである。

やがて京都や鎌倉で鷹の羽の需要が高まり、高値で取り引きされるようになると、アイヌは自らニヴフに進出して鷹を狩るようになった。

ところが鷹使いの技術がないために、打鷹人を捕えて奴隷にし、鷹を狩らせるようになったのである。

このためニヴフを領有していた元朝と対立するようになり、しばしば軍事的衝突を起こした。

その始まりは二度目の元寇《こう》（弘安の役）が起こった三年後の弘安七年（一二八四）。

その二年後には元朝は軍勢一万、船千艘を動員してアイヌを攻め、宗谷《そうや》海峡を渡って攻めて来るアイヌを防ぐためにサハリン南端に果夥城《クオフオ》を築いている。

このことからもアイヌの戦闘力の凄《すさ》まじさがうかがえるが、両者の争いは徳治《とくじ》三年（一三〇八）に終わった。

元朝と戦い続ける不利をさとったアイヌは、ニヴフの族長を仲介役とし、元朝の冊封国《さくほうこく》になることで和解を申し入れたのである。

これ以後、ニヴフとアイヌの関係も良好になり、交易も盛んになった。

相互の往来も行なわれるようになり、鷹使いの名人が蝦夷地を訪ねて技を伝授するようになった。

こうして技を習得したアイヌが、津軽にやって来てその技を伝えたのである。

「そうか。それでは修治郎が敵わぬのも無理はないな」

「すみません。役さ立だなくて」

爹台郎が長い顔を赤らめてうつむいた。

「それにしてもアイヌは強いな。元と対等に渡り合うとはたいしたものだ」

「その頃は唐子《からこ》蝦夷と日《ひ》の本《もと》蝦夷、渡党《わたりとう》が力を合わせて戦ったそうです。しかし和平が成ってからは」

互いに交易の利を争って険悪な関係になっていると、アトイが仕方なげにつぶやいた。

「鬼神太夫《きしんだゆう》の先祖もはるか遠い国から来たと言っていたが、世の中は広い。いつかニヴフという所に行ってみたいものだ」

サハリンの西には間宮《まみや》海峡があり、そこを渡るとアムール川の河口に着く。

その川をさかのぼり、はるか西に進むと、元朝の故地であるモンゴルがある。

さらに西に行けば、鬼神太夫の先祖の地であるヒッタイトに着く。

しかもこれらの国々は草原の道《ステップロード》でつながり、太古の昔から人々が往来したのである。

むろん新九郎はそうしたことを知らないが、鬼神太夫の鍛冶《かじ》の技術、修治郎の鷹使いの技が、津軽や蝦夷地が大陸と密接につながっていることを証明している。

それを思えば、狭い津軽で争っていることが、いっそう愚かしく感じられた。


その日の午後にはマトウマイの港に入った。

大松前川の河口にひらけた港の側には大きな交易所が作られ、津軽ばかりか京都や鎌倉からも商人がやってくる。

交易所のまわりには各地の商人たちが出店《でだな》や宿所を構えているが、中でも蝦夷管領だった安藤又太郎季長がきずいた館はひときわ威容を誇っていた。

管領が安藤五郎季久に代わってからも、季長はいち早く兵を送り込んで館を死守している。

ここの港を維持することは、蝦夷地との交易を支配するためには絶対に必要なのだった。

新九郎は三十余人の配下に館で休養を取るように命じ、アトイと孫次郎を連れて大館《おおたて》に向かった。

朝日丸が港に入ったことはすぐに分ったようで、高台にある大館の庭にアトイの父や母が出て手を振っている。

ノチウを抱きノンノの手を引いたイアンパヌの姿もあった。

「お前は幸せ者だな。あんなに家族に歓迎されて」

新九郎は少しうらやましくなった。

「何を言ってるんですか。あれは兄貴を迎えているんですよ」

二重の濠をめぐらした館の表門で、蝦夷錦をまとったエコヌムケが出迎えた。

「新九郎さま、よく来て下されました」

「昨年は危ういところを助けていただき、ありがとうございました。お陰さまでこうして元気にしております」

新九郎はみやげに持参した絹の反物《たんもの》を差し出した。

「貴重なものを、ありがとうございます。さあ、どうぞ中へ」

エコヌムケは前と同じように家族の住居に案内した。

土間の一角に囲炉裏《いろり》を切った板張りの部屋があり、アトイの母親とイアンパヌ、ノチウとノンノが待ち受けていた。

「兄《ユポ》、お帰り」

ノチウが新九郎の腰に抱きつき、船にはいつ乗せてくれるかと顔を見上げた。

十カ月の間に背が高くなり、ひょろりとした体付きになっていた。

「まだ早い。アトイのような立派な男になってからだ」

新九郎はノチウを高々と抱き上げた。

着ている褐色《かちいろ》の袖なし羽織に見覚えがある。新九郎がイアンパヌに渡した緞子《どんす》の細帯で作ったものだった。

「ずるい、私も」

抱き上げてくれとノンノが両手を差し出した。

新九郎は腕を伸ばして軽々と抱き上げた。

アッシで作った上着の袖口や襟を緞子で縁取り、魔除《よ》けの文様が刺繍《ししゅう》してあった。

「兄貴は父《ミチ》と大事な話がある。それがすむまで外で遊んできなさい」

アトイが叔父の威厳を見せて二人を引き離した。

新九郎は囲炉裏をはさんでエコヌムケと向き合った。

東側の上座には、赤や黒の漆を塗った行器《ほかい》が並べてある。

武士や公家が食物を持ち運ぶ時に用いる容器だが、アイヌでは権威と富の象徴として珍重されるようになった。

「ほかい」という言葉には神や精霊をもてなすという意味があり、アイヌたちはそのための容器と理解したようである。

エコヌムケもその習慣に従い、都から来た商人から法外な値段で行器を買い集めていた。

「津軽のことは、すでにお聞き及びでございましょう」

新九郎は蝦夷管領職が安藤五郎季久に与えられたことや、又太郎季長がこれを不服として挙兵したことを語った。

「津軽の国衆の七割は身方に参じておりますが、季久方は北条得宗家の支援を受けております」

「そのことは聞いております。我らはこれまで通り季長さまに従うつもりです」

「ありがとうございます。先日鹿角にて得宗家の工藤右衛門尉の手勢と戦いました。こちらは何とか撃退することができたのですが」

救援に駆けつけていた季長勢が待ち伏せに遭い、三百人ちかくがトリカブトの毒矢で討ち取られた。その中には養父の十郎季広も含まれていると、新九郎は惨状をつぶさに語った。

「それはイタクニップの仕業でしょうか」

「残されていた矢はアイヌが使うものでした。あれだけの毒矢を使える者が、他にいるとは考えられません」

「そうですか。イタクニップはそこまで……」

エコヌムケは苦渋の表情を浮かべて口を閉ざした。

「和人《わじん》が使う鎧では、この毒矢を防ぐことはできません。どこでトリカブトを入手しているかを突き止め、津軽に持ち込めないようにする以外に打つ手はないのです」

「分りました。戦で毒矢を使うのは、アイヌの掟に背く卑劣な所業です。イタクニップがそんなことにまで手を染めたのなら、アイヌの名誉のためにも放っておくわけにはいきません」

「イタクニップはどうやってトリカブトを手に入れているのでしょうか」

「誰かから買っているか、どこかで栽培しているのでしょう。薬種に詳しい者に探らせますので、しばらくお待ち下さい」

トリカブトは毒としてばかりでなく、強心剤や鎮痛剤としても用いられる。

そのため薬種を扱う者たちは、誰がどこで栽培しているか、たいがいのことは把握しているのだった。

エコヌムケの配下の報告を、新九郎らは大館で待つことにした。

ノチウとノンノは大喜びで、新九郎にまとわりついている。アトイが怒るとわっと逃げ散り、再び隙《すき》をみて近寄ってくる。

それが二人には新しい遊びになったようで、アトイの裏をかこうと嬉々として知恵をめぐらしているのだった。

「すみません。いつも相手をしていただいて」

食事を運んできたイアンパヌが、申し訳なさそうに肩をすくめた。

ふくよかで大柄の体付きをして、豊かな黒髪が生命力の強さを表わしている。勝ち気そうな濃い眉をして、黒い瞳が美しく澄んでいた。

「相手をしてもらっているのは俺の方です。おかげで気がまぎれます」

「そうだよ母《ハポ》、気にすることないよ」

ノチウが新九郎の肩越しに顔を出し、取り澄ました言い方をした。

「だってユポだもの」

ノンノも得意気に小鼻をふくらませた。

「こらっ、またここにいたな」

アトイが突然現われて怒ってみせると、二人は猫のような素早さで逃げていった。

三日目になっても配下からの報告はなかった。

イタクニップはトリカブトの入手経路を知られないように細心の注意を払っているのか、通常の薬種とは別のやり方をしているようだった。

「戦になったなら毒矢を使うと、イタクニップは初手《しょて》から決めていたのでござろう。それゆえ大量に手に入れられる仕組みを、あらかじめ作っていたのでござる」

孫次郎はそう見ていた。

アトイが申し出た。

「リコナイに密偵を送り込み、調べさせたらどうでしょうか」

港に来ている商人の中にはイタクニップと取り引きしている者もいるので、その者に様子を探らせたらどうかという。

「いるのか。役に立つ者が」

孫次郎が乗り気になった。

「父が懇意にしている丹後《たんご》の商人がいます。トリカブトの栽培は日の本蝦夷が得意としていますが、近頃彼らがリコナイに来ているという噂も聞きました」

それが事実かどうかを確かめれば、探索の的を絞り込むことができる。アトイがそう言った。

「分った。そうしてくれ」

新九郎も何とか手がかりをつかみたくて同意したが、この策は最悪の結果に終わった。

喜助《きすけ》という丹後の商人は、送り込んだ五日後にマトウマイの港で死体となって発見されたのである。

遺体には拷問《ごうもん》した際の無数の切り傷がある。そうして白状させた上で殺害し、見せしめのために送り返してきたのだった。

「これがイタクニップのやり方か」

港に駆けつけた新九郎は、あまりの酷《むご》さに息を呑んだ。

喜助の耳や鼻は削《そ》がれ、両目はえぐり出されていた。

「リコナイの城を攻めるべきでござる。イタクニップの一味を皆殺しにすれば、トリカブトを扱う者もいなくなり申す」

孫次郎が憤りに声を震わせた。

「それでは禍《わざわい》の根を断つことはできぬ。イタクニップの配下の弓隊は、まだ津軽にいるはずだ」

アトイは遺体を見つめたまま震えている。喜助をリコナイに行かせたのは自分なので、責任の重さに打ちひしがれていた。

数日後、エコヌムケが初老の男を連れて来た。

大柄で白髪を伸ばし放題にした男に見覚えがある。オッカユの葬儀に行った時、新九郎らの祈りは受けぬと肩や頭を蹴り飛ばした父親だった。

「名をシキポロといいます。新九郎さまに話したいことがあるそうです」

エコヌムケがシキポロを土間に座らせた。

「倅《せがれ》のオッカユはイタクニップにこき使われた揚句、口を封じるために殺されました」

シキポロがうつむきがちに話す言葉を、アトイが和語にして新九郎に伝えた。

「そんなこととも知らず、倅の葬式の時にはお二人に乱暴なことをして申し訳ありませんでした。その償《つぐな》いをするために、こうしてやって来ました」

シキポロは何度も頭を下げてから、イタクニップの悪事を暴こうとしておられると聞いたが本当かとたずねた。

「そうです。トリカブトをどこから手に入れているか、突き止めようとしています」

「それならこのシキポロが知っています。イタクニップは隠し谷でトリカブトを作らせているのです」

そこにこれから案内したい。これは倅の仇討ちだと、シキポロはぎょろりとした目を新九郎に向けた。

第十章　それぞれの夢

（一）

翌朝未明、安藤新九郎季兼はシキポロに案内されて大館を出発した。

目的地は尖岳《とんがりだけ》の東のふもとの隠し谷。ここでイタクニップはトリカブトを大量に栽培しているという。

まず現地の状況を確かめ、どうやって潰すか計略を立てる。そのために下見に行くことにしたのだった。

供をするのはアトイと善蔵、孫次郎、それにエコヌムケの四人だった。

エコヌムケは警固《けいご》の兵を連れていくように勧めたが、新九郎は大勢ではかえって目立つと応じなかった。

「父《ミチ》、今回は場所と状況を確かめるだけです。危ないことはありません」

アトイも助け舟を出したがエコヌムケは納得せず、それなら自分も一緒に行くと言い出したのだった。

目ざす尖岳は大館から八里ほど北にあった。

及部川《およべがわ》ぞいの道をさかのぼり、百軒岳《ひやつけんだけ》に登る。そこから尾根の道を通っていくつかの山を越えれば、尖岳に着く。

狩りに生きているアイヌたちは、谷の道より尾根の道を行くほうがはるかにちかくて安全だということをよく知っていた。

七月の中頃のことで、山の尾根には秋の気配がただよっている。栗やどんぐりが実をつけ、紅葉が始まっていた。

「そろそろ羆が冬眠に入るための餌探《えさ》しをする頃です。急に出喰わさないように、笛や鈴を鳴らしながら進みます」

アトイは笛を、エコヌムケは鈴を持っている。新九郎も六尺棒に金具を結びつけて錫杖《しやくじよう》のように鳴らしながら歩いた。

「ご安心下さい。万一のことがあっても、わしがこの槍《オプ》で仕留めてみせますから」

手にした木の槍を、エコヌムケが誇らしげに突き上げた。

この日は七ツ岳《ななだけ》の岩屋で一夜を過ごし、翌朝未明に出発した。

尖岳の山頂に着いた時には東の空から陽が昇り、眼下に広がる海を黄金色に染めていた。

イタクニップが拠点としているリコナイの港もはっきりと見える。

シキポロは背の低い灌木《かんぼく》の間をくぐり、切り立った岩場の上に案内した。眼下に細い谷川が流れ、四方を山に囲まれた平坦地が広がっている。

そこにびっしりと植えられたヨモギのような植物がトリカブトで、中には紫色の花をつけたものもあった。

畑の側には十棟ほどの小屋がある。ここで根の部分から毒を作り、貯蔵しているという。

「トリカブトの毒は根を乾燥させて作ります。秋になって花が散った頃に、作業にかかるそうです」

アトイがシキポロの言葉を和語にして伝えた。

「今は誰もいないのか」

新九郎はそうたずねさせた。

「昨年作ったものを甕《かめ》に入れてたくわえている。それを守るために四、五人がいつも泊っている。倅のオッカユもそうだった」

シキポロが顔をしかめ、悔しげに拳を握りしめた。

「若、どうします。四、五人しかいないのなら、我々だけでも退治できると存じますが」

孫次郎は一刻も早く安藤十郎季広の仇を討ちたがった。

「思わぬ仕掛けがあるかもしれぬ。今日は隠し谷の場所が分っただけで充分だ」

「何か策があるようでござるな」

「いいや、別に」

「隠しても無駄でござる。眉間《みけん》のあたりにそう書いてありますぞ」

「管領どのは三厩湾に船二十艘、兵四百を待機させると言われた。それを使えないかと思ったのだ」

隠し谷を攻めれば、イタクニップは兵をひきいて救援に駆けつけるだろう。その隙に四百の兵でリコナイの城を乗っ取ることはできないか。そう考えていたのだった。

大館にもどった新九郎は、さっそく計略を練り始めた。

まず孫次郎に船を出させ、三厩湾に船団が待機しているかどうかを確かめさせた。

「間違いござらぬ、今別川《いまべつ》の河口に二十艘ばかりが舫《もや》っております」

孫次郎は遠くから確認し、急いで報告にもどってきた。

次にシキポロから隠し谷の様子を聞き、絵図を作ることにした。

谷への入口は二カ所。

一カ所は尖岳から下っていく西側の道。もう一カ所はトンガリ川ぞいに入っていく東側の道である。

二カ所とも見張り櫓《やぐら》があり、イタクニップの配下が警戒に当たっているという。

「櫓には鐘があり、何かあれば打ち鳴らして皆に知らせます。また小屋の裏山に狼煙台《のろしだい》があって、非常の際には狼煙を上げてリコナイに知らせるそうです」

アトイがシキポロから聞き出したことを新九郎に伝えた。

大館にもどって二日目の朝、新九郎は不吉な胸騒ぎとともに目を覚ました。

何か悪い夢を見たのか。それとも戦の緊張に研《と》ぎ澄まされた五感が、危険が迫っていることを察知したのか……。

新九郎は上体を起こした。

板壁の隙間から差し込む光が、部屋を薄明るくしている。左にはアトイが猫のように丸くなり、右には孫次郎が大の字になって深々と眠っている。

外では人が立ち働く物音がするが、夜が明けきったかどうか分らない。あまり早く起き出してはアトイの家族に迷惑をかけるので、しばらく横になって様子をうかがっていたが、胸騒ぎは一向に治まらなかった。

「アトイ、起きろ。アトイ」

新九郎は弟分に確かめさせようと肩をゆすった。

「兄貴、どうかしましたか」

アトイは迷惑そうに目をこすった。

「今何刻《なんどき》だ。もう夜は明けたはずだが」

「本当だ。辰《たつ》の刻（午前八時頃）を過ぎている頃です」

アトイは何も見なくても時刻が分る。自然とともに生きるアイヌには、そうした能力がそなわっていた。

「ならば何か起こっていないかたずねてきてくれ」

「何かって？」

「妙な胸騒ぎがする。何もなければいいんだが」

アトイは表に飛び出し、しばらくして血相を変えてもどってきた。

「姉《サポ》が、イアンパヌがノンノを連れて山菜を取りに行ったまま、もどっていないそうです」

すぐそこの山なのに出かけたままもどらないので、アトイの母が心配しているという。

新九郎は胸騒ぎに急《せ》かされて主屋に行き、エコヌムケに二人を捜してほしいと頼んだ。

「それほど大袈裟《おおげさ》なことではないでしょう。館の裏山ですから」

エコヌムケは落ち着き払っていたが、新九郎はアトイを連れて裏山に行ってみた。

尾根の一角に山菜が群生する場所がある。イアンパヌはここに来たはずだが、白樺におおわれた森はしんと静まったままだった。

「兄貴、あそこに」

ノンノが倒れているとアトイが駆け寄ったが、ノンノが着ていたアッシで作った上着が落ちているだけだった。

「まさか、ノンノと姉は……」

アトイが上着を拾ってあたりを見回した。

数人が森の下草を踏み荒らしている。その足跡は館とは反対の山の方へつづいていた。

二人はすぐに館にもどり、エコヌムケにこのことを知らせた。

「配下の兵を集めて、後を追わせて下さい。朝露が消えないうちなら、足跡をたどれるはずです」

「しかし、いったい誰が……」

エコヌムケはあまりのことに言葉を失っていた。

事は一刻を争う。新九郎がアトイと孫次郎を従えて出発しようとしていると、

「族長さま、表門にこのようなものが」

門番が結び文をつけた矢を持ってきた。

〈二人は預かった。今後のことは兄弟で話し合おう〉

イタクニップがエコヌムケにあてて記したものだった。

おそらくイタクニップは、新九郎たちが隠し谷に行ったことを知ったのだ。そこで先手を打って二人を拐《さら》い、動きを封じようとしたにちがいない。

だとすると、館の中にイタクニップに通じている者がいるのかもしれなかった。

「新九郎さま、どうすればいいのでしょうか」

「話し合いに応じるつもりですか」

「これは話し合いではなく脅迫です。族長としてこんな脅しに屈する訳にはいきません。しかし、娘と孫の命がかかっていますから……」

「二人を助けられるなら、イタクニップを亡ぼしてもいいでしょうか」

新九郎はエコヌムケに決断を迫った。

「できますか。そんなことが」

「族長に協力していただけるなら、できると思います」

「聞かせて下さい。そのお考えを」

「族長はイタクニップとの話し合いに応じると返答し、時間をかせいで下さい」

その間にアトイらにイアンパヌとノンノがどこに捕われているかを突き止めてもらい、救出の仕度をさせる。

新九郎は三厩湾に行って四百の兵と連絡を取り、リコナイの城を襲撃する手筈をととのえる。

「仕度がととのったなら、族長はイタクニップとの話し合いを隠し谷ですると申し入れて下さい」

「しかし、応じるとは思えませんが」

「応じなければ他の候補地をあげて下さい。そうして交渉をつづけている間に、隠し谷を奇襲していただきます」

「なるほど。さすればイタクニップは激怒し、リコナイから救援に駆けつけるという訳でござるな」

孫次郎がいち早く新九郎の計略を読み取った。

「そのように仕向けていただきたい。その隙にアトイはイアンパヌさんたちを救い出し、俺はリコナイの城を乗っ取ります。そうしてイタクニップを捕えたなら、処罰は族長にお任せします」

「分りました。さっそくイタクニップに書状を出し、話し合いに応じると伝えましょう」

「今日から我々は港の館に移り、アトイに連絡役を頼みます」

新九郎はそう申し出た。

敵の密偵が館の中にいるのなら、こちらの動きが筒抜けになる。それを防ぐためだった。

港の側にある西の浜安藤家の館に移ると、新九郎は主立った者を集めて今後のことを打ち合わせた。

「難しいのは、二人がどこに捕われているか突き止めることだ。何か方法はあるか」

「姉が可愛がっていた犬がいます。その犬に姉の匂いを追わせたら、突き止めることができるはずです」

アトイは心配のあまり早く出発したがっていた。

「その犬はどこにいる」

「家《チセ》の中庭です」

「それは駄目だ。犬を連れ出せば、すぐに密偵に意図を見抜かれる」

「それでは、どうすれば」

「あの、ノンノちゃんの上着ば貸してけねべが」

善蔵が遠慮がちに申し出た。

「これだが、どうする」

新九郎が差し出すと、善蔵は上着の内側に残ったノンノの匂いを嗅ぎ取った。

一分るのか。犬のように」

「んだ。女房が死んだ後、二人の子ば連れでしばらく旅をしてだはんでが」

そのせいか離れていても子供の匂いだけは分るようになったという。

「それならアトイと共に、ノンノの居場所を突き止めてくれ」

新九郎は二人を出発させた後、朝日丸に乗り込んで三厩の港に向かった。

舵取りの弥七は孫次郎に叱りつけられながらも、内海《うちうみ》を流れる潮にうまく乗って南へ向かっている。

夏の名残の晴天を惜しむかのように、入鹿魚《いるか》が潮に乗って飛びはね、船の両側を追走してくる。

水夫《かこ》の一人が櫂《かい》を構え、飛び上がった入鹿魚の背中をたわむれに叩こうとした。ところが入鹿魚はそれを察知したかのように低くしか飛ばず、櫂の下をすり抜けて泳ぎ去った。

「馬鹿野郎。入鹿魚になめられているようじゃ、戦の役に立つはずがあるまいが」

孫次郎が怒鳴りつけた。

矢立峠の惨状が頭から離れないのだろう。イタクニップと戦うと決めてから、ひときわ厳しく水夫たちと接するようになっていた。

三厩湾に入り、沖に船を停めた。港には二十艘の船がつないであるが、全員上陸したようで見張りも残していない。

無用心なといぶかりながら、孫次郎ら数人を連れて港に上がった。

兵たちはどこにいるのかと捜していると、白いひげをたくわえた村の長老が歩み寄ってきた。

新九郎が御牧《みまき》の館を預けた、赤銅色《しゃくどういろ》に潮焼けした男だった。

「太郎季政《すえまさ》さまなら、御牧の館におられます」

「季政どのが来ておられるのか」

「管領さまに命じられ、折曾《おりそ》の関《せき》から兵をひきいて参られたのでございます」

「しかし御牧の館の守りは、あなた方にお願いしたはずですが」

「四百の兵が寝泊りできる場所はここしかないと、我らを館から追い出されたのでございます」

有無を言わさぬ横暴さだったと、長老は季政の仕打ちに眉をひそめた。

新九郎は大川平《おおかわだい》というなだらかな丘の入口にある御牧の館を訪ねた。

季政は烏帽子《えぼし》、直垂姿の三人と酒宴の最中だった。港から呼んだのか、渡島《おしま》娘らしい酌婦《しゃくふ》も二人同席していた。

「新九郎、よいところに来た。お前も飲め」

季政が酒に酔った赤ら顔で盃《さかずき》を差し出した。

「急ぎの用です。二人だけで話をさせて下さい」

「ちっ。相変わらず無愛想な奴だ」

季政は三人に非礼をわび、新九郎を別室に連れて行った。

「いよいよ攻めるか。リコナイを」

「明後日の正午に攻めます。それに間に合うように、リコナイの港に上陸して下さい」

「分ったのか。どこでトリカブトを作っているか」

「リコナイの西に尖岳という山があります。そのふもとの隠し谷で栽培していました」

その谷をエコヌムケの一隊が襲撃し、イタクニップらをおびき寄せる。リコナイの城が手薄になったところを攻めるので、時刻は必ず守ってもらいたい。新九郎はそう念押しをした。

「親父に命じられて加勢に来たのだ。役目はきっちりと果たす」

季政はあわただしく宴席にもどりかけたが、

「良い機会だ。お前にも先のことを話しておいた方が良いかもしれぬな」

施しでもするような態度で、もう一度座り直した。

（二）

二人は改めて向かい合った。

ひと回りほど年の離れた異母兄弟である。背丈は同じくらいだが、季政はやせて頼りない体付きをしている。

馬のように長い顔を酔いに赤くしているので間《ま》が抜けて見えるが、決して凡庸《ぼんよう》ではなかった。

父の又太郎季長から折曾の関の差配を任され、西の浜安藤家の海運を取り仕切っている。

季長は季政を守るために、戦に出ることを禁じていたほどだった。

「外の浜では照手《てるて》に殺されそうになったそうだな」

季政がくぐもった声で言って、唇の端に皮肉な笑みを浮かべた。

「ええ、危《あや》ういところでした」

「女とはそうしたものだ。成り行き次第でどちらにも転がっていく」

「……………」

「それでも何度か楽しませてもらったのであろう。それだけでも儲《もう》けものではないか」

「先のことで、話があるとのことでしたが」

新九郎はこうした話が嫌で、早く本題に入るようにうながした。

「広間に来ておられるのは、安藤太郎左衛門《たろうざえもん》どののご家来衆だ。御牧の館を引き渡す条件で、和解の道がさぐれぬか話し合っておる」

「我らの身方になって下さるのですか」

「外の浜と和解するのだ。このまま争いをつづければ、安藤一門と津軽が荒れ果てるばかりだ」

「しかし、管領どのは」

「親父は馬鹿な夢に取り憑《つ》かれただけだ。大昔ではあるまいし、安藤家が蝦夷の王になることなどできるものか。親父は自分の人生のくだらなさに飽き飽きして、大博打《おおばくち》を打ちたくなっただけだ」

その上、都にも馬鹿な夢に取り憑かれた輩《やから》がいて、天皇親政だの津軽を親王国にするだのと言って、季長の妄想を焚きつけている。

だが、そんなことが実現するはずがないのだと、季政は冷徹に言い切った。

「どうして実現しないのですか。我らは圧倒的に優勢ですよ」

「今のところはそうかもしれぬ。だが幕府はそろそろ本腰を入れて叛乱の鎮圧に乗り出してくる。南部長継《ながつぐ》に出陣の命を下したというし、宇都宮高貞《うつのみやたかさだ》には関東の軍勢をひきいて進発するように御《み》教書《ぎょうしょ》を下したそうだ。さすれば五万ちかい軍勢が、この津軽になだれ込んで来ることになる」

「それは太郎左衛門どのの家来衆から聞かれたことですか」

「五郎季久どのが知らせて下さったのだ。津軽の統治を任されてきた安藤家としては、そうした事態を放置することはできぬ。何としてでも今のうちに矛を収めなければならぬと言っておられる」

「できますか。今さらそんなことが――」

できるとも。妄想に取り憑かれた年寄りの首を差し出せばすむことだ」

季政は平然と言い放った。

非情と言うか冷酷と言うか、父親への愛情など欠片《かけら》もない口ぶりだった。

「どうした。不服か」

「俺には納得できません」

「北条得宗家が津軽から手を引くことは絶対にない。奴らは海運から上がる収入によって、幕府を支えてきた。その要《かなめ》となってきたのが、我ら安藤家なのだ」

「それは知っています」

「お前が知っているのは、安藤家が得宗家に莫大な上納金を納めている程度のことであろう。だが事はそれほど単純ではないのだ」

季政が直垂の懐や袖口を何度かさぐり、一枚の紙を取り出した。

日本列島ばかりか、朝鮮半島やサハリン、アムール川流域まで記してある。

いつか外の浜の五郎季久の館を訪ねた時、鎌倉から来た一貫《いっかん》和尚に見せてもらった絵図と同じものだった。

「蒙古襲来から四十年余が過ぎ、二つのことが大きく変わった。ひとつは敵であった元との交易がさかんになり、大量の品々を売買するようになったことだ。もうひとつは、その影響で国内の交易が活発になり、銭《ぜに》の世の中になった。その結果、何が起こったか分るか」

「…………」

「商《あきな》いや運搬に従事する者たちのもとに銭が集まり、下人《げにん》らに田畑を耕やさせて暮らしてきた御家人たちが喰えなくなった。御家人たちは所領を質にして銭を借り、それが嵩《かさ》んで所領を手放さざるを得なくなった。源頼朝に拝領した一所懸命の地を、質の形《かた》に取り上げられているのだ」

これでは幕府の体制そのものが揺らぐことになる。

御家人たちは所領の広さに応じて兵役の務めを負っているが、所領を失い務めを果たすことができなくなっている。

幕府はこうした御家人たちを救おうと、徳政令を発して借金を帳消しにしたり、質の形に取り上げた土地をもとの持ち主に返させることにした。

ところが御家人たちの暮らしがそもそも農業では維持できなくなっているのだから、これは焼け石に水である。

御家人たちは徳政令が出ても帳消しにしないという条件で銭を借りるようになり、いっそう窮地に追い込まれていった。

「こんな中で北条得宗家だけが、莫大な銭を手にするようになった。得宗家はもともと海運で財を成した家だが、鎌倉幕府の執権となってからは日本中の主要な港を支配し、交易を取り仕切るようになった。しかも元との交易がさかんになってからは、交易船が得宗家の港だけに入る仕組みを作り、上納金を独占するようになった。座っていても銭が転がり込んでくるというわけだ」

しかしこれには困窮した御家人と、従来港を支配していた寺社の双方から非難の声が上がった。

そこで得宗家は御家人たちに無利息で銭を貸し付けたり、上納金の分け前を寺社に与えるようにした。そしてこうした施策を維持する資金を捻出《ねんしゆつ》するために、港を整備して流通量を増やそうとした。

すでに貞永《じようえい》元年（一二三二）に鎌倉沖に和賀江《わかえ》島という人工島をきずき、大型船が停泊できる港にしていたが、日本各地で同様の工事を進めたのである。

「この政策を推し進めていく上でもっとも重要なのは、どこか分るか」

さあ答えよと、季政は新九郎の膝の前に絵図を押しやった。

「津軽でしょうか」

「そうだ。元から運ばれて来た積荷は、博多や小浜《おばま》に荷揚げされる。それを関東や鎌倉に運ぶには、津軽の港を通ってこの道をたどるのが一番便利なのだ」

季政が宇曾利《うそり》（下北半島）の東から三陸沖を南下する海路を、ずんと一本、指で描いた。

（ああ、そうか）

それで一貫和尚は、陸奥湾から鷹架沼《たかほこ》に通じる水路を掘ろうとしているのだ。新九郎は初めてそのことに思い当たった。

「それゆえ得宗家にとって、津軽は日本中のどこよりも大事な土地ということになる。安藤一門を蝦夷管領に任じ、がっちりと押さえ込んできたのはそのためだ。その津軽が親王国として独立することを許すと思うか」

「許しはしないでしょう。だから管領どのは、朝廷と結んで幕府を倒そうとしておられるのではないのですか」

「そんなことは夢のまた夢だ。親父はこの夏までには今上自ら倒幕の兵をお挙げになると言っていたが、いまだに何も起こらぬではないか」

「………」

「親父は妄想に急かされるあまり、体《てい》よくだまされたんだよ。だからこれ以上事が悪化せぬうちに五郎季久どのと和解し、工藤右衛門尉さまに得宗家に取り成してもらわねばならぬ。そうでなければ安藤一門は攻め亡ぼされ、津軽は南部家に支配されることになりかねぬ」

「そのことについては、管領どのと話し合って下さい。今はリコナイの城を攻め落とすことが先決です」

「案ずるな。イタクニップは潰さねばならぬと、わしも思っている。ただし、ひとつだけ約束してもらいたい」

「何でしょうか」

「外の浜と和解したなら、照手とよりを戻せ。五郎季久どのも、それを望んでおられる」

それが大人の身の処し方だと季政は言ったが、新九郎にはとてもそんな考え方はできなかった。


翌日の午後、新九郎はマトウマイに戻った。

港の側の西の浜安藤家の館には善蔵と修治郎、エコヌムケが待っていた。

「イアンパヌさんたちはどうした。行方が分ったか」

「リコナイの城の近くの寺さおられます。境内さ土蔵があって、その中さ」

無事に役目を果たしたものの、善蔵は疲れきっていた。

「二人とも無事だろうな」

「寺さは見張りの者がいで近付げません。遠ぐから様子ばうかがうばかりです」

「アトイはどうした」

「寺の裏山に残って様子を見ています。わしだけ知らせにもどりました」

リコナイから夜通し駆けて、今朝館に着いたという。

「新九郎さま、三厩の方はどうでしたか」

エコヌムケがたずねた。

「兄の季政が兵をひきいて来ています。明日の正午にリコナイに船をつけて、城に攻め込むと申し合わせてきました」

「わしも二百の兵を待機させています。どうすればいいか指示して下さい」

「族長は明日の巳《み》の刻（午前十時頃）までに尖岳に着いて下さい。俺たちもこれからリコナイに行き、寺の裏に潜んで夜明けを待ちます」

新九郎は矢立てと紙を取り出し、リコナイ周辺の簡単な絵図を作った。

木古内《きこない》川の河口に港があり、川の北側の尾根にはイタクニップが北斗《ほくと》城と名付けた城がある。

イアンパヌらが捕えられている寺は、城の西側にある屏風《びょうぶ》山のふもとに位置している。

尖岳はそこから西に三里ほど離れた所で、山の上からはリコナイの様子をながめることができた。

「俺たちは夜明けと共に寺を襲い、イアンパヌさんたちを助け出します。無事にやり遂げたなら人を走らせて知らせますから、族長たちは正午より半刻（約一時間）前に隠し谷に攻め入って下さい」

そうすれば隠し谷の者たちは救援を求める狼煙を上げる。イタクニップらがそれを見て出撃した隙に、新九郎らは季政勢と共に北斗城を乗っ取る手筈だった。

「分りました。これからさっそく館にもどって出発の仕度をします」

「失礼ですが、館の中にイタクニップと通じている者がいるようです。こちらの動きを悟られないように用心して下さい」

「それなら大丈夫。獅子身中の虫は、もう退治しました」

エコヌムケが戦う男の顔をしてにこりと笑った。

リコナイの二里ほど南に知内《しりうち》の港がある。そこまで朝日丸で行き、後は陸路をたどることにした。

イアンパヌとノンノを救い出せるかどうかに、この作戦の成否がかかっている。腕のたつ者五人を選び、夜陰《やいん》に乗じて寺に忍び込めるように黒装束をまとわせていると、

「やっぱり、我《わ》も連れて行って下さい」

修治郎が鷹を入れた籠を持って申し出た。

「いいのか。蝦夷地では鷹を使えないと言っていたが」

「みんなが戦ってるのに、我だけ逃げるわけにはいきません。タケはいい子だはんで、分ってくれると思います」

修治郎は猫背気味の背中を丸め、愛おしげに籠を抱き締めた。

マトウマイから船を出し、リコナイの屛風山のふもとに着いた時にはすでに暗くなっていた。

木古内川の対岸にひそんで寺の様子をうかがっていると、アトイが闇の中を獣《けもの》のような速さで駆け寄ってきた。

「兄貴、大変です。姉とノンノが城に連れて行かれました」

「なぜだ。こちらの動きに気付かれたか」

「ずっと裏山にひそんでいましたから、気付かれるはずはないと思いますが」

「それならマトウマイの港にも密偵がいたのかもしれぬ」

このままエコヌムケらが隠し谷を襲ったなら、二人の命が危ない。作戦を中止し、新たな手立てを講じなければならなかった。

「我が尖岳まで知らせに行きます」

善蔵は自分の失策だと感じているようだった。

「いや、お前には他にやってもらいたいことがある」

新九郎は窮地を脱する策を見出そうとめまぐるしく考えを巡らした。

「何だべが」

「ノンノが城のどこにいるか突き止めることだ。俺と一緒に城に忍び込んでくれ」

「んだば我が行きます」

修治郎が背筋を伸ばして申し出た。

「そうか。途中は険しい所もあろう。孫次郎も何人かを連れて一緒に行ってくれ」

「若、お待ち下され」

孫次郎が鋭く諫《いさ》めた。

「今から襲撃を止めても、季政どのの軍勢がリコナイの港に入るのを止めることはできません。かせげるのはわずか半刻でござる」

「二人を助け出すための時間だ。少しでも長く確保しておかねばならぬ」

「若、無分別なことを申されるな」

孫次郎は皆の中から新九郎を引き出し、かたわらの草むらに座らせた。

「さあ、ここであお向けになられよ」

「こうか」

新九郎は仕方なく言われた通りにした。

途端に満天の星が目の前に現われた。月も煌々《こうこう》とあたりを照らしている。寝転がってそれをながめていると、自分が大地と一体となって夜空と向き合っている気がした。

「若、聞く耳をお持ちでござるか」

「ああ、二つ持っている」

「イタクニップが襲撃に気付いて二人を城に移したのなら、すでに隠し谷の守りも固めているでしょう。今さら中止しても何の益もありませぬ。使いに出した者たちを危険にさらすばかりです」

「では、どうする」

「暗いうちに城に忍び込み、二人を助ける態勢をととのえて騒動が起こるのを待つべきでござる」

イタクニップが隠し谷への襲撃に気付いたとしても、季政らの船団が襲って来るとは夢にも思っていないはずである。

城の中にひそんでいれば、混乱に乗じて助け出す機会がかならずあると言う。

「そうだな。その通りかもしれぬ」

新九郎は大きくひとつ息をついた。

北の空でひときわ明るくまたたいているのは北辰《ほくしん》（北極星）。船乗りが方位の頼りとする星である。

自分にとって孫次郎はあの星のようだ。新九郎はふとそう思った。


イタクニップの北斗城は、木古内川の北側の尾根にあった。

北から南に延びるなだらかな斜面を利用し、三段の曲輪を配している。

後《のち》に階梯式城郭と名付けられる築城法で、蝦夷やアイヌに伝統的な環濠集落型の館を基礎とした山城とは、ちがった設計思想にもとづいていた。

北斗城という命名にも、イタクニップの強烈な意志が込められている。

関東で主流になりつつあるこうした形の城をいち早くきずき、強大な軍事力によって渡島半島ばかりか蝦夷地全域に勢力を伸ばそうとしているのだった。

城は下から三の丸、二の丸、本丸と階段状につづき、本丸は北に延びる尾根とつながっている。

尾根には大堀切をもうけて北からの侵入を防ぎ、それぞれの曲輪には空濠と土塁を配して守りを固めていた。

草木も眠る丑《うし》三つ時（およそ午前一時半）。新九郎とアトイと善蔵は、背後の尾根から大堀切をこえて本丸に忍び込んだ。

深さ二間《けん》半（約四・五メートル）ほどの大堀切の底には、孫次郎が三十余人の配下とともに身をひそめ、いつでも梯子《はしご》を登って本丸に攻め込む構えをとっていた。

十六夜《いざよい》の月は青白くあたりを照らし、本丸内の御殿が影絵のように浮き上がっている。

小さいながらも中央に寝殿と池をもうけ、北、東、西に対《たい》の屋《や》を配した寝殿造りである。

城は関東風、御殿は京風にしたところにも、イタクニップのただならぬ野心が表われていた。

善蔵の鼻は猟犬のように鋭い。腰をかがめて身を低くし、するすると御殿の敷地に忍び入ると、北の対の廻り縁の下に取りついた。

そうしてここにいるとばかりに対の屋の中を指さしている。

新九郎とアトイもそれに倣《なら》い、足音をたてずに廻り縁の下にもぐり込んだ。

そうしてじっと耳を澄ましていると、城下の海岸に打ち寄せる波の音に混じって、和語で語るイタクニップの声が聞こえてきた。

初めは波の音にかき消されていたが、床下に這《は》い入って部屋の下まで進むと、はっきりと聞き取れるようになった。

「もう遅い。そろそろ眠ったらどうだ」

折敷《おしき》の上にことりと盃を置く音がした。

「お前が寝ぬとわしも眠れぬ。そうして手を縛っていても、喉首を喰い破られそうだからな。わが姪《めい》ながら強情な奴だ」

「ノンノを返して下さい。あの娘《こ》に罪はありません」

イアンパヌの低く押し殺した声がした。

「心配するな。今頃侍女にかしずかれて西の対で眠っておる」

「…………」

「わしの妻になれ。そうすればこの御殿で女御《にょうご》さまのような暮らしができる。ノンノやノチウも引き取ってやる」

イアンパヌは返事をしない。イタクニップが言うように、強情に黙り込んでいるようだった。

「そんな目で見るな。わしはお前のためを思って可愛がってやったんだ」

「…………」

「あんな男をいつまで待つつもりだ。唐子蝦夷との戦から、もう四年もたったんだ。死んでいるに決まっているじゃないか。強情を張って操《みさお》を守るなどお笑い草だ。だから肌帯《ウプソルクツ》を引きちぎり、目を覚まさせてやったんだ。有難いと思え」

肌帯はアイヌの婦人が用いる貞操帯である。

新九郎はイアンパヌがどんな扱いを受けたかを察し、胸をえぐられるような痛みを覚えた。

一お前はエコヌムケを頼っていれば、これからも無事に暮らせると思っているようだが、そうはいかぬ。津軽の戦で折曽《おりそ》の安藤又太郎季長は亡ぼされ、エコヌムケの阿呆も共倒れになる」

その後に渡党の族長になるのはこのわしだと、イタクニップは急に声を荒らげて床を叩いた。

「もともとわしが族長になると決まっていた。それをお前の親父が長老たちに手を回してくつがえした。銭の勘定しかできぬくせに、わしの座を奪ったのだ。そのために渡党はどうなった。はいつくばって蝦夷管領に従うばかりで、唐子にも日の本にもなめられているではないか」

イタクニップは怒りを鎮めようと、椀に酒をついでゆっくりと飲み干したらしい。甘酸っぱい稗《ピヤパ》酒の匂いが床下までただよってきた。

「このままでは渡党は亡ぼされる。わしはそれを防ぐためにこの城をきずき、誰にも付け入る隙を与えないようにした。やがてエコヌムケを始末して族長になったなら、外の浜の安藤五郎季久を操って蝦夷管領になる。そうしてカラ・プトもニヴフも攻め取って北の王国をきずくのだ」

新九郎は知らないが、カラ・プトは樺太のことで、アイヌ語の「カムイ・カラ・プト・アツイ・ヤ・モシリ」（神が河口に造った島）に由来する。

河口とはアムール川の河口のことで、その先に位置しているのでこう呼ばれているのだった。

「どうした。何を笑っている」

「………」

「お前はただの強がりだと思っているかもしれぬが、わしは何年も前から計略を進めてきた。出羽のアイヌに叛乱を起こさせ、又太郎季長の息子の季治を殺した。そうして外の浜と西の浜の安藤家が戦うように仕向け、五郎季久を支援する見返りに、蝦夷地はわしの支配に任せるという約束を取りつけた。この先、どうなるか分るか」

「………」

「幕府の大軍がやって来て季長を亡ぼし、季久が蝦夷管領の務めを果たすようになる。わしは約束通り蝦夷地を支配し、京都や鎌倉と自由な交易をして大儲けする」

その銭でさらに兵を強くし、カラ・プトやニヴフに攻め入るのだと、イタクニップは猷じみた笑い声を上げた。

「見ておれ。明日お前の親父は死ぬ。隠し谷を襲おうとして、間抜けなうさぎのように罠《わな》にはまるのだ」

やはり襲撃の件は筒抜けになっていたのである。

イタクニップがどんな罠を仕掛けているか分らないが、それを防ぐためにもイアンパヌとノンノの救出を急がなければならなかった。

第十一章　羆の風

（一）

北の対の床は低い。

アトイや善蔵は地べたに腰を下ろせば座っていられるが、長身の安藤新九郎季兼は頭がつっかえて座れない。そこで仕方なく、腕を枕にして横になっていた。

あたりは闇に包まれ、静まりかえっている。さっきまで続いていたイタクニップの長広舌《ちょうこうぜつ》もやみ、話し声も物音もしない。二人とももう眠ったのか、それとも息を殺して互いの様子をうかがっているのか。

新九郎は気配を読み取ろうとしたが、手掛かりになるものは何もなかった。イアンパヌは両手を縛られたままなのだろう。伯父のイタクニップから妻になるように迫られ、拒み抜いたために凌辱《りょうじょく》されたようである。

ノンノは西の対にいるらしい。イアンパヌを意のままにするために、イタクニップが人質に取ったのである。

「ノンノを返して下さい」

そう叫んだイアンパヌの声が新九郎の耳底《じてい》に残り、怒りに心がざわめいているが、短気は禁物である。

まずは城内の様子を確かめ、イタクニップらの出方をうかがって、イアンパヌとノンノを無事に助け出さなければならなかった。

昼間の疲れのせいだろう。新九郎は静けさに誘われてついまどろんでいた。浅い眠りの中で、トリカブトの毒矢を受けて生死の境をさまよっていた時の夢を見ていた。

高熱と激しい悪寒《おかん》、焼けつくような喉の渇き。耐え難い苦しみを救ってくれたのはイアンパヌだった。口移しで薬湯を飲ませ、凍《こご》える体を裸になって温めてくれた。

そして正気に戻り、イアンパヌと目があった。鼻がつくほど顔を寄せ、素肌を合わせて新九郎を温めようとしてくれていた。

新九郎が正気に戻ったと知ると、イアンパヌは「あっ」と驚きの声を上げ、逃げるように産屋《さんや》から出ていった。

くびれた腰に赤い細紐《ほそひも》を巻いていたが、それはアイヌの婦人が用いる肌帯《ウプソルクツ》と呼ばれる貞操帯だった――。

「兄貴、兄貴」

小声で揺り起こされ、新九郎ははっと目をさました。

アトイが顔を間近に寄せて夜が明けたと告げた。

「今、何刻だ」

「辰の刻（午前八時頃）を過ぎたと思います」

「上は？」

「物音がしません。眠ったままなのでしょう」

ともかくイタクニップが出て行くのを待って、イアンパヌとノンノを助け出すしかない。

覚悟を決めてじっと息をひそめていると、イタクニップの配下がやって来てアイヌ語で何かを告げた。

イタクニップが応じると、あわただしい足取りで引き返していった。

「隠し谷から狼煙が上がったそうです」

アトイが会話の内容を伝えた。

「すぐに返報の狼煙を上げよ。わしもすぐ二の丸に行く。イタクニップはそう答えました」

その言葉通り、イタクニップは起き出して出て行く仕度を始めた。金具の音がするのは鎧の腹巻を着込み、刀を腰につけているからだった。

「飛んで火に入る夏の虫よ。エコヌムケもこれでお陀仏《だぶつ》だ」

イタクニップは勝ち誇った声を上げ、

「いいか。わしが戻るまでおとなしく待っていろ。そしたらノンノを返してやる」

そう念を押し、床を踏み鳴らして出て行った。

新九郎はしばらく待った。

全身を耳にしてあたりの様子をうかがったが、部屋の中で人が動く気配はない。見張りはいないようだった。

「俺たちはノンノを助けに行く。お前はイアンパヌさんを助け、俺たちが戻るまで部屋でじっとしてろ」

アトイに申し付け、床下を這って西の対に向かった。

二人を無事に助け出したなら、孫次郎らを呼んで本丸を占拠する。そうしてイタクニップらを防ぎながら、安藤太郎季政が船団をひきいて来攻するのを待つ。

新九郎は頭の中でそんな段取りをつけていた。

寝殿造りの建物は、寝殿と三つの対の屋を渡殿《わたどの》でつないでいる。低い床に難渋しながら西の対まで進み、身をひそめて様子をうかがった。

ノンノのすすり泣く声が聞こえた。時折何かを訴えながら、声を詰まらせて泣いている。

新九郎にも母《ハポ》という声が聞き取れたので、母さんに会いたいと言っているのだろう。

監視役の侍女はノンノをなだめようといろいろ言い聞かせているが、いつまでも泣きやまないので業を煮やし、金切り声を張り上げて怒鳴りつけた。

ノンノはその剣幕に恐れをなして黙り込んだが、しばらくすると再びすすり泣きに泣き始めた。

「善蔵、裏口に回れ。俺は表から行く」

新九郎は西の対の廻り縁に上がり、板戸を開けて部屋に踏み込んだ。

都風の着物姿の侍女は、きゃっと叫び声を上げて反対側から逃げ出そうとした。

ところが板戸を開けると善蔵が両手を広げて立ちふさがっている。それを見ると腰を抜かして敷居の上に座り込んだ。

ノンノは小熊を入れる籠《かご》に監禁されていた。

干草を敷いた籠の中で、膝をかかえてうずくまっていた。

「ノンノ、大丈夫か」

新九郎は籠の戸口を引きこわし、ノンノを助け出した。

「兄、兄」

ノンノは泣きながら新九郎にしがみついた。

「怖かったろう。もう大丈夫だ」

「母《ハポ》、母は」

「アトイが助け出している。すぐに会えるから心配するな」

新九郎はノンノを抱いたまま、腰を抜かした侍女の裾の上に座り込んだ。

「和語は話せるか」

「は、はい」

「本丸には何人いる」

「寝殿に五人、東の対に三人」

「そのうち男は」

「寝殿に二人、東の対に三人です」

男が五人なら一人でも戦えないことはない。全員を一挙に捕まえれば、イタクニップに気付かれずに本丸を占拠することができる。

「お前はノンノを連れて北の対へ行け。そして孫次郎に本丸に乱入して加勢に駆けつけるように伝えてくれ」

善蔵に命じた。

「新九郎さまは、どうするんだべが」

「この女を人質にして寝殿に乗り込み、相手を引き付ける」

「分りましたじゃ、すぐに戻るはんで」

善蔵はノンノを抱き取って北の対に向かった。

「さあ、ひと働きしてもらおうか」

新九郎は侍女の片腕を背中にねじり上げ、一方の手に六尺棒を持って、正面から寝殿に入った。

中は表の八畳間と奥の六畳間になっていて、間に御簾《みす》が垂らしてある。

寝殿にいるはずの男二人は別の場所にいるらしく、御簾の奥には三人の女しかいなかった。

「邪魔するぞ」

新九郎はそう言うなり六尺棒で御簾を叩き落とした。

三人はぎょっとしてふり返り、あわてて左右の戸から逃げようとした。

「待て。この女がどうなってもいいのか」

腕を首に回して締め上げると、恐怖に駆られた侍女は怪鳥のような叫び声を上げた。

騒ぎを聞きつけて五人が押っ取り刀で駆けつけた。いずれもイタクニップが警固役として選りすぐった屈強の男たちだった。

「俺は安藤新九郎季兼という者だ。族長のエコヌムケに頼まれて、イアンパヌとノンノを取り返しに来た。本丸の組頭は誰だ」

五人は返事をする代わりに刀を抜き放った。

それでも新九郎は話しかけ、彼らの注意を引き付けようとした。

「イアンパヌとノンノを連れて来い。この女と引き替えだ」

「ちがいます。すでにノンノは西の対にいません」

侍女の一人がそう告げた。

新九郎は首に腕をかけたまま侍女を楯にし、六尺棒で相手を威嚇《いかく》しながら寝殿の中庭に出た。

狭い室内では、長い棒を使うのは勝手が悪い。池のほとりに立って背後から攻められない位置を占めると、侍女を力任せに突き飛ばした。

侍女は前のめりに倒れ伏しながら、

「この男の仲間がいる。あの娘を連れて行った」

憎々しげに新九郎を指さして叫んだ。


五人は半円形に新九郎を取り囲んで間合いを詰めた。

刀を右上段に担ぐように構え、身方の犠牲を承知の上で斬りかかってくる戦法である。

この戦い方に覚えがある。尊雲法親王《そんうんほうしんのう》と十腰内《とこしない》に行った帰り、雪原で襲ってきた白装束の者たちが用いていた。

新九郎が考えている間にも、敵は一足一刀の間境《まざかい》に迫っている。どこへなりとも斬り付け、必ず命を奪うという容赦のない目である。

新九郎は五人の手元を狙って六尺棒をふり回した。うなりを上げる棒をさけて相手が後ろに下がった時、一人を目がけて突きをくり出した。

長い腕でくり出す突きは、想像以上に伸びてくる。

相手はそれを刀で払おうとしたが、勢いに押されてはねのけることができず、みぞおちに深々と棒先を受けて倒れ伏した。

新九郎は男の上を飛び越えて包囲陣から抜け出し、池にかけられた石橋の上に逃れた。ここなら包囲されることはない。

ほっとした途端、鼻の奥に痛みが走った。

誰かの鋭い悪意が向けられている。はっとあたりを見回すと、寝殿の廻り縁で侍女が弓を引き絞っていた。

反射的に身をよけた頬の横を、矢が凄まじい勢いでかすめていった。しかもはずしたと知った侍女は、あわてる気色《けしき》もなく二の矢をつがえている。

あれはアイヌの弓の使い方ではない。幼い頃から武家の弓の技を叩き込まれた射法である。しかも庭の男に新九郎に斬りかかるように命じ、戦っている最中に隙ができるのを待って射殺そうとしている。

新九郎は身を縮め、斬りかかろうとする相手を楯にしながら戦おうとしたが、生まれついての巨体はとても隠しきれなかった。

その時、孫次郎にひきいられた三十人ばかりが乱入してきた。

寝殿に踏み込んだ者は弓を構えた侍女を取り押さえ、庭に走り込んだ者は四人を捕えようと包囲している。

石橋を渡ろうとしていた男はそれに気付くと、島を象《かたど》って池の中に配された石に飛び移り、さらに池の岸まで飛んで塀を乗り越えようとした。

そうはさせじと棒を投げたが、男はそれより早く塀を乗り越え、二の丸まで飛び下りた。

新九郎は塀際に立って下の様子をながめた。

二の丸には戦仕度をした三百人ばかりが集まり、狼煙台から盛んに煙が上がっていた。

「東西の門を封じましたが、取り逃がしてしまいましたな」

孫次郎が側に立って仕方なげにつぶやいた。

「あれは何者だ。宮さまと十腰内に行った時に襲ってきた奴らと似ているが」

「坂東あたりから流れてきた腕利きを、イタクニップが用心棒として雇ったのでござろう。他の三人も逃げようとしたので討ち取り申した」

生きているのは新九郎に突かれて気を失った男だけである。その男を縛り上げ、すべてを白状させるという。

「もうすぐあの者たちが攻めてくる。守りきれるか」

「十倍の兵とは驚きましたな。おそらくイタクニップは、エコヌムケどのを討ち取った後にマトウマイを攻め取るつもりで兵を集めていたのでござろう」

「兄貴、姉が」

お礼を言いたいというので連れてきたと、アトイがノンノを抱いたイアンパヌを前に押し出した。

「助けていただき、ありがとうございました」

イアンパヌがうつむいたまま絞り出すように言葉を吐き出した。

こめかみと唇の左端が赤く腫れているのは、凌辱された時に殴られたのだろう。心はその何倍も傷ついているはずだった。

「大丈夫ですか。痛くはありませんか」

「ええ、もう」

「これから敵が攻め込んできます。ノンノを連れて尾根伝いに逃げて下さい」

「ここにいては、いけませんか」

イアンパヌが初めて顔を上げて新九郎を見た。

黒い瞳が涙でうるみ、頼りなげに揺れていた。

「敵は多い。防ぎきれるかどうか分らないのです」

「それでも構いません。もう迷惑はかけませんから」

「お前は、どう思う」

新九郎はアトイにたずねた。

「いさせてやって下さい。姉も一緒に戦いたいのです」

「分りました。それでは何があっても、俺の側から離れないで下さい」

二の丸のイタクニップ勢は十組に分れ、それぞれ火矢と梯子の仕度を始めた。火矢を射込んで本丸を焼き払い、梯子をかけて塀を越える構えだった。

やがて仕度が終わるのを待ち、鎧姿のイタクニップが進み出た。

「安藤新九郎、よく聞け。お前たちは本丸を乗っ取ったつもりだろうが、わしには兵も手立てもある。攻め落とすことなど簡単なことだ。だが本丸を明け渡すなら、命だけは助けてやる」

「惜しいか。丹精込めて造った寝殿が」

新九郎は塀から身を乗り出して応じた。

「ちがう。イアンパヌとノンノを巻き添えにしたくないだけだ」

「そうか。俺たちも二人を連れ帰れるならそれでいい」

「本丸を明け渡すのだな」

「ただし、ひとつ条件がある」

「言ってみろ。その条件を」

「さっきの戦いで負傷した者がいる。手当てをして動けるようになるまで、しばらく待ってもらいたい」

端《はな》から明け渡すつもりはないし負傷者もいない。だが太郎季政の船団が着くまで一刻（約二時間）以上もあるので、少しでも時間をかせぎたかった。

（二）

イタクニップは申し出を受け容れた。

本当にイアンパヌとノンノの身を案じているのか、それとも本丸を無傷で取り戻したいだけなのか。真意は分らないが、新九郎らは陣形をととのえる余裕を持つことができた。

「あたりの木を伐って刺股《さすまた》を作れ。敵は塀に梯子をかけて攻め入ってくるぞ」

孫次郎が配下の兵にあわただしく命じた。

敵は梯子を渡して空濠を越え、その梯子を塀に立てかけて本丸に乱入してくるつもりである。

それを防ぐには、刺股のようになった二股の棒を作り、梯子を向こうに押し倒すしかなかった。

「それと寝殿の床板をはずして楯を作れ。あの火矢は我らに向けてくるはずだ」

イタクニップが寝殿を焼き払うとは思えない。だとすれば塀際で防戦する者たちを狙うつもりだと察していた。

「新九郎、手当てはすんだか」

イタクニップは床几《しょうぎ》に腰を下ろし、勝利を確信した余裕を見せていた。

「もう少し待ってくれ。重傷の三人がいて、傷口を縛っているところだ」

「それなら城に残してゆけ。我々が手当てをして送り返してやる。無理に動かせば命にかかわるぞ」

「さっき狼煙を上げていたが、何のためだ」

新九郎はこの機会に隠し谷のことを聞き出そうとした。

「知れたことだ。エコヌムケが隠し谷に攻め入るのなら、我らはそれを防がねばならぬ」

「攻め入るのは、もう少し後だと聞いているが」

早々と狼煙を上げたのは何のためかと気になっていた。

「馬鹿め。攻めてくると分っていて、のんびりと待っている奴がいると思うか」

イタクニップはにやりと笑って尖岳の方を見やった。

先手を打って攻めるということである。

さっき隠し谷から上がった狼煙はエコヌムケの一行を発見したことを告げるもの。二の丸から上げたのは、攻撃を開始するように指示したものにちがいなかった。

「矢立峠と同じだ。今頃エコヌムケらは、トリカブトの矢をあびて全滅しているだろう。そろそろお前らにも、城を出て行ってもらおうか」

「もう少し待ってくれ。三人目の手当てをしているところだ」

新九郎は孫次郎に目配せした。

鼻の底に走る痛みが、これ以上は引き延ばせないと告げていた。

「もう充分に待った。今すぐ出て行くか皆殺しにされるか、二つに一つだ」

「それなら仕方があるまい。安藤水軍の戦ぶりを見せてやるから、どこからでもかかって来い」

「小癪《こしやく》な。者共、かかれ。一番乗りをした組には、銀百両の褒美をやるぞ」

イタクニップの号令とともに、十組の者たちがいっせいに攻めかかった。

東西南の三方から同時に攻めかかり、防御の手薄なところから乱入しようとするが、新九郎の配下たちは用意の刺股で梯子を押し倒し、はがした床板を楯にして火矢を防ぐ。

庭石を抱え上げて塀越しに落としかける力持ちもいれば、いつの間にか枯草の束を作り、火をつけて敵の頭上に投げつける者もいる。

土塁と塀に囲まれた本丸は、どことなく船に似ている。船戦《ふないくさ》でも船内に乱入しようとする敵を刺股や六尺棒で撃退するので、みんな妙に手慣れていた。

「火矢は我らの所に持って来い。消してはならぬぞ」

孫次郎はいつの間にか寝殿にあった弓五張りを持ち出し、弓隊を作っている。そして楯に突き立った火矢を抜いて敵に射返しているのだった。

舵《かじ》取りの弥七は長押《なげし》にかけられていた槍を持ち出し、船から棹《さお》をさす要領で塀の上から突き出していた。

イタクニップが作った北斗城は、攻めるに難く守りに易いなかなかの名城である。敵は十倍とはいえ、土塁と塀を乗り越えることができないまま、犠牲者の数ばかりを増やしていった。

これなら大丈夫。季政の船団が来るまで守りきれる。新九郎がそう思った時、背後で騒ぎが起こった。

本丸の後方から四十人ばかりが、地から湧いたように乱入してきたのである。

刀や弓を持った者たちは真っ先にイアンパヌとノンノを捕え、弓を構えた十人が新九郎らに狙いを定めた。

「全員動くな。得物を捨てて手を上げろ」

そう叫んだのは、本丸から脱出していった警固役だった。

これでは戦い様がない。新九郎も孫次郎らも言われた通りに恭順の姿勢を取った。

「残念だったな、新九郎」

イタクニップが弓隊の後ろから声をかけた。

「城には万一の時に備えて埋《うず》み門を造っておく。土塁の下に隠した門で、内から開けるのは簡単だが、外から開けるには手間がかかる。お前の申し出に応じたふりをしたのは、それを開ける時間が必要だったからだ」

イタクニップは配下から弓を受け取り、新九郎にぴたりと狙いを定めた。

「このまま矢を放つこともできるが、ひとつ取り引きをしないかね」

「………」

「わしの配下になるなら皆の命を助けてやる。アトイの補佐役になって、渡党のために働いてもらおう」

さあどうすると、イタクニップは返答を迫った。


「アトイは助けてくれるのか」

新九郎はそうたずねた。

「可愛い甥《おい》だ。もちろん助ける。やがてわしの義弟になって、渡党のために力を尽くしてもらわねばならぬ」

「それなら考えさせてもらおう。アトイとともに蝦夷地を平定するのも面白いかもしれぬ」

「そうか。よい分別だ」

イタクニップはそう言うなり矢を放った。

矢は新九郎の左の太股《ふともも》に激痛とともに突き立った。

「兄貴」

アトイが駆け寄ろうとしたが、弓隊に矢を向けられて立ちすくんだ。

「安心しろ。トリカブトは使っておらぬ。同じ手を何度も使うから、こらしめてやったのだ」

「弓の腕だけは誉めてやる」

新九郎は矢を引き抜いた。

アイヌの矢尻には返しがついていないので、すんなりと抜くことができた。

「だが、男としてはなっちゃいないな」

「何だと」

「イアンパヌさんを力ずくで手に入れたようだが、嫌われたままじゃないか。惚《ほ》れた女に袖にされる男に、族長がつとまるはずがあるまい」

「おのれ、言わせておけば」

イタクニップは怒りに逆上し、二本目の矢をつがえた。

「やめて下さい」

イアンパヌが矢の先に立ちふさがり、言うことを聞くからみんなを助けてくれと懇願した。

「本当だな」

「約束します。だからこの人たちを」

「分った。こやつらを二の丸の人屋《ひとや》に押し込んでおけ」

新九郎らは本丸の西門を出て二の丸に連行された。

新九郎の側には警固役の男が張り付き、首筋に刃《やいば》を当てていた。

「お前だけは許さぬ。殺された仲間の仇を取らねば、みんなに合わす顔がないからな」

「お前らは雇われ者だろう。他に仲間がいるのか」

「いるとも。イタクニップさまはいくらでも銭を払って下さるからな」

「十腰内で宮さまを襲ったのも」

仲間の仕業かとたずねようとした時、二の丸の門から兵たちが駆け込んできた。

揃いの黒い腹巻をつけた兵たちが、門から入るなり左右に分れ、叫び声をあげながらイタクニップの配下たちに斬りかかっていく。

予定より早く、太郎季政の船団が着いたのである。季政は城内の様子を確かめ、即座に四百の兵を突入させたのだった。

そうと分った瞬間、新九郎はふり向きざまに警固役のあごに肘《ひじ》打ちを叩き込んだ。ぐきっという鈍い音がして、男は後ろにはじき飛ばされた。

新九郎は男の刀を奪い取って孫次郎らを助けようとしたが、その必要はなかった。

イタクニップの兵は各地からの寄せ集めや雇われた者が多く、敵わないと見ると蜘蛛《くも》の子を散らすように逃げ散っていった。

「兄貴、イタクニップが」

アトイの叫び声に本丸を見やると、イタクニップはイアンパヌを人質に取って逃げ出していた。

埋み門の外には三の丸に向かって脱出用の竪堀《たてぼり》が掘ってある。そこを雪舟《そり》に乗って滑り下り、海岸ぞいに東に向かって逃げていく。

新九郎は追いかけようとしたが、左足がずきりと痛んで踏ん張りが利かなかった。

「頼む。紐と六尺棒を投げてくれ」

アトイが本丸から投げた紐で傷口をぐるぐる巻きに縛り、六尺棒を杖《つえ》にして追いかけることにした。

「兄貴、俺も一緒に」

「お前はノンノを守ってくれ」

床板を雪舟代わりにして三の丸まで滑り下り、二人を追いかけた。

走っている間に、いつの間にか足の痛みを忘れている。初めは五町ほど離れていたが、ぐんぐん距離が縮まっていった。

イタクニップはこのままでは逃げきれないと思ったらしい。イアンパヌを引きずって山の方に走り込んだ。

落葉が始まった白樺林の中の細い道を逃げていく。

しばらく行くと川があった。

幅十間ばかりの川には、二本の藤蔓《ふじづる》で支えた吊り橋がかかっていた。

イタクニップは対岸に着くと、藤蔓を切って橋を落とし、イアンパヌを脅しつけて林の奥に走り去った。

新九郎は上流と下流を見やったが、川岸は三間ばかりの崖《がけ》になっていて渡れそうにない。

川に下りられる場所をさがして下流に向かっていると、赤蝦夷松の巨木があった。

新九郎はふと思い立って木に登ってみた。幸い枝も多く、するすると登って白樺林の高さを超えると、眺望《ちようぼう》が急に開けた。

右手には群青色の海が広がり、おだやかに凪《な》いでいる。空は晴天で、対岸の宇曾利がくっきりと見える。

険しい断崖《だんがい》が海になだれ込んでいるのは、半島の西端の仏ヶ浦《ほとけがうら》のあたりだった。

傾き始めた太陽に照らされ、波の斜面が黄金色にきらめいている。

その美しさと自然の雄大さにしばし心を奪われていると、イタクニップの狙いが手に取るように分った。

海である。近くの海岸のどこかに隠し船入《ふない》りがあるのだろう。

そこにつないだ船で宇曾利に向かうつもりにちがいない。

新九郎は木から下り、下流に向かって走った。そうして川岸に下り、冷たい川を泳いで渡った。

流れは速いが、荒海に比べればたやすいものだった。

川を渡り海岸の方に向かっていると、前方にイタクニップとイアンパヌの姿が見えた。

二人が向かっている海岸は崖になっている。その割れ目に入り江があり、隠し船入りになっているはずだった。

新九郎はどこが入り江になっているか見当をつけ、海岸ぞいを走って船入りに先回りしようとした。

だが小枝を払う音でそれに気付いたイタクニップは、足を速めて海岸に着き、入り江への道を下りて行こうとした。

その時、イアンパヌが何かを持ち、イタクニップの腕をしたたかに叩いて手をふりほどいた。

そうして新九郎の方に駆け寄ろうとしたが、追ってきたイタクニップにつかまって羽交い締めにされた。

二人がもみ合っているうちに、新九郎は間近まで迫った。

「イアンパヌさんを放せ。お前のような嫌われ者に、北の王国など作れるはずがあるまい」

「貴様、それをどこで」

聞きつけたのかと、イタクニップは目を吊り上げて逆上した。

「策士ぶって安藤両家を操ろうとしたようだが、お前の浅知恵など、こちらはとうにお見透しだ」

新九郎はイタクニップをわざと怒らせ、イアンパヌを助け出す隙を見つけようとしたが、これは裏目に出た。

怒りに我を忘れたイタクニップは、

「畜生、お前が話したな」

そう叫ぶなりイアンパヌを崖から突き落とした。

崖の下には波が打ち寄せている。転落したなら命はないが、イアンパヌは岩場に這う松の根につかまり、宙ぶらりんになって体を支えた。

「助けに行けよ。早くしないと落ちてしまうぞ」

イタクニップは小気味良げにイアンパヌを見下ろした。

助けようとすれば、両手がふさがる。そこを襲われれば防ぎようがないので、イタクニップを先に倒さなければどうしようもなかった。

「助けたくて追ってきたのだろう。それとも自分の命が惜しくなったか」

「私はいいから、その男を叩き潰して」

イアンパヌが懸命に訴えた。

「その男か……。馬鹿な女だ」

イタクニップは仕方なげな薄笑いを浮かべると、踵《きびす》を返して入り江に下りていった。

「イアンパヌさん」

新九郎は崖を下りて手を差しのべたが、突き出した岩の下にぶら下がっているので届かない。

帯を解いて片方を松の木に、もう一方を右の足首に巻きつけ、腹這いになって岩の上から身を乗り出した。

「この手につかまって、足を岩にかけて」

差しのべた手に、イアンパヌは右手を伸ばしてつかまった。

新九郎がしっかりとつかみ返すと、左手を松の根から離して新九郎の手に体をゆだねた。

しかし、引き上げてやれるのは肘が曲がる範囲である。片足を帯で縛って吊り下がっているので、後ろに下がることもできなかった。

「俺の着物や髪につかまって、よじ登って下さい。足場をしっかり確かめて」

イアンパヌは言われた通り、新九郎の着物の肩口や髻《もとどり》をつかんで少しずつ這い上がっていく。

新九郎もイアンパヌの帯をつかみ、足を滑らせた場合に備えていた。

「ありがとう。もう大丈夫です」

イアンパヌは岩に上がると、精も根も尽きはてたように座り込んだ。

新九郎は自由になった両手を使って後ずさり、足首に結んだ帯を解いた。

「無事で良かった。怪我はありませんか」

はだけた着物を直し、手早く帯を結んだ。

「ありません。新九郎さまこそ、足の傷は大丈夫ですか」

「ああ、これですか」

新九郎は左の太股を矢で射られたことを思い出した。夢中で後を追っていたので、痛みさえ忘れていた。

「何ともありません。きつく縛ったのが良かったようだ」

「早く手当てしないと、毒が入ることがありますから」

「リコナイにもどってアトイに頼みます。あいつはいろんな薬を持っているから」

歩けますかとイアンパヌを引き起こし、狭い道をリコナイに向かって歩き出した。

ところがイアンパヌは、右膝を強打したらしく思うように歩けない。新九郎は肩を組んで体を支え、六尺棒を杖にしながら歩いた。

「すみません。足を痛めておられるのに」

「平気です。気にしないで下さい」

新九郎はイアンパヌの温《ぬく》みを感じながら、疲れも痛みも吹き飛ぶような心の弾みを感じていた。こうした喜びに覚えがある。だがそれははるか昔のことで、何だったのか思い出すことはできなかった。

すでに陽は大きく西に傾いている。北西からの風が、白樺の葉を散らして吹き過ぎてゆく。

新九郎は背筋に寒気を覚え、着物が濡れたままだったことを思い出した。

と、その時、吹き来る風に獣の臭いが混じっているのに気付いた。

生臭さと青臭さと脂《あぶら》の混じった臭いである。

「羆です。それも二頭」

イアンパヌが恐怖に身をすくめた。

臭いは風上、前方からだ。このまま進めば出喰わしかねなかった。

第十二章　月の神さま

（一）

　空はどんよりと曇り、いつの間にか暮れかけている。北西からの冷たい風は、落ち葉をさらさらと傾《なな》めに吹きやるほどの強さだった。

　安藤新九郎季兼は耳をすました。

　まだ熊の足音が聞こえるほどのちかさではない。地面に伏して片耳を当てると、かすかに地を踏みしめる音がする。

　イアンパヌが言うように、二頭が連れ立っているようだった。

「なぜこちらに来るのでしょう」

　新九郎は伏したまままたずねた。

「分りません。こちらに餌場があるのか、それとも……」

　イアンパヌは黒い瞳を揺らめかせ、身をすくめて口をつぐんだ。

「それとも、何です」

「その傷口です。血がにじんでいますから、臭いを嗅ぎつけたのかもしれません」

「俺を狙っていると」

「………」

「熊は人を喰うんですか」

「普通はそんなことはしません。しかし、一度人を食べて味を覚えると、襲うようになる羆もいます」

「羆は神《カムイ》と呼ばれているんでしょう」

「ええ。森で一番強いですから」

「それなのに人を狙うとは、とんだ神さまもあったもんだ」

新九郎は十三湊の近くの山で何度か熊を見たことがある。それは月の輪熊で、子牛くらいの大きさしかない。

だが蝦夷地に棲《す》むのは羆で、月の輪熊より二回りも三回りも大きいという。

イアンパヌは衣の裾をめくり上げ、尻を丸出しにした。

「ここでクイをして下さい」

「クイって？」

こんな時に何を始めるのかと、新九郎はたじろいだ。

「小便のことです。すみません」

イアンパヌは手早く放尿した。

小便の臭いで熊を引きつけ、その間に逃げるのである。

「その傷口にもクイをかけて」

血の臭いを消せと言う。

新九郎はイアンパヌに背を向けて言われた通りのことをした。

そうして再びイアンパヌの肩を支え、東の方に向かった。

熊は風上からでも臭いを嗅ぎ取っているようで、どちらに逃げれば一番安全なのか分らない。

ともかく熊が小便の臭いにあざむかれているうちに、できるだけ海岸ぞいの道から離れるしかなかった。

新九郎は左の太股に矢をあびている。イアンパヌは右膝を強打して、かかとをついただけで痛むほどである。

それでも何とか支え合って歩きつづけていると、頭上の梢を鳴らしていた風がぴたりとやんだ。白樺林が一瞬静寂に包まれ、海岸に打ち寄せる波の音が大きく聞こえた。そして次の瞬間、風が東から吹き始めた。

何と自然は無情なのだろう。新九郎らは風上になり、犬の七、八倍も嗅覚《きゆうかく》がすぐれている熊に狙われることになったのである。

「どうします。南に向かいますか」

「熊は人の何倍もの速さで走ります。とても逃げきれません」

「それでは……」

「さっきイタクニップが切り落とした吊り橋の側に、熊の罠があるそうです」

アイヌは冬眠する熊を捕えるために、あらかじめ穴を掘って熊が入るように仕向ける。そして熊が入ったなら、杭を打ちつけ、冬ごもりしている熊を出られなくした上で槍などで仕留めるのである。

「穴の口は小さいので、そこに入れば熊を追い払うことができるかもしれません」

そこまではそれほど離れてはいないと、イアンパヌが肩で息をしながら言った。

疲れより恐怖が、彼女の呼吸を荒くしていた。

新九郎は再び地面に耳を当てた。

熊は二手に分れている。一頭はそのまま小便の場所に向かい、一頭はこちらに向かってくる。

「俺はここで熊を引きつけます。イアンパヌさんは先に罠に向かって下さい」

「でも……」

「一人なら戦えます。足手まといになられるよりましです」

イアンパヌが去ったのを見届け、新九郎はあたりを見回した。

白樺の間に赤蝦夷松の大木がある。それに登り、太股に巻いた血まみれの紐をはずした。

それを下にだらりと垂らし、血の臭いをさせておびき寄せるのである。熊が万が一にもイアンパヌの方へ向かわないようにするためだった。

新九郎は何やらゾクゾクしてきた。

（さあ来い。カムイ）

船で大嵐に立ち向かう時と同じである。危険が大きければ大きいほど、体の内から闘志がわき上がってくるのだった。

新九郎は赤蝦夷松の枝をかき分け、北から迫って来る熊の姿が見えるようにした。

地面までの高さは二間（約三・六メートル）ほど。

熊が近付いてきたなら血のついた紐を下に落とし、その臭いを確かめている隙に六尺棒で打ちかかる。

相手はどれほどの大きさで、どう戦ったらいいか。新九郎は冷静に考えを巡らした。

大きさは油川湊のアイヌの交易所に飾ってあった熊の皮から見当をつけた。エコヌムケが槍《オプ》で仕留めた熊は、後肢で立つと新九郎より頭ひとつ背が高かった。

腕は太く爪は鋭く、人間などは一撃でなぎ倒すという。

筋肉は厚く皮も固いので、急所を衝かなければ刀も槍も通じない。

一番確実な方法は、熊が襲いかかろうと立ち上がった時、内懐に飛び込んで槍を立てることだ。

熊は人を押さえ込もうと前に倒れ、槍に胸を貫かれるというが、新九郎に槍はない。

六尺棒の一撃で仕留める以外に方法はないので、どこに打ちかかるかが成否を分けることになる。

(頭か、背中か)

頭は急所だろうが、小さいので熊が動いた時には狙いをはずす恐れがある。その点背中なら大きく、渾身の一撃で背骨を叩き折ることができるかもしれなかった。

もうイアンパヌは熊の罠にたどり着いた頃だろう。新九郎はそう見当をつけると、紐を丸めて木から少し離れた所に投げ落とした。

狙い通り一間ほどの間ができ、飛び下りざまに打ちかかるには格好の位置である。

やがて藪を抜ける熊の気配が伝わってきた。茂みをかき分け灌木《かんぼく》の小枝をへし折りながら、真っ直ぐにこちらに向かってくる。

五十間、三十間、二十間……。

その足取りは驚くほど速く、二十間まで迫った時には、藪の中に真っ黒な背中が見えた。

(……!!)

新九郎は息を呑んだ。

大きい。エコヌムケが仕留めたものより、ひと回りは大きいだろう。四肢ははちきれんばかりに太く、体の動きもしなやかである。

しかも打ち込みやすい背中などなかった。新九郎は鹿のように長く伸びた背中を想像していたが、熊の背中は小山のように丸く盛り上がっている。

これでは棒が毛皮ですべり、致命的な一撃にはならない。

そう考えている間にも、熊は丸めた紐に近付いて臭いを確かめ、怪訝《けげん》そうにあたりを見回している。

木の上にいることに気付かれたなら勝機はない。賢い熊なら下りてこられないように見張りをして、もう一頭の仲間を呼ぶだろう。

新九郎は意を決して跳躍した。

飛び下りざまに六尺棒を振り上げ、あらぬ方を見やっている熊の頭に、全体重をかけて鉄を巻いた先端を叩き込んだ。

手応えは充分である。熊は脳天を叩き割られ、地にひれ伏して絶命する。

着地の瞬間そう思ったが、その見込みは甘かった。

熊は一瞬気を失ったらしく、前のめりに倒れ込んだが、すぐに起き上がり首をすくめて二、三度頭を振った。

そうして正気を取り戻すと、誰の仕業か確かめようとあたりを見回した。

その表情はどこかのんびりとしている。山から崩れ落ちた岩が当たったと考えているようで、「またドジったか」とでも言いたげである。

ところが視界の隅に新九郎をとらえると、気配が一変した。こいつが自分を襲ったのだ。そのことに気付くと、牙をむいた凶暴な顔になり、全身の毛を逆立てた。

体を大きく見せて相手を威嚇するためで、完全な戦闘態勢に入ったのである。

新九郎は六尺棒を中段に構え、鼻先に狙いを定めたまま熊をにらみすえた。

目をそらしたら襲ってくる。背中を向けたら追ってくる。それが熊の習性だと、エコヌムケから教わっていた。

熊の方も容易な相手ではないと察したらしい。二間ほどの距離を取り、右に回りながら襲いかかる隙をうかがっている。

新九郎は六尺棒の先端を熊の鼻先に向けたまま、背後に回り込まれる危険をさけるために赤蝦夷松の幹を背にした。

それは自らの退路を断つことでもある。

鋭い目をして迫ってくる熊の迫力に、腰が抜けそうな恐怖を覚えたが、持って生まれた闘志が新九郎をぎりぎりのところで支えていた。

「さあ来い。カムイ」

大声を上げて熊の鼻先に小刻みな突きをくり出した。

ここが一番の弱点である。熊は首をふって突きをかわしたり、先端に噛《か》みついて棒を奪おうとしたりした。

それがうまくいかず何度か痛打をあびると、苛立ちのあまり一気に間合いを詰め、後肢立ちになって襲いかかってきた。

八尺（約二メートル四十センチ）は優に超えている。新九郎より頭二つ分背が高い。

それを活かして相手を押さえ込もうと、刃物のような爪のついた前肢を大きく広げた。

退路は断っている。前に出るしかない。新九郎はアトイから聞いた通りの動きをした。

一瞬伸び上がる仕草をして熊の注意を上に向け、身をかがめて内懐に飛び込んだ。

そうして押さえ込みにかかる熊の顎を目がけ、伸び上がりざま突きを放った。

新九郎は知らないが、ここは熊の急所のひとつである。

そこに痛烈な一撃をあびせられ、熊はそのままあお向けに倒れ、赤蝦夷松の幹に頭を打ちつけて横転した。


「新九郎さま」

イアンパヌが少し離れた木の陰から声をかけた。

「どうしました。熊の罠が見つからなかったのですか」

「ありました。それで迎えに来たのですが」

あまりに凄まじい戦いぶりを見て、体がすくんで動けなくなったという。

新九郎は再びイアンパヌに肩を貸し、体を支えて歩き始めた。

小刻みな体の震えが伝わってくる。気丈なイアンパヌがこれほど怯《おび》えるとは意外だった。

「熊を見るのは初めてですか」

「い、いいえ。でも、見たのは罠にはまった熊を狩るところだけです」

「あんなに大きくて強いとは思わなかった。アトイに戦い方を教えてもらっていたお陰で、何とか倒すことができました」

「新九郎さまが内懐に入られた時は、もう駄目だと思いました。それで……」

体がすくんでしまったと、イアンパヌが恥ずかしげにうつむいた。

熊の罠はイタクニップが切り落とした吊り橋の近くにあった。

白樺林の中に川にそってつづく高台があり、急な登り坂になっている。

アイヌたちは南に向いたその斜面に穴を掘り、冬ごもりをする熊を誘い入れていたのだった。

入口は新九郎がやっと入れるほどの狭さだが、熊も猫と同じで頭が入るならばくぐることができる。冬の間に冷気が入り込まないよう、入口は狭いものを好むという。

新九郎は中にもぐり込んでみた。二畳ばかりの広さがあり、天井は腰をかがめれば通れるほどの高さである。

まるで焼き物の窯《かま》のようで、地面には茅《かや》の束が敷き詰めてある。

今年の冬に向けて作ったばかりで、壁の掘り跡が真新しかった。

「あの熊は死んだのでしょうか」

イアンパヌがたずねた。

「分りません。たとえ死んだとしても、もう一頭います」

新九郎は穴から出て杭にできそうな木を探した。入口の内側に打ち込んで、熊が中に入れないようにしたかった。

ところが適当な大きさの木は落ちていない。あるのは朽ちたものばかりで役には立たなかった。

仕方がないので斜面に生えている白樺の若木を押し倒し、根っ子ごと引き抜いた。そうして幹を踏み折り、根のついた杭を作った。

「先に入って下さい。この木で入口をふさぎます」

二人で中に入るとさすがに窮屈である。体が触れないようにしながら、新九郎は根付きの杭を内側から引き込んだ。

四方に張った根が傘のような形になり、入口をふさいでくれる。

どれほど効果があるか分らないが、何もないよりましだった。

やがてもう一頭の熊がやって来た。

新九郎の血の臭いをたどって迷いなく穴の方にやって来る。

全身茶褐色の体は、一頭目より倍ほども大きかった。

（あれは……）

新九郎は根の間から見える姿に言葉を失った。

頭は牛のそれと変わらないほどで、体は牛二頭分ほどもある。

あんな生き物がこの世にいるとは信じられないほどだった。

「あれが羆《カムイ》です。誰よりも強く、何物も恐れない」

イアンパヌが新九郎に体を寄せて外をのぞいた。

羆の中には稀《まれ》に体重二百五十貫（約九百四十キロ）を超える大物がいる。それだけ餌を取る能力に長けているのだから賢くて強い。

全身の肉をゆらして迫ってくるのは、そんな類《たぐい》の強敵だった。

しかし、あのデカさではこの穴には入れない。諦めて引き上げるのではないか。新九郎は内心そう思った。

ところがそれがいかに甘い期待だったか、即座に思い知らされることになった。

熊は我が家にでも向かうような迷いのない足取りでやって来て、根の向こうから穴の中をのぞき込んだ。

入口より大きな顔にはいくつもの傷跡があり、鼻先はつぶれて瘤《こぶ》のようになっている。ガラス玉のような黒い瞳には、凶暴さと冷酷さがみなぎっていた。

熊は目ざす獲物が中にいるのを確かめると、後ずさって入口から離れた。

そうして左右を見やり、しばし攻略法を考えてから、前肢を伸ばして根の排除にかかった。

新九郎は白樺の幹を両手でつかみ、両足を踏ん張って引き止めようとした。

ところが熊が爪をかけてひょいと引くと、何の抵抗もできずに奪い取られた。

想像をはるかに超えた、圧倒的な強さだった。

（二）

しめしめ、獲物は二匹いるようだ。

熊はそう思ったのか、舌なめずりをひとつした。

むせかえるような獣臭さが、穴の中にただよってきた。

入れないのにどうするつもりかと、息を詰めて様子をうかがっていると、入口のまわりを鋭い爪で掘り崩し始めた。

爪は金具のように強く、土をさくさくと削っていく。

熊はこうして冬ごもりの穴を掘ることを、新九郎はうかつにも知らなかったのである。

「後ろに下がって。じっとしていて下さい」

新九郎はイアンパヌを後ろに下げ、六尺棒で熊の手を突いた。

熊は蜜蜂にでも刺された感じで手を引っ込め、何があったのか確かめようと穴の中をのぞき込んだ。

新九郎はその鼻先に強烈な突きを叩き込んだ。

今度は熊ん蜂ほどの威力はあったらしい。熊は鼻先を前肢で庇《かば》った。そうして攻撃されたことに気付くと、後肢立ちになって斜面に倒れかかった。

倒れざまに地面を叩き、穴を崩そうとしている。しかも攻撃を受けないように、棒の届かない所まで下がって倒れかかっている。

そのたびに地響きがして、入口の天井から土が崩れ落ちてくる。このままでは穴がつぶされるのは時間の問題である。

新九郎は熊が広げた入口から上半身を乗り出し、下腹目がけて六尺棒をくり出した。

熊が後ずさってつかまえようとすると、素早く引っ込んで身を守る。後肢立ちになると再び六尺棒を突きまくる。

それを何度かくり返すと、熊は根負けして穴の横に回り込んだ。

今度は何を始めるつもりだろう。姿を隠して安心させ、出てくるのを待つつもりだろうか？

新九郎とイアンパヌが顔を見合わせて息を殺していると、頭上でドシンという衝撃があって地面が震えた。

ドシン、ドシン
どうやら上から穴を叩き壊そうとしているらしい。こうして脅せば、うさぎのような小動物は恐怖のあまり穴から飛び出すのだろうか。

それにしてもこの執念深さはどうした訳だろう。

熊は縄張りを荒らされたり餌を取られたりしたら、報復するまで絶対に諦めないとエコヌムケは言っていたが……。

そんなことを考えている間に、頭上の衝撃はおさまった。壊せもしないし飛び出しても来ないと分って、叩くのをやめたらしい。

そのかわりに頭上を掻く音がし始めた。鋭い爪で掘り崩しにかかったのである。

このままでは頭上に穴が空き、引きずり出されるにちがいなかった。

「走れますか」

イアンパヌにたずねた。

穴が崩れたなら外に逃げ出すしかなかった。

「無理です。たとえ走れたとしても、狼さえも捕まえる速さで追ってきます」

イアンパヌは諦めかけている。熊は神なのだから、襲われるのは仕方がないと思っているようだった。

「俺は戦います。入口に寄っていて下さい」

熊が穴を空けたなら、下顎に一撃をくらわせてやる。新九郎はそんな腹づもりをして六尺棒を握りしめた。

その時、穴の前を何かの影がよぎった。

白樺林に迷い込んできた蝦夷鹿が、熊の気配にはたと立ち止まり、姿を見るなり怖気《おぞけ》をふるって逃げ出したのである。

熊はそれに気付くと掻くのをやめ、斜面を下って猛然と追い始めた。小山のような体をゆすりながら、信じられない速さで藪の中を疾走する。

「確かに、あれなら」

狼を捕まえることもできるだろう。新九郎は唖然《あぜん》としながら去ってゆく方を見送った。

すでに夕闇が迫っている。

ここにいるのは危険だが、リコナイに向かうのもそれと同じくらい危なかった。

「近くにもうひとつ罠があります。そちらに移りましょう」

イアンパヌが先に穴を出て案内した。

右膝の痛みは軽くなったようで、一人で歩くことができる。

一方、新九郎の左太股の傷は熊と戦っているうちに悪化して、血が流れ出していた。

新九郎は後に臭いを残さないように傷口を紐で再び縛り、イアンパヌの後を付いていった。

もうひとつの罠は、二つの大きな岩がよりかかって立つ間に掘られていた。

これなら入口を掘り崩されることもない。共喰いをする羆は仲間に襲われる危険もあり、こうした場所の方が安全だと思うのである。

岩と岩の間は腰をかがめて通れるほどだが、中に入る前にイアンパヌは腰に下げた袋を取りはずした。

さっきイタクニップの手を痛打した袋で、中には火打ち石が入っていた。

よく見ると新九郎が渡した緞子の帯の端布《はぎれ》で作られている。

「火を焚きます。枯れ枝を集めて下さい」

イアンパヌは枯れ葉を掻きよせ、火打ち石で上手に火をつけた。

それに枯れ枝を重ねると炎が大きく燃え上がり、あたりを赤々と照らした。

「濡れた衣服をこの岩にかけて乾かして下さい。夜は冷え込みますよ」

イアンパヌが甲斐甲斐しく衣服を脱がせにかかった。

新九郎は全身ずぶ濡れになっていたことさえ忘れていた。

新九郎は下帯ひとつになって入口で火の番をした。

小枝の上に倒木の幹を置いて燃やすと、火の勢いは安定する。火で熊を防ぐことはできないが、近付かないようにする程度の効果はあるだろう。

それに煙や炭の匂いが人間臭さを消してくれるはずだった。

新九郎は腰を下ろし炎を見つめながら、今しがたの戦いを思い出していた。あの怪物のような熊がもう一度襲ってきたなら、どう戦えばいいのだろう。

あれだけ大きく強く賢い相手に勝つ方法はあるのだろうか。

その答えを求めて、熊の一瞬一瞬の動きを思い返し、どこに隙と急所があるか見つけ出そうとした。

まるで肉と毛皮の鎧をまとったようで、六尺棒で突きかかったくらいではビクともしない。

やはり狙うなら顔だろうが、鼻先は瘤のように固くなっているので、一頭目の熊のような訳にはいかないだろう。

内懐に入って下顎を突き上げる戦法も通じるとは思えなかった。

「新九郎さま、寒いでしょう」

イアンパヌが背中に寄り添った。

何と裸である。温かく柔らかい肌と、豊かな乳房の感触が背中から伝わってきた。

「いえ、寒くはありません」

新九郎は炎を見つめたままだった。

焚き火の熱は穴の中にも行き渡り、裸でも寒さは感じない。ほど良い温かさが心地良く、敷き詰められた茅の上でこのまま眠ってしまいたいほどだった。

「前にもこうして温めたことがありましたね」

「ええ、お陰で助かりました」

「こうしていると、あの時のことを思い出して嬉しいの」

新九郎がトリカブトの毒矢をあびて瀕死《ひんし》の重態におちいった時のことだ。

イアンパヌは悪寒に襲われた新九郎を助けるために、こうして素肌で温めてくれたのだった。

「新九郎さまは、私のことが嫌いですか」

「いいえ。命の恩人だと思っています」

「それならお願いがあります」

「………」

「一度だけでいい。今だけでいいから、女として抱いて下さい」

イアンパヌが両肩に手をかけ、背中に頬をすり寄せた。

新九郎は無言のままだった。

女としてとは、どういうことかは分っている。だが、どう答えればいいのか分らなかった。

「産屋であなたと過ごした時以来、この胸に炎が燃えさかり、身を焼くようになりました。あなたには決して迷惑はかけないし、何も求めません。明日からも今まで通りでいいのです。でも今夜だけ、どうか情をかけて下さい」

イアンパヌは前に回り、新九郎の首に腕を回してすがりついた。

「いや、それは駄目です」

新九郎は腕をそっとふりほどいた。

「どうして。やっぱり嫌いなの」

イアンパヌが新九郎の顔をのぞき込んだ。

垂れた前髪がかかった黒い瞳に、ぞっとするほど深い哀しみが宿っていた。

「そうではない。そんなことをすれば、もうあなたの家に行くことができなくなります。アトイや族長に合わす顔がない」

「それなら私が、あの家を出ます」

「そんな馬鹿な」

「いいえ。夫が戦で行方が知れなくなったので、私は父の家で世話になっていたのです。しかし、やがてアトイも妻を迎えます。いつまでも厄介になっているわけにはいきません」

「それではノンノやノチウが可哀想だ。そんなことはやめて下さい」

新九郎には母親がいない。幼い頃から十三湊に預けられ、肉親の温かさを知らずに育った。だからアトイの家族と過ごすことに喜びと安らぎを感じていたのである。それを自分のせいで壊すことなど絶対にできなかった。

「ノンノやノチウも連れて行きます。みんなが私を責めるのなら、命を絶っておわびをします。だからこの願いを叶えて下さい。生涯にたった一度だけでも、幸せだったと思える時間を持ちたいのです」

「しっかりして下さい。いろんなことがあったから気が動転しているだけです。奥に入ってひと寝入りすれば、きっと気持が落ち着きます」

新九郎はくびれた腰に手を当て、穴の奥に入るようにうながした。

イアンパヌは壁によりかかり、膝頭を抱いてすすり泣いている。

その声が胸に突き刺さり、新九郎は居ても立ってもいられなくなった。

こんな重苦しい雰囲気には耐えられない。いっそあの熊がもう一度現われてくれないかと、盟友でも捜すように炎の向こうを見回していた。


イアンパヌは泣いている。

哀しい声は穴の壁によって増幅され、新九郎の耳に飛び込んでくる。

炎を見つめたまま無限とも思える長い時間に耐えていると、イアンパヌがぽつりとひと言つぶやいた。

「どうせ私は、汚《けが》れた女だから……」

イタクニップに凌辱された心の傷が、絶望の中で再びうずき始めたようだった。

夜の風や焚き火がはぜる音にまぎれそうなかそけき声が、新九郎の耳にはっきりと届いた。

（いや、そうじゃない）

新九郎は何かを殴りつけたい苛立ちに駆られた。

それくらいのことで人間は汚れない。あの月や星のように光り輝く尊いものだ。俺が断わったのは、そんなケチな了見《りようけん》からじゃない。

そう伝えたいのに、何と言えばいいのか分らない。いや、どんな言葉でも伝えることはできないだろう。

イアンパヌの絶望と哀しみをいやすには行動で示すしかないことは、新九郎にも何となく分っていた。

いつの間にか焚き火の勢いは衰えている。新九郎は倒木の幹を井桁《いげた》に積み上げ、火が燃え移るのをじっと見つめた。

「ここに来るか」

ためらいを押し切り、男として声をかけた。

イアンパヌは脱いだ衣服を肩に羽織って横に座った。

「泣かなくていい」

「ごめんなさい。気持が抑えきれなくて」

「なぜ自分を責める」

「………」

「人が汚れるのは、死肉となった時だけだ」

「そうでしょうか」

イアンパヌは炎を見つめて黙り込んだ。

遠くから狼の遠吠えが聞こえてくる。一頭が月に向かって吠えると、二頭、三頭とそれにつづく。

人間が二人、縄張りに侵入した。そう告げているのかもしれなかった。

「ここでするか」

「え？」

「火の番があるが、座ったままならできるだろう」

「分りました」

炎に照らされたイアンパヌの顔に生気がよみがえった。

恥ずかしげに新九郎の下帯をはずすと、股間の物に手を添えた。

イアンパヌは清めの儀式のように一度口に含んでから、新九郎のあぐらの上にまたがり、手を添えて自分の中に導いた。

そこはすでに熱く潤っていて、一物《いちもつ》はするりと納まった。

「あっ、ああ」

イアンパヌは歓《よろこ》びの声を上げて新九郎の両肩をつかんだ。

羽織っていた衣服がすべり落ち、背中と肉付きのいい尻があらわになった。

「太股の傷は痛みませんか」

「痛むが、大丈夫だ」

「ごめんなさい。でも嬉しい」

イアンパヌは新九郎にしがみついてゆっくりと腰を回した。

突き上げる快感に体が小刻みに震えている。腰を回せばそれが耐え難いほどになるのは分っていながら、いっそう激しく腰を使っている。

深くもぐれば息がつづかないのは分っているのに、意地でも川底の石をつかもうとするかのようだった。

「あっ、ああ、駄目」

そう叫びざま、引きつけを起こしたように体を震わせた。

新九郎はずり落ちた衣服を引き上げ、背中にかけてやった。

「ありがとう。もうこんなことはできないと思っていました」

「歳《とし》はいくつだ」

「二十六です」

「まだ若い。それに体も丈夫そうだ」

新九郎はたわむれに体を引き寄せた。

豊かな乳房の感触が胸に伝わってきた。

「ノチウを産んだ時に難産で、取上げ婆《ばば》にもう夫と交わることはできないと言われました。その頃夫は戦に出て、やがて行方知れずになりましたので、それでもいいと思っていたのです」

ところが新九郎を助けるために一緒に産屋にこもり、肌を合わせて体を温めていた時、心の中で何かが動いた。

生まれ変われるなら、一度だけでもいいから新九郎と結ばれたいと思ったという。

「それが叶わぬ夢だとは、私にも分っていました。ですから遠くからお姿をながめるだけでいいと諦めていたのですが、熊と戦うあなたを見ているうちに気持を抑えきれなくなりました。新九郎さまが助けてくれなかったら死んでいたのですから、何もかも捨てるつもりでお願いしてみようと思ったのです」

「俺もあなたに助けられた。手厚く看病してくれなければ、死んでいたはずだ」

「うわ言《ごと》を言ってましたよ。行くな、行くなって」

「覚えていない。頭痛と喉の渇きに苦しめられたのは覚えているが」

話している間も、二人は結ばれたままである。新九郎の雁魔羅《かりまら》は温かい肉襞《にくひだ》に包まれていたが、やがてそれが意志あるもののように締まったりゆるんだりし始めた。

絶頂の放心から回復したイアンパヌの体が、再び快楽を求めてうごめき始めたのである。

「あっ、ああ」

イアンパヌが声を上げ、新九郎の背中に爪を立てた。

「ごめんなさい。夫婦の交わりなんて、耐えるだけのものだと思っていました。こんな歓びがあるとは……」

「構わぬ。熊の爪に比べたら優しいものだ」

「ああ、もう」

イアンパヌは再び激しく腰を使い、あふれ出す声をこらえようと歯を喰いしばった。

「無理をするな。歓びの叫びを、熊にも狼にも聞かせてやれ」

その言葉に心が解き放たれたのだろう。イアンパヌは森の奥まで届くほどの声を上げ、三回も絶頂に達した。

月と星は煌々と輝いているが、西の空は雲におおわれ始めている。明日は天気が崩れそうだった。


翌朝、茅の上で目を覚ますとイアンパヌがいなかった。

夜はすでに明け、白樺林には薄陽がさしている。焚き火には倒木が井桁に組み直され、盛んに燃えさかっている。

岩にかけて乾かしていた衣服を、いつの間にか身にまとっていた。

新九郎は眠気をふり払い、昨夜のことを思い出そうとした。

イアンパヌが最後の絶頂に達した時、新九郎も精を放った。

体中の何かを引き出されるような、あるいは自ら吐き出すような歓びとともに精を放ったことは覚えているが、その後の記憶がぷつんと途切れている。

あるいは精根尽きはてて、眠りに落ちたのかもしれなかった。

それにしてもイアンパヌはどこに行ったのか。新九郎は穴から出て落ち葉の上に残る足跡を捜した。

その時、斜面の上からイアンパヌの声が降ってきた。

「新九郎さま、おはようございます」

木漏れ日をあびて立つイアンパヌは、目を見張るほど美しかった。

黒い瞳は潤いをおび、肌は急に若返ったように艶《つや》やかである。長い髪をひとつにまとめて左の胸の前に垂らし、手には大きな魚を持っていた。

「そこの川で身を清めてきました。ちょうど鮭《シペ》がいたので」

手づかみにしてきたので、焼いて食べようと言う。

新九郎は串になりそうな枝と、串を支える二股の枝二本を取って準備をした。

「服を着せてくれたのか」

大きな鮭を焼きながらたずねた。

「忘れました。あれは月の神さまの世界ですから」

今は日の神さまの世界だと、イアンパヌはすましていた。

思えば昨日から何も食べていない。遡上《そじよう》を始めたばかりの鮭は空《すき》っ腹にしみわたる旨《うま》さで、二人してむさぼるように平らげた。

腹ごしらえを終えると、昨日倒した熊の所まで戻ってみることにした。

しばらく歩くと、道端の藪の中に蝦夷鹿の死骸が転がっていた。

ここであの熊に捕まったようで、腹と腰のまわりを喰いつくされている。

新九郎が様子を見に行こうとすると、

「近付かないで」

イアンパヌが険しい声で呼び止めた。

熊は自分の獲物に対する執着が異常に強い。残した部分も後で食べるので、誰かが近付けば取られると思って攻撃してくるという。

「今は満腹になって眠っているのでしょうが、臭いを残しただけでも敵意を持って追いかけてくることがあるのです」

漆黒の毛におおわれた熊は、昨日の場所から少し北に向かった所で死んでいた。

重傷を負いながらも新九郎を追いかけようとしたようだが、ここで息絶えたのである。

「これは雌《めす》です。あの熊とは番《つがい》だったのかもしれません」

熊が番で行動することはほとんどない。ところが山の神のような熊になると、伴侶《はんりょ》をたずさえることもあるという。

だから新九郎を仇と思い、執拗に襲ってきたのかもしれなかった。

「どうする。二人ではとても運べないぞ」

「熊送りをしなければなりません。みんなを呼びましょう」

イアンパヌは火打ち石で火を起こし、落ち葉を燃やして狼煙を上げた。

半刻（約一時間）もしないうちに、北浦孫次郎が二十人ばかりをひきいて駆けつけた。アトイや善蔵も一緒だった。

「やはり若でしたか。ご無事で良かった」

昨日から血眼《ちまなこ》になって二人の行方を捜していたが、夜は熊を恐れて森に入ることができなかったという。

「俺たちも熊に襲われた。イアンパヌさんが熊の罠があることを知っていたので、何とか助かったのだ」

「これは若が仕留められたのでございますか」

孫次郎が倒れ伏した熊に恐る恐る近付いた。

「そうだ。もう一頭はこれの二倍ほどの大きさがあった」

「まさか、いくら何でも……」

「いいえ、本当です」

アトイが横から口をはさんだ。

マトウマイでも昔、二百五十貫の熊を捕えたことがある。

これはその半分ぐらいだろうと、背中の肉付きを確かめた。

「それでも父が倒した熊よりひと回り大きいです。兄貴は槍も持たずに戦ったのですから、並ぶ者なき強者《つわもの》と呼ばれるでしょう」

その時姉さんも一緒だったのかと、アトイはイアンパヌにたずねた。

「いいえ。私は熊の罠を探しに行ってたから」

イアンパヌがはにかんだ顔をして答えた。

情を交わした男女は、傍目《はため》にも何となく気配で分る。妙だなと感じさせずにはおかない表情だった。

「この熊をどうしますか。よほど長い竿がなければ、担ぐことはできますまい」

「この先にイタクニップの隠し船入りがある。あるいは船がつないであるかもしれぬ」

新九郎は様子を見に善蔵を走らせた。

思った通り、十人ばかりが乗れる船が二艘つないであるという。

「イタクニップの奴、万一の時は身内だけを連れて逃げ出す仕度をしていたのでござるな」

それにしてもどこへ逃げたのだろうと、孫次郎がいぶかった。

「おそらく宇曾利に逃げ場所があるのだろう。寄せ集めの手勢では、いつ裏切られるか分らぬからな」

それより族長はどうしたと、新九郎はアトイにたずねた。

「安心して下さい。待ち伏せにあって五人が犠牲になったそうですが、すぐに反撃して追い払いました。トリカブトの畑や倉庫も焼き払ったそうです」

「そうか。さすがは族長だな」

「ええ。我が父ながらたいした男です」

孫次郎の配下たちは、長槍を四本ずつ結び合わせて荷《にな》い棒を作っている。

そして熊の前肢後肢を縛り、その間に棒を通して担ぐのだが、何しろ百貫を超える重さなので二人では担げない。

そこで縦の棒の下に横から二本の棒を差し入れ、六人で担ぐことにした。

それでも重いので、御輿《みこし》を担ぐ時のように交代しながら隠し船入りに向かって行く。

その重さが熊との戦いの凄まじさを物語っていた。

「兄貴、ちょっといいですか」

一番後ろを歩く新九郎に、アトイが体を寄せてささやきかけた。

「昨日の夜、月の神さまの祝福がありましたか」

「月の神さま?」

新九郎は何のことか分らないふりをした。

「ええ。姉の様子がいつもとちがいますから」

「そうか。そんな風には見えないが」

「肌が艶やかで花が咲いたように輝いていています。歩き方までちがっているようだ」

確かに後ろからでも内股気味に歩いているのが分る。

それは女らしさの表われなのか、昨夜の交わりのせいなのか……。

「もし月の神さまの祝福があったなら嬉しいことです。たとえ何があっても、私は兄貴の身方ですよ」

アトイは新九郎の肩をひとつ叩き、熊担ぎの交代をしに行った。

第十三章　都へ

（一）

津軽の冬は空から明ける。

低くたれこめて雪を降らせていた鉛色の雲が、徐々に色を薄めて空高く昇っていく。

頭を押さえつけられる圧迫感から解き放たれ、目を上げて遠くを見つめる余裕が生まれてくる。

いまだ野山は雪におおわれ、寒さはしばれるほどに厳しくても、視界を閉ざす横なぐりの雪や地吹雪は少なくなり、

（ああ、お岩木山《やま》が美しい）

そう感じる伸びやかさを持ち、長く苦しい病が快方に向かうような安堵が胸に広がっていく。

それにしても何と過酷な風土だろう。

およそ四カ月の間、空は低く厚い鉛色の雲に閉ざされ、地は背丈ほどの雪におおわれて凍土と化す。

津軽の人も獣も草木も、雪に閉ざされた世界で息をひそめ、細々と命をつなぐ営みをつづけていくしか術がない。

「じねんと春ば待つだけじゃ」

津軽の古老は、莞爾《かんじ》と笑ってそうつぶやく。

自然の力は人間の思惑をはるかに超えている。じたばたしても始まらないので、環境に身をゆだねて事態の好転を待つしかない。

じねんと、という言葉にはそうした諦めと覚悟が込められている。

津軽の厳しい冬は、人々に物事の本質を洞察する力と、どんな苦難にも立ち向かう忍耐力を与えたのである。

十三湊も雪におおわれていた。

十三湖はぶ厚い氷におおわれ、その上に一尺ばかりも雪が積もっている。

日頃は船でしか通れない広大な湖を、馬に引かせた雪舟《そり》で通れるほどである。

だが氷の下に魚たちは生息していて、氷を割って釣り糸をたらすと面白いほどに釣れる。

それは子供たちの冬の楽しみであり、蛋白質《たんぱくしつ》の補給源ともなっていた。

安藤新九郎季兼は、十三湊の前潟《まえがた》に面した高台にある安藤十郎季広の館にいた。

山野は雪におおわれ、海は風と荒波に閉ざされているので、できることは二つしかない。

ひとつは自分の内面とじっと向き合うこと。もうひとつは想像の翼をどこまでも羽ばたかせることである。

新九郎は後者が好きで、ごろりと横になったまま天空の高みまで飛翔してみたり、大海の底にもぐって勇魚《いさな》とたわむれたり、朝日丸に乗って海の果てまで航海してみたりと、なかなかに忙しい。

特に近頃は樺太の北に住むニヴフという鷹使いの名人たちに興味があって、いつかは蝦夷地から船を出してみたいと思っていた。

そうした想像の中に時折イアンパヌが現われ、熊の罠の中で過ごした一夜のことを思い出す。するとずきりと胸が痛むが、あれは月の神さまの祝福があっただけのことである。

この世とは関わりのないことだと、それ以上思い出すのを避けていた。

「若、よろしゅうござるか」

北浦孫次郎改め、安藤孫次郎季高《すえたか》が戸を細目に開けて顔をのぞかせた。

討ち死にした十郎季広の遺言によって十三湊安藤家を継ぐことになった孫次郎は、二十歳になる季広の娘由比《ゆい》を娶《めと》り、季高の名乗りを許されたのである。

由比は気立ても良く、夫婦の仲もむつまじい。雪に閉ざされた冬が二人には幸いしたようで、この秋には子供が生まれるのだった。

「善蔵が戻りました。やはり身方は相当に切り崩されているようでござる」

孫次郎が土豪の名を郡ごとに分けて記した書状を示した。

敵方に寝返った者は名前の上に×印が記してある。△印は寝返るおそれがある者である。

善蔵が薬売りの山伏に姿を変え、村々を回って調べ上げた結果だった。

「そうか。これほどか」

突き付けられた現実は厳しい。

安藤又太郎季長が尻引郷の管領館で挙兵した時には、津軽の土豪の七割以上が同心を誓った。ところが今や、その数は半数以下に減っている。

特に奥大道に面した浪岡、藤崎、田舎館《いなかだて》に所領を持つ者たちの七割近くに×か△の印がついていた。

「奥大道ぞいの者たちには工藤右衛門尉が使者をつかわし、北条得宗家の被官にすることを条件に身方に誘っているそうでござる」

「あの御仁は切れ者だ。冬の間も津軽に留まるとは、よほどの覚悟なのであろう」

「どうします。このままでは雪解けと同時に、工藤勢と土豪衆が管領館に攻め寄せて来ることになりますぞ」

「挽回する手立てはあるか」

「工藤の陣所に奇襲をかけて右衛門尉の首を取れば、形勢は一気に変わると存じますが」

「冬の間は無理だ。夜は凍えて動けぬし、昼はすぐに見つかってしまう」

「ともかく管領どのに状況を知らせ、判断をあおぐことといたしましょう。よろしゅうござるな」

孫次郎が念を押した。

近頃、新九郎と又太郎季長の間はうまくいっていない。それを気遣っているのだった。


二月末になり十三湖の氷がゆるみ始めると、決まって氷の事故が起きる。

まだ大丈夫だろうと魚釣りに出た子供や他郷の者が、薄くなった氷を踏み割って湖に落ちるのである。

落ちた穴にそのまま浮かび上がれた者は助かるが、横にずれて穴を見失った者は氷にさえぎられて溺れ死ぬことになる。

そうした噂が聞こえてくるようになった頃、管領館の季長から使者が来た。

折り入って相談したいことがあるので、三月一日の正午に新九郎と孫次郎に来てもらいたいという。

「相談とは」

新九郎はぼそりとたずねた。

「そろそろ雪も解けるゆえ、戦の手立てについて打ち合わせたいとのことでござる」

幸い三月一日は晴天だった。

新九郎と孫次郎は岩木川ぞいの道を、根雪を踏みしめながら尻引郷に向かった。

正面にはぶ厚い雪におおわれた岩木山が、太陽に照らされて白銀に輝いている。真っ青な空に、美しい輪郭がひときわ映える。

そちらに向かって歩いているうちに、新九郎は神仏の世界に向かっている気がしてきた。

人はどこまでも愚かで、この世には争いが絶えないが、お岩木山は変わらない。太古の昔から遠い先々までそこにあり、季節ごとに装いを新たにしながら毅然《きぜん》として天に向かって突き立っている。

多くの人はそこに神仏が棲むと見て信仰してきたが、新九郎はお山そのものが永遠であり、神仏なのだと感じていた。

管領館は岩木川ぞいの丘陵にあった。岩木山を背にした高台に、主殿を中心としていくつもの御殿や蔵が立ち並んでいる。

表門で来訪を告げると、珍らしく奥御殿に通された。

主殿は政庁として使われていたが、奥御殿は季長が生活の場としていて、これまで一度も通されたことがなかった。

土間に面した板張りには囲炉裏があり、自在鉤《じざいかぎ》に下げた鍋からさかんに湯気が立っている。

魚肉を煮る旨い匂いもただよっていて、冷えた体と空っ腹にしみ渡るようだった。

「おお、来たか。ちょうど昼飯時じゃ」

鹿皮の袖なし羽織を着た季長が、奥から大股でやって来た。

「馳走《ちそう》してやろうと思うてな、チェプオハウを作らせた。冬は温かい物が一番じゃ」

季長が上機嫌で鍋のふたを開けた。

魚肉を入れた汁で粟《あわ》や山菜、豆などを煮たアイヌ料理である。新九郎の好物でもあった。

「これ絹子《きぬこ》、酒をもて。わしの息子が来たのじゃ。酌をせよ」

「酒は無用です。用件を話して下さい」

新九郎は季長の身勝手にうんざりしている。

特に戦を始めてからは独断が多く、顔を合わせるのも嫌なほどだった。

「そう言わずに付き合え。たぶんこれが最後になる。絹子、何をしておる。早く酒をもて」

「はいはい、ただ今」

季長と同じ鹿皮の袖なし羽織を着た女が、素焼きの酒瓶を運んできた。

髪が長く瞳の大きな年若い女は、どことなくイアンパヌに似ていた。

「側室にした絹子よ。渡島から来たアイヌの娘じゃ」

チェプオハウもこやつが作ったと言いながら、季長が新九郎と孫次郎に酒を注《つ》いだ。

「どういう意味でしょうか。これが最後とは」

新九郎は盃を取ろうとしなかった。

「この首を鎌倉に差し出す。そういうことじゃ」

「降伏する、ということでございますか」

孫次郎がたずねた。

「それしか手があるまい。まあ、飲んでくれ」

季長が高々と盃をかかげ、新九郎も孫次郎も半信半疑で盃を合わせた。

「孫次郎、秋には由比が子を産むそうだな」

「十三湊安藤家の、養子にしていただいたお陰でございます」

「めでたいことじゃ。わしも最後の子を残そうと、夜毎に絹子と励んでおる。これが死に花というものであろうな」

「降伏するとは、何ゆえでございまするか」

「これまで話さなかったが、此度《こたび》の挙兵には都との申し合わせがあった。わしが津軽で兵を挙げて鎌倉の目を引き付けている間に、帝《みかど》も兵をお挙げになり、諸国の武士に倒幕を呼びかけるというものじゃ」

尊雲法親王とともに津軽に来た北畠親房《きたばたけちかふさ》は、秋までには兵を挙げると約束した。

ところが秋が過ぎ春が来る時期になっても、兵を挙げたという知らせはないのだった。

「それゆえ工藤右衛門尉は三千の兵とともに悠然と津軽に留まっておる。身方をあれほど切り崩されては、とても勝ち目はあるまい」

「そこでお館さまが降伏し、首を差し出すとおおせられるか」

「ただ降伏するのではない。降伏の交渉をして時間を稼ぐのじゃ」

二人の話をよそに、新九郎はチェプオハウを頬張っていた。

魚肉と粟や山菜などが溶け合った汁の旨味は抜群で、冷えた体に温かくしみ込んでいく。しかも昔から親しんできたような懐しい味がして、二杯三杯とおかわりを頼んでいた。

「そこで新九郎に頼みがある」

季長にそう言われて、新九郎はようやく椀から顔を上げた。

「わしが時間を稼いでいる間に孫次郎と都に行き、こちらの窮状を伝えて挙兵を急ぐように要請してもらいたい」

「これからですか」

「海が鎮まったらすぐに都に向かえ。降伏すると申し出れば、二、三カ月は交渉に費《つい》やすことができよう。それでも都が動かなければ、生きて再び会うことはあるまい」

「その約束は、宮さまもご存じでしょうか」

「むろん存じておられる。お二人で津軽に来られたのは、幕府の追手が迫ったからばかりではない。挙兵の申し合わせをするためだったのじゃ」

「分りました。なるべく早く船を出します」

新九郎は応じることにした。

親房だけなら当てにはならないが、宮も承知なら信頼できるはずだった。


半月後、新九郎は朝日丸で都に向かうことにした。

正中《しょうちゅう》三年（一三二六）三月二十五日のことである。

この頃鎌倉では執権北条高時《たかとき》がにわかに出家し、後継者をめぐって北条得宗家と御家人の有力者たちが一触即発の争いをつづけている。

都でも今上《きんじょう》（後醍醐《ごだいご》）天皇の皇太子である邦良《くによし》親王が急死したために、後継者をめぐって大覚寺統《だいかくじとう》と持明院統《じみょういんとう》の鍔迫《つばぜ》り合いがつづいている。

そうした不穏な状況の中での船出だった。

船頭は久々に孫次郎がつとめ、弥七が舵を取っている。乗り組み員は十五人で、その中にはアトイや善蔵の姿もあった。

幸い晴天で波もおだやかである。冬の名残をとどめる北風は冷たいが、船にとっては追い風だった。

十三湊の前潟には、大勢の者たちが見送りに出ている。

例年より少し早い初荷の船で、日吉《ひえ》神社の稚児《ちご》も航海の無事を願うため乗り込んでいた。

「若、そろそろ船を出しますぞ」

孫次郎は生き返ったように潑剌《はつらつ》としている。

長い冬を乗り切って船を出せる喜びは格別なのである。

「艫綱《ともづな》を解け。錨《いかり》を上げろ」

孫次郎の号令とともに銅鑼が華々しく打ち鳴らされた。

朝日丸は小舟に引かれ、ゆっくりと水路を進んで外海に向かった。

見送る者たちが新芽の枝を次々に水路に投げ、航海の安全と無事の帰港を願っている。

その中には孫次郎の新妻由比もいて、大きくなったおなかを庇いながらひときわ大きな声を上げていた。

船が浜の明神《みようじん》の前を通る時には、全員が深々と頭を下げる。

山の中腹にある神社の境内には白装束の神主が立ち、御幣を左右に振ってお祓《はら》いをしていた。

やがて水戸口《みとぐち》を出て沖に出ると、小舟の引き綱がはずされる。

すると孫次郎の合図で帆が上げられ、船は波を切って南に向かって進んでいった。

「待っていてくれる者がいるのは、格別でござるな」

孫次郎は新妻との別れの余韻から覚めきれぬ顔をしていた。

「そういうものか」

新九郎は遠い彼方を見ていた。

「鳥はどれほど遠くへ飛ぼうと、自分の巣を忘れませぬ。人も同じでございましょう」

「いつぞやは天地を塒《ねぐら》にすると言っていたが」

「そのつもりでござったが、船には港が必要でござる」

孫次郎は照れたように頭をかいて、弥七に航路の指示をしに行った。

新九郎は大海原に心を開きながら、管領館で季長に言われたことを思い返していた――。


「今生《こんじょう》の別れになるかもしれぬゆえ、言っておく」

季長は酒に酔った赤ら顔でそう切り出し、そちの母は渡島娘だと言った。

「名をサナといった。マトウマイの船宿で働いていたのを見初《みそ》めて側室にした」

二人の仲はむつまじかったが、新九郎が生まれたことが破局の原因となった。季長にはすでに正妻がいて、季政、季治が生まれていた。

ところが二人より新九郎の方が優れた資質を持っていることは、赤子ながら誰の目にも明らかだった。

このままでは後継ぎの座を奪われると恐れた正妻は、サナに濡れ衣を着せて安藤家から追い出そうとした。

そのやり方は巧妙で、季長もサナを渡島の実家に帰さざるをえなくなった。

「わしはサナにわび、この先食べてゆけるだけの手当てもしてやった。ところがサナは沖に出た時、送り船から身を投げた。ちょうど霧がかかり潮の流れも速かったゆえ、助けることができなかったのだ」

その後、三歳になっていた新九郎は、十三湊の安藤十郎季広に預けられたという。

「サナはお前を連れて帰りたいと言った。地に頭をすりつけ、泣きながら頼んだ。だが、わしは許さなかった。それがあれを死なすことになったのかもしれぬ」

新九郎はそれを聞き、幼い頃から頭をおおっていた霧が晴れていく気がした。

時折浮かび上がる女の幻影。凍《い》てつくような冬の海へ漕《こ》ぎ出していく板綴船《イタオマチプ》。その船尾に立っている白い帷子《かたびら》の女。

あれは入水《じゆすい》する前の母の姿だったのである。

「サナを守ってやれなかった後悔は、今もわしのここに鋭い杭となって突き刺さっておる」

季長は拳を固めて胸を叩き、その痛みと無念が此度の挙兵を決断させたのかもしれぬと言った。

「それは……、どういう意味ですか」

「サナは別れ際に言ったのだ。あなたは安藤家を守ることしかできない人だと」

季長は唇を歪《ゆが》めてにやりと笑い、盃の酒を苦々しげに飲み干したのだった。

朝日丸は追い風を受け、波を切って滑るように南に向かっていく。

空気はきりりと澄んでいて、水平線までくっきりと見渡すことができた。

新九郎は舳先に立って船の揺れに身を任せていた。

(管領どのは、死ぬつもりだ)

あの話を聞いた時からそう感じていた。

此度の計略が失敗した責任を、わが身を差し出すことで取ろうとしている。あるいは初めから死に場所を求めて、無謀な戦に踏み切ったのかもしれなかった。

「兄貴、ちょっといいですか」

アトイが遠慮がちに声をかけてきた。

「一緒に連れて来てくれてありがとうございます。都に行けるなんて夢のようです」

「物見遊山《ものみゆさん》に行くんじゃない。危ないことがあるかもしれん」

「分ってます。お役に立てるように、腕を磨いてきました」

アトイが体を寄せて上着の裾をめくった。

内側に縫いつけた革の袋に、棒手裏剣が忍ばせてあった。

「用意のいいことだ。よろしく頼む」

「任せておいて下さい。いくら都でも、熊ほどの強敵はいないでしょうから」

「分らぬぞ。狐狸《こり》の類がひそんでいるかもしれぬ」

新九郎は北畠親房の顔を思い出している。さんざん調子のいいことを言って季長を挙兵させたのは、何か計略があってのことではないかと疑っていた。

「ところで姉のことですが」

「おお、どうした」

「義兄《あに》が討ち死にしていたことが分りました。唐子蝦夷に捕われていた者が戻ってきたのです」

イアンパヌの夫は唐子蝦夷との戦いに出たまま行方不明になっていた。

この時の戦で敵の捕虜になっていた者が二十人ちかくいたが、エコヌムケの粘り強い交渉により、身代金を払って全員取り戻すことができた。

その中の二人がイアンパヌの夫の部下で、船で川を渡ろうとした時に襲撃され、深手を負って川に沈んだのを見たのだった。

「父はこのことを長老たちに告げ、皆を集めて葬儀をおこないました。姉もこれで気持の整理がついたと思います」

「そうか。ノンノやノチウは悲しんだだろうな」

新九郎は前を向いたままだった。

アトイが何を言いたいか分っている。だが今は、そのことに触れたくないのだった。

（二）

朝日丸が若狭《わかさ》の小浜湊に着いたのは出港から六日後のことだった。

若狭湾は弓なりになった日本海側の真ん中に位置している。古くから日本海海運の要地で、北方と南方の結節点でもあった。

北方の産物は小浜湊で陸揚げされて都に運ばれたし、都から奥州へ向かう時は小浜から船出した。

阿倍比羅夫《あべのひらふ》が奥州征伐に出かけた時も、源義経《よしつね》が都落ちして奥州に向かった時も、小浜から船を出したと思われる。

後に小浜の羽賀寺《はがじ》が焼失した時には、安藤康季《やすすえ》が後花園《ごはなぞの》天皇の勅命によって再建し、奥州十三湊日之本《ひのもと》将軍の名乗りを許されたと『若州《じゃくしゅう》羽賀寺縁起』に記されている。

奥州と小浜の深いつながりをうかがわせる史実である。

また小浜は南方とのつながりも強く、若狭姫神社の祭神である豊玉姫命《とよたまひめのみこと》は海の神であり、その住まいである竜宮城は琉球《りゅうきゅう》のことだという説もある。

沖縄の糸満《いとまん》地方の漁師は夏になると若狭湾に来て漁をしていたし、若狭姫神社を氏神《うじがみ》とあがめていた。

そのことも小浜と南方のつながりを示している。

小浜湾は西から鋸崎《のこぎりざき》、東から松ヶ崎《まつがさき》が迫り出し、ちょうど蟹《かに》が左右の爪で何かを抱え込んでいる形で内海を形成している。波からも風からも守られた天然の良港だった。

朝日丸は二つの岬の間の水路を抜け、小浜湊の沖に錨を下ろした。

港には日本各地から来た船が舳先を並べて停泊している。

艀《はしけ》を出して船番所に行き、許しを得てからでなければ船をつなぐことができなかった。

小浜の港には十数軒の問丸《といまる》が店を並べている。

各地の産物を買い上げて京都や大坂方面に売りさばく問屋だが、普通の問屋とちがうのは自ら廻船業をいとなみ、大手の寺社に委託されて海外との貿易まで手がけていることである。

また船宿もやっていて、取り引きのある船が入港した時には、船乗りたちの面倒を引き受けるほどの羽振りの良さだった。

新九郎らが世話になるのは、北川《きたがわ》の河口にある出雲屋《いずもや》という問丸だった。

「これはこれは北浦さま、今年はお早い船入りでございますな」

船宿の番頭が孫次郎に目を留め、揉《も》み手《で》をしながらやって来た。

「都に行く用があってな、いつもより半月ばかり早くなった」

「都と申しますと、砂金や鷹の羽の商いでございますか」

「まあ、そんなところだ。総勢十五人、よろしく頼む」

「承知いたしました。きれいどころはいかがいたしましょうか」

港の近くには遊郭もある。

港に着いた日には精進落《しょうじん》としと称してくり出すのが、海の男たちの流儀だった。

「いや、それはやめておく。いろいろあってな」

これまで孫次郎は新九郎をけしかけて連れて行ったものだが、今日は勝手がちがっている。

由比を娶り子供ができたことが、孫次郎の意識を変えたのである。

「いいものだな。待っている人がいるのは」

新九郎がからかうと、

「さよう。格別でござる」

孫次郎は大真面目に応じた。

翌朝早く、新九郎と孫次郎、アトイ、善蔵は船宿を出て大原の極楽院（三千院）に向かった。

津軽から戻った尊雲法親王は、この寺に隠棲していたのである。

小浜から熊川宿を通って保坂《ほうざか》まで行き、安曇《あど》川ぞいの若狭街道を南に下る。そして花折《はなおれ》峠、途《と》中越《ちゅうごえ》をへて大原に出る。

この道をたどって若狭の鯖《さば》が都に運ばれていたので、後には鯖街道とも呼ばれるようになる。

大原まで着けば高野《たかの》川の水運が都までつながっているので、労せずして荷を運ぶことができるのだった。

極楽院は比良《ひら》山地の西のふもと、大原の里の東のはずれにあった。

ちょうど新緑の盛りで、寺のまわりの山々は楓《かえで》の葉のしたたるような緑におおわれている。

参道の両側に植えられた紫陽花《あじさい》も、薄水色に色づき始めていた。

風折烏帽子《かざおり》をかぶり、商人風の装束をまとった新九郎たちは、極楽院の大きな山門の前に立ち、門番の僧兵に法親王にお目にかかりたいと申し入れた。

「宮さまにだと。お前らは何者だ」

「津軽の十三湊から来た者でございます。鷹の羽の逸品が手に入りましたので、お届けせよと主に命じられました」

孫次郎は腰を低くし、僧兵の手に砂金の小袋を握らせた。

「さようか。ならば取り次いでくるゆえしばらく待て」

僧兵は庫裏《くり》の玄関先まで伝えに行ったが、宮さまは寺におられぬと言った。

「都のご用で出かけておられるそうだ」

「いつお戻りになりましょうか」

「禁裏《きんり》のご用だ。そのようなことは答えられぬ」

僧兵は急に無愛想になり、六尺棒を突き立てて仁王のように立ち尽くした。

これ以上取り付く島もない。ひとまず里に出て宿を探していると、見覚えのある武士と行き合った。

「貴殿はもしや、名和《なわ》さまのご家中《かちゅう》の」

荒松《あらまつ》どのではないかと、孫次郎が遠慮がちに声をかけた。

「さようでござるが、お手前は」

「十三湊の北浦孫次郎。こちらは安藤新九郎さまでござる」

孫次郎が風折烏帽子をぬいで髷《まげ》をあらわにした。

「おお、あの折にはお世話になり申した」

荒松忠成《ただなり》は名和長年《ながとし》の郎従で、十三の御所（福島《ふくしま》城）で長年とともに宮の警固に当たっていた。

新九郎が宮に武術の手ほどきをしていた時も、何度か立ち合ったことがあったのだった。

忠成は名和水軍の組頭をつとめているので、新九郎や孫次郎とは話が合う。あごの張ったいかつい顔をしているが、気さくで人なつっこい男で、自分が泊っている宿に同宿できるように手配してくれた。

「わしも宮さまに会いに極楽院をたずねたところでござる。門番には袖の下を巻き上げられ申した」

「宮さまは都に行かれたと聞きましたが」

「とんでもない。主の長年は都にいて、宮さまの行方を捜しておる。それでも見つけることができぬゆえ、もう一度極楽院をたずねるように、わしに申しつけたのじゃ」

「するとあの門番は、都に行かれたと答えたのでしょうか」

新九郎は僧兵の仁王立ちを思い出し、空威張りぶりが何となくおかしくなった。

「さよう。誰に対してもそう答えるのか、あるいは寺の者も宮さまの行方を知らぬのかもしれませぬ」

孫次郎がたずねた。

「名和どのは都におられるのでござろうか」

「おります。宮さまに用があって上洛《じょうらく》したのですが、捜しあぐねているのでござる」

それはともかく再会を祝おうと、忠成は宿の者に酒の仕度を申し付けた。

翌日、高野川の川船に乗って都に向かった。

川幅は広く流れはゆるやかで、川船は揺れることもなく下っていく。

時には急な曲がりや早瀬もあるが、勝手知ったる船頭たちは鼻歌混じりに竿をついて乗り切っていく。

川船の支配権は比叡山延暦寺《えんりやくじ》が握っていて、水運から上がる利益の一部を寺に上納させている。

それは琵琶湖《びわこ》の水運を支配するやり方と同じで、川船の船頭たちの多くは近江《おうみ》の堅田《かたた》衆だった。

「新九郎さま、あそこが八瀬《やせ》の里でござる。八瀬童子《どうじ》と呼ばれる者たちが住んでおります」

忠成が川の東側の小さな集落を指した。

戸数は五十ばかりだが、いずれも瓦屋根の堅固な造りで、通りに面した家の配置は敵の襲撃にそなえる城のようだった。

「八瀬童子は代々帝の駕輿丁《かよちょう》に任じられ、朝廷の隠密《おんみつ》をつとめてきました。外の者との付き合いを一切断っているので、まわりの者からは鬼の里と言われているようじゃ」

「鬼ですか」

「さよう。わしも鳳輦《ほうれん》を担ぐところを見たことがあるが、いずれも背が高く立派な体付きをしておった。ちょうど新九郎さまのようじゃ」

「そういえば津軽にも鬼がいたな」

新九郎は孫次郎に語りかけた。

鬼神太夫のことである。巌鬼山《がんきさん》神社で会った鬼神太夫の先祖は、遠い昔に鍛冶の技術を持ってヒッタイトから渡ってきた。

そして刀鍛冶として岩木山のふもとの十腰内に住み、猛房《もうふさ》（舞草《もくさ》）刀の生産にあたった。

長い間に和人との交わりをくり返し、今では多くの者が同化しているが、村長《むらおさ》の家だけには時折先祖返りをしたように、赤い髪、白い肌、青い目の異形《いぎょう》の巨人が生まれる。

鬼神太夫はそう語り、申し訳なさそうに身をすくめたのである。

「すると八瀬童子も、外《と》つ国から来た者たちでござろうか」

「それは分らぬが、外の者との付き合いを断つのは、血が混じり合って和人と同じようになるのを避けるためかもしれぬ」

「そういえば宮さまは、ご自分の血脈の中に蝦夷の王の血が流れているとおおせでございましたな」

「ああ、そう言っておられた」

「ならば八瀬童子たちも、かつて蝦夷地から従ってきたのではありますまいか」

「なぜそう思う」

「里の造り方が似ている気がするのでござる」

遠目に見たばかりだがそう感じたと、孫次郎は八瀬の里をもう一度ふり返った。

名和長年は北白川《きたしらかわ》の寺にいた。

都に持ち込む産物を一時保管するために、延暦寺から僧を招いて寺を建立《こんりゅう》し、境内にいくつもの蔵を建てている。

その寺を活動の拠点にしているのだった。

「これは珍らしい。こんな所でお二人に会えるとは思わへんかった」

長年は満面に笑みを浮かべ、新九郎らを本堂脇の館に案内した。

「宮さまに会うために大原に行きました。そこで荒松どのにお目にかかったのです」

「宮さまはお留守でしたか」

「門番の僧兵は、都に行かれたと言いました」

「そうしか言わんのやな。あやつらは」

長年は仕方なげに言って、宮さまに会うのは挙兵の催促ではないかとたずねた。

「そうです。津軽ではすでに兵を挙げて幕府勢と戦っていますが、都での挙兵が遅れているので窮地に立たされています」

「実はわしもそうなんや。宮さまからはこの春に事を起こすと聞いとったよって、そのつもりで仕度をしとった。そやけど三月になっても何の音沙汰もないさかい」

「宮さまに会うために上洛されたのですか」

「そうなんやけど極楽院にはいてはらへんし、北畠大納言《だいなごん》さまにたずねても埒《らち》が明かん。それで荒松をもう一度極楽院に向かわせたんや」

「大納言さまもご存じないのでござるか」

孫次郎が横から口をはさんだ。

「身共《みども》は知らんと、そう言われるばかりや。本当なのか隠しておられるのか、それさえ分らへん」

「挙兵すると約束されたのも、奥州を親王任国にして安藤又太郎季長を奥州管領にすると言われたのも、大納言さまでござるぞ」

「それはわしも聞きました。津軽では威勢のいいことを言ってはったけど、都では雲行きが変ったのかもしれへん」

「大納言さまに会わせていただけませぬか」

主からも手みやげを託されていると、孫次郎は腰に巻いた革袋をどさりと置いた。

中には砂金がぎっしりと詰め込まれていた。


翌日、新九郎らは長年に案内されて都に入った。

鴨川にかかる船橋《ふなはし》を渡り、今出川《いまでがわ》通りを西に向かうと、南側に内裏《だいり》の広大な敷地が広がっていた。

新緑の木々におおわれた中に、仙洞《せんとう》御所の大屋根が見えている。内裏の東側の通りには商家がびっしりと立ち並び、多くの人々が行き交っていた。

その賑わいは十三湊の十倍にも二十倍にも及ぶ。

新九郎は前にも一度都に来たことがあるが、その時見た町並みとは比べものにならない華やかさであり豊かさだった。

「近頃では元や朝鮮からの船も仰山《ぎょうさん》小浜の港に入り、銅銭や陶磁器、薬種などを売っていきます。その帰りに買い入れていく品物も多く、小浜ばかりか都での商いも一段と盛んになりましたんや」

長年も名和水軍を駆使してそうした流通の一部を担い、急速に力をつけてきたのだった。

「都でも争いが起こっていると聞きましたが、暮らしに影響はないようですね」

「戦にならへんかったら大丈夫や。大きな声では言えんけど、大覚寺統と持明院統の二つに分かれて、利益の分け前を争っているばかりなんや」

内裏の北側には北畠という地名がある。

御所の北に畑があったことに由来するが、村上源氏の中院雅家《なかのいんまさいえ》がこの地に屋敷を建てて北畠氏を名乗った。

雅家の曾孫《ひまご》に当たるのが北畠親房《ちかふさ》で、後醍醐天皇に重用《ちようよう》されて源氏長者《げんじのちようじや》となり、奨学院別当《しようがくいんべつとう》や内教坊《ないきようぼう》別当などを歴任している。

奨学院は皇族や皇別氏族の子弟を教育するための機関で、別当は現代の校長にあたる。

親房はそうした分野の才質に恵まれていて、後醍醐天皇の皇子たちの教育にも当たっていた。

北畠屋敷の近くまで来ると、

「わしは今日は遠慮しときます。何度も行って煙たがられてるよって、一緒やない方がうまいこといきますやろ」

長年は忠成を連れて辻の茶屋に入っていった。

門番との交渉は孫次郎がおこなった。

安藤又太郎季長の郎従で、大納言さまへの献上品を預かってきた。そう告げると、すぐに奥に通された。

案内されたのは中庭である。地べたにひざまずいてしばらく待つと、水干《すいかん》姿の親房が上機嫌で現われた。

「蝦夷の安藤か。よう来た」

そう言いながらも縁先に出ようともしない。それが安藤家に対する親房の評価を如実に物語っていた。

「又太郎季長より、これを預かって参りました」

孫次郎が白磁の壺に移し替えた砂金を膝の前に置いた。

「苦しゅうない。ここに持参するがよい」

「その前におたずねしたいことがございます」

「何や」

親房がふっくらとした丸顔を不快そうに強張《こわば》らせた。

「昨年津軽にご下向《げこう》いただいた時、秋か来春には都で挙兵するとおおせられたが、その後どうなったのでござろうか」

「どうなった、だと」

「はい。主からお聞きして参れと申し付けられましたので」

「ここな、無礼者が」

親房は突然脇息《きょうそく》を投げつけた。

脇息の角が孫次郎の頭に当たり、額から首筋に血をしたたらせた。

「そのようなことは、蝦夷風情《えみしふぜい》が考えることではない。黙って身共の指示に従っておればよいのじゃ」

「当家はすでに兵を起こし、幕府の精鋭を相手に苦戦を強《し》いられております」

孫次郎は砂金の壺を持って縁先までにじり寄った。

「土豪たちの多くが離反し、このままでは降伏する他に手立てがございませぬ」

「安藤の働きは帝も存じておられる。奥州管領や日の本将軍に任じるという約束も必ずはたされよう。それゆえ死力をつくし、今しばらく待っておれ」

「今しばらくとは、いつまででございますか」

「あと二カ月で何とかなる。朝廷の行事に事寄せて身方を集め、六波羅探題《ろくはらたんだい》を血祭りに上げる手立てを講じているところじゃ」

親房は孫次郎の気迫に圧《お》されて口調を和らげたが、新九郎の鼻の奥につんと痛みが走っている。相手の嘘や悪意を察した時のならいだった。

「主にそのように伝えてよろしゅうございますな」

「ああ、構わぬ。ただし兵を集めるには銭が必要じゃ。なるべく多く砂金を送るように伝えてくれ」

「承知いたしました。それともうひとつ。尊雲法親王さまの行方を教えていただきとうございます」

「身共も知らぬ。宮さまは気ままに極楽院を抜け出されるゆえ、我らも往生しておるのだ」

これも嘘だと、新九郎はじっと親房の顔を見上げた。

「そちは確か、宮さまに武芸の手ほどきをした者であったな」

「安藤新九郎と申します」

「ならば一刻も早く宮さまを捜し出してくれ。挙兵までには都に戻ってもらわねばならぬのじゃ」

宮がいないから挙兵ができない。親房はそう匂わせ、砂金の壺だけを受け取って部屋から出て行った。

門の外に出ると、長年と忠成が駆け寄ってきた。

「首尾はどうや。うまくいきましたか」

「若、どう見ましたか」

孫次郎は新九郎の特異な能力を知っていた。

「あの方は嘘をついている。まだ挙兵をするつもりはないし、宮さまの行方も知っているようだ」

「ならば、なぜそんな嘘を」

「分らぬ。あの屋敷を見張れば、何か分るかもしれぬ」

新九郎はアトイと善蔵を見やった。

二人とも即座にうなずき、表情を引き締めてやる気を示した。

「そんなら忠成にも手伝わせます。都には使える知り合いもおるやろ」

「承知しました。ただし、少々銭がかかりまするぞ」

忠成は長年の了解を得ると、アトイと善蔵を連れて辻の茶屋に入っていった。

新九郎は孫次郎や長年と北白川の寺で報告を待つことにしたが、鴨川の船橋を渡る時に異変が起こった。

——新九郎どの、分りますか。

頭の中に尊雲法親王の切迫した言葉が響いた。

窮地におちいった時には、言霊《ことだま》を飛ばして助けを求める。宮は別れ際にそう言ったのだった。

第十四章　真言立川流《しんごんたちかわりゅう》

（一）

「宮さま、ですか」

――新九郎どのの助けが必要です。すぐにこちらに来て下さい。

「どこにおられますか」

――ここです。

尊雲法親王が送ったのだろう。安藤新九郎季兼の頭の中に山寺の景色が広がった。

険しい谷に面した寺の参道には、鎧姿の兵たちがひしめいて様子をうかがっている。

新九郎にはそこがどこか分らなかった。

――生駒山《いこまさん》の大聖無動寺《だいしょうむどうじ》です。幕府の兵に取り囲まれています。

「分りました。しかし、今は三人しかいません」

――そのまま橋を渡り、大山寺《だいせんじ》に戻って下さい。

大山寺とは名和長年が北白川に建立した寺である。宮には新九郎らの様子も見えているようだった。

――じきに八瀬の者たちが訪ねてゆきます。その者たちと共に来て下さい。

そこでぷつりと言葉が切れた。

「宮さま、宮さま」

新九郎は我が身に起こったことが信じられず、あたりを見回した。

近くに宮がいて声をかけているのではないかと思った。

「若、どうなされた」

安藤孫次郎季高が気遣った。

「宮さまの声が聞こえた。生駒山の大聖無動寺におられるそうだ」

「それやったら知っとります」

役行者《えんのぎようじや》が開いた修験《しゆげん》の寺だと、名和長年が教えてくれた。

「宮さまはそこで幕府の兵に取り囲まれておられるらしい」

「そりゃあ、えらいこっちゃ。助けに行かんと」

「大山寺に戻って、八瀬の者を待てと言っておられた」

まるで白日夢《はくじつむ》でも見たようで、新九郎も半信半疑である。それでもともかく寺に戻ることにした。

生駒までは鴨川を船で下り、淀川ぞいの枚方《ひらかた》から陸路をたどる。

今から出ても着くのは明日の朝になるというので、身仕度をして水を入れた竹筒と干《ほ》し飯《いい》を用意した。

「山中ではこれが役に立ちます」

長年が孫次郎に半弓と矢の束を渡した。

普通の弓の半分くらいの長さしかないが、弦を強く張って飛距離が出るようにしてあった。

仕度がととのった頃、山伏姿の五人が訪ねてきた。いずれも新九郎と同じくらいの背丈がある偉丈夫《いじようぶ》だった。

「安藤新九郎さまでございますか」

一行の頭《かしら》らしい四十ばかりの男がたずねた。

「そうですが」

「それがしは八瀬の覚円坊《かくえんぼう》と申します。尊雲法親王のお申し付けでお迎えに参りました」

背が高いばかりではない。五人とも目の大きな彫りの深い顔立ちをして、どことなく鬼神太夫に似ていた。

案内されるまま鴨川に出ると船がつないであった。

材木や米俵を運ぶ大型の船で、十人くらいは楽に乗ることができた。

鴨川は南に流れて桂川とひとつになり、山崎の石清水八幡宮《いわしみずはちまんぐう》の近くで木津《きづ》川と合流して淀川と名を変える。

川幅は一町（約百九メートル）をこえ、満々と水をたたえて難波《なにわ》の海へと流れていく。

淀川に出て船の走行が安定すると、覚円坊がにわか作りの絵図を広げた。

「これが大聖無動寺のおおよその様子です」

寺は生駒山地の東のふもとに位置している。東は奈良盆地につながる平地、南も山地にそってつづく平坦地である。

北側には大聖山という小高い山があり、山頂に弁天堂があった。

「宮さまはこの弁天堂に、三十人ばかりの配下とともに立て籠っておられます。それを討とうと幕府勢五百人ばかりが山を取り囲んでおります」

敵の大将は生駒丹後守《たんごのかみ》で、大聖無動寺（現在の生駒山宝山寺）の境内を本陣としている。覚円坊はそう言って寺の場所に印をつけた。

境内に三百、残り二百を大聖山の三方に分けて配しているという。

「宮さまをお助けするには、本陣を襲って敵の大将を討ち取ることです。そうすれば他の兵たちはおのずと退散いたしましょう」

「覚円坊どのは、どうして敵陣の様子までご存じなのですか」

新九郎はそうたずねた。

「宮さまが念波《ねんぱ》を送って、あたりの様子を知らせて下さったのです」

「念波？」

「遠くの者と意思を伝えあう方法のことで、念受の術とも申します。大山寺を訪ねたのも、宮さまがお命じになったからです」

「ああ、それなら」

自分も念波を受け取ったと言いたかったが、なぜか口にするのがはばかられた。


枚方の津《つ》で船を下りた頃には夕暮れ時になっていた。

船着場の近くの宿で仮眠を取り、夜半に起きて大聖無動寺に向かった。

交野《かたの》を経て生駒へ向かう道は、傍示越《ぼうじごえ》とも呼ばれる平安時代からの主要道である。

生駒山地の傍示峠を越える五里（約二十キロ）の道だが、新九郎らは楽々と歩き通し、夜明け前には大聖無動寺の門前に着いた。

弁天堂がある大聖山が、寺の北側に影絵のようにそびえている。

「我々は闇にまぎれて配置につき、敵の寝込みを襲います。あなた方はここで様子を見ていて下さい」

覚円坊は配下の四人に目配せをすると、篠懸《すずかけ》の衣を裏返しに着た。

裏地が黒なので、忍び装束にも使えるのだった。

「待って下さい。俺たちも戦う仕度をしてきました」

「お気持は有難いのですが、我々だけで充分です。それに八瀬の者だけの特別な連絡法もありますので」

「念波のことですか」

「ええ、そうです」

「それなら俺も宮さまから受け取りました」

「あなたが……。本当ですか」

覚円坊はそんな馬鹿なと言いたげだった。

「どうしたらいいのか分らないけど、受け取ることはできます。試してみて下さい」

——これです。分りますか。

新九郎の頭の中で覚円坊の声が響いたが、これにどう返していいか分らなかった。

——頭頂に意識を集中して、言葉を念じればいいのです。

——こうですか。

——そうです。こいつは驚いた。

覚円坊は彫りの深い顔に驚きと喜びの色を浮かべて新九郎を見やった。

――我々ははるか昔から帝の警固をつとめていて、この技を使う力を授《さず》けられています。しかし今では末法《まつぽう》の世になって、使える者が少なくなっているのです。

――宮さまが送って下さったのです。そのお陰でしょう。

――あなたの血の中に、そうした資質があるのです。それを宮さまはご存じなのでしょう。

――八瀬童子は蝦夷とのつながりはありますか。

八瀬の里の造り方が蝦夷に似ている。孫次郎がそう言ったのを、新九郎は思い出した。

――そんな言い伝えはあります。蝦夷の王の娘が帝に輿入《こしい》れした時、駕輿丁として従ってきたというのです。

――それでは、やはり……。

――しかしそれは言い伝えのひとつにすぎません。八瀬には他にもたくさんの言い伝えがあります。

――それをいつか教えて下さい。ともかく今は、宮さまをお助けするのが先決です。

だから自分たちも戦いに加わると、新九郎はもう一度くり返した。

「分りました。それでは寺の南側にひそみ、合図があり次第攻め込んで下さい」

覚円坊は孫次郎と長年にも分るように声に出して指示をした。

空は薄い雲におおわれ、おぼろな月の光がかすかに地上を照らしている。

黒い影となってそびえる大聖山の三方では、幕府勢がかがり火を焚いて見張りに当たっていた。

黒装束になった覚円坊たちは、足音も立てずに闇の中に散っていく。

夜目《よめ》がきくらしく、森の中でも自在に動いている。

寺の境内にもかがり火が焚かれているが、敵が攻めて来るとは夢にも思っていないのか、人が動く気配はない。

新九郎らは境内の南の文殊堂《もんじゆどう》の陰に身をひそめ、覚円坊からの連絡を待った。

「敵が五百というのは、本当でござろうか」

孫次郎が声をひそめてたずねた。

「宮さまがそのように伝えられたそうだ」

「我らはたった八人でござる。どのように戦うつもりなのでしょう」

「五人でも勝てる口ぶりだった。何か策があるのだろう」

新九郎はそのことより、自分にも念波の技が使えることが気になっていた。

覚円坊は生まれながらにそなわった資質だと言ったが、その血はいったいどこからきたのだろう。

母親が渡島娘だったというからアイヌの血なのか。鬼神太夫のようにはるか遠い大陸につながるものなのか。

それとも蝦夷の王の血筋ということか……。

――新九郎さま、始めます。

覚円坊の念波がそう告げた。

――東の金剛堂《こんごうどう》、西の明王堂《みようおうどう》から攻めますので、生駒丹後守がそちらに向かったら討ち取って下さい。

その言葉が終わると同時に、二つの堂から火の手が上がった。

夜番をしていた十人ばかりが、境内に向かって逃げ出した。

「敵襲じゃ。ご加勢下され」

叫びを聞きつけて百人ばかりが本堂から飛び出し、押っ取り刀で東西の堂に押し寄せた。

その間にも二つの堂は燃えつづけ、大聖山のふもとを飾る灯明台のようになった時、不思議なことが起こった。

山の木々がいっせいに燃え始め、炎の山になったのである。

しかも炎の山は真っ赤に灼熱《しやくねつ》し、寺に向かって流れ始めた。

まるで火山から溶岩が噴き出すように、あたりの何もかもを呑み込みながら流れ下ってくる。

それを見た兵たちは恐慌に駆られ、我先にと逃げ始めた。

境内では防げないと見て、文殊堂の前の道を南に向かって駆けていく。

本堂にいた者たちも事態の急変に度を失い、武器も持たず履物をはく間も惜しんで逃げていく。

「若、危のうござる。生駒の尾根に向かって逃げて下され」

孫次郎が早く早くと急き立てたが、これは幻術だと新九郎には分っていた。

意識を頭頂に集中すると、炎の山はもとの通りに黒い影となり、燃えているのは二つの堂だけだと分る。

「孫次郎、弓を貸せ」

新九郎は半弓に矢を番《つが》え、生駒丹後守とおぼしき者を待ち受けた。

――新九郎どの、錦の鎧直垂を着ているのが丹後守です。

念波で知らされた直後に、丹後守が家臣たちに守られて逃げ出してきた。

新九郎は弓を引きしぼり、胸板に狙いを定めたが、矢を放とうとはしなかった。

もはや戦意を失った者を射殺すのは、道義にもとる気がしたのだった。

山頂の弁天堂に行くと、鎧姿の尊雲法親王が待っていた。

須弥壇を背にした宮は、不動明王のような憤怒《ふんぬ》の形相《ぎょうそう》をしている。

腰には鬼神太夫が献上した頭槌《かぶつち》の太刀をたばさんでいた。

左右には覚円坊と年若い丸顔の武士が控えていた。

「新九郎どの、よく来てくれました。都におられるのが分ったので、助けを求めたのです」

「ご無事で何よりです。宮さまに会うために津軽から出て参りました」

「知っています。遠見《とおみ》の術を用いて、極楽院の門番に行き先をたずねておられるのを見ましたから」

「遠見の術とは」

「居ながらにして遠くを見る法です」

話している間に宮の形相がゆるみ、おだやかないつもの表情に戻っていく。

「もしかしたら、今の幻術も宮さまがお使いになったのでしょうか」

「覚円坊たちの力を借りてやったことです。新九郎どの、あなたの力も貸していただきました」

「俺は何もしていませんが」

「業火《ごうか》の術を使えば、精も根も尽きはてます。信頼できる人の存在を感じていなければ、気力が保てないのです」

だから新九郎を呼んだという。

憤怒の形相をしていたのも、あの術を使うために敵への怒りをかき立てたためだった。

「宮さま、ひょっとしてそちらのお方は、播磨《はりま》の赤松則村《あかまつのりむら》どののご子息やあらしませんか」

名和長年が遠慮がちにたずねた。

「そうだが。存じておるのか」

「備前長船《びぜんおさふね》の刀を仕入れに行った時、赤松どのの館に立ち寄ったことがあります。そん時お見かけしましたんや。お名前は確か」

「赤松次郎貞範《じろうさだのり》と申します」

「ということは、赤松どのも我らの身方をして下さるということやな」

「宮さまの呼びかけに応じて生駒山に行くように、父から命じられました」

貞範は則村の次男で二十一歳になる。

兄の範資《のりすけ》とともに摂津《せっつ》の長洲荘《ながすのしょう》の荘官をしていたが、宮の挙兵に加わるために十人の家臣とともに馳せ参じたのだった。

「そうですか。宮さまは約束通り兵を挙げようとしてくれはったんですね」

「四月一日を期して挙兵すると廻状を回し、この寺に身方を集めて兵を挙げることにしていたのだ」

宮が生駒山で兵を挙げ、幕府の軍勢を引きつけている間に、後醍醐天皇が都で挙兵する手はずだった。

ところが仕度がととのわないうちに幕府方に察知され、生駒丹後守の兵に包囲されたのである。

「その計略を立てたのは、北畠親房さまでしょうか」

高慢な親房の顔を思い出し、新九郎の鼻の奥に再び痛みが走った。

「親房が中心となり、主上の裁可を得て決めています」

「宮さまは加わらないのですか」

「意見を求められることはありますが、主上のお決めになることに異を唱えることはできないのです」

その理由はこうだと、宮が新九郎に念波を送った。

垂らした御簾を半分巻き上げた部屋は、後醍醐天皇の御座所《ござしょ》である。

その横に控えているのは上臈《じょうろう》の阿野廉子《あのれんし》。そして下段の間に北畠親房と宮が控えていた。

しかも宮は親房より下の座についている。皇子としてではなく、臣下として処遇されているのである。

――主上は上臈の局《つぼね》を寵愛され、やがてその子に位を譲りたいと考えておられます。それゆえ母の出自が低い私を、軽く扱うようになられたのです。

――しかし、宮さまは帝の名代《みょうだい》として身方をつのっておられるのではありませんか。

――使いやすいからそうしておられるのです。ヤマトタケルと同じです。

――宮さまはそれでいいのですか。

――朝家《ちょうか》をあるべき姿にしたいという主上のお考えは正しいのです。それに従うのが皇子としての務めだと思っています。

あまりの一途《いちず》さに新九郎の胸が熱くなった。

――津軽の計略もそうでしょうか。

――何のことでしょう。

――宮さまと親房さまは、津軽が倒幕のさきがけとなって挙兵せよと、安藤又太郎季長にお申し付けになりました。事が成ったなら、安藤家を奥州管領と日の本将軍に任ずると。

――確かにそのように約束しました。

――あれは宮さまのお考えではなく、親房どのの計略でしょうか。

——そうです。私は幕府の追捕《ついぶ》をさけるために津軽に逃れ、あの場に同席したばかりですから。

——そうですか。分りました。

念波を用いた対話はわずか一瞬である。

新九郎はその間に、これまで漠然と抱いていた懸念がすべて当たっていたと確信したのだった。

「先程宮さまは、計略が幕府方に察知されていたとおおせになりましたね」

言葉にしてたずねた。

「ええ、そうです」

「その理由はどこにあるとお考えですか」

「朝廷内に幕府の密偵がいるのかもしれません」

「それならどこから漏れたかを、早急に突き止める必要があります。一緒に都に戻って力を貸して下さい」

「分りました。これから発《た》ちましょう」

宮の決断は早かった。

「しかし若、生駒勢が道を封じているおそれがありますぞ」

孫次郎が口をはさんだ。

「それなら心配はありません」

宮がそう言って、表で警固に当たっている武士を呼んだ。

腹巻に烏帽子という軽装で入ってきたのは、楠木兵衛尉正成《くすのきひょうえのじょうまさしげ》だった。

（二）

「兵衛尉、こちらが津軽の安藤新九郎どのだ」

宮が引き合わせた。

「お噂はうかがっています。津軽では宮さまに武道の手ほどきをなされたそうですね」

正成がにこやかに差し伸べた手を、新九郎はしっかりと握った。

船の舵取りに似たタコが、掌にぶ厚くできている。山中の武士にしては珍らしかった。

「このタコは武道によるものですか」

「川船を漕いでできたものです。若い頃から水運にたずさわってきましたから」

「俺も船の上で育ちました。こちらは指南役の安藤孫次郎といいます」

そう紹介すると、孫次郎ははにかんだ顔で軽く頭を下げた。

「それがしは伯耆《ほうき》の名和長年や。楠木どののことは赤松どのから聞いとります」

「赤松どのとは古くからの知り合いです。都でお目にかかったこともありますし、商いの取り引きもあります」

「楠木どのや赤松どのがお身方とは心強い。よろしゅう頼みます」

顔合わせを終えると、宮を真ん中にしてさっそく出発した。

生駒山の尾根に登って南に向かい、楠木家ゆかりの信貴山《しぎさん》朝護孫子寺《ちようごそんしじ》を抜けて王寺《おうじ》に出る道をたどる。

尾根からは西に河内《かわち》平野や瀬戸内海、東に奈良盆地と紀伊半島の山々をのぞむことができる。

津軽とはちがった植生豊かな雄大な景色に、新九郎は心を打たれた。

ここが大和朝廷発祥の地で、日本という国の中心である。

この道をさらにたどれば、葛城山《かつらぎ》や金剛山、正成が拠点としている河内にも行けるのだった。

「新九郎どの、かつてこの尾根で、長髄彦《ながすねひこ》が神武《じんむ》天皇の東征軍を迎え討ったのでござる」

正成が側に寄り、ここを歩くたびにその頃のことに思いを馳せると言った。

「そうですか。大和も朝廷に攻められたことがあるのですね」

「それがしや新九郎どのは、おおかた長髄彦の血を受けているのでございましょう」

王寺まで下りると、大和川のほとりに船着場があった。

大和から摂津、河内にかけての水運を掌握している正成は、大和川ぞいにいくつもの拠点を持っている。

王寺の船着場もそのひとつだった。

「この川筋は安全です。草香津《くさかつ》まで船で行き、後は陸路で枚方の津まで向かって下さい」

正成は手短かに指示し、大型の船に乗った一行を船着場で見送った。


北白川に戻ったのは翌日の夕方だった。

「宮さまがお疲れなので、我らの里で静養していただきます。ご用がある時は、拙者に当てて念波を送って下さい」

覚円坊は新九郎らを船から下ろし、船曳《ふなひ》きに曳かせて高野川をさかのぼっていった。

八瀬には竈風呂《かまぶろ》がある。

簀子《すのこ》を張った床に薬草を敷き詰め、下から蒸気を上げて蒸し風呂にするので、薬草の成分が蒸気にこもって病気や怪我の治療に効果がある。

壬申《じんしん》の乱で大海人皇子《おおあまのみこ》（天武《てんむ》天皇）が背中に矢を受けた時、この竈風呂で傷を治したという由緒を持つ。

八瀬の名も背中の矢に由来するというから、この頃から八瀬童子たちは天皇家と密接な関係を持っていたのだった。

大山寺に着くとアトイと善蔵、長年の郎従の荒松忠成が待ち受けていた。

「どうだ。何か分ったか」

新九郎はアトイにたずねた。

「分りました。兄貴が見込んだ通りでした」

アトイは探索の成果に胸を張ったが、洛中に詳しい忠成に話をゆずった。

「北畠という御仁は策士でござる。青蓮院の尊円《そんえん》法親王のもとにも出入りしておられます」

尊円は第九十二代伏見《ふしみ》天皇の第六皇子で、第九十三代後伏見《ごふしみ》天皇、第九十五代花園《はなぞの》天皇の弟に当たる。

この皇統を持明院統と呼び、後醍醐天皇が属する大覚寺統とは皇位をめぐって険しく対立していた。

この争いは鎌倉幕府の仲介により、両統から十年を目途《めど》に交互に天皇を立てる（両統迭立《てつりつ》）という条件で和解したかに見えたが、両統の間にはいまだに相手への不満と不信がくすぶっている。

後醍醐天皇が倒幕を企てた目的のひとつは、幕府の干渉を排して大覚寺統で皇統を独占することだった。

「今上や宮さまにとって、青蓮院の宮は敵方に当たり申す。そこに北畠どのは出入りし、何事かを談じておられるのでござる」

「それは敵方に通じているということですか」

「それは分りません。寺の中までは立ち入れないので、ご本人に確かめるしか手立てはないのでござる」

「どんな人ですか。青蓮院の宮という方は」

「まだ三十前でござるが、青蓮院門跡の重責をになっておられます。財力も豊かで才智に長けておられますゆえ、持明院統を実質的にひきいているのは青蓮院の宮だという噂もありまする」

「分りました。この先のことは、宮さまに相談して決めましょう」

「それから、もうひとつ気になることがござる。北畠どのには」

想いを寄せた女がいて、ひそかに屋敷に通っている。相手は阿野廉子の女御《にょうご》の洞院徳子《とういんとくこ》だという。

「何と。洞院家といえば、顕親門院《けんしんもんいん》さまの実家ではないか」

長年が驚きの声を上げた。

顕親門院とは花園天皇の生母洞院季子《すえこ》のことだった。


四月十日、宮は覚円坊らに守られて大山寺にやって来た。

業火の術という大がかりな幻術を用いるには、相当の体力と気力が必要である。

そのために八瀬の里で静養していたが、ようやく疲れが癒えたのだった。

「少し顔色がすぐれないようですね」

新九郎はまだ本調子ではないと見て取った。

「もう大丈夫です。薬草の蒸し風呂に入っていたので、草の色に染まったのでしょう」

宮はこの通りとばかりに頭槌の太刀を抜いてみせた。

とたんにあたりの空気が張り詰め、宮の体から闘気がみなぎった。

「もうすぐ北畠さまが参ります。お知らせしたことについて本人から話を聞くために、宮さまにお越しいただきました」

「分っています。しかし、大納言が持明院統とつながっていたとは信じられません。何かの間違いではないでしょうか」

「そのことも含めて問い質《ただ》して下さい。我々ではまともに相手をしていただけないでしょうから」

対面の場とした本堂に案内しても、宮は落ち着かないようだった。

幼い頃から世話になった親房と対峙するのが気詰まりなのか、疑いをかけることが申し訳ないと思っているのか、いつもと明らかに様子がちがっていた。

やがて長年に案内されて親房がやってきた。

寺の前に牛車《ぎっしゃ》を止めると、供の二人を従えて傲然《ごうぜん》と胸を張って敷石を歩いてきた。

「身共は忙しい。軍用金さえ渡してくれたらそれでいいのだ」

「そうおっしゃらんと、お茶でも飲んでいって下されませ」

長年がなだめすかしながら本堂に案内した。

親房は宮が来ていることを知らない。砂金の入った壺を渡すと言って、長年が誘い出してきたのだった。

親房は本堂の正面まで来て宮に気付き、ぎょっとしたように立ちすくんだ。

「大納言、足労をかけたな」

「これは宮さま。生駒山におられると聞きましたが」

親房は腰に手を当て、作法通りに頭を下げた。

「ところが計略が幕府に漏れ、生駒丹後守の軍勢に急襲された。この後のことを話し合うために来てもらったのだ」

「さあ、どうぞ。お上がりを」

長年にうながされ、親房は仕方なげに本堂に上がった。

同席したのは覚円坊ばかりで、新九郎と長年は階の左右に片膝をついて控えていた。

「いぶかしいのは挙兵の企てが漏れたことだ。何か思い当たることはないか」

「いいえ。ございませぬ」

「そなたは青蓮院にも出入りしているそうだな」

宮が意を決した様子で切り出した。

「だ、誰がそのような」

「持明院統の皇子に何の用があるのだ」

「それは、朝廷を……、朝廷をひとつにまとめ上げるためでございます」

親房は動揺から立ち直り、そつなく態勢をととのえた。

「ご存じのごとく、朝廷は後深草《ごふかくさ》帝と亀山《かめやま》帝の頃から、持明院統と大覚寺統に分れて争ってきました。そのために幕府に付け入られる隙を作ったのでございます」

「そのことは承知しておる」

「主上はこれを改めるために幕府を倒そうとしておられますが、両統に分れたままでは朝廷の力をひとつにすることはできません。それゆえ身共が密使となって青蓮院におもむき、尊円法親王さまと両統合一の方法について話し合っていたのでございます」

「それは、父君もご承知か」

「当然でございます。身共の一存でできることではございません」

「さようか。それで話はうまくいきそうか」

宮の追及の鋒先《ほこさき》が急に鈍った。

「いろいろと難しいことも多く、一筋縄では参りませぬ。実は主上が挙兵をためらっておられるのは、この話がまとまるのを待っておられるからでございます」

「津軽の安藤には、この春までに挙兵すると約束した。私に大聖無動寺で兵を挙げるように勧めたのは、その約束をはたすためではなかったのか」

「計略には表と裏が必要でございます。宮さまが兵を挙げられ倒幕の気運が盛り上がれば、持明院統も主上の方針に従わざるを得なくなる。そうご叡慮《えいりよ》あそばされたのでございます」

親房の口舌《こうぜつ》は立て板に水である。

しかもそれが帝のご命令だと言われれば、宮にはそれ以上問い詰めることはできないのだった。

「ならば安藤との約束はどうなる。津軽ではすでに兵を挙げ、幕府勢と戦っている。いつまでも動かなければ、安藤を見殺しにすることになろう」

「そこに控えている者にも、主上は必ず約束をはたされるゆえ、死力をつくしてその時を待てと申し付けたところでございます」

自分のことを言われ、新九郎の鼻の奥の痛みは耐えられないほど激しくなった。

親房の話には何ひとつ実《じつ》がない。どちらにでも取れるようなことを言い、先々で状況がどう変わっても自分の立場が守れるようにしているばかりである。

もし不利な状況に追い込まれたなら、安藤家どころか宮まで犠牲にするにちがいなかった。

「お言葉をかけていただいたので、ひとつおたずねします」

新九郎は頭を上げて親房を見やった。

「何や」

「大納言さまは洞院徳子という女御のもとに通っておられると聞きました。まことですか」

「下郎に答えることではない。控えておれ」

「それなら私に答えてくれ。それは事実か」

宮が気を取り直して新九郎の後押しをした。

「事実ですが、何らやましいことではありません。主上は時々、真言立川流の教えにのっとった法会《ほうえ》をなされるゆえ、女子の同伴者が必要なのです。ところが身共にはそうした相手がおりません。そこで主上が阿野廉子さまの女御である徳子を添えて下さったのです」

「真言立川流の教えは、般若寺《はんにやじ》の文観《もんかん》が父君に説いたと聞いたが」

「さよう。廉子さまの受胎祈願《じゆたいきがん》の修法《ずほう》をしております。法会は大聖歓喜天《かんぎてん》のご利益を得るためのものでございます」

親房の言葉に嘘はない。だがそれがどんな修法かは、年若い新九郎には分らなかった。

（三）

青葉の時期が終わり、五月雨《さみだれ》の季節になった。

細く糸を引くような雨が降りつづき、次第に蒸し暑さが増してくる。

津軽では経験したことのない肌にからみつくような湿気に耐えながら、新九郎らは大山寺で手詰まりの日々を過ごしていた。

親房の本心を突き止める手立てはないし、挙兵をうながすこともできない。

北畠の屋敷で初めて会った時、親房はあと二カ月で何とかなると言ったが、その期限が迫っても何の変化も起こらなかった。

このままでは安藤又太郎季長は、時間稼ぎをした末に幕府勢に降伏せざるを得なくなる。何を得ることもできず、鎌倉に連行されて処刑されるだろう。

そのことを思えば背中を焼かれるような焦燥に駆られるが、親房が約束をはたしてくれるのを待つ以外に手立てがないのだった。

「若、もう津軽に帰った方がいいのではござるまいか」

孫次郎はこのまま朽ち果てていくような苛立ちに耐えかねていた。

「帰ったところで、都で挙兵してくれなければどうにもならぬ」

「お館さまと力を合わせ、幕府勢にひと泡吹かせることはできましょう。我らが戻れば、千や二千の軍勢を集めることはできまする」

「もう和睦《わぼく》の交渉に入っているはずだ。朝廷が倒幕に立ち上がらないかぎり、家臣や領民を無駄に死なせる訳にはいかぬ」

「アトイ、お前はどう思う」

「兄貴の言う通りだと思います。私も渡党の者たちに武器を取って立ち上がれと命じることはできません」

アトイは棒手裏剣を油紙で磨いていた。

この湿気で早く錆《さ》びるので、手入れが欠かせないのである。

「善蔵、お前は」

「早く帰りてばって、戦はしね方がいいと思います」

「なぜじゃ」

「都さ来てみたら、朝廷のために戦うごとが馬鹿馬鹿しくなってきたのです。都人はみんな自分のごとしか考えておりません」

諸国を放浪したことがあるせいか、善蔵の観察眼はなかなか正鵠《せいこく》を得ていた。

新九郎は親房の嘘を暴くことに、最後の活路を見出そうとしていた。

宮は親房にはばまれ、主上と自在に話すことができないでいる。

もし親房が奸計《かんけい》を巡らしているのなら、それを暴いて追放すれば挙兵の時期を早めることができるかもしれない。

そこで長年と協力し、親房の身辺を徹底的に探らせることにした。

その成果が出たのは、五月の終わりになってからである。

「新九郎どの、忠成が女狐《めぎつね》の尻尾をつかんできましたで」

長年がどじょう髭をたくわえた丸顔に満面の笑みを浮かべた。

「大納言さまがご執心の女御が、青蓮院の近くの法勝寺《ほっしょうじ》で坊主と密会してはるんや」

「親房どのとその女御は、縁が切れたのか」

「宮さまに釘を刺されたのがこたえたんか、大納言さまは女の屋敷に通うのを控えてはる。そやけどこの坊主と女御は、前々からええ仲やったようや」

それが誰か分りますかと、長年が言葉を切って気を持たせた。

「法勝寺の住職で道弁《どうべん》いいます。尊円法親王の右腕と言われている奴や」

二人が前から密会していたとすれば、親房が女御に語ったことが青蓮院の宮に筒抜けになっているおそれがあった。

「次に二人が会う日が分りますか」

「月に一度、法会の日に会っとります。次は六月十日の未《ひつじ》の刻（午後二時頃）からや」

新九郎は八瀬の里の覚円坊にこのことを知らせ、対応を相談することにした。

頭頂に意識を集中して覚円坊を念じると、すぐに返答がきた。

――新九郎さま、何かご用でしょうか。

――宮さまはお元気ですか。

――極楽院に戻っておられます。書見三昧《ざんまい》の日々を送っておられるようです。

――相談があります。こういう事情で。

新九郎は長年から聞いた徳子と道弁の話を思い浮かべた。

それだけですべてが伝わるのだから、何とも有難い術だった。

――密会の時に二人が何を話しているか知りたいのです。何か方法はないでしょうか。

――あります。それでは当日、それがしが大山寺に参りましょう。

法会の日、未の刻より少し前に覚円坊がやってきた。

この間と同じ山伏の装束で、荷を入れる笈《おい》を背負っていた。

「ご足労いただき、ありがとうございます。どうやって二人の話を聞くのでしょうか」

「これです」

覚円坊が本堂に上がり、笈から木箱を取り出した。

中には磨き上げられた銀の鏡が入っていた。銅鏡のように丸型で、直径は八寸（約二十四センチ）ばかりだった。

「鏡伝《きょうでん》の術というものです」

法勝寺の屋根裏に覚円坊の配下が忍び、二人が密会している様子を鏡に映す。それを念波によってこの鏡に伝えるという。

「そんなことがほんまにできるんやろか」

長年は疑わしげだった。

孫次郎も首をかしげて鏡に見入っている。

「この鏡はご神宝の八咫鏡《やたのかがみ》と同じ製法で造られたものです。見ていて下さい」

覚円坊が鏡を須弥壇に置き、本堂の扉を閉めた。

やがて鏡に法勝寺の本堂の様子が映し出された。

大勢の者が正面に安置された黄金の釈迦三尊仏に参拝した後、住職の道弁が説法をしている。

四十がらみの大柄な男で、頭を美しく剃り上げ、錦の袈裟《けさ》をかけていた。

徳子も侍女二人を従えて参会者の中にいるが、道弁の説法が終わると一人で席を立って庫裏の一角にあるお堂に入った。

六角形のお堂には黒塗りの大聖歓喜天が安置されている。

象頭人身《ぞうとうじんしん》の男神と女神が立ったまま交わっている像で、またの名を聖天《しょうてん》ともいう。

密教の秘仏であり、真言立川流が本尊としている男女交歓像だった。

像の前には香炉があり、さかんに煙を上げている。これは普通の香ではなく、大麻を練り上げたものだった。

やがて道弁が入ってくると、本尊の前でうやうやしく経を唱えた。

真言立川流が根本とあおぐ「大楽金剛不空真実三摩耶経《だいらくこんごうふくうしんじつさんまやきよう》」、別名「般若理趣経《はんにやりしゆきよう》」とも呼ばれている。

道弁が誦《ず》したのは、その中の「大楽の法門」の十七清浄句だった。

経典はすべて漢文だが、その中には次のような件《くだり》がある。
一、男女交合の妙なる歓喜は、清浄なる菩薩の境地である。
一、欲望が矢の飛ぶごとく速く激しく起こるのも、清浄なる菩薩の境地である。
一、異性を愛し固く抱き合うのも、清浄なる菩薩の境地である。
いずれも人間の本質は善であり、汚れたものなど何もないという考えから導き出された密教の奥義《おうぎ》だった。

道弁の声は低く力強く美しい。

その声が朗々と堂内に響きわたるうちに、徳子の表情はうっとりとしたものに変わっていった。

道弁は十七清浄句を誦し終えると、徳子の衣を脱がせて裸にした。

そうして法衣を脱ぎ捨て、膝の上に座らせて交わった。

「ああ、道弁さま」

徳子が道弁のたくましい背中に腕を回してしがみついた。

「みだらな声を上げてはならぬ。己の心の内に目を向けて、その歓びの本質を見極めるのだ」

「いけずやわ。そんなこと言わへんかったくせに」

「津軽の安藤が、北畠公を訪ねて来たそうだな」

道弁は憎らしいほど冷静だった。

「そう言うてはったわ」

「どんな話をなされた」

「砂金の壺を持って、都で早く兵を挙げるように頼みに来たんやて」

「それで北畠公は」

「適当にあしらわはったんとちがう。初めからそないなつもりは……、あっ、そこ、いく」

徳子は恍惚《こうこつ》とした表情を浮かべ、半開きにした唇からよだれを垂らした。

「仕上げはこれからだ。北畠公が約束を守るように、しっかりと見張ってもらわねばならぬ」

銀の鏡は真実を映し出す。

親房の約束の内容も、新九郎にははっきりと分った。

持明院統が主上の身方をしてくれるなら、倒幕の後に津軽を引き渡す。親房は青蓮院の宮にそう約束していたのである。

だからわざわざ津軽まで下向し、安藤又太郎季長に倒幕の兵を挙げさせた。

そうすれば津軽を意のままに動かしていると青蓮院の宮に示せるし、北条得宗家の流通路を断ち切って打撃を与えることができる。

たとえ安藤家が亡びたとしても、蝦夷の叛乱を抑えられない幕府に、征夷大将軍たる資格はないという非難を巻き起こすことができると考えていたのだった。

(そうか。親王国にするとは、宮さまではなく青蓮院の宮に与えるということか)

親房の詐術《さじゅつ》の巧みさが、新九郎には腹立たしくもあり滑稽でもあった。

「ちゃんとやってますえ。そやけど、いつまでこんなことをせなならんの」

恍惚から覚めた徳子が、すねたように道弁の肩口を噛んだ。

「廉子が入内《じゆだい》できたんは、洞院家の養女にしてもろたからや。そうして中宮さまを押しのけて帝を独り占めしはった。うちは洞院家の娘やで。なんであんな女に仕えなならんの」

「そう言うな。もうじき世の中は変わる」

「ほんまやったら、うちが帝にお仕えするはずやったんや。それをあんな学者風情に押し付けられて、法会の相伴《しょうばん》をせなならんのやで」

実は主上の後宮でも、男女の交歓を通じて菩薩の境地に至るための法会がおこなわれていた。真言立川流の教祖である般若寺の文観が主上に取り入り、大聖歓喜天のご利益《りやく》によって廉子に子供が授かるばかりか、幕府を倒して帝の世に戻すことができると説いたからである。

これに心酔した後醍醐天皇は、十日に一度は近習を集めて法会を開き、大麻の煙の中で性愛の法楽にひたりながら、心願成就を願っている。

堅物で知られた親房は、この法会に加わるために主上から徳子を下され、情が高じて彼女の屋敷に通っていた。

それをこんな風に利用され、徳子からは学者風情とののしられていようとは、思ってもいないはずだった。

「世の中は変わると言っただろう。お前も日の目を見られるようになる」

「へえ、どう変わりますの」

「青蓮院の宮さまが帝になられる。そしたらわしは天台座主《ざす》や」

「そやかて主上は、大覚寺統を守るために幕府を倒そうとしてはるんやろ。持明院統ではあかんのとちがうの」

「それがあるんや。大覚寺統を丸ごと葬り去る秘策が」

道弁はさすがにその先は口にしなかったが、心の内は銀の鏡に映っていた。

それは主上に倒幕の兵を挙げさせ、幕府と共倒れさせる。その後で持明院統の世にするという、親房が安藤家に仕掛けたのとよく似た策だった。


新九郎はしばらく茫然《ぼうぜん》としていた。

こんな馬鹿なことがまかり通っていいのかという憤りと、これが人間というものだという諦めがない交ぜになっている。

ただひとつ明確なのは、又太郎季長の計略が根底から間違っていたということだった。

――宮さまに、このことをお伝えしなければなりません。

新九郎はある種の物哀しさを感じながら、覚円坊に念波を送った。

――もうご存じです。極楽院で同じ鏡を見ておられます。

――そうですか。さぞお辛いでしょうね。

――事実は事実として受け止めなければなりません。これから、挽回するための策を講じられるはずです。

それは新九郎も同じだった。

親房や青蓮院の宮の策に踊らされたまま引き下がるわけにはいかない。

宮と力を合わせて、このねじれた背骨を叩き直さなければならなかった。

第十五章　独自の道

(一)

長い梅雨が終わり、うだるような夏が来た。

京都は三方を山に囲まれた盆地で、地下には琵琶湖から流れ込んだ伏流水が層を成している。

その水が地熱によって温められるので、夕方になってもなかなか温度が下がらず、蒸し風呂にでも入っているような暑さがつづく。

冬の底冷えも骨身にこたえるが、夏の暑さをどう乗り切るかが、都人にとって一番の課題だった。

南北朝時代を生きた吉田兼好は、『徒然草』の中でそのことについて記している。家は冬の寒さではなく、夏の暑さをしのげるように造るべきだと言うのである。

「家の作りやうは、夏をむねとすべし。冬はいかなる所にも住まる。暑き比《ころ》、わろき住居は、堪へがたき事なり」

その堪えがたき夏を、安藤新九郎季兼は北白川の大山寺で過ごしていた。

尊雲法親王と後醍醐天皇に直訴《じきそ》に行くことにしていたが、対面の許可が下りないまま、いつしか真夏になっていた。

この年、正中三年（一三二六）は疫病の流行と震災にみまわれ、四月二十六日に嘉暦《かりゃく》と改元されている。

それから二カ月が過ぎ、日ごとに陽射しはきつくなる。寺の境内の木々には油蟬《あぶらぜみ》が鈴なりになって止まり、朝から晩まで耳を突き破るような鳴き声を上げていた。

「早く海に出たいものでござるな。今ならまだ船を出せまする」

安藤孫次郎季高は褌《ふんどし》ひとつになって瓜《うり》を頰張っている。これ以上季節が進むと海が荒れ、津軽に帰れなくなるのだった。

「帝に直訴する時には同行すると、宮さまと約束した。もう少し待て」

新九郎は風通しのいい廻り縁で寝そべっていた。

「このあたりはまだ涼しい方や。洛中は地獄でっせ」

名和長年も褌ひとつで寝そべり、汗ばんだ髪を配下に洗わせていた。

すると油蟬の声に混じって、宮の声が聞こえてきた。

――新九郎どの、主上に対面していただけることになりました。

念波を放ってそう告げてきた。

――場所と刻限は。

――明日、北畠大納言の屋敷で卯《う》の刻からです。

卯の刻は午前六時頃である。異常なばかりに早い時間だった。

――主上は大納言の屋敷で、夜通しの修法を行なわれるそうです。それを終え、内裏にお戻りになる前に会って下さると。

——分りました。それでは卯の刻に参ります。

——名和長年も連れて来て下さい。主上がそうお望みです。

新九郎は宮の言葉を長年と孫次郎に伝えた。

卯の刻は京の七口《ななくち》の木戸が開く刻限である。

前日に洛中に入っていなければ間に合わないので、北畠親房の屋敷の近くの辻の茶屋に泊ることにした。

長年が地獄だといった暑さに夜通しさらされ、翌朝早く宮の念波に起こされた。

——私も近くの寺に泊っています。卯の刻の鐘が鳴る頃、大納言の屋敷の門前で落ち合いましょう。

それから四半刻（約三十分）ほどして鐘が鳴った。

新九郎と長年が門前で待っていると、藤色の水干をまとった宮が覚円坊を従えてやって来た。

それを見計らっていたのか、それとも卯の刻に開門する仕来《しきた》りなのか、門扉《もんぴ》が音を立てて内側に引き開けられた。

「行きましょう。主上なら我らの願いを聞き届けて下さるはずです」

宮は緊張に表情を硬くしてそう言った。

宮は寝殿に案内されたが、新九郎ら三人は中庭までしか通してもらえない。

いつぞや親房が座っていた部屋には御簾がかけられ、宮はその前の広縁の東側に控えていた。

やがて緋《ひ》色の派手な水干を着た親房が西側の広縁《ひろえん》に座り、

「主上がお出ましでございます」

そう言って低頭するように求めた。

しばらくして今上が御簾の奥に入ってきた。

平伏している新九郎には姿を見ることはできない。だが帝の気配、あるいは五体から発せられる気が、中庭まで伝わってきた。

（これは……）

いったい何だろう。

新九郎は気圧《けお》される感覚の正体を見極めようとした。

蝦夷地で戦った羆の圧倒的な迫力に似ている。見る者をひれ伏させずにはおかない大きさと強さと凶暴さ。

羆がアイヌたちから神《カムイ》と呼ばれるのはそのためだが、神の子孫としてこの国に君臨してきた帝も、それに近い霊気を発しておられた。

だが、どこかちがう。

羆が凶暴になるのは自分の存在をおびやかす敵に出会った時だけである。しかし、この帝から感じる凶暴さには、もっと複雑で奥深い根があった。

（その根とは、何なのか）

姿さえ見られれば分る気がしたが、許しなく顔を上げることはできなかった。

「尊雲法親王さまが御前に伺候《しこう》しておられます。進言したき儀があるとおおせでございます」

親房が取り次いだ。

「申せ」

御簾の奥から声が降ってきた。

深い洞窟の奥で発したような低く響く声だった。

「対面をお許しいただき、ありがとうございます。本日は津軽の安藤新九郎をお連れ申し上げました」

宮は引き合わせようとしたが、面《おもて》を上げよという声はかからなかった。

「私と大納言は一昨年秋に津軽を訪ね、安藤又太郎季長どのに挙兵を求めました。北方の交易路を断ち切って北条得宗家の力を弱め、倒幕の先駆けとなってもらうためです」

「朕《ちん》も承知しておる」

「その時、この春には都でも兵を挙げると約束いたしました」

自分もその約束を果たすために、生駒山の大聖無動寺に立て籠って兵を挙げようとした。

ところが計略が幕府方に筒抜けになっていて、生駒丹後守の軍勢に襲われた。

「それを不審に思い、どこから計略が漏れたかをさぐりました。すると上﨟付きの女御だということが分りました。その女御は青蓮院の寺僧と密通し、大納言から聞いたことを伝えていたのでございます」

「その女御とは、まさか」

親房が血相を変え、洞院徳子のことですかとたずねた。

「そう申すところを見ると、思い当たることがあるようだな」

「上﨟さま付きの女御は徳子しかおりません。しかし、徳子がそんなことをするわけがない。現に……」

昨夜の修法でも相方をつとめたと言おうとして、親房ははっと口ごもった。

何か大きな不安に襲われたのか、みるみる蒼白になった。

「しかも大納言は、持明院統を身方に引き入れるために、倒幕が成ったなら青蓮院の宮に津軽を引き渡す約束をしていました。安藤季長どのを奥州管領に任じ、日の本将軍の称号を与えると約束したのは、挙兵させるための詐術だったのでございます」

「それはちがいます。一昨年秋に津軽に下向した時には、安藤季長を挙兵させて幕府の目を北に向けさせれば、この春には都で挙兵できる見込みがありました。ところが六波羅探題の監視は厳しく、当てにしていた身方も切り崩されて計略が思うように進まなくなったのでございます」

「そこで津軽を与える条件で、青蓮院の宮を身方に引き込もうとしたというわけか」

「尊円法親王（青蓮院の宮）さまから申し入れがあったのです。朝廷が両統に分れて争っていては、とても倒幕は果たせぬ。そこで津軽を親王任国にして引き渡すなら、持明院統も主上に協力すると」

だから応じることにしたが、それは計略上やむを得なかったからで、初めから欺こうと思っていたわけではない。

それにまだ内々に話をしている段階で、主上のご裁可も得ていないと、親房は額に汗を浮かべて弁解した。

「まことか。青蓮院の宮から申し入れがあったとは」

宮が厳しく問い詰めた。

「身共は倒幕のために、身命を賭《と》して計略をめぐらしております。決して嘘は申しませぬ」

「その申し入れは、相手の計略とは思わなかったのか」

「そ、それは……、どういう意味でございましょうか」

親房が水干の袖で汗をぬぐった。

「青蓮院の宮は、両統の和解が成るとそちに思わせるために、そんな条件を出したのだ」

「まさか、そのような」

「宮の真の狙いは主上と幕府を戦わせ、大覚寺統が潰されるのを待つことにある。そうして持明院統で皇統を独占するつもりなのだ」

「護良《もりなが》、もう良い」

帝の声が御簾の奥から再び降ってきた。

「朕にはすべて分っておる。大納言を責めてはならぬ」

「しかし……」

「そちはこれまで通り、畿内《きない》の山野に身方をつのれ。親房同様、どんな手を使っても構わぬ。朕の望みをはたすことこそ正義なのだ」

「それでは挙兵は」

いつになりますかと宮は食い下がったが、帝はこれ以上話すことはないと言わんばかりに席をお立ちになった。

面を上げよのお声はついにかけてもらえない。新九郎は無礼を承知で平伏したまま顔を上げた。

御簾の奥を唐冠《とうかむり》をかぶった大きな影が去っていく。

やはり大きなお方だと思っていると、帝は中庭の気配に気付かれたらしく、ちらりと視線を投げられた。

その目が薄暗い御簾の奥でぎらりと光り、獲物をねらう白蛇のように新九郎を射すくめた。

新九郎は一瞬気を失ったのだろう。地べたに平伏したまま石のように固まっていた。

やがて裏庭から号泣する声が上がった。

池のほとりの松の枝に、朱色の薄衣をまとった女御が肌もあらわに吊り下がっている。

親房の相方をつとめた徳子が、悪事が露見して首を吊ったらしい。

親房は遺体を見上げ、胸をかきむしりながら泣き叫んでいるのだった。


新九郎らはその日のうちに小浜の出雲屋まで引き上げた。

もはや都にいても、何ひとつ成果が得られないことは明らかである。この上は一刻も早く津軽に戻り、事態の収拾をはからなければならなかった。

「明朝船を出す。その仕度をせよ」

新九郎は孫次郎に命じた。

「どうでござろう。天気は崩れかけておるゆえ、大風になるかもしれません」

孫次郎が戸を開け放って、海をながめた。

港はまだ凪いでいるが、空には雲が低く垂れて西風が吹いている。すでに秋の気配がただよう北陸の気候だった。

「そうや。もう少し日和を待った方がええんとちがいますか」

長年もそう勧めた。

だがぐずぐずして時期を逃せば、来年の春まで帰れなくなる。とにかく仕度をととのえて、明日の天気に望みをかけることにした。

その夜早めに床についていると、宮からの念波が送られてきた。

――新九郎どの、今日は申し訳ありませんでした。

津軽のために何ひとつ力になれなかったことを、宮は率直にわびた。

——主上はすべてを見透し、ご自分の考えだけで事を進められます。我々はそれに従うしかないのです。

——お立場は分ります。宮さまのお陰で、帝にお目にかかることができました。

——良い印象を持たれなかったようですね。

——凄まじいお力を秘めておられるお方だということは分りました。あれはお血筋ゆえでしょうか。

——天子のみに伝わる神秘の力はあります。主上はそれに大聖歓喜天の秘法を加え、常ならぬ力を身につけておられるのです。しかし……。

宮は少しためらい、その根底にあるのは怨《うら》みだと言った。

——主上はこの世の理不尽を激しく憤り、帝が天上人として君臨した太古の制度に戻さねばならぬと決意されました。そのために憤怒と破壊の神になろうとしておられるのです。

——何でしょう、その制度とは。

——古代の律令制を、より完全にしたものです。

律令制とは、かつて唐の制度を手本にして築かれ、奈良時代に確立されたもので、天皇がすべての国土と領民を治め（公地公民制）、天皇が任命した官吏たちが律（刑法）と令（行政法）に従って国家の運営を行なう制度だった。

——そうですか。しかし宮さまがおおせられたように、あのお方の憤りはご自身の怨みから生まれていると思いました。

新九郎は中庭に控えている間、鼻の奥に痛みを感じていた。

それは今上の気《き》に邪悪なものが混じっていたからだとしか思えなかった。

――そうですか。そう感じましたか。

――あの女御を自裁させたのは、あのお方ではありませんか。

――…………。

――あれだけのお力があれば、人を意のままに操ることもできましょう。そのお力を使われたのではありませんか。

宮には気の毒だが、新九郎は歯に衣着せずにたずねた。

――私には分りません。新九郎どのはこれから津軽に帰るのですか。

宮が苦しげに話題を変えた。

――帰ります。嘘の約束で荒らされた故郷を、立て直さなければなりません。

――そのことについてはおわびします。大納言の言葉に嘘はなかったはずですが。

――分っています。俺の親父も怨念に突き動かされ、憤怒と破壊の神になろうとしたのでしょう。俺はまずそこから離れることから始めてみます。

――また会って下さい。兄のようにお慕《した》いしています。

――そう願っています。お互いに悔いのない生き方をしましょう。

翌朝、新九郎は風の音で目を覚ました。

船宿の戸を風がカタカタと鳴らしている。岸に打ちつける波の音も高い。昨日より風が強くなったようだった。

これではとても船を出すことはできまい。観念して目を閉じていると、遠くから海鳴りが聞こえてきた。

ゴゴゴ、ゴゴゴ

地を揺するような低く不気味な音である。

台風や津波が来る前触れとされているので、これから天気はますます荒れるはずだった。

ゴゴ、ゴゴゴ、ゴゴ

自然にひそむ凶暴な力が迫ってくる。人間などひと息に叩き潰す、憤怒と破壊の神のうなり声のようだ。

新九郎は静かに呼吸をととのえて動揺から立ち直り、海鳴りの声を聞き取ろうとした。

ゴゴゴ、ゴゴ

巨大な何かを引きずるような音は西から聞こえてくる。

西から海が荒れ、西風に乗って音が流れてくるようだが、やがて海鳴りに周期があることに気付いた。

それは時々風向きが変わり、音が吹き散らされているからにちがいない。

この風が沖に発生した台風の影響によるものなら、同じ向きに吹きつけるはずだが、まだそこまでは至っていないということだ。

新九郎は飛び起きて戸を開けてみた。

明け方の西の空は低い雲におおわれているが、東に行くに従って雲は薄くなっている。

「みんな起きろ。すぐに船を出すぞ」

新九郎は大声を張り上げて皆を起こした。

今ならこの風を津軽に向かう追い風にできる。海もそれほど荒れてはいない。

うまく潮に乗れば、三日で十三湊に帰れるはずだった。

（二）

新九郎の読みはぴたりと当たった。

卯の刻（午前四時頃）過ぎに小浜湊を出た朝日丸は、対馬《つしま》海流に乗り南西からの追い風を受けて一直線に日本海を突っ切り、七月二日の酉《とり》の刻（午後六時頃）前に十三湊に着いた。

常であれば途中の港に寄りながら五泊六日で帰る航路を、わずか一日半で走破したのである。

「若は海の申し子でござるな。海神《わだつみ》さまが嘉《よみ》しておられるにちがいありませぬ」

孫次郎が晴れやかに笑い、迎えの小舟に引き綱を投げた。

出航には強く反対したが、誰よりも早く帰りたいと願っていたのは、身重の新妻を待たせている孫次郎だった。

「嵐になったら佐渡の港に入れば良いと思っていたが、その必要はなかったな」

思った以上の速さに新九郎も驚いていた。

新しい航路を発見した手応えがある。しかも朝日丸が北に向かうごとに、都の垢《あか》にまみれた心と体が清々《すがすが》しくなっていき、新たな道を踏み出す覚悟も生まれつつあった。

「やはり津軽は良うござるな。お山をのぞむと、有難さに泣けてきます」

夕暮れの空に影のように浮かびあがるお岩木山に向かって、孫次郎が手を合わせた。

「これが我らの生きる場所だ。俺はこれからこの土地に住む人々のために、新しい道を切り開いていく」

「新しい道とは」

「それは後で話す。ともかく都でのことを、管領どのに知らせねばならぬ」

朝日丸は小舟に引かれて水戸口から入り、前潟にたどりついた。

船着場には多くの者たちが迎えに出ている。孫次郎の配下やアトイの配下の交易所の者たち、そして水夫たちの家族。

その中には、出産間近のおなかをした由比の姿もあった。

皆一様に手を振っているが、追い詰められた険しい表情をしている。葬礼の列のように黙り込み、笑顔も子供たちの姿もない。

何か異変があったにちがいなかった。

「由比、どうした。何があったのだ」

孫次郎は船を下りるなりたずねた。

由比は夫より先に新九郎に一礼し、留守中の出来事を語った。

「管領さまは先月から、折曾の城に立て籠って幕府軍と戦っておられました。ところが工藤右衛門尉が兵をひきいて出陣し、城を攻め落として管領さまを生け捕りにしたのでございます」

それは昨日のことで、今朝方知らせが届いたばかりだという。

「管領どのは幕府と和を結ぶ交渉をし、時間をかせぐと言っておられたが」

「幕府方はそれを見抜いていたのでございましょう。交渉の期限を五月末までと定め、六月一日には有無を言わさず尻引の管領館に攻め寄せました。そこで管領さまは手勢をひきいて折曾の城まで逃れ、新九郎さまがお戻りになるまで持ちこたえようとなされたのでございます」

「それで管領どのは」

「右衛門尉に油川湊まで連れて行かれました。鎌倉まで行って執権どのに申し開きをしてくると、皆に告げられたそうでございます」

「嫡男の季政どのは、どうなされた」

「折曾の城に立て籠ったのは、管領さまの手勢三百人ばかりだそうです。季政さまたちは、幕府勢が攻めて来る前に深浦まで逃げられたとか」

「そうか。そうせよと管領どのが命じられたのであろう」

新九郎は折曾の関の港にある大銀杏《おおいちょう》を思い出した。

港を開いた安倍忠良《あべのただよし》が、入港する船の目印にするために植えたものだ。

折曾の城は港の後ろの山の上にある。城からも大銀杏は見えたはずだが、もう黄葉し始めていただろうか。

「管領さまのご使者が、新九郎さまのお戻りを館で待っておられます。どうぞ、こちらに」

由比が高台にある館に案内した。

待っていたのは絹子だった。

季長が側室にした渡島娘で、尻引の館を訪ねた時にチェプオハウを馳走してくれたしっかり者だった。

「おお、ご無事でしたか」

「折曾の城が落ちる前に、季長さまが船で逃がして下されました。十三湊で新九郎さまを待つようにと」

白い小袖を着た絹子は、死者の口寄せをするイタコのようだった。

「管領どのは昨日捕われたと聞きましたが」

「自分は生け捕りにされるが、これは決して命を惜しんでのことではない。鎌倉に行って、問注《もんちゆう》所《じょ》で申し開きをするためだとおおせでした」

問注所とは訴訟を受けつける幕府の機関である。

「管領どのは訴訟をなされるつもりですか」

「言い分が認められるとは思っておりません。訴訟によって時間をかせぐためでございます。どうぞ、こちらに」

絹子は新九郎や孫次郎を、屋敷の一角にある石造りの土蔵まで連れて行った。

「季長さまから預かったものを、ここに運ばせていただきました」

土蔵の中には大きな樽《たる》が十個並べてある。

すべて砂金が入っていて、薄暗い土蔵の中でも鈍い輝きを放っていた。

「これは季長さまが軍用金としてたくわえておられたものでございます。新九郎さまにお渡しせよと」

「戦を続けろ、ということですか」

「いいえ。どう使おうと勝手だとおおせでした」

「凄い。これだけあれば朝日丸ほどの船が二十艘は買えましょう」

孫次郎が砂金の輝きに目を奪われた。

「しかし、なぜ俺に」

「新九郎さまなら、この金を生かしてくれるとおおせでした。迷惑をかけたのが、心苦しかったのでしょう」

「迷惑……、ですか」

「こうも言っておられました。わしが兵を挙げたのは、サナを守れなかった悔しさが忘れられなかったからだと」

　サナは季長の側室で新九郎の母親だが、正妻の策略によって家から追い出された。誇り高い季長には、大切なものを奪われる屈辱に、二度も耐えることはできなかったのだった。

　新九郎は孫次郎、アトイ、善蔵らを集めて、今後のことを話し合うことにした。

「管領どのは幕府に降伏されたし、当てにしておられた都での挙兵も無理だということが分った。もはやこれ以上戦いつづけても益はない」

　そこで戦を終わらせ、分断された津軽をひとつにする策を講じるべきだと言った。

「その前に、管領どのをお助けするべきではござるまいか」

　孫次郎がたずねた。

「その必要はない。父上は」

　新九郎は初めて抵抗なくそう呼ぶことができた。

「すべてを覚悟して降伏されたのだ。助けになど行ったら、怒鳴りつけられるだろう。それより後の始末をつけることの方が大切だ」

「どうされるつもりでござるか」

「我らは幕府も朝廷も頼らぬ独自の道を行く。そのために外の浜安藤家の蝦夷管領職就任を認め、五郎季久どのの下知《げじ》に従うことにする」

「それでは降伏するのと同じでござろう」

「その通りだ。そうして季久どのに幕府と交渉してもらい、津軽や蝦夷地を少しずつ皆の望む通りに変えていく。そのためには皆が結束し、容易には手出しをできぬ力を身につけねばならぬ」

　政治的には幕府や朝廷に従いながら、経済力や結束力を高めて相手と粘り強く交渉し、力でねじ伏せるより独自の行き方を認めた方が得だと思わせる。

現状を打開するには、それしか方法がないと新九郎は考えていた。

「そのようなことが、本当にできるのでござろうか」

「津軽と蝦夷地が結束し、北方の交易を支配したなら必ずできる。そのためには五郎季久どのと渡党の族長の協力を取り付けねばならぬ」

「それなら私に任せて下さい」

アトイが勢いづいて申し出た。

「兄貴のためなら、何でもしますから」

「頼む。我らは武力ではなく知恵と働きで、父上が成し遂げようとしておられたことを実現するのだ」

新九郎は小浜湊を出て以来、独自の道を行くべきだと考えつづけてきた。

それは北畠親房の姿に、操られる者の末路を見たからかもしれなかった。


新九郎が内真部《うちまつべ》の安藤季久の館を訪ねたのは八月下旬だった。

内真部川の河口の沖合に艤装《ぎそう》を変えた朝日丸を停め、孫次郎とアトイだけを連れて上陸した。

川ぞいの道を西に向かって歩いていると、背後から冷たい風が吹きつけてくる。

今年は夏が暑かったせいか、いつまでも山背《やませ》がやまないのだった。

季久の館は南北につづく尾根のふもとの高台にあった。南北二町（約二百十八メートル）、東西一町ばかりの広々とした敷地である。

以前来た時より濠を深くし塀を高くしているのは、季長との戦にそなえてのことだった。

事前に使者を送って対面の了解はとってある。

すんなりと門を通してもらい、主殿につづく道を歩いていると、前から来る枯れ葉色の小袖を着た女と行き合った。

布で髪を包み、籠に入れた芋を抱えているので下女かと思ったが、季久の娘の照手姫だった。しかも大きくふくらんだ下腹に広い帯を巻いていた。

「あら、新九郎さま。生きておられましたか」

照手姫は切れ長の目を真っ直ぐに向け、にこりともせずに言った。

「ああ、何とか生きている」

「又太郎季長さまは、お気の毒なことでございました。初めから幕府に従っていれば、こんなことにはならなかったのです」

「婿でも迎えたか」

「いいえ。当家には高季と家季がおりますので」

婿を迎える必要はないとにべもない。山背にも劣らぬ冷たい態度で通り過ぎた。

季久は主殿の客間で待っていた。

「新九郎どの、よう来てくれた」

季久は丸いおだやかな顔に笑みを浮かべた。

戦に勝ち蝦夷管領にもなったのに、以前と変わらぬ丁重さだった。

「ご対面をいただき、ありがとうございます」

「こちらこそじゃ。季長どののことは無念じゃが、これでひとまず戦も終わった。何とか両家の折り合いをつけねばならぬと思っていたところじゃ」

「それについて考えがあります。聞いていただけましょうか」

「聞こう。申すがよい」

季久が姿勢を正し、にわかに表情を厳しくした。

「我が父の計略が失敗したのは、都での挙兵に望みを託したからでした。それは成りませんでしたが、宮さまは楠木正成どのや赤松則村どのの助勢を得て、兵を挙げようとしておられました」

「そちは、都に行ったのか」

「父に挙兵の催促をしてくるように頼まれ、宮さまや帝に会ってきました」

「それで、どう見た」

「お二人とも近々倒幕の兵を挙げられましょう。それゆえ幕府は、津軽や蝦夷地の支配までは手が回らなくなると思います」

その間に季久が蝦夷管領としてこの地の支配を固めていれば、いろいろな面で幕府を譲歩させることができる。新九郎はそう言って津軽と蝦夷地の絵図を広げた。

「津軽の大半は管領どのの支配地ですから、十三湊の安藤家も西の浜の安藤家もこれに従います」

「孫次郎、そうしてくれるか」

季久が念を押した。

「管領どのが若の計略を後押しして下さるなら、それがしに異存はござりませぬ」

「ただし西の浜の安藤家の本領だけは、兄季政の領地として認めていただきとうございます」

「季政が和解に応じるなら、折曾の本領を安堵するように北条得宗家に願い出ることはできる」

「季政はもともと此度の戦には反対しておりました。季久どのが声をかけて下されば、喜んで従うでしょう」

「しかし新九郎どの、そなたはどうする」

「俺が津軽にいては、幕府が承知しないでしょう。渡島に渡り、アトイと力を合わせて蝦夷地の開拓にあたるつもりです」

そうしてマトウマイを安藤水軍の第二の拠点とし、十三湊の孫次郎と協力して交易にあたる。

そうすれば北方の産物を一手に握れるし、内海を支配して通行する船から関銭《せきせん》（関税）や津料《つりょう》（港湾利用税）を徴収する道も開けるのだった。

「なるほど。やがて幕府と朝廷の争乱が起きるのなら、やり方次第で独自の勢力を築くことができるかもしれぬな」

季久はそうつぶやいてじっくりと絵図に見入った。

「結束を強め交易の利を握っていれば、幕府と朝廷の双方から有利な条件を引き出すことができると思います」

「それならもう一人、この計略に加えてくれまいか」

「どなたでしょうか」

「照手の婿じゃ。しばし待ってくれ」

季久はバツが悪そうな様子で席を立った。

いったいどんな婿だろうと、新九郎と孫次郎は顔を見合わせた。

ふてくさった様子の照手姫と連れ立って入ってきたのは、何とイタクニップだった。

大きな体と精悍《せいかん》な顔立ち、額と頬の入れ墨は以前のままだが、髪も着物も武士風にして腰には黒鞘の脇差をたばさんでいた。

「この男は新九郎どのに追われ、わしの所に逃げ込んできた。そのうちに照手と気が合ったようでな。夫婦になりたいというので、姓と名を与えることにした」

「安藤十四郎季明《じゅうしろうすえあき》と申しまする。お見知りおきのほど、願わしゅう存じます」

武家風の口上もなかなか堂《どう》に入《い》ったものだった。

「充分に見知っている。まさかこんな所で会うとはな」

「それがしは照手のお陰で生まれ変わり申した。これからは妻のために生きる所存」

「そうですよ。新九郎さまだって謀叛人なのですから、この人を責められる立場ではありませんよ」

照手姫が勝ち気を丸出しにして夫を庇った。

「新九郎どの、先程の計略を成すには、宇曾利にも頼りになる者をおいておかねばなるまい」

「そうですね。東の守りの要ですから」

「実は前々から宇曾利の一部を照手に相続させることに決めている。これを機に、二人で安渡浦《あんどのうら》(大湊)に住めば一石二鳥じゃ。それでいいな」

「お父さま、ありがとう。必ずこの人を立派な領主にしてみせますから」

照手は喜びに顔を上気させ、早く礼をするようにとイタクニップの頭を押さえつけた。

（三）

新九郎らは季久の館に一泊し、翌朝マトウマイに向かって船を出した。

空は秋晴れで海も凪いでいる。ふり返ると八甲田山《はっこうださん》の峰々にうっすらと雪が積っていた。

陸奥湾は波もおだやかで潮も止まっている。新九郎らは全員で櫓を漕ぎ、平舘《たいらだて》海峡を牛が歩むような速さで抜けていった。

高野崎《たかのさき》の沖を過ぎて内海に出ると、潮が大きな渦を巻いていた。

南からの対馬海流と北から流れ込んできた千島《ちしま》海流が内海でぶつかり、時折こうした渦を起こす。

舵取りの弥七はこの渦の縁《へり》をうまくとらえ、渡島半島に向けて船を流していった。

「弥七、腕を上げたじゃねえか」

孫次郎が誉めてやった。

「へい。女房を乗せているつもりで舵を切っております」

長身の弥七が照れたように顔をかいた。

十三湊に戻って間もなく弥七は嫁をもらい、母親と三人で暮らし始めたのだった。

新九郎は舳先までアトイを呼んだ。

「お前に話しておかねばならないことがある」

「何でしょう。改まって」

「イタクニップのことだ」

「あの男が、どうかしましたか」

リコナイでの一件以来、アトイはイタクニップを伯父とは呼ばなくなっていた。

「季久どのの館でイタクニップに会った。照手姫の婿になり、十四郎季明と名乗っておった」

「それほど武士になりたいのでしょうか」

「どうやらそれだけではなさそうだ。番犬のようにおとなしく照手姫に従っていた」

本気で照手姫に惚れ、虜《とりこ》になっているらしい。照手姫もそれが嬉しいのか、童女のような幸せそうな顔をしていたのだった。

「それなら渡党との縁も切れたのですから、我々と関わりはありません」

「ところがそうではない。二人は安渡浦に移り住み、宇曾利の支配にあたることになった。渡島と津軽と宇曾利で、しっかりと協力しなければ内海を押さえることはできぬ」

「だからあの男を許せと」

アトイが濃い眉をひそめ、くぼんだ目を険しくした。

「許せとは言わぬが、協力してもらわねばならぬこともある」

「兄貴はこの先、本当にマトウマイに住まわれるのですか」

「ああ、そう決めている」

「それなら、どうです。いっそ……」

アトイはそう言いかけて口ごもった。

「いっそ、何だ」

「いや、いいです。風が出てきたので、帆を張ります」

マトウマイの港は大松前川の河口に開けている。港の側には交易所が作られ、津軽ばかりか京都や鎌倉の商人たちが出店や宿所を構えていた。

安藤又太郎家もひときわ大きな館を構え、マトウマイの交易を取り仕切っていたが、五郎季久が蝦夷管領に任じられてからは、そうした権利も季久のものとなっていた。

そこで新九郎は季久に全面的に協力するかわりに、マトウマイの港と館を以前のように使わせてくれるように頼んだ。

季久にとっても渡党とつながりを持つ新九郎が協力してくれるなら願ってもないことで、

「そなたが照手の婿になっていれば、もっと良かったのだが」

そんな愚痴をこぼしただけで、快く承知したのだった。

船を港につけると、新九郎はアトイと孫次郎を従えてエコヌムケの館に向かった。

大松前川をさかのぼった所にある環濠集落型の館で、敵に襲われた時には村人全員が避難できるほどの広さがあった。

門を入った途端に、ノンノとノチウが両側から抱きついてきた。

川ぞいの道を歩いてくる新九郎を見て、驚かせてやろうと待ち構えていたのである。

「お帰り。兄《ユポ》」

「今日は泊っていけるんでしょ」

二人とも腕にぶら下がり、抱き上げてくれとせがんだ。

新九郎は二人をすくい上げるようにして高々と抱き上げた。

およそ一年ぶりである。二人とも背が伸びて手足も太くなっていた。

家の戸口の陰から、イアンパヌが様子を見守っている。新九郎がそれに気付いて頭を下げると、逃げるように走り去った。

「お前たち下りろ。兄貴は今日、父《ミチ》と大事な話があって来られたのだ」

アトイが叔父の威厳を見せて追い払った。

エコヌムケは囲炉裏の側で待っていた。リコナイでイタクニップの手下たちに待ち伏せされた時、陣頭に立って撃退したが、左の太股に矢を受けた。

幸いトリカブトの毒は塗られていなかったが、それ以来歩くのに不自由している。その姿を新九郎に見られまいと、座ったまま迎えたのだった。

「新九郎どの、どうぞそちらに」

正面の席に座るように勧めた。

少し老《ふ》けたようだが、黒々と髭をたくわえ丸い帽子をかぶった姿は、族長としての威厳に満ちていた。

「長い間便りもせず、失礼をいたしました」

新九郎は囲炉裏ごしに向き合い、父から命じられて都に行っていたと告げた。

「ほう、都ですか」

「アトイも一緒に行ってくれました。内密の用事なのでお知らせすることができなかったのです」

「内密というと」

「我々の挙兵に合わせて、都でも帝が兵を挙げられるはずでした。ところがなかなかその知らせが来ないので、様子を確かめに行ったのです」

「それで、首尾は」

「話になりません。帝や北畠大納言は、津軽を利用しようとしか考えていませんでした」

「そうですか。管領さまは新九郎どのを戦に巻き込むまいとされたのかもしれませんね」

エコヌムケが火箸で囲炉裏の炭をかき寄せた。

「そうでしょうか」

新九郎は今の今まで、そんな風に考えたことはなかった。

「管領さまは聡《さと》いお方でした。挙兵の知らせが来なければ、裏切られたと思われたはずです」

「しかし父は、兵を挙げていただくように催促して来いと言いました」

「そう言わなければ、新九郎どのは行かないでしょう。それに帝に会わせることで、どのようなお方か自分の目で確かめさせようとなされたのかもしれません」

「お前は、どう思う」

胸に熱いものが突き上げ、新九郎はかたわらの孫次郎に意見を求めた。

「あるいは、そうかもしれませぬな」

孫次郎が妙に分別臭い顔で応じた。

「それなら父の企みは功を奏したのかもしれません」

新九郎は都での出来事を語り、独自の道を行く以外に津軽と蝦夷地の未来を開く方法はないと言った。

そのためには蝦夷管領となった季久を押し立て、北方の交易を独占することで経済的な力をつけなければならない。

「すでに季久どのの了解は得ています。これからは俺が港の安藤館に住み、族長やアトイの力を借りながら、日の本蝦夷や唐子蝦夷との交易も進めたいと思っています」

「それは我らにとっても心強いことですが」

エコヌムケは燃えさかる炭を見ながら考え込んだ。

「船は安藤水軍のものを使います。他に何か問題があるのでしょうか」

「いえ、問題ではないのですが」

悪いが付いて来てもらいたいと、エコヌムケは先に立って案内した。

左足が不自由なので、歩くたびに肩が下がる。アトイがそれを辛そうに見守っていた。

連れて行かれたのは産屋の入口だった。

新九郎がトリカブトの毒矢に射られ、生死の境をさまよった場所である。

そこに敷きつめてある産砂《うぶすな》を見ながら、二人は並んで腰を下ろした。

「あの時新九郎どのの命をつなぎ止めたのは、娘のイアンパヌでした」

「ええ、そうです」

「その御縁を頼んで、不躾《ぶしつけ》なことをおたずねいたしますが」

「……………」

「娘を嫁にしてもらうわけにはいきますまいか」

「イアンパヌさんを、嫁に」

新九郎は啞然としてくり返した。

「あれの夫が戦死していたことが、この春に分りました。二人の子供もいます。こんなことを頼める筋合いでないことは分っていますが」

娘が不憫《ふびん》でならないのだと、エコヌムケが身を揉んだ。

「俺はまだ、父が起こした戦の後始末をしなければなりません」

「それは分っていますが……」

「もしイアンパヌさんが良ければ、それが済んでから考えさせてもらいます」

新九郎はそう答えた瞬間、長い間頭にかかっていた靄が晴れていくような気がした。

「本当ですか。いいんですね」

「はい。よろしくお願いします」

「アトイ、おるか」

「はい。こちらに」

アトイは背後で二人の様子をうかがっていた。

「今のお言葉を聞いたであろう。すぐにイアンパヌをここに呼んで来い」

「は、はい。今すぐ」

アトイが喜びに声を上ずらせて駆けていった。


嘉暦二年（一三二七）の年が明けた。

雪におおわれ凍てついていた津軽の大地も、日がたつにつれて春らしい装いをおびていく。

十三湖をぶ厚くおおっていた氷も解け、北に向かう渡り鳥が羽を休めにやってくる。

小白鳥《こはくちよう》や尾長鴨《おながもう》が空をおおって群をなし、申し合わせたように湖面に下りてくる。

湖には餌となる小魚がいるし、水が狐などの天敵から身を守る楯となるので、夜も安心して眠れるのである。

大型の鶴や白鳥もやってきて、雪原で求愛の踊りを披露する。

アイヌたちがこの踊りを再現した「鶴の踊り《ヤイレンカ》」を伝承しているのは、毎年冬にやって来て春に飛び去っていく渡り鳥に、自然の神秘を感じているからだろう。

あるいは自分も鶴に変身し、遠い空に飛び立っていきたいという願望が、鳴き声まで忠実に真似《まね》させるのかもしれない。

白鳥は飛び立つ時、互いに首を振って合図をする。用意はいいか、さあ行くぞ。そう言いたげな合図が、群の中で次々に交わされていく。

雁《かり》は何かに驚いたようにいっせいに飛び立つが、ある高さまで飛び上がると自然に雁行《がんこう》の態勢を取る。

そうした自然の豊かさや不思議さをながめながら、新九郎も出発の仕度をととのえていた。

冬の間、新九郎は今度の争乱で被害を受けた者たちの実情を調べ、生活が立て直せるように砂金を配った。

季長に従って戦い、戦死したり負傷した者。巻き込まれて家を焼かれたり略奪を受けた者など、村々から詳細な報告を集め、村長《むらおさ》に砂金を預けて分配するように頼んだのである。

これで五樽の砂金が消えた。

残りは五樽。これは北方の交易態勢をととのえる資金として十三湊の孫次郎、油川湊の五郎季久、深浦の安藤季政、渡党のエコヌムケに渡し、残った一つで大型の船一艘を建造しようと考えていた。

蝦夷地には船材となる木々が豊富である。これらをマトウマイに運んで造船ができるようにすれば、安藤水軍をもっと充実させられる。

そのためには腕のいい船大工を集めなければならない。造船のための船渠《せんきょ》も必要である。

やるべきことは山ほどあったが、新九郎は精力的にひとつひとつをこなしていた。

未来の希望に向かって歩き出したのである。他人の思惑に操られ、無益な戦に領民を駆り立てていた頃より、はるかに充実していた。

「兄貴、油川から善蔵さんが来ました」

アトイが告げた。

新九郎とイアンパヌの縁組みが決まったので、やがてアトイは義弟になる。それが嬉しくて、アトイはいつも新九郎に付きまとっていた。

善蔵は館の土間で待っていた。

「新九郎さま、お久しぶりですじゃ」

「おお、季久どのは元気か」

新九郎が季久と和解した後、善蔵は鷹使いの修治郎とともに内真部に戻り、季久のもとで働いていた。

「実は五月か六月に、幕府の軍勢が津軽さ乗り込んで来るそうです」

「なぜだ。今さら」

「季長さまの砂金です」

折曾の城が陥落して季長が捕えられた時、十数人の家臣たちも捕虜にされて鎌倉に連行された。幕府はその者たちを厳しく取り調べ、十樽もの砂金が城から運び出されたことを突き止めたのである。

「財政窮乏にあえぐ幕府は、その砂金ば奪い取ろうと下野《しもつけ》の宇都宮高貞、常陸《ひたち》の小田高知《おだたかとも》ば蝦夷追討使に任じたのでございます」

「火事場泥棒の真似をするようでは、幕府も先が知れているな」

「津軽の大乱で北条得宗家の収入も落ち込んだはんで、砂金で穴埋めしようとしているんでねべが。季久さまもどうしたものがと頭を抱えておられます」

だから善蔵をつかわし、新九郎の考えを確かめようとしたのだった。

「軍勢の数は」

「五千ちかいどのことです」

「工藤右衛門尉も一緒か」

「いいえ。工藤どのは、もはや戦は終わっているど出陣を拒まれだそうです」

工藤の手柄をねたんだ宇都宮や小田が、得宗家に出陣を直訴したという噂もあるという。

新九郎は孫次郎を呼んでどうするべきか相談した。

「あやつらは津軽や蝦夷地から、どれほど奪い取れば気が済むのでござろうか」

孫次郎は腹立たしげに吐き捨てた。

昨年秋に嫡子に恵まれ、郷土の行く末がひときわ気にかかるようになったのだった。

「追討使と言うからには、俺や西の浜の安藤家を標的にするつもりだろう。残党を討伐するという名目で、砂金の隠し場所をしらみ潰しに探すはずだ」

「残党狩りなら、何をしても表向きの名分は立ちますからな」

「五千もの軍勢に踏み込まれては、村の者たちは再び家や食糧を奪われることになる」

「いっそ兵を集め、泥棒どもにひと泡吹かせてやりますか」

孫次郎が鋭い目をして、二千くらいなら一月で集められると言った。

「それは駄目だ。季久どのに迷惑をかけるわけにはいかぬ」

「ならば奥大道の入口に砂金の樽を積み上げて引き渡しますか」

「それも駄目だ。父上が津軽のために残したものだから、幕府にくれてやるわけにはいかぬ」

どうしたものかと考えあぐねているうちに、新九郎は宮が大聖無動寺で使った業火の術を思い出した。

燃えさかる炎が山からふもとへ流れ下っていく幻影に、生駒丹後守の手勢は我先にと逃げ散っていった。あんな華々しいやり方で幕府勢を追い払い、津軽の者たちに勇気を与えることはできないものか。

宮のように幻術は使えなくても、工夫次第では何とかなる気がした。

新九郎は十三湖北岸の福島城に立て籠ることにした。

外の浜の安藤家も十三湊の安藤孫次郎季高も、深浦に逃れた安藤太郎季政も、表向きは幕府に恭順する姿勢をとっている。

今後の国造りのためにも、彼らの助力はいっさい当てにしないつもりだったが、新九郎が十数人で籠城の仕度を始めると、次々と人が集まってきた。

まず孫次郎が、舵取りの弥七ら五十人ばかりを連れてやって来た。

「水臭いことをしないでいただきたい。我らは最後まで若に従いまするぞ」

孫次郎は小舟を城の船入りにつけ、武器や食糧を運び込み始めた。

「ならば決して顔をさらすな。後で言い訳ができなくなる」

「分っております。仮面や隈取《くまど》りで顔を隠す仕度をしており申す」

次に安藤五郎季久とイタクニップが、百人ばかりを連れてやって来た。配下の中には善蔵や修治郎もいた。

「我らも戦わせて下され。蝦夷管領になったとはいえ、幕府のやり方を良しとしているわけではありませぬ」

季久はひそかに廻状を回し、各地の身方に結集を呼びかけたという。

これから津軽と蝦夷地を治める新しい体制を造り上げるためにも、心をひとつにして戦う経験をしておく必要があると考えたのだった。

「新九郎どの、何なりとお申し付け下され」

安藤十四郎季明と名を改めたイタクニップが、気恥ずかしげに手を差し伸べた。

新九郎はアトイを説得し、和解を受け容れることにした。

季久の廻状に応じて安藤太郎季政と中濱御牧の安藤太郎左衛門が、数人の配下とともにやって来た。

能代館《のしろだて》の船津《ふなつ》八右衛門《はちえもん》も、鹿角四頭の成田右京亮や奈良次郎光政らと船を連ねてやって来た。

「孫次郎、なぜ早く知らせてくれぬ」

盟友の誓いをしたではないかと、船津八右衛門は本気で腹を立てていた。

「これは若が決められたことで、わしは相談に与《あずか》らなかった。そう怒らんでくれ」

孫次郎が面目なさそうに頭をかいた。

エコヌムケも弓の得意なアイヌの戦士を引き連れ、十艘の板綴船《イタオマチプ》に分乗してやって来た。

「足は不自由しておりますが、弓なら人には負けませぬ」

必要ならトリカブトもありますと、素焼きの甕を持参していた。

総勢五百余人。かつて尊雲法親王が御所とした館に、思いがけない大人数が集まった。

「皆さんの気持は有難いが」

新九郎は車座になった者たちに、これからの計画を説明することにした。

「これは勝つための戦ではありません。戦を終わらせるためのものです」

敵の狙いは季長が残した砂金である。それを餌に宇都宮、小田勢をおびき寄せ、津軽の意地を見せた上で、新九郎は死んでみせるつもりだった。

「俺が華々しく討ち死にしたと聞けば、幕府も得宗家も矛を収めるはずです。それで戦を終わらせ、新しい国造りを始めます」

「若、本当に死ぬつもりではござるまいな」

孫次郎が皆の不安を代弁した。

「安心しろ。俺にも羆《カムイ》くらいの知恵はある」

手順はすでに決め、死に場所の仕度もしてあった。

四月中旬、叛乱鎮圧の名目で宇都宮、小田勢を中心とする幕府軍五千が奥大道から侵攻してきた。一行は尻引の管領館で状況を確認した後、岩木川ぞいの道を下って福島城に攻め寄せてきた。

主力は東の大手口、別働隊は西の搦手口《からめてぐち》に布陣し、命令があり次第攻めかかる態勢をとった。

城の東には高さ十四間（約二十五メートル）の見張り櫓がある。

栗の巨木四本を立てて作ったもので、防戦ができるように二段の板張りを作っていた。

緋縅《ひおどし》の大鎧を着た新九郎は、長さ八尺（約二メートル四十センチ）の大弓を持ち、櫓の上で姿をさらした。

「幕府の者ども、よおく聞け。俺が十三湊の安藤新九郎季兼だ」

大音声《だいおんじょう》は森の梢を震わせ、敵陣に降りそそいだ。

「目当ての砂金は、五つの樽の中にある。欲しくば腕に物を言わせて取りに来い」

新九郎は樽のふたを開け、手ですくってふりまいた。

砂金は黄金の霧となり、折からの西風に吹かれて敵の頭上に散り落ちた。

「安藤新九郎、無駄な抵抗はやめろ。おとなしく降伏すれば、命だけは助けてやる」

敵陣から鎧武者が出て呼びかけた。

新九郎は弓を取り、大きな矢尻をつけた矢をつがえ、満月のように引き絞って狙いを定めた。

「虚仮《こけ》おどしはやめろと申しておる。蝦夷風情が逆らったとて」

そう言いかけた武者の鎧を、新九郎が放った矢が深々と貫き、胸から背中まで突き抜けた。

あまりの凄まじさに敵は一瞬すくみ上がり、やがていきり立って攻め寄せてきたが、二重の濠にはばまれて進めない。

しかも塀の内側から矢を射かけられ、楯を連ねて身を守るのが精一杯だった。


新九郎は夜襲をかける機会をうかがっていた。

ところが数日の間曇天がつづき、月が出ない。月が足許を照らしてくれなければ、夜襲の成功はおぼつかなかった。

二日、三日と機会をうかがっていると、三日目の夕方に旅姿の十人の武士が北門で訪《おとな》いを入れた。

「津軽郡代、工藤右衛門尉でござる。安藤新九郎どのの御意を得たい」

城門を見上げて堂々と名乗りを上げた。

知らせを受けた新九郎は、半信半疑で駆けつけた。

まさに宿敵右衛門尉だが、様子がちがう。主従ともに笠で顔をかくし、腰の刀を袋につつんだままだった。

「何かご用でしょうか」

門扉を開いてたずねた。

「おお、新九郎どの。お久しい」

右衛門尉は芯から懐しげな顔をして、ここまで来たいきさつを語った。

昨年の七月、右衛門尉は又太郎季長を鎌倉に連行した。

そして門注所での取り調べにも同席したが、季長の覚悟の定まった棟梁《とうりょう》らしい態度に感銘を受けた。

やがて配下の自白によって砂金のことが明らかになり、北条得宗家の追及がいっそう厳しくなった。

季長は事実無根だと言い張り、腹を切って潔白を証明すると言った。

「そこで拙者に介錯を頼まれたのでござる。そして切腹の座につかれた時、髪なりとも津軽にとどけてほしいと遺言なされた」

右衛門尉は頼みを聞きいれ、油川湊に船でやって来た。そこで新九郎が籠城したと聞き、矢も楯もたまらず駆けつけたのだった。

「これが父上の遺髪でござる。これをとどけた代わりと申しては何だが、我らも一緒に戦わせていただきたい」

「工藤どのが、我らとともに……」

新九郎は聞き間違いかと思った。

「さよう。此度の宇都宮、小田の出勢《しゅっせい》は、私欲にかられた大義なきものでござる。鎌倉武士の風上にもおけませぬ」

これを許しては士道がすたると、右衛門尉はひとしきり気炎を上げ、

「それに一度、新九郎どのと共に戦がしてみたかったのでござる」

渋く笑いながら付け加えた。

新たな身方を得た一党は勢い付き、その日の夜半に敵の本陣に夜襲をかけることにした。

幸い空には月がかかり、雲は西から迫っている。

「あの雲が月にかかるまで、あと半刻ほどだ。これから打って出て、月が隠れる寸前に法螺貝《ほらがい》の合図で引き上げる」

手筈はすでに打ち合わせ、顔を隠すための工夫もそれぞれに抜かりがない。

鬼面をかぶったり覆面をした者。赤土や墨で隈取りをした者。顔の前にワカメや縄をたらした者……。

総勢五百人ばかりが、鉦《かね》と太鼓の合図とともに、「やってまれ（やっちまえ）」の声を張り上げながら打って出た。

大手口の前に布陣した敵はおよそ二千。まともな陣構えもせず、欲の腹がふくれる夢を見ながら油断しきって眠っている。

「やってまれ、やってまれ」

掛け声とともに斬り込んだ一党は、月明かりを頼りに手当たり次第に敵を倒した。

「やってまれ、やってまれ」

その声を合言葉に同士討ちをさけ、鬼の形相で刀や槍をふるっている。

新九郎も斬った。

大太刀をふるって敵の首を叩き落とし、上段からの一撃で唐竹割《からたけわ》りにする。

その太刀さばきは凄まじく、またたく間に十人ばかりが新九郎のまわりに輪をなして絶命した。

孫次郎もアトイもイタクニップも、それぞれの得物を手に非情の殺生《せっしょう》に没頭している。

「遠からん者は音にも聞け、近くば寄って目にも見よ。我こそは……」

名乗りを上げかけた右衛門尉は部下に制止され、

「やってまれ、やってまれ」

合言葉を上げながら宇都宮勢の陣幕の中に斬り込んだ。

「あのように汚ない男は、拙者が素っ首を叩き落としてくれる」

出陣前に高言した通りの働きだった。

ところが歓喜の祝祭は長くはつづかない。雲は西風に吹かれて東へ流れ、月にかかり始めた。

それと同時に太鼓と鉦の音がぴたりとやみ、善蔵が櫓の上で法螺貝を吹き鳴らした。

一党は一糸乱れぬ退却を始めた。

大手門に向かうのをさけ、十三湖に面した南門から城内に引き上げていく。

幕府勢はそうはさせじと南門から城内に付け入ろうとしたが、月が隠れてあたりは闇に閉ざされている。

湖面が月の名残を残し、ぼんやりと白っぽく見えるだけである。

足許も確かめずに追撃してきた幕府勢は、次々と隠し濠に落ちていった。

南門の前の濠には、あらかじめ細い通路を掘り残してある。そして掘った所には竹を渡し、草をかぶせていた。

一党は通路を渡って引き上げたのだが、幕府勢は濠があることに気付かずに殺到し、次々と落ちていった。

深さは二間ばかりなので命に別状はないが、五郎季久やエコヌムケの弓隊が現われ、

「やってまれ、やってまれ」

掛け声を上げながら容赦なく矢の雨を降らせた。

幕府勢は三百ちかい犠牲者を出し、なす術もなく引き上げていく。

それを見届けると、一党は濠の底に向かって鉤縄《かぎなわ》を投げた。鎧の金具に鉤をかけて遺体を引き

上げ、城内の御殿に運び込んだ。

周りに積み上げていた土で濠を埋め戻すと、あたりは元のように更地になった。

「これでいい。みんなは今のうちに姿をくらましてくれ」

新九郎は孫次郎やアトイら数人を残し、最後の仕上げにかかった。

翌朝、大鎧をまとって櫓の上に登ると、大手口の敵陣には五百ちかい遺体が放置されていた。あまりの惨状にどうしていいか分らないまま、夜明けを迎えたのである。

「どうした。砂金を取りに来たのではないのか」

新九郎が呼びかけると、幕府勢は殺気立った赤い目で櫓を見上げた。

報復せずにはおくものかという、狂気に満ちた目だった。

「安藤新九郎は逃げも隠れもせぬ。大手門を開けて勝負に応じるゆえ、攻めて来るがよい」

そう言うなり、樽を抱えて砂金をふりまいた。

一党の中には砂金を捨てることに反対する者もいたが、幕府勢に滅亡したと信じ込ませるためには、これくらい派手なことをする必要があった。

はるか彼方には、岩木山が雪をかぶってどっしりとそびえている。いつもと変わらぬ悠然たる姿である。

その美しさに目を奪われていると、耳の底に海鳴りがひびいた。

ゴゴゴ、ゴゴゴ
小浜の湊で聞いたのと同じ、低く迫力に満ちた音である。

ゴゴゴ、ゴゴゴ、ゴゴゴ
だがあの時の音とは明らかにちがう。幼い頃から聞き慣れた十三の海鳴りである。

外からではなく、体の内側からわき上がってくる馴染み深い鼓動だった。

宇都宮と小田勢は、降りそそぐ砂金の雨に我を忘れていた。

このままでは鎌倉に戻れない。

せめて残りの砂金を奪い新九郎の首を取らなければと、遮二無二《しゃにむに》大手門からの突入をはかったが、門扉は固く閉ざしてある。

しかも突入に手間取っている間に、御殿と櫓から火の手が上がった。

「よく聞け。我らは昨夜の戦を今生の思い出に腹を切る。安藤武者の死に様をその目に焼き付け、幕府滅亡の時の手本にするがよい」

新九郎が叫んでいる間にも、仕掛けた藁束《わらたば》が火を噴き、櫓は炎に包まれていった。

「これが褒美だ。受け取れ」

新九郎は樽を抱え、体を回しながら次々と砂金をふりまいた。

打ち水でもするかのように放たれた砂金は、櫓のまわりで渦を巻き、まるで炎の中から現われた龍が天に昇っていくようだった。

「おおっ、あれは……」

敵も身方も息を吞んで空を見上げた時、櫓が音を立てて崩れ落ちた。

火が消えるのを待って幕府勢が城内に踏み込んだ時には、金具だけになった大鎧をまとった男の焼死体が櫓の下に倒れ伏していた。

また「十三の御所」と呼ばれた御殿では、自決したとおぼしき三百余の黒焦げの遺体が折り重なって倒れていた。

幕府勢が茫然と福島城に立ち尽くしている頃、新九郎はアトイたちが操る板綴船《イタオマチプ》に乗ってマトウマイに向かっていた。

船にはイアンパヌとノンノ、ノチウが乗っている。アトイはノチウに帆綱を取らせ、風をとらえて航海するやり方を教えていた。

「ちがう。もう少し右の綱を深く引け」

「こうですか。族長」

ノチウは技を覚えようと懸命だった。

「そうだ。筋がいいぞ」

父に代わって族長になったアトイは、ノチウを自分の右腕に育て上げようと工夫をこらしていた。

海鳴りの音はすでに聞こえない。内海はおだやかに凪いで、南西からのゆるやかな追い風が吹いていた。

いつかはこの風に乗ってカラ・プト（樺太）やニヴフまで行き、交易の道を開きたいものだ。新九郎はそう思っていた。

「ねえ、兄《ユポ》。向こうに着いたら、剣術を教えてくれる」

ノチウが男の顔をしてたずねた。

「ノチウったら馬鹿ね。兄じゃなくて父《ミチ》よ」

ノンノが得意気に教えてやった。

「えっ、なんで」

「だって私たちと一緒に住むことになったんだもの。ねえ母《ハポ》」

「ええ、そうよ。ノチウ」

イアンパヌが母親らしい口調で答え、新九郎をちらりと見やった。

「凄《すげ》え。本当、本当なの」

ノチウが目を輝かせて新九郎に飛びつこうとした。

「こら。右の帆綱を引け。船が流されているぞ」

アトイが叱りつけると、ノチウは背筋を伸ばして正面に向き直った。

板綴船《イタオマチプ》は体勢を立て直し、真っ直ぐにマトウマイに向かっていく。

手のとどきそうな所に渡島半島が横たわっているが、この調子だと港に着くまでにあと一刻（約二時間）はかかりそうだった。


（了）

あとがき

鎌倉時代の末期に起こった安藤氏の乱が、北条得宗家を窮地に追い込み、やがて鎌倉幕府の崩壊につながった。

それはほぼ歴史の定説だが、なぜ奥州北端の津軽にいた安藤氏にそれほど大きな力があったのか、いまだに謎のままである。

筆者は南北朝時代を日元貿易の活発化による経済構造の変化と、商業、流通の隆盛による富の偏在《へんざい》を背景として捉えなおすべく、『道誉《どうよ》と正成《まさしげ》』と『義貞《よしさだ》の旗』を上梓《じようし》した。

そして三冊目に、北方交易とアイヌ、蝦夷《えみし》問題を中心として安藤氏の乱を描いた本作に挑むことにした。

取材にあたっては弘前大学名誉教授の斉藤利男先生に大変お世話になった。

青森県の各地に同行していただきながら、基本的な歴史的事実や参考文献などについて、まさに手取り足取り教えていただいた。

中でも忘れ難いのは、外の浜安藤氏の拠点だった内真部《うちまつぺ》館と、その背後にある山城に行った時のことだ。

山背《やませ》が吹く夏の頃で、先生は山城の遺構《いこう》を探そうと、藪《やぶ》におおわれた道をかき分けかき分け山頂に向かわれた。

我らにはとてもついていけない速さで、中腹で断念して待っていると、三十分ほどして戻って来られた。

「十年前にはあったんだが、今は山林伐採《ばっさい》のために破壊されていました」

悲しさと憤《いきどお》りのこもった声でそう言われた。

五所川原市教育委員会の榊原滋高氏にも大変お世話になった。

榊原氏は長年にわたって十三湊の発掘調査にたずさわり、全貌《ぜんぼう》を解明する手掛りを数多く発見されている。

十三湊研究の土台を築かれた方で、真摯《しんし》で誠実な研究姿勢にはお目にかかるたびに敬服したものだ。

また取材のたびに同行し、さまざまな便宜《べんぎ》を図って下さった東奥日報社の斉藤光政氏と成田亮氏にも、甚大《じんだい》な感謝の意を表したい。

取材中や移動の車内、そして地元の名酒を酌み交わしながらの話の中に、作中人物たちを描くためのヒントが山のように埋まっていた。

こうして上梓することができたこの本が、ご協力いただいた方々の期待に添えるものかどうか心許ないが、ともあれ賽《さい》は投げられた。

皆様に感謝しつつ、本書が多くの方々に読んでもらえるように祈るばかりである。

なお以下の文献を主に参考にさせていただいたので、明記して謝意を表したい。

『青森県史　通史編1』　青森県発行
『青森県史　資料編　中世2』　青森県発行

『津軽安藤氏と北方世界―藤崎シンポジウム「北の中世を考える」』　小口雅史編　河出書房新社
『北の環日本海世界―書きかえられる津軽安藤氏』　村井章介・斉藤利男・小口雅史編　山川出版社
『幻の中世都市十三湊―海から見た北の中世』　国立歴史民俗博物館編・発行
『アイヌの歴史と文化Ⅰ、Ⅱ』　榎森進編　創童舎
『エゾの歴史―北の人びとと「日本」』　海保嶺夫　講談社学術文庫

初出　「小説すばる」二〇一八年四月号～二〇一九年五月号、七月号

単行本化にあたり「十三の海鳴り」を改題し、加筆・修正いたしました。

装丁　高橋健二（テラエンジン）
装画　宇野信哉
地図　今井秀之

安部龍太郎　あべ・りゅうたろう
一九五五年福岡県黒木町（現八女市）生まれ。久留米高専卒。東京都大田区役所で図書館司書を務めながら小説家を志し、九〇年『血の日本史』でデビュー。二〇〇五年『天馬、翔ける』で第一一回中山義秀文学賞、一三年『等伯』で第一四八回直木賞、一六年第五回歴史時代作家クラブ賞実績功労賞を受賞。

蝦夷《えぞ》太平記《たいへいき》　十三《とさ》の海鳴《うみな》り

二〇一九年一〇月三〇日　第一刷発行

著者　安部龍太郎《あべりゅうたろう》
発行者　徳永　真
発行所　株式会社集英社
〒一〇一-八〇五〇
東京都千代田区一ツ橋二-五-一〇
電話　〇三-三二三〇-六一〇〇（編集部）
〇三-三二三〇-六〇八〇（読者係）
〇三-三二三〇-六三九三（販売部）書店専用
印刷所　凸版印刷株式会社
製本所　株式会社ブックアート

定価はカバーに表示してあります。

ISBN978-4-08-771680-1 C0093

集英社の文芸単行本

増島拓哉　闇夜の底で踊れ

三五歳、無職、パチンコ依存症の伊達。ある日、大勝ちした勢いで訪れたソープランドで出会った詩織に恋心を抱き、入れ込むようになる。やがて所持金が底をつき、闇金業者から借りた金を踏み倒して襲撃を受ける伊達だったが、その窮地を救ったのはかつての兄貴分、関川組の山本で——。第三一回小説すばる新人賞受賞作。

安田依央　ひと喰い介護

判断力が、体力が、財産が、奪われていく——。大手企業をリタイアし妻を亡くして以来、独り暮らしをする七二歳、武田清。彼が嵌まった介護業界の落とし穴とは!? 巧妙に仕組まれた罠に孤独な老人たちはどう立ち向かえばよいというのだろう。それは果たして合法か、犯罪か。現代に潜む倫理観の闇に迫るリアルサスペンス小説。

矢野　隆　至誠の残滓

明治一一年。東京の片隅にある古物屋、〝詮偽堂〟の主人・松山勝。彼の正体は、幕末、上野で戦死したはずの元新撰組十番組組長・原田左之助だった。松山のもとに集まるのは、山崎烝や斎藤一ら、幕末の動乱をともに潜りぬけた猛者たち。元長州藩の士族や窃盗団との対峙の中で、三人は新政府を操る、ある人物に行きつき——。渾身の時代小説。